U0522945

图书在版编目（CIP）数据

我本星辰 / 耳丰虫著. -- 青岛 : 青岛出版社, 2024. -- ISBN 978-7-5736-2466-6

Ⅰ. I247.5

中国国家版本馆CIP数据核字第20246P2E14号

WO BEN XINGCHEN

书　　名	我本星辰
作　　者	耳丰虫
出版发行	青岛出版社（青岛市崂山区海尔路182号）
本社网址	http://www.qdpub.com
邮购电话	18613853563
责任编辑	郭红霞
特约编辑	常春红
校　　对	郭金乔
装帧设计	蒋　晴
照　　排	梁　霞
印　　刷	三河市良远印务有限公司
出版日期	2024年9月第1版　2024年9月第1次印刷
开　　本	16开（640mm×920mm）
印　　张	38
字　　数	680千
书　　号	ISBN 978-7-5736-2466-6
定　　价	69.80元（全2册）

编校印装质量、盗版监督服务电话 4006532017 0532-68068050

我本异人

耳丰虫 —— 著

上 册

青岛出版集团 | 青岛出版社

目录

上册

第一章	冤枉	1
第二章	改观	51
第三章	保护	106
第四章	真相	157
第五章	选择	199
第六章	天才	249

目录

下册

第七章	手术	301
第八章	惩罚	349
第九章	忌妒	403
第十章	较量	452
第十一章	走红	492
第十二章	因果	534
番外一		595
番外二		599
番外三		601

第一章
冤 枉

盛华高中的校园论坛里,有一篇帖子人气很高。

帖子的主要内容是,在盛华高中读高三的钢琴才子简允卓摔下楼梯,手不慎受了伤,有可能今后没办法弹钢琴了。

这篇帖子下评论无数,大家纷纷表达了对简允卓的惋惜,默默为他祈祷。

然而,突然有评论者爆了猛料。

"你们不知道,简允卓不是不小心摔下楼梯的,而是被他的亲妹妹简一凌推下楼梯的!千真万确!"

这下,众人开始议论起来了。

"我早就知道简一凌不好相处了,每天端着架子,一副高高在上的样子,觉得谁都不如她,只是没想到她已经恶毒到了对自己家人动手的地步!"

"这样的人居然就在我们学校里,真的太可怕了。"

一时间,简一凌成了众矢之的。

不到半个小时,这一层楼就被点了五百多个赞,直接成了热门回复。

而此时,简一凌刚从穿书中回过神。

书中,简家家大业大,是恒远市里数一数二的大家族。

简家老爷子,也就是简一凌的爷爷已经退休。简家的事业现在在简一凌的父亲简书汧和她的两个叔叔手上。

简书汧他们三兄弟各有所长。老大和老二是商业领域的奇才，老三则选择了从政。

简一凌是简家孙辈当中唯一的女娃。她有三个亲哥、五个堂哥。

可以说，她的投胎技术是非常好的。

然而，曾经的简一凌是个脾气很不好的人，叛逆、偏执，为此得罪了不少人，包括自己的家人。

她更是因为喜欢书中的男主角秦川而干了很多蠢事，甚至企图伤害书中的女主角莫诗韵。

最后，她自食恶果，下场凄惨。

现在，从小生活在研究院、从事医药研究的简一凌穿到了这本书中，成了十五岁时同名同姓的女配角简一凌。

而刚才发生的事情，是女配角简一凌人生中的一个转折点。

她和比她大两岁的哥哥简允卓因为莫诗韵而发生了争执。

就在兄妹二人争吵的过程中，简允卓失足摔下了楼梯。

简允卓摔下楼梯的时候撞到了摆放在楼梯口的玻璃装饰品。玻璃碎了一地，无数的玻璃碴儿嵌进了他的手心。

简允卓从小学弹钢琴，现在已经小有成就。

他的手毁了，前途也就毁了。

简一凌没有推简允卓。但是简允卓一口咬定是她推的。

简一凌试图解释，但是大家显然更相信简允卓，一致认为是简一凌将简允卓推下楼梯的，还说简一凌心肠歹毒，做了错事还不知悔改。

被冤枉且不被自家人信任的简一凌便更加叛逆了。

简一凌虽然脾气有些大，但本性不坏。

可是，这件事情发生以后，简一凌变得越来越不肯将自己的真实想法说出来，越来越叛逆。

就在简一凌沉思的时候，楼下传来了父母、兄长的争吵声。

"好了，别说了，你妹妹年纪还小。"将近五十岁的母亲温暖皱着眉头说道。

"年纪还小？她已经十五岁了！她该懂事了！而且，她把三弟从楼梯上推下去的事情，是一句'年纪还小'就能盖过去的吗？三弟的手是要弹钢琴的，发生这样的事他可能这辈子都弹不了钢琴了！"

站在温暖面前的男子已经成年，身材高挑，比她高了整整一个头。

男子穿着黑色的衬衫，衬衫的前两颗扣子开着。

男子的容貌十分出众。此刻他脸上的表情很严肃。

他是温暖的大儿子简允丞。

他平日里是不会和自己的母亲说这么重的话的。但是今天他们讨论的这件事情太严重了。

他们唯一的妹妹竟然做出了这样可怕的事情，将她的亲哥哥，他的三弟从楼梯上推了下去！

他们身边的中年男子，即简允丞的父亲简书洐，同样神色凝重。

简书洐坐在真皮沙发上，五十岁出头的他因为保养得当、身材匀称，脸上虽有岁月留下的痕迹，但一点儿也不影响他的魅力。

在公司里一向说一不二的他，此刻面对大儿子的责问竟无言以对。

简允丞继续说："不管兄妹之间发生了怎么样的争执，把自己的亲哥哥推下楼梯这样的事情是不可饶恕的！"

温暖痛苦地摇着头，说道："允丞，她是你的妹妹，她小的时候你那么疼她。你抱着她哄她、逗她，她学会喊你'大哥'的时候，你别提有多高兴了。"

简允丞线条分明的脸上，肌肉绷得紧紧的。他说："我记得，我记得很清楚，她是我的妹妹，我当然疼她，但是就因为全家人宠着她，才把她宠得无法无天了。她平时娇气一点儿，脾气大一点儿都不是问题。但是她这次做得真的太过分了。爸、妈，她是你们的孩子，三弟难道不是吗？现在，三弟的手可能一辈子都弹不了钢琴了。"

温暖泪流满面，说道："你们都是我的孩子，手心手背都是肉，我怎么可能不疼允卓？我承认，我对小凌的疼爱比对你们兄弟几个多一点儿，但那也只因为她是女孩子啊！我也知道她这次做得太过分了，但是我总不能真的将她送到少管所去吧？"

旁边的简书洐轻轻地搂住妻子的肩膀，小声地安抚她。

简允丞看着哭泣的母亲，心情也很沉重，说道："我也没有那么说，我就是想让你们以后好好弥补三弟，同时严厉管教小妹，要不然，我就送她去少管所！"

"我知道了。"温暖说道。

"允丞，你突然从国外飞回来，还没吃东西吧？让安嫂给你做点儿吃的吧？"简书洐望着儿子，关心地说道。

"不了，我去医院，三弟现在心情不好，我得看着他。"
简书沂点头，说道："一会儿我和你妈就过去。"
简允丞又和父母简单地说了两句话之后就走了。

简一凌走出房间，走到楼梯上的时候，楼下的温暖忽然瞥见了她。
四目相对，温暖神情悲怆，欲言又止。
女儿是她从小疼到大的，可如今……
温暖在简书沂的怀里哭了起来，边哭边说道："是我不好，是我溺爱小凌了。"
简书沂在商场上叱咤风云多年，无论遇到大事还是小情，都没皱过眉头，今日这事却让他红了眼睛。
"我也有错，所幸还来得及，从现在开始好好教，还来得及把小凌教好。"简书沂一边说，一边轻轻地拍着妻子的后背。
简书沂的心情也很不好。他承认，在他们的四个孩子里面，他和妻子更偏爱最小的女儿。这既因为这个孩子最小，也因为她是他们唯一的女儿。
但这不代表他们不爱其他三个孩子。老三遭遇了这样的事情，他也难受、心疼。
父母看向她的眼神里有悲伤、痛惜、责怪，也有不舍，这样的眼神对简一凌来说是陌生的。
曾经，简一凌的父母在发现她的医学天赋之后，就和研究所的负责人签了合约，将她留在了研究所里。作为交换条件，研究所的负责人每年都会给她的父母一笔高额的报酬。
简一凌很少有时间和自己的父母相处，与他们见面的次数也很少。而她每次与他们见面时，他们看她的眼神也是疏离的、冷漠的，就算是嘘寒问暖的话语，也都是公式化的，像是事先背好的演讲稿。
刚才这对夫妻看她的眼神刻到了她的心里，莫名其妙地牵扯着她的情绪。
在这次的事情上，他们虽然没有相信简一凌，但是他们爱简一凌的心是真的。
温暖忽然离开了丈夫的怀抱，跑上楼梯，来到简一凌的身边。
十五岁的简一凌长得比同龄人娇小一点儿。因为她是早产儿。
简一凌有着一张五官精致的脸，脸上还带着一些婴儿肥。
此刻，简一凌不说话的样子，让温暖更难受了。

然而，温暖还是冷下脸来，呵斥简一凌："小凌，这次的事情你必须认错，一会儿我和你爸要去医院看你三哥。你必须去给他道歉，求他原谅！你做的事情太过分了！如果你不改正，我和你爸都不会原谅你！"

温暖从来没有对简一凌这么严厉过。

简一凌点了点头。

简一凌知道，现在强行解释自己不是故意的，是没有意义的。

她若是一个劲儿地否认，只会使自己陷入最危险的境地。

傍晚，温暖让安嫂做了补汤，还有一些饭和菜，用保温饭盒装好后，拉着简一凌去了医院。

简家的宅子在半山坡上。

简允卓住院的医院距离简家有半个小时的车程，是恒远市最好的私立医院。

来到医院的病房外，简书沂和温暖看到手臂被支架吊起来，面色惨白、了无生气的儿子后，心里一阵发酸。

简允卓、简允丞兄弟俩的面容有五成的相似度。

相比于大哥简允丞，简允卓的五官还有些稚嫩。

如今，这张略显稚嫩的脸上满是悲痛之色。

简允卓今年才十七岁，这件事情对他的打击实在太大了。

在他旁边坐着的简允丞板着一张脸，沉默着。

简允丞那俊逸的脸上笼罩上了一层阴郁之色。

"允卓，妈妈让安嫂做了你最爱吃的东西，你吃一点儿好不好？"温暖小心翼翼地上前，对小儿子说道。

简允卓将头转向了一边。

温暖知道，儿子心里一定很难受。

她继续在床边小心地安慰、讨好他，希望他能敞开心扉。

旁边的简允丞告诉温暖："刚才莫诗韵来过了，她带了些吃的过来，并且喂三弟吃过一些了。"

闻言，温暖愣了一下，紧接着说道："吃过就好。好好吃东西，手会恢复的，你别担心，你爸已经给你联系了最好的外科医生。"

温暖知道莫诗韵。莫诗韵是她家用人莫嫂带来的孩子。

莫嫂是个可怜人，丈夫死了，一个人带着孩子。因为实在没办法，她才求着温暖让孩子跟着她住过来的。

温暖没有拒绝。莫嫂平日里做事也挺勤快，多一个孩子也只是多一个人吃饭，一个孩子又吃不了多少，简家不差这点儿。

莫诗韵和简允卓年纪相仿，两个孩子关系不错。

这次简允卓和简一凌的争吵就是因莫诗韵而起的。但温暖知道这不能怪莫诗韵，是自己的女儿太过小心眼儿了。她的哥哥再疼爱她，也不可能不交其他的朋友。

简允卓忽然开口了，声音低沉地说道："你别骗我了，我的手部神经都断了，手不可能好了！我以后再也弹不了钢琴了，我是个废人了！"

"不要这么说。小卓，妈妈知道你很难过，是妈妈不好。"温暖哭着给儿子道歉。

"你道什么歉？要道歉也应该是她道歉！她赔我一只手，我就不跟她计较了！"

"小卓，她是你妹妹，也还是个孩子，我，我……"温暖也不知道自己该怎么办了。

简书沨见妻子泣不成声，连忙喝止："小卓，你不要逼你妈了！"

"是，我逼她！是我逼的她，你们就知道护着小凌，只有小凌是你们的孩子！"简允卓正在气头上。平时的他是不会因为父母偏爱妹妹而不满的，但是现在他失去了弹钢琴的机会，他的情绪已经崩溃了。

简允丞及时阻止了争吵："小卓，爸妈确实有不对的地方，但是让爸妈去弄坏小凌的手也不现实。你先冷静点儿，大家都会想办法挽救你的手，也会给小凌相应的惩罚，大哥答应你。"

简允丞的话让简允卓冷静了下来。他还是听得进去大哥的话的，也知道不能真的去毁掉小妹的一只手。

就算真的毁掉小妹的手，他的手也好不了。

病房门口，简一凌望着病房里的一切，视线落在简允卓那只被支架吊起来的手上。那只手上连着许多仪器。

简一凌知道简允卓的手部神经受伤了，想要让他的手完全康复，就得做神经手术，对手部神经进行修复。

神经修复是难度很大的手术，目前，能做这种手术的外科医生并不多。

要不然，简家人不至于无法给简允卓安排上。

曾经，简允卓的手到最后都没能完全康复，而他的钢琴事业也就此中断，后来他变得十分阴郁。

而且，因为父母仍然关心简一凌，所以简允卓和父母的关系变得很糟糕。

在他的世界里，莫诗韵是仅有的光。

简一凌低头看向自己的双手，这样的手术曾经的她是能做的。她有这方面的技术和无数台类似手术的经验。

曾经的简一凌主攻药物研究，但是同时在外科手术方面取得了卓越的成就，得到了国内外业内人士的高度认可。

那会儿，简一凌的一台手术甚至曾被研究所的人拿去拍卖，并最终以天价拍卖成功。

但是她现在的这双手还不行，做这样高难度的手术，除了技术，还要确保在手术过程中手不会发生抖动，这需要一段时间的训练。

这时候，房间里的简允丞注意到了病房门口的简一凌。他起身快步走到门口。

简允丞身高一米八多，十五岁的简一凌在他的面前显得格外瘦小。她的头顶刚到他胸口的位置。

简一凌穿着样式简单的白色毛衣，看起来像一只毛茸茸的小白兔。

"进去道歉。"简允丞命令道。

"他会生气、激动。"

简一凌的声音听起来有些稚嫩。简一凌也没想到自己的声音是这样的，但是她只有十五岁，就应该是这样的嗓音。

简一凌的语速很慢。她几乎是一个字一个字地将话说出口的，那是因为和亲人之间的交流对她来说太陌生了。

"你现在知道他会生气、激动了？你做这件事情之前就没有想过？生气、激动还是小事！"简允丞眼睛泛红，浑身散发着骇人的气势。

"我不是怕他生气、责怪，"简一凌解释道，"我是觉得，他激动对手不好。"

她是打算治好简允卓的手的，在此之前可不能再糟蹋它了，不然就可能真的治不好了。

"你什么时候说话变得这么结结巴巴的了？你害怕了？"简允丞问。

简一凌稚嫩的嗓音加上缓慢的语速，让简允丞误以为她是在害怕。

简一凌没有解释。她没有害怕，只是不擅长和"家人"交流。她此前每年就见自己的爸妈一次，每次见面，他们都说不上十句话。

自懂事起，她就生活在研究院里，大部分的时间在实验室里度过，与人交流时，说的更多的是工作上的事情，很少和人说生活上的事情。

简允丞冷冷地警告简一凌："我不管你是害怕还是真的担心小卓的情绪，你都必须努力取得小卓的原谅。如果小卓不原谅你，我也不原谅你。"

简允丞是说一不二的人。他这么说，必然是会做到的，就连简书沥和温暖也左右不了他的决定。

简一凌点了一下头。

"现在去道歉。"简允丞还是坚持让简一凌去跟简允卓道歉。

简一凌这才走进病房。

病床上的简允卓一看到简一凌就怒火攻心，若不是旁边的简允丞早就按住了他，他会直接跳起来。

"简一凌！你现在满意了吧？我的手残废了！我这辈子都弹不了钢琴了！我的人生被毁了！你高兴了？"简允卓愤怒地喊道。

简一凌没有逃避，站在原地接受他的怒火。

看到简一凌平静的样子，简允卓心中的怒火没有减少半分。

简允卓失去了最重要的右手，心里被一片阴云笼罩着。

他的人生，他的骄傲，他的梦想……都被毁了！

而这一切的源头，就是简一凌拉着他吵架。

他愤怒、悲痛。他恨她！

简允卓用他没有受伤的左手猛地抄起旁边的饭盒，朝着简一凌的头砸了下去。

这是莫诗韵给简允卓送饭菜所用的饭盒。简允卓没什么胃口，只吃了一点儿，饭盒里还剩了一大半的饭和菜。

他的动作太快，房间里的其他人没来得及阻止他。

塑料饭盒砸在了简一凌的头上，饭和菜从她的头上落到脚上。

"小凌！"温暖惊呼出声，急忙跑过来。

这要是以前，遇到这样的事情简一凌早就又吵又闹了。

但是，如今简一凌只是默默地承受着。

"我没事。"简一凌用手背擦了擦自己脸上的污渍。

她没有诉苦，没有埋怨，只是静默地承受着。

"怎么了？这样就觉得委屈了吗？我不就是砸了她一下吗？你们这就受不了了？"简允卓讥讽的声音响起。看到母亲的紧张情绪，他的心里愈发不是滋味。

温暖的手僵住了。

横在两个受了伤的孩子中间,她一时不知道该怎么办。

病房里的气氛一时变得很沉闷、凝重。

简一凌说:"我去一趟洗手间。"

简一凌说罢,转身出了病房,没有再让她的父母为难。

温暖看着简一凌的背影,心里满是酸楚。可她知道自己必须硬下心肠来。

简一凌在卫生间里简单地清理了一下,又独自回到了病房门口。

温暖正在病房门口等她。看到她回来,温暖又心疼又酸楚,不知道该对她说点儿什么。

"我在外面等你们。"简一凌说。

温暖低头望向她,犹豫了一会儿说:"那好,妈妈先进去,你在外面等妈妈,别走远。"

温暖回到病房里,一家人开始转移话题,气氛渐渐变得融洽。

简允卓依旧很绝望,但是在面对父母的关心时,已经没有那么抗拒了。

简一凌在门外透过缝隙看着一家人和睦相处的画面。

简一凌知道自己现在如果进去的话,就会将这一幕破坏掉。

一个小时后,温暖让丈夫先带女儿回去,自己则留下来照顾简允卓。

小儿子的手受伤了,这个时候他最需要人陪。

简书沵也不劝说,便打算带着简允丞和简一凌回家。

回去的路上,简允丞坐在副驾驶座位上,简一凌和父亲坐在后排。

"我会帮你请一个星期的假,这段时间里你好好反省。"

说话的人是坐在前面的简允丞。他对简一凌有着很明显的敌意。

简书沵见简允丞对简一凌的态度如此强硬,便说道:"允丞,一凌现在刚念高一,请一个星期的假不太好吧?"

"她现在首先要学的是怎么做人!爸,你别忘了你和妈刚答应过我的事。"简允丞提醒道。

简书沵刚才当着简允卓的面答应了简允丞,回去之后要对女儿严厉一些,没想到还没到家,就又本能地护上了。

简书沵也很无奈。这女儿他当宝贝宠了十五年,突然让他改变态度,他还真有些转不过弯来。

不过,一想到如今在医院里的三儿子,简书沵便又强迫自己板起脸来。

简允丞继续对简一凌说:"这一个星期里你好好反省,听到了没有?"
他的雷厉风行更胜于他们的父亲。
简一凌点头。
在家休息几天,对她来说是有好处的。

曾经,在发生这件事之后,简允丞也是这样严厉地对待简一凌的。
简允丞不是不认这个妹妹了。相反,正是因为她是他的妹妹,所以他才会花心思来严厉地对待她。他是希望这个妹妹变好的。
简允丞作为大哥,其实是很宠爱自己的小妹的。
正因为对小妹有很高的期望,他才会这么严厉。
但是,简一凌没有察觉大哥的心思,反而因为大哥的态度越来越不喜欢大哥。
这两个人都不会直白地表露自己的真情实感,一个内敛,一个叛逆。
两个人谁也没有服软,相互误会,相互厌恶。
最后,简允丞变相地失去了妹妹,还将自己对妹妹的感情转嫁到了相对成熟、懂事的莫诗韵的身上,后来给了莫诗韵很大的帮助。
到家后,简书洍和简允丞都有事情要处理,便各自回了房间。
简一凌没有马上回自己的房间,而是去了她二哥的书房里找显微镜。
简家的每个孩子都有自己的书房。简家的老二简允陌现在在国外念书,读的是生物学。
简允陌在家里的时候,为了方便学习、研究,父母给他在家里配备了一个小小的实验室,其中的器材就包括几台显微镜。
这几台显微镜中,有医用光学显微镜。这几台显微镜,每一台都价值不菲,寻常人家定然不会在家里购置这样的设备。
当然,这台医用光学显微镜与正式手术时要用的那台仪器相比,还是有些差距的,但是让简一凌用来热身已经足够了。
因为搬运显微镜很麻烦,所以简一凌干脆留在她二哥的实验室里进行操作训练。
简一凌最先用的实验道具是从厨房里拿来的鸡蛋,做鸡蛋表面薄膜的缝合手术。
用掉几个鸡蛋后,简一凌又去厨房里偷了一只猪手来进行操作训练。
除了待在二哥的书房里,简一凌还开始频繁地上网,噼里啪啦地敲打着键盘,看起来很忙碌。

就在简一凌专注地忙碌着的时候，简家来了一个客人——十九岁的秦川。

曾经，秦川的母亲是京城第一大家族现任当家人的初恋情人。母亲在和男友分手后才发现怀了他。

后来，母亲独自生下秦川并将秦川抚养长大。母子俩生活得很艰苦，但是秦川很争气，凭着自己的本事闯出了一番天地。

此时的秦川还不知道自己是私生子，更不知道自己日后会成为京城第一大家族的掌权人。

他现在之所以会出现在简家，是因为他从简允丞的手上得到了一份报酬十分丰厚的工作，这些报酬可以用来交学费。

而这份工作就是做简一凌的家教，他要在给简一凌补习功课的同时让简一凌"改邪归正"。

曾经，秦川就是简一凌的家教。

秦川外貌出众，极有耐心。对于被家人不信任，感觉自己被全世界背叛的简一凌来说，他就是当时她生命中的一道光。

那时候的秦川虽然没有显赫的身份，但对于简一凌来说也是特殊的存在。

只可惜，在补习结束之后，简一凌就和秦川失去了联系。

但是，简一凌一直没有忘记他。

后来，简一凌再见到秦川的时候，秦川一如她记忆当中那般美好，只是他更加成熟了，而且身份也变了，从一个穷小子变成了商界大亨。

简一凌不管那些。她只知道自己喜欢他，喜欢这个在全世界抛弃她的时候，唯一陪伴在她身边的人。

但是，秦川爱上了莫诗韵。

比起从小娇生惯养、黑料一堆的简一凌，靠着自己的努力一步步走上来的莫诗韵与秦川更有共同语言，二人惺惺相惜，理所当然地走到了一起。

那个时候的简一凌已经彻底变得偏执，面对自己无法割舍的秦川，选择了毁灭。

得不到的，她就想要毁掉。

最后，简一凌没有毁掉秦川，而是葬送了自己。

现在的简一凌对秦川没有兴趣，哪怕知道他日后会成为京城第一大家族的掌权人。

简一凌不想跟秦川扯上关系,所以知道秦川在她大哥的书房里时,她特地躲在自己的房间里没有出去。

但是,她躲得过初一,躲不过十五。

简允丞很快就来简一凌的房间里找她了,要她去他的书房里谈谈。

简一凌跟了过去。然后,简允丞就讲了给她找了家教的事情。

这是秦川第一次见简一凌。

在他看来,简一凌是一个身材相对比较娇小的女生。她有着长长的头发、白皙的皮肤,眼睛很大,具有简家人都拥有的好样貌。

她穿着白色毛衣和黑色休闲裤。

当然,这也是简一凌第一次正式见秦川。在简一凌看来,秦川的颜值是不用怀疑的。

他的身上还有一种很矛盾的气质——一个穷学生,看起来却像贵公子。

简一凌知道这种矛盾的气质是源于他特殊的身份。他现在虽然穷,但是日后会成为让简家人敬畏的人。

简允丞对简一凌介绍道:"这位是秦川,从今天开始他就是你的家教了。在你休假的这一个星期里,他会负责你的学业,等你回学校上课之后,周末他也会过来给你补课。秦川是从恒远一中毕业的,如今在恒远最好的大学里上学,品学兼优。你要多跟他学习。"

事实上,以秦川当初的高考成绩,他是可以去京城念全国最好的大学的。

只是他的母亲一直病着,他家也没有太多的钱。为了省钱和照顾母亲,秦川选择了留在恒远市。

"知道了。"简一凌简单地应下了。

其实简一凌说话时的语气挺生硬的。对她来说,接受家庭教育只是她向家人表达她愿意接受他们的好意的一种方式。

但是这天生娇柔的嗓音,加上她这长相,让旁边的秦川觉得她乖巧、懂事。

秦川在旁边看着,觉得简一凌和他听说的不太一样。

既然知道要来简家做家教,秦川肯定事先打听过简家的情况。

同时,他也看了最近在盛华高中校园论坛上面很火的那篇帖子。

大家都在说是一向横行霸道的简一凌推她的亲哥哥简允卓下楼梯的,甚至还联名要求校方开除简一凌。

不过秦川知道,以简家在恒远市的影响力,只要简家人没有放弃简一凌,校领导肯定不会开除简一凌。

即便知道简一凌不是一个听话的孩子,他还是接下了这份工作。只因简允丞开出来的价格很高,而他又需要钱。

只要能够赚到足够多的钱,过程辛苦一点儿,教的学生难缠一点儿都不是问题。

但是今天见到简一凌本人后,秦川惊讶地发现这个女孩看起来并不像传闻当中的那么蛮横、傲慢、无礼。

是传闻有误还是这个女孩的乖巧是装出来的?秦川一时还没有定论。

"接下来的一段时间,一凌就麻烦你了。"简允丞对秦川说道。

"应该的。"秦川说道。

"那今天就开始吧,这一个星期你会辛苦一点儿。"

"好。"

辛苦不是问题,他每天都要给简一凌补习,也就意味着每天都能拿到丰厚的报酬。

简允丞也答应了他提出的补课费用日结一事。

这正好可以解决他母亲的医药费。

说得不厚道一点儿,简一凌这次请假对秦川来说是及时雨。

接着,秦川和简一凌就去了简一凌的书房。

简一凌的书房比较具有小女生气息。她爸妈就她这么一个女儿,完全是将她当成小公主养的,连她的书房都被布置得粉粉嫩嫩的。

简一凌当然不喜欢这种风格,这一点儿都不符合她的气质。

但简一凌现在也没空去更改。她有更加重要的事情要做。

秦川一进简一凌的书房,便感受到了扑面而来的浓浓的少女气息。

简一凌果真是简家的小公主,不过据说实际上是恶魔,至少她在学校里的风评是这样的。

秦川对这种小女生当然不会有半点儿兴趣,不管她是恶魔还是公主,给她补课都是他需要完成的一项任务。

秦川拿到了简一凌上个月月考的试卷。

简一凌刚念高一,第一次月考的成绩十分糟糕。

语文、数学、英语、物理、化学、生物、地理、政治、历史九门课程有六门不及格,另外三门也是"低空飞过"。

她的分数可以用"惨不忍睹"来形容。

秦川要简一凌重做一遍试卷上面错了的题目。

"我先自己做，如果做错了，你再给我指出来。"简一凌想尽量避免和秦川有过多的接触。

简一凌还是不习惯跟别人交流，所以语速比一般人的语速要慢一些。

秦川见简一凌坚持，也就没有勉强，到旁边的沙发上坐下，等简一凌做题目。

简一凌趁着秦川不注意，偷偷地将试卷塞到了下面，拿出手机，在屏幕上打起了字。

如果秦川此时走过来看的话，就会清楚地看到简一凌的手机屏幕上全是英文单词。

过了一会儿，秦川过来检查简一凌的改错情况了。

当秦川走过来的时候，简一凌已把手机藏好了，看似专注地在做题。

秦川过来瞄了一眼简一凌写的内容，发现简一凌虽然只改了一道错题，但是改对了。

她的解题步骤是没有问题的，就是速度有点儿慢。秦川还是决定一边讲解一边让简一凌修改。

秦川靠近了。简一凌小心地将试卷下面的手机扫到了自己的大腿上。

秦川没看到简一凌的手机，只看到简一凌瑟缩了一下。

她好像很胆小！

秦川没多想，开始给简一凌讲题了。

秦川讲得很好，深入浅出，通俗易懂，讲到关键处时，还拿起简一凌的笔和纸把关键点写出来，方便她之后复习。

他在拿笔和纸的时候，不小心碰到了简一凌的手。简一凌立马躲开了。

她这反应就像是一只受了惊的小白兔。

秦川一下子有了一种自己欺负了小姑娘的错觉。

事实上，简一凌只是单纯地抗拒与陌生人的接触。尤其这个人是秦川，这种反应属于简一凌的本能反应。

晚上，简书泞从公司回来后便带简一凌回了简家老宅。

简一凌的爷爷奶奶已经知道了这两天发生的事情，所以要简书泞带简一凌回去一趟。

简允卓的事情挺严重的，关系着他的前程。简书泞没有隐瞒二老。

简家的老爷子和老夫人住在简家老宅里面，孩子们都搬出去了。

有什么事情的时候,大家还是会回到老宅里来。

逢年过节时大家更是要回去陪二老。

从简一凌家到简家老宅有半个小时的车程。

到了简家老宅的门口,黑色的大铁门自动打开,车子驶入中庭。

简家老宅是典型的欧式建筑。

老宅内,简家老爷子和老夫人已经等候多时。

简老爷子虽然退休了,但是威严仍在。

他头发花白,身形瘦削,身子骨还算硬朗,就是有些年轻时落下的毛病,天气不好的时候会出来折腾他。

简老夫人同样头发花白,不过依旧端庄大气,自带贵气。

简书沂刚牵着简一凌的手进门,简老夫人便走了过来,一把将简一凌拉到了自己的身边。

"我的小乖乖,可是被吓着了?"简老夫人俯下身,安慰着简一凌。

"妈,这次是一凌做错了事情。"简书沂皱着眉头。他妈这样做,倒像是一凌受了伤害。

简老夫人可不管,只说道:"你少胡说,一凌才有多大点儿力气?她能把允卓从楼梯上推下去?再说了,允卓是她哥,她怎么会故意推他?两个孩子吵闹时允卓不小心跌下去的,你非要说是一凌故意推的他,你怎么能这样?一凌不是这样的坏孩子!"

和简父简母不同,简老夫人坚定地相信简一凌。

简老夫人生了三个儿子,一直遗憾没有个闺女。

自己生不可能了,她就只能指望儿子们了。

没想到,她的三个儿子给她生了八个孙子。

简老夫人那叫一个郁闷啊。

好不容易等到了简一凌的出生,知道是女娃后,简老夫人高兴坏了。

她对简一凌自然就比对其他孙儿多关心了一些。

她经常把简一凌接到老宅里来亲自教养。

简老夫人有这么多的孙儿,就属简一凌在她身边待着的时间最长。简一凌五岁以前,有一半的时间是在简家老宅里度过的。

简一凌是她带大的孩子。她对简一凌的性格还是很了解的。

她觉得简一凌虽然骄纵了一些,脾气不是很好,但是没坏心眼儿,断然不会干出把自己的亲哥哥推下楼梯的事情!

至于脾气不好,简一凌是他们简家唯一的女娃,骄纵点儿怎么了?

简书洐长叹一口气，说道："妈，你不能再这样惯着小凌了。小凌做错了事情，我和阿暖正在尽力管教她。你这一闹，我们不就白忙活了吗？"

简老夫人不听，说道："怎么了？你现在是在说我管教得不好吗？我管教得不好，还不是照样带大了你们三个兄弟？现在嫌我老了，管不好孩子了？"

"妈，我不是这个意思……"简书洐努力解释，怎么解释着解释着他竟成了不孝子？

"反正一凌没错，我相信她！还有，你们家里的那个用人，你们赶紧把她赶走，一凌不喜欢，你们还留着她干吗？"简老夫人把头一转，露出一副自己认定了谁说都没有用的模样。

简一凌望着争论不休的两个人，伸出手，拉了拉简老夫人的衣袖。

简老夫人低头去看她。

"不要吵，我有错。"

简一凌确实是有一部分错误的，至少她不该因为哥哥交了要好的异性朋友就和他发生争吵。

在这个问题上，简一凌确实犯了过于小心眼儿的毛病。

至于是不是她将简允卓推下楼梯的这个问题，她暂时不想做没有意义的反驳。

如果她坚持在爷爷奶奶面前说不是自己做的，又拿不出任何证据，除了让父母、哥哥失望，不会有任何正面效果。

"一凌，你……"简老夫人惊讶地看着简一凌。

听到简一凌诚恳地说出这些话，简书洐被触动了。

他知道，这孩子这一次是真的知道错了。

这时候，一直沉默的简老爷子开口了："一凌，过来。"

简老爷子朝简一凌招了招手。

简一凌迟疑了一下，小心翼翼地走了过去。

简老爷子坐在沙发上，伸出一只手摸了摸简一凌的头，说道："本来让你过来，也是想要问问你爸是怎么处理这件事情的，现在看你自己承认了错误，爷爷很欣慰。"

和简老夫人一样，简老爷子也偏爱这唯一的孙女，向来对小孙女有求必应。

但简老爷子毕竟是简家的大家长，而这次受到严重伤害的人也是他们简家的孩子，最起码的是非还是要有的。

简老爷子的脸色也终于缓和下来了。他对宝贝孙女说:"你哥的事情我就当它过去了,毕竟再深究你的错误,也改变不了你哥的手受了伤的事实。但是,你该受的惩罚、我们该做的后续工作,一件都不能少!还有,下不为例,你明白吗?"

简一凌点头。

简老爷子又说:"我们简家的孩子是绝对不能做出伤害家人的事情的,这一次是念在你年纪还小,并且初犯的分上不追究了。"

简一凌再一次点头。

简一凌丝毫不怀疑简老爷子会对她进行处罚。

因为,曾经下令将简一凌逐出简家的人就是简老爷子。

简老夫人看不下去了,上前一把将简一凌从简老爷子的身前拉开。

"你这老头子,这么凶巴巴的,这是要吓坏她吗?"

简老夫人说归说,但是对自己的老伴儿还是有些忌惮的,要不然也不会在老爷子将话都说得差不多的时候才出来打圆场。

简老夫人和简老爷子相互扶持、恩恩爱爱地过了大半辈子,对老伴儿的性情十分了解。

在小事上,她怎么闹都可以,他绝对会顺着她的;但是在大事上,老爷子是说一不二的。

她若是不识趣,两个人怕是也不会一起走过这大半辈子。

简老夫人又安慰起了简一凌:"好了,小乖乖,做错了事认错就好,以后不许再犯了!下次若真有外人惹你生气了,也别这么冲动,实在不知道该怎么办了,就跟奶奶讲。"

简老夫人真不是一般的护短。

简一凌和简书沥留在简家老宅里吃饭。

吃完饭大家坐在一起品茶。

这时候,简老爷子问起了一件近来对恒远市的人来说不小的事情。

"我听说,京城里的那位爷近来到我们恒远市了?"

简老爷子没有点明"那位爷"是谁,但是简书沥知道他说的是谁。能被简老爷子提及的人,也就只有那位了。

"没错,他来了。"简书沥已经确认了这个消息。

消息是京城翟家的人故意放出来的,为的是让恒远市的人都关照一下这位爷。

"那你注意点儿,尽量与他保持一定距离。这位爷是惹不得的,真要是出了什么事情就麻烦了。"即便是简老爷子,也对此事有着很深的担忧。

"爸,你放心,我知道的。"简书沨心中有数,说道,"不过爸,我不懂翟家的人为何对他这么紧张。虽说翟家这一辈就他一个孩子,但他如今也是成年人了,不该这么小心的。"

翟家人对待孩子的方式让简书沨有些不解。

简老爷子感慨道:"唉,这位晟爷不仅仅是翟家的独苗苗,而且天生心脏不太好,就怕一不小心命就没了。他这条命是翟家人一路保到大的。"

这消息是京城里的朋友透露给他的,这件事在京城也不算什么秘密。

简书沨又说:"不知这位晟爷和天兴集团的掌权人又有什么关系,这次他来恒远市,我不仅收到了来自京城翟家那边传来的消息,还收到了天兴集团掌权人派人来传的话。"

简老爷子知道其中的缘由,于是说道:"天兴集团的掌权人不是别人,正是翟家的二爷,也就是晟爷的亲叔叔。早年间,这位二爷是个狠角色,不服管教,没少闯祸,还有一堆仇家。有一次,仇家找上他寻仇,他大哥为了救他死了,这位二爷这才痛改前非。他自觉有愧于他大哥,所以多年来一直未婚,除了工作便是照顾他的侄子。他还曾对外宣称,他的商业帝国以后都是留给他的侄子的。"

这其中的缘由一般人是不知道的。简老爷子也是从定居在京城的友人那里得知这一消息的。

因为翟二爷有愧于兄长和家人,所以出来闯荡、打拼的时候并未提及自己的身世,以至于大家虽然知道他姓翟,但不知道他与赫赫有名的京城翟家的关系。

"没想到天兴集团的掌权人和翟家竟然是这样的关系。"

这确实让人有些震惊,因为不管是京城翟家,还是天兴集团,实力都比他们简家强了太多。

简一凌在旁边捧着茶杯小口小口地喝着茶,也听到了她爸爸和爷爷的谈话内容。

京城,翟姓。

简一凌的脑海里立刻蹦出了一个名字。

是他!他既是大反派,也是曾经的秦川回到京城之后遇到的最大威胁!

他来恒远市了?简一凌并不知道这位爷为什么会在这个时间段出现在恒远市。

曾经,这位爷有什么样的结局、和秦川之间的斗争是如何收场的,简一凌并不知道。

简一凌知道的是，这位爷不仅脾气不好，名声也不好。

他做事不顾后果，对什么事情都不上心，包括自己的性命。

他不怕死，怕他死的是他的家人。

京城里流传着一句话："天不怕地不怕，就怕晟爷说自己心口疼。"

晟爷一说自己心口疼，翟家就得鸡飞狗跳，京城里的其他人家就会跟着鸡犬不宁。

众人喝完茶，天色已经很晚了，简老夫人还不放简一凌回去。

"温暖要照顾允卓，你工作忙顾不上，不如把小乖乖留在我这里吧？"简老夫人想留住简一凌。

"允丞给一凌请了家教，一凌每天要补习功课的。"

"那你让家教来这里给一凌补习不就行了？"简老夫人不觉得这是问题，反正什么都没有她的小乖乖重要。

"妈！"简书洐的表情很是无奈。他求助般望向简老爷子。

小凌这几天刚变得乖巧了一些，这会儿将她塞给她奶奶，被她奶奶这一惯，又惯回去了怎么办？

"好了，你要是想小凌，就等周末的时候把她接过来住两天。"简老爷子开口，劝住了简老夫人。

接下来的几天里，简一凌一直在家里待着，整日不是窝在她二哥的书房里，就是在自己的书房里接受秦川的辅导。

这一天早上，简允丞一起床就感觉头重脚轻，喉咙里火辣辣的，想开口说话，但只能发出喑哑的声音。

简允丞感觉自己的身体有些烫。

简允丞猜想自己是发烧了，多半是得了最近流行的流感。

这个时间他爸已经去公司了，他妈还在医院里照顾小卓。

简允丞便又躺了回去，觉得再躺一会儿兴许会好受一点儿。

就在简允丞迷迷糊糊时，房门开了，一道娇小的人影进了房间。

有人蹑手蹑脚地走到了他的身边，接着，一只柔软的小手放在了他的额头上。

迷迷糊糊中，简允丞知道这是他妹妹简一凌的手，只是他不知道她要干什么。

没过一会儿，简一凌就离开了简允丞的房间，但是没过多久她又回来了。

她再次进入简允丞的房间里时，手里还拿着一些东西。

紧接着，一块凉凉的东西被放到了简允丞的额头上，简允丞这才彻底清醒过来。

他看着正在他的床边忙碌的人，心里充满了不解。

简一凌把退烧药和消炎药递到了简允丞的跟前。

"你怎么知道我生病了？"

简允丞的喉咙很痛。他发声时很艰难，好像多说一句话就会用掉他全身的力气。

"你没早起。"

简允丞的生活作息很有规律，他每天都是在同一个时间起床的。

简允丞今天没在那个时间起床，简一凌就觉得有问题。她等了一阵后还没见他起床，便推开了他的房门。

见简允丞还睡着，简一凌走到床边摸了摸他的额头。

于是，她知道他发烧了。

简允丞知道自己发烧了，如果不想去医院的话，就要乖乖吃药。

简允丞还没伸出手，那只小手就把药送到了他的嘴边。

简允丞张口，将药含在了嘴里。

紧接着，简一凌把温水送到了他的嘴边，他只要微微低头就可以喝到。

简允丞就着温热的水吃了药。

药效发挥作用，简允丞被困意席卷。

此时，简允丞始终感觉身边有人，虽然对方很安静，但是他还是能感觉对方给他更换了额头上的毛巾。

不知不觉半天便过去了，简允丞再度醒来的时候感觉轻松了不少。

而他睁开眼睛后第一眼看到的就是坐在他的床边安静地看书的简一凌。

她很安静，也很乖巧，默默地守在他的床边。

察觉简允丞醒来了，简一凌站了起来。

紧接着，她就离开了简允丞的房间。

简允丞愣了一下。

没过一会儿，简一凌就回来了，手里捧着一碗热气腾腾的干贝粥。

简一凌把干贝粥放在了简允丞的床头柜上，然后就这么看着他。

她这是在监督他喝粥？

简允丞看了一眼那干贝粥，色香味俱全，看着很有食欲。

他现在也的确饿了，从早上到现在还什么都没吃过。

简允丞捧起了碗，喝了第一口之后便不愿停下来了。

这粥真好喝，也不知道是不是因为饿极了，这普普通通的一碗干贝粥他竟喝出了绝妙的味道。

简允丞正喝着，简一凌又转头离开了房间。

没过一会儿，她又回来了。

她的手里端着一个托盘，托盘上面摆放着整整齐齐的八个小碗，每个小碗里面都装着一道精致的美食：一碗香煎三文鱼、一碗胡萝卜木耳炒牛蒡、一碗腌制的白萝卜、一枚温泉蛋、一碗柴鱼豆腐汤、一碗玉子烧、一个金枪鱼寿司，还有一小碟水果拼盘。

每一道美食看起来都很精致、诱人。

简允丞本来觉得自己喝了一碗粥已经饱了，但是看到这精致的小食之后又立刻来了食欲。

于是，他又将这八道美食一扫而光。

吃饱喝足后，简允丞瞬间觉得自己已经满血复活了。

他吃完后，简一凌便把碗拿走了。

简一凌不说话，却很好地用行动表达了自己对大哥的关心。

简允丞看着自家小妹乖巧、娴静的样子，心中那团因她而起的怒火消散了不少。

接着，简允丞打开电脑。他睡了大半天，耽误了不少事情。

处理正事时，简允丞还时不时地想起刚才的那顿早点，不知道安嫂什么时候学的日式料理，还怪好吃的。

简允丞想：等允卓从医院里回来了，也让安嫂做一顿这样的早点给他吃。

简允丞并不知道安嫂今天请假了，莫嫂在医院里帮温暖的忙，家里只有他和简一凌两个人。

简一凌请的七天假一晃就过去了五天。在此期间，她一直忙碌着。

除了应付每天必来的秦川之外，简一凌还频繁地使用电脑、手机等电子设备，不知道和什么人进行着交流。

简一凌现在要做的事情有两件：第一，医治好简允卓的手，杜绝他日后变得阴险，成为对她甚至整个简家来说不安定的因素；第二，找到消失的监控录像，这两天简一凌已经调查得知简允卓出事的地方是有监控的，相关的监控录像却已经不翼而飞。

简家人没有注意到这个问题，甚至都不知道事发楼道里有监控。因为简允卓的话对他们来说就足够了。

曾经的简一凌也没有想过监控的事情。她在向家人解释过一遍之后就不愿意再说此事了。

她更是出于逆反心理对家人吼："没错，就是我推的！你们抓我去关起来好了！要不然把我的手砍了赔给他呀！"

今天，简允丞打算让简一凌休息一下，然后带她去医院里看望简允卓。

出门的时候，简一凌背了一个小背包，包里塞得鼓鼓的，好像装了不少东西。

简允丞看见了，但没细问，小姑娘背包也是正常的事情。

简允丞刚将车开出家门，就看到了在路边等车的莫诗韵。

今天本来就是周末，莫诗韵放假在家里。

她的手里拿着一个饭盒，好像是给简允卓准备的。

简宅在半山腰上，这里每天只有几趟公交车过来。

简允丞停下车，降下车窗，对莫诗韵说道："上车。"

坐在后座上的简一凌第一次见到莫诗韵。莫诗韵长得清秀动人。

莫诗韵长着瓜子脸、桃花眼，五官出众，给人一种很亲切的感觉。

不像简一凌，因为五官过于精致，加上性格强势、偏执，让人看一眼就觉得她不好相处。

"大少爷，我还是自己坐车去吧。"莫诗韵小心翼翼地拒绝了简允丞的邀请。

她的声音很甜美，整个人看起来温柔又有礼貌。

"我们也去医院，顺路；而且我不想让我弟吃冷掉的饭菜。"简允丞直接说。

听到简允丞这样说，莫诗韵没有了拒绝的理由，便上了车。

莫诗韵在上车的时候，见简一凌是坐在后座的，简一凌旁边的座位上被一堆衣物占着，那是他们要带去给在医院里的两个人的。

只有副驾驶座还空着，莫诗韵只好坐在了副驾驶座上。

一路上，简允丞一直通过后视镜观察着坐在后面的简一凌。

这件事情是因莫诗韵而起的，如果简一凌真的改了，那么她现在就不应该在面对莫诗韵的时候露出愤怒的神情。

简允丞没有看到简一凌露出愤怒的神情。她低着头在玩手机，看起来很专注，不知道在看什么，仿佛连莫诗韵上了车都没有发现。

简允丞对简一凌的反应还算满意。

接着，简允丞又询问了莫诗韵一些和简允卓有关的事情。

简允丞这两年很少回家，对弟弟的了解还不如莫诗韵了解得多。

简允丞提出的问题，莫诗韵都解答了。两个人聊得还挺投机的。

简一凌在打字。在家里的时候她用电脑打字，出了门在路上时她也不想浪费时间，手指不停地敲打着手机上的键盘，在编辑器里输入了一行又一行的文字和符号。

接着，简一凌又打开了手机邮箱，查看了一下邮件，发件箱里面有好几封全英文的邮件，发送日期都是近几天；收件箱里也有一堆回信，其中有一封邮件是今天早上收到的，简一凌刚才就是在回复这封邮件。

简一凌专注于自己的事情，并没有留意简允丞和莫诗韵一路上说了什么话。

反倒是前面在聊天的两个人都时不时地看一下她。

到医院后，简允丞和莫诗韵直接进病房去看望简允卓。简允卓见到二人后很高兴。

简一凌则被要求先留在走廊里等候。

简一凌便在走廊里找了个座位坐了下来。

此时，走廊里的长椅上还躺着一个年轻的男人。

男人的脸上盖着一件衣服，他好像在睡觉。

"咕噜。"

简一凌听到男人的肚子叫了一声，接着，男人的手机又振动了好几下。

男人没有拿掉盖在自己脸上的衣服，而是摸到了自己口袋里的手机，直接按了关机键。

这证明男人根本没有睡着，而他的肚子还时不时地发出咕噜的声音。

简一凌从自己的背包里面拿出一个保温饭盒。

饭盒里面的饭和菜是她出门前做的。本来她是想给在医院里的温暖和简允卓吃的。

但是他们一出门就遇到了莫诗韵，当看到莫诗韵拿着的饭盒时，简一凌就知道她准备的这一份用不上了。

简一凌拿着饭盒走到男人的身边，伸出手指轻轻地戳了一下男人的胳膊。

男人缓缓地扯下了盖在自己脸上的衣服，最先露出来的是他的一双眼睛。那是一双丹凤眼，眼珠黑白分明且很明亮。然后是他的鼻子，鼻梁挺翘，鼻头圆润，鼻翼狭窄。最后是男人的嘴唇和下巴，嘴唇不厚，但是丰满有型。

男人的颜值高得有些过分。

不过，这不是简一凌会关注的点。

简一凌将饭盒往男人的面前递了递，并对他说道："我听到你的肚子叫了。吃吧，我早上做的，没人动过。"

简一凌特地解释了一下，这不是谁的剩饭剩菜。

简一凌只是觉得自己做的这份饭倒了也浪费，与其丢掉不如给有需要的人吃。

翟昀晟看了简一凌好一会儿，终于确定了一件事情：他被一个小女生"施舍"了。

翟昀晟发现她的长相精致得像橱窗里面摆放着的洋娃娃。

紧接着，翟昀晟的目光又落到了简一凌手上的饭盒上面。

粉红色的饭盒，饭盒上面还有粉红色的独角兽图案。

这时，简一凌注意到简允卓的病房门开了，知道有人要来找她了，于是不等男人伸手接饭盒，便将饭盒放在了男人的大腿上。

接着，简一凌转身走到了简允卓的病房门口。

翟昀晟看了自己腿上的粉红色饭盒好一会儿，脸上突然露出一抹带着邪气的笑容。

温暖将简一凌带进了简允卓的病房。

"简一凌，你又来猫哭耗子假慈悲干吗？"简允卓依旧生气，一见到简一凌，眼睛里面就冒起了火。

温暖的心被狠狠地揪了起来。她想要劝阻，却被简允丞的眼神阻止了。

她越是劝阻，简允卓对简一凌的不满就会越深。

在这场矛盾里面，温暖最好不要替简一凌说话。

面对简允卓的指控和怒骂，简一凌没有反驳，没有解释，没有哀怨。

她安安静静、认认真真地听着简允卓对她的所有控诉和指责，接受他的全部怒火。

她脸色平静，目光清澈。

这一瞬间，不仅温暖心软了，就连简允丞也皱起了眉头。

"简一凌，你不要以为这件事情就这样结束了！我不会原谅你！我永远不会原谅你！就算你做再多的事情，我也不会再把你当成我的妹妹！"

简允卓骂了好一阵，最后不知道是自己骂累了，还是觉得面对这样不还口的简一凌没什么意思，终于停止了骂她。

"妈，今天换我来照顾允卓，你好几天没回家了，先回家去好好休息一晚吧。"简允丞适时开口。

温暖点头，没有跟简允丞客气。

她确实该回家好好洗个澡了。这两天她都是在附近的宾馆里洗的澡，而且因为不敢离开简允卓太久，每次都是匆匆来回。

"那就辛苦你了。"

温暖走到病房门口的时候特意放慢了脚步，好让身后的简一凌跟上来。

等来到停车场，温暖伸手摸了摸简一凌的头。

"小凌，你现在做得很好了，妈妈很欣慰。你哥生气你理解一点儿。他要骂，你就让他骂吧，他心里面苦。这道坎儿会过去的，只要你以后都乖乖的，他会认你的。"

温暖的眼泪从眼眶里面滑落。

自己的两个孩子闹成这样，她这个当妈的心里面跟刀子在割似的。

简一凌觉得自己应该帮温暖擦去眼泪，但手伸到一半的时候停住了，又放了下来。

察觉简一凌的举动后，温暖低头凝望着她。

望着简一凌清澈的眼睛，温暖顿时放声大哭起来。她俯下身将简一凌紧紧地抱在怀里。

这几天，在简允卓的面前她不敢露出难过、悲伤的情绪，怕影响儿子的心情。

这会儿她有些忍不住了。

她的眼泪一旦流出，便像泄洪一般，不把心中的苦涩泄尽便不会停下。

被她抱住的简一凌身体僵硬。

简一凌没有处理这种情况的经验，除了任由温暖抱着她，并不知道自己还应该做些什么。

犹豫了好一阵后，简一凌才伸出手抱住了温暖。

温暖的身体是暖的，流出来的眼泪也是暖的。

许久之后，温暖止了眼泪，温柔地对简一凌说："小凌，以后都乖乖的，都要乖乖的，答应妈妈，好不好？"

"嗯。"简一凌小声答应了下来。

温暖擦干了眼泪，说道："妈妈刚才吓到你了吧？都是妈妈不好，哭什么哭，你爸马上就能联系到能给你三哥做手术的人了，你三哥的手马上就能好了，没什么好难过的。"

温暖说的这些话既是在安抚简一凌，也是在安慰她自己。

简一凌请的七天假结束了，她要回学校了。

今天是周一。

而此时，盛华高中的校园论坛上最热门的帖子依旧是关于简允卓受伤，下黑手的可能是简一凌的那篇。

因为简一凌整整一个星期没有来上学，大家便猜测简一凌被学校开除了。

去学校的路上，简一凌坐在汽车的后座上，将笔记本电脑放在腿上，简单地翻看了一下校园论坛里的消息。

这时候，她的电脑上弹出来了新的消息。

"Dr.F.S，什么时候见个面？我们对你提供的内容很有兴趣。但是你也知道，光是网上交流，我们还没法完全相信你。"

简一凌很快回复道："暂时没有空，若有问题就线上联系，相关的论文我已经投稿到CNS了。"

很快，对方又发来了消息："CNS从审核到刊登少说也要三个月，太慢了。如果你有别的方式向我们证明，可以更大程度地节省时间。"

看得出来，对方很急切。

如果简一凌真是他们需要的人才，那么他们最好现在就和简一凌取得线下联系，再将简一凌招揽到自己的旗下。

简一凌回复道："抱歉，我现在还有其他的事情要处理。"

对方沉默了一阵，又给简一凌发来了消息："那我们继续保持线上联络。"

至少线上的联络不能断掉。

"好。"

回复完信息，简一凌便合上了电脑，将电脑塞进了自己的书包。

司机将简一凌送到了校门口。简一凌从车上下来。

秋日的阳光照在身上暖暖的，简一凌背着书包往校园里走。

简一凌一出现在学校里，就引起了周围同学的注意。

因为推人事件，简一凌已经成了盛华高中尽人皆知的"恶毒妹妹"。

她再出现在校园里，众人神色各异，时不时地朝她投来或是探究或是敌意的目光。

莫诗韵也在差不多的时间从公交车上下来，旁边的同学立马拉住了莫诗韵。

"诗韵，简一凌回学校了！你和简允卓关系很好，你知不知道简一凌为什么在推她哥哥下楼梯之后，还能安然无恙地回到学校里？难道简家人都不管她吗？"

莫诗韵淡淡地笑了一下，回答道："不好意思，这件事情我不知道。不过，如果我是简家人的话，应该也会想要大事化小小事化了的。"

旁边的同学听了莫诗韵的话之后，觉得十分有道理。

"你说得对，我之前就听说简家的长辈偏宠简一凌，现在看来是真的。这都构成蓄意伤害罪了，她竟然还能安然无恙地回学校。"

女同学虽然没有从莫诗韵的口中得知简家人对简一凌的处置结果，但是从莫诗韵的话里断定了推简允卓下楼的人就是简一凌。

女同学名叫朱莎，和莫诗韵、简允卓是同班同学，是高三重点班里的语文课代表，语文成绩十分优异，其他科目的成绩也不算差。她长相一般，与莫诗韵的关系还算不错。

朱莎对简允卓有好感，也尝试和简一凌搞好关系。

但是简一凌根本不搭理她，还一点儿都不客气地让她别痴心妄想了。

于是，朱莎转头对莫诗韵示好。

比起堪称恶魔的简一凌，莫诗韵简直可以算天使了。

朱莎又拉着莫诗韵追问："对了诗韵，你说，我们能不能去探望简允卓啊？班里的好多同学准备了贺卡想送给他。但是我们班也就你还跟简允卓有联系，知道他住在哪家医院、哪间病房。"

莫诗韵回答道："简允卓同学现在应该不希望大家去看他，还是让他好好休息休息吧。"

朱莎的心思莫诗韵知道，但是她不会为了让朱莎高兴就去影响简允卓的心情。为了朱莎的心愿而破坏简允卓和她的关系不划算。

朱莎有些失望地说道："那你能把我们做的祝福卡带过去给简允卓同学吗？我们不过去，总不会打扰他了吧？"

莫诗韵看出朱莎不高兴了，于是又给她吃了一颗定心丸，说道："等过几天他心情好点儿了我再问问他，看能不能让大家周末一起去看他。"

朱莎顿时高兴了起来，说道："诗韵，你真好！你比那个简一凌不知道要好多少倍！不管是颜值、学习成绩还是人品，你都甩了她好几条大街！"

莫诗韵笑道："别让她听见了。"

朱莎不屑地哼了一声，说道："她听到了又怎么了？反正现在学校里的人都知道她是坏人！"

朱莎又在莫诗韵的耳边小声说道："诗韵，你就等着瞧吧！简一凌要是回了学校，就准备接受惩罚吧！"

莫诗韵纳闷儿地看着朱莎，问道："你知道些什么？"

朱莎神秘地笑了，说道："我早就听到消息了，邱姐已经放出消息，要给简允卓报仇。"

"邱姐"是邱怡珍，盛华高中董事长的女儿。学校里甭管男生还是女生，见了她都得尊称她一声"邱姐"。

学校里有很多人崇拜简允卓，这位邱姐也不例外。

现在，简允卓的手被毁了，他可能以后都不能弹钢琴了。邱姐怎么可能不生气？

看来，简一凌这次回学校后要遭的罪不小。

盛华高中是恒远市排名第一的私立高中，能来这里读书的学生，要么成绩特别优异，要么家庭条件特别好。

莫诗韵就属于成绩特别好的，简一凌则属于家庭条件特别好的。

学校里还有像简允卓那样，两者兼备的学生。

简一凌念高一，今年九月份才入学。

不同于简允卓、莫诗韵那样在重点班就读，简一凌的成绩在普通班里都是吊车尾的。

简一凌到了高一（8）班的教室门口。此时，教室里已经来了很多同学。

看到简一凌后，众人露出了惊讶、不可思议的表情。

简一凌没有管他们，而是径直走向自己的座位。

只见，她的座位上堆满了东西，而原本属于她的东西都不见了。

简一凌在教室后方的杂物柜里看到了她的东西。它们被凌乱地丢在那里。

教室里的气氛一下子变得格外诡异了。

简一凌的视线落到了自己同桌的身上。

同桌连忙紧张地解释："不是，不是我，是邱姐！邱姐带人来弄的，我不敢！"

对简一凌的同桌来说，邱姐不好惹，简一凌也不是什么好应付的人。

简一凌知道邱姐是谁。曾经，邱姐和莫诗韵的关系很不错，这种关系在念高中的时候还体现得不明显，等到了社会，邱姐十分讲义气地帮莫诗韵解决过几件麻烦事。

曾经，莫诗韵是一个十分善解人意，人缘特别好的女孩子。

说曹操曹操到。

邱怡珍收到了消息，带着自己的跟班风风火火地过来了，从高一（8）班教室的后门进入。

一见到简一凌，她就凶神恶煞地冲了过来。

邱怡珍身材高挑，留着短发，脸型偏宽，五官端正。

简一凌的同桌直接缩到了一边。

"简一凌，你可真有脸啊！你哥都被你害成那样了，你居然还有脸来学校？你有良心吗？"

简一凌的脸上没什么表情，和她面对简允卓的怒火时一样，面上没有波澜，眼眸清澈。

"谁告诉你他是我推的？"

这个问题她是替曾经的简一凌问的。

曾经的简一凌在十五岁的时候，面对铺天盖地的谩骂声，没能掷地有声地反问他们一句。

"什么谁告诉我是你推的啊？学校里的人都知道是你推的啊！"

"全校的人，有谁是用自己的眼睛看到的？又有谁有证据？"

简一凌语气平静地说道，声音不大，却问得气焰嚣张的邱怡珍不知道该如何回答。

邱怡珍仔细地想了想，学校里的人都知道是简一凌推的，但还真没有人站出来说是自己亲眼看见的。

但是，邱怡珍不甘心就这么被简一凌糊弄过去，又说道："你别以为没有人证，你就可以洗脱嫌疑了！"

啪——

简一凌的右手重重地拍在了课桌上，课桌都动了一下，声音不大不小，刚好可以让安静的教室里的每个人听清。

接着，简一凌用左手从书包里摸出一套手术刀。

"你干吗？你怎么进校园还带着刀？"邱怡珍横归横，但还不会带着刀来学校。

简一凌没回答邱怡珍的问题，左手拿起一把刀，指了指自己的右手。

"赌一只手。"

什么鬼？赌手？她疯了吗？

简一凌顿了顿，继续说："拿出证据，这只手就砍下来给你；如果没有证据，就将你的手砍下来给我。"

简一凌的声音偏稚嫩，甚至还天生地有些甜，但是她说出来的话着实吓人。

她的左手握着手术刀，悬在距离自己右手手腕上方十厘米的位置，一副随时可能切下去的模样。

她平时看起来柔柔弱弱的，此时却带着一股子邱怡珍都没有的狠劲儿。

"你有病啊？"邱怡珍觉得简一凌疯了。

其他人也惊讶地瞪大了眼睛，简一凌的举动太吓人了。

与简一凌距离比较近的简一凌的同桌更是被吓得手足无措。

"你如果有证据就不用害怕，被砍掉的是我的手。难道你没有证据，你心虚？"

简一凌那双清澈的眼眸就这么望着邱怡珍。

邱怡珍看着这双眼睛，竟然有了心慌的感觉。

这是什么情况？

简一凌还是那个简一凌，跟以前的张扬跋扈比起来，现在的简一凌说话时的神情甚至都更加温和了。

可为什么从来没有在从前的简一凌身上感觉到心悸的邱怡珍，竟然在这样平静的简一凌身上有了这种感觉？

"我……"邱怡珍恼了，这么多双眼睛看着，自己要是说"不敢"，那面子上多挂不住？

但是真要跟简一凌赌了，到头来若是输了，那她不履行赌约不是更加没面子吗？

那她以后还怎么服众？

"邱姐，咱不跟她赌，咱去跟校领导举报，她带刀具进校园！"邱怡珍旁边的小跟班给邱怡珍出了个主意。

邱怡珍一听，有道理啊！

她差点儿就被简一凌带跑偏了！

于是，邱怡珍直接带着跟班们撤退了。

她们一溜烟儿地离开了，高一（8）班的同学们还处于呆滞状态。

就这样完了?

邱怡珍是认输了吧?

接着,他们疑惑地望向简一凌。

难道,害简允卓受伤的人真的不是她?

简一凌在邱怡珍离开后,淡定地收起了刀具。

没过多久,教导主任就来了。

教导主任是个五十多岁的中年男人,头发有点儿少,发际线快要到头顶的位置了。

他身材偏瘦小,眼睛狭长。

他是全校学生心目中的"鬼见愁",以严厉著称。

高一(8)班的学生一见到教导主任,立马坐回了自己的座位,生怕被教导主任抓到错处。

教导主任的身后还跟着邱怡珍等人。

现在是早自习时间,其他教室里已经传来了晨读的声音,唯独高一(8)班的教室里一片寂静。

"简一凌同学,听说你把刀具带到学校里来了?"

教导主任眯着眼睛看着简一凌,脸色很不好看。

简一凌的事情在盛华高中闹得那么大,老师们不可能不知道。只不过,简家人跟校领导打了招呼,只说孩子生病了要休养,校领导也不方便追问。

"你知不知道带刀具来学校是违规的?我们盛华高中的校规上明明白白地写着不允许学生带任何刀具进入学校,违规是要受到处分的!"教导主任表情严厉地说道。

"我没带刀具。"简一凌答。

"没带刀具?你居然说你没带刀具?"邱怡珍很生气地说道,"刚才我们大家可都看到了。你带了刀具,还是整整一套!你现在倒是装起无辜了!你骗谁啊?"

教导主任心知肚明,虽然简一凌现在看起来挺无辜,但实际上她是连自己的亲哥哥都能推下楼梯的人。

教导主任劝简一凌乖乖配合:"简一凌同学,你现在交出来,我还能对你从轻处理。你要是不交出来,可就别怪我叫你的家长来了。"

简一凌从抽屉里将自己刚才拿出来的那一包手术刀又拿了出来。

"对对对,就是这包东西!老师,这个黑色的包里装着刀具!"邱怡珍连忙指认说。

"简一凌同学，把这包东西交给我。"教导主任连忙说。

"是糖果。"简一凌说。

糖果？

扯淡呢！

"你哄谁呢？当我没吃过糖啊？那分明就是刀！"邱怡珍翻了一个白眼。简一凌死到临头了还编这种谎话！

教导主任语重心长地劝说："简一凌同学，你要是再胡说八道，就不是擅自带刀具进学校这么简单了。有些人做错一次事情可以被原谅，但是一而再、再而三地做错事情的话，就没有人愿意这么善良地原谅她了。"

教导主任这是在暗指简一凌把简允卓推下楼梯的事情。

简一凌没解释，而是当着众人的面把一把"手术刀"放进了自己的嘴里。

教室里的同学都被吓着了。简一凌这是在干吗？

简一凌的同桌更是直接喊道："简一凌，你别想不开啊！"

然后，众人听到咔嚓一声，简一凌嘴里的"手术刀"断了。

断了！

它居然就这样断了！

从断裂口来看，它的材质分明不是金属。

简一凌一边舔糖果一边解释："这是糖。用砂糖、葡萄糖或饴糖经过配比、熬制、拉糖、吹糖之后做成了刀的形状。"

这种糖刀虽然看着挺锋利的，但切不了任何东西。

简一凌说的是"糖艺"，是一门艺术。

用糖艺做各种动物、花卉、人物的都有。这拿来做成"手术刀"的，简一凌绝对是第一人。

做手术刀看似简单，实际上难度并不小，首先配色就很有难度，要用可食用的色素将糖调配成金属色，并且在很薄的情况下呈现透明的状态。

简一凌又拿起另外一把"手术刀"，在桌子上用力地切了一刀，刀锋就碎成糖碴儿了。

全班同学都看傻了。

最傻的人莫过于把教导主任找来的邱怡珍。

这居然是糖？

这居然真的是糖？可以吃的糖！

这一瞬间，邱怡珍觉得自己就是一个笑话。

教导主任的脸色也很难看。

教导主任有些恼火,好好地带这种糖来学校干吗?存心找碴儿吧!这简一凌果然是个心眼儿坏透了的人!

半晌后,教导主任才咬着牙说:"既然是一场误会,大家就都散了吧。你们班的班长呢?快点儿来组织一下早读!"

除了散了也不能怎么样。

盛华高中可没有规定说学生不能带糖来学校。

教导主任想走,简一凌却还有话要说。

"还有,我的书本被人丢到后面了。"

简一凌声音轻柔,语速缓慢,不像在告状,更像在陈述事实。

闻言,教导主任看了一眼教室后方散落的书本。

这种将同学的书本丢掉的行为确实有些恶劣,发生在他们盛华高中这样校规严明的学校里实属不应该。

于是,教导主任语气严厉地问教室里的同学:"这是谁干的?主动站出来承认,不要等我查出来,查出来了要严厉处罚。"

教室里顿时鸦雀无声,大家都知道是邱怡珍干的。

邱怡珍干这件事的时候,高一(8)班的好多同学在场。

邱怡珍在教导主任的背后站着,用警告的眼神扫视着教室里的同学。

谁要是敢说出来,她回头就要谁好看!

同学们不约而同地保持沉默。

教导主任道:"既然没有人知道,那暂时就这样吧,等回头有谁想起来了,或者有了什么发现,再来我的办公室里告诉我。"

那基本上就是不可能有后文了。

邱怡珍嘴角上扬,给了简一凌一个挑衅的眼神。

简一凌继续平静地对教导主任说道:"事发时间,七天内;监控保留时长,一个月以上。可以看监控。"

简一凌思路清晰,说话不紧不慢,既没有恼怒,也没有退缩。

邱怡珍闻言,心里急得不行,如果教导主任真的去查监控,那她肯定就暴露了。

她一边着急,一边在心里骂简一凌:她的心眼儿真多!她还知道要查监控!

教导主任当然知道简一凌说的方法。他刚才没提,就是不想为了这么一件小事浪费时间、精力。

他原本想糊弄过去算了,却没想到简一凌的思路这么清晰!

当着一众同学的面,教导主任觉得简一凌是在变相地让他难堪。

教导主任板着脸说:"这还用你说?我当然知道要查监控,只不过我是想要给这位做了坏事的同学一个主动认错的机会。"

简一凌点头,说道:"如果那位同学没出现,老师记得查监控。"

简一凌看上去一点儿都不着急,神色平静,眼神清澈,甚至说话时还有些温暾。

反倒是教导主任和邱怡珍被她弄得火气很旺,还不能表现出来。

"好了,时间不早了,一日之计在于晨,你们要抓紧时间好好学习,晨读这么好的时间不要浪费了!你们要清楚现在最重要的任务是学习,其他不该想的、不该做的事情一律不要想、不要做!"

教导主任训了大家两句,又催促班长带领全班同学早读后就赶紧走了,免得再看着简一凌生气。

邱怡珍的心里憋着一团火。她感觉自己这一早上都在被简一凌耍,一肚子的气不知道要去哪里发泄。

关键现在教导主任还真答应了要给简一凌查监控录像!她回去还得好好琢磨琢磨,怎么把这件事情盖过去!

邱怡珍临走前狠狠地瞪了简一凌一眼,那眼神仿佛在跟简一凌说:你给我等着!

简一凌的同桌小心翼翼地瞟了简一凌好几眼,似乎在观察休息了七天的简一凌和之前的简一凌有何不同。

简一凌的同桌叫胡娇娇,长相秀气,胆子有点儿小。

她和之前的简一凌关系一般。

原先的简一凌虽然脾气不算好,但也不是是非不分的人。胡娇娇没有对她不好,她也不会主动欺负胡娇娇。

胡娇娇犹豫了好一会儿才问简一凌:"简一凌,我去帮你把后面的书捡回来吧,一会儿上课时要用。"

胡娇娇觉得有些过意不去,因为书被丢的时候她在,但是她什么都没有做。

"不用。"简一凌的嘴里还含着"手术刀"糖。她喜欢吃甜食,做了的糖既然开始吃了就最好吃完。

"不捡回来?"

"不重要。"简一凌并不怎么在意后面那些被丢掉的书籍。

那些书对她来说可有可无，就算真的要捡，也应该由丢掉它们的人去捡。

胡娇娇发现简一凌好像真的不在乎她被丢掉的那些书本，于是也没再提。

因为根据她对以前的简一凌的了解，简一凌说"不用"就是不要了。

其实，胡娇娇觉得简一凌也没有大家说得那么难相处。简一凌想要什么、不想要什么从来都不掩饰，不需要费力去揣测她的心思。

简一凌就是说话太直接了，不喜欢拐弯抹角，不哄着谁也不捧着谁，常常让别人觉得难堪。

正式上课铃响了，第一节是英语课，简一凌从书包里拿出英语课本放在面前。

接着，她又拿出两本笔记本，一本打开后放在手边，另一本打开后她开始在上面写什么东西。

胡娇娇瞥见了简一凌写在上面的一堆化学公式以及一堆有机物的化学式。

当英语老师走过来的时候，简一凌就把第一本笔记本盖在上面。

那一本是这几天秦川给她补习时她记的笔记，翻到的那一页正是英语部分的笔记，上面是对各种语法的整理、归纳。

英语老师见是学习笔记，也就没说什么。

这还是英语老师头一次看见简一凌这么认真地记笔记。

英语老师也不知道是不是经历这次事情后，简一凌改邪归正了。

但愿她这不是三分钟热度。

对简一凌来说，在学校里上课要比在家里接受秦川的补课轻松得多。

在学校里上课时，她有更多的时间做自己的事情。

老师对她的要求不高，不会时刻盯着她看，这可比躲秦川容易多了。

一整天，简一凌基本上没怎么离开自己的座位，课间休息时也都一直在忙碌。

班里的同学时不时用怪异的眼神看向她，却没人敢真的上去跟她发生点儿冲突。

这时候，学校的论坛里又多了一篇热门帖子。

标题："黑心肠妹妹简一凌重回校园！"

楼主阐述了简一凌今天回学校的事实，后面还附带了从某个角度偷拍到的简一凌的照片。

照片里，简一凌的穿着十分简单，白色上衣黑色裤子，没有多余的花纹、装饰。

她的头发被简单地扎成了一个马尾辫。

二楼："真恶心，她现在故意打扮得楚楚可怜的，就是在装无辜嘛！"

三楼："没错没错，藏着大灰狼的心，装什么小白兔啊？"

四楼："真不知道校领导是怎么想的，这种有暴力倾向的人，还让她回学校，不怕她再干出点儿什么恶毒的事情吗？"

五楼："我慌了，我以后看见她得绕道走，尤其在楼梯处见到她的时候我一定要小心。我爸妈只有我这一个孩子，他们还指望我给他们养老呢！"

六楼："我说校领导到底有没有看到我们的意见啊，为什么还让简一凌回来？"

七楼："简允卓不哭，我们都会支持你的！我们是你永远的后盾！"

学校的校园论坛虽然是需要凭本校的学生信息注册登录的，但登录后的个人真实信息是隐藏的，大家用的是昵称，评论的时候完全不知道谁是谁，根本不需要担心暴露身份。

胡娇娇见帖子的热度不断地上升，后面的评论也越来越多，有些担心了。

于是，胡娇娇小心地戳了戳身旁的简一凌的胳膊，然后把自己的手机推到简一凌的眼前，让她看上面骂她的内容。

胡娇娇小心翼翼地说："不是你做的，要不你上线跟他们解释一下？"

简一凌低头看胡娇娇的手机屏幕，上面议论的观点千奇百怪，就连穿衣风格都能成为议论的焦点。

简一凌注意到了，新帖子的发帖人和在简允卓受伤的帖子里面曝光凶手是简一凌的是同一个人。

这引起了简一凌的注意。

原本，学校里的人只知道简允卓受伤了，没人会联想到简一凌的身上去。

要不是这个人绘声绘色地给大家讲了事发经过，大家也不会把简允卓摔下楼梯的事情和简一凌联系到一起。

胡娇娇小心地观察着简一凌的神情，见她看得认真，却没有愤怒。

于是，胡娇娇又小声地劝了一句："要不，你还是跟他们解释一下吧？你不说，他们还以为你心虚默默认了。"

"谢谢。"简一凌向胡娇娇道了谢，但拒绝了她的提议，"解释就不用了。"

简一凌不认为自己上线跟他们辩论能有什么结果。

见简一凌的确不想进行解释，胡娇娇便也不好再说什么，转过头做自己的事情去了。

秦川今天不用去给简一凌补课，于是回了他如今就读的恒远大学。

他现在念大二，功课没有那么紧张了，而且以他的成绩，就算不去听课，也能够顺利地通过考试，完全不需要担心绩点的问题。

秦川一回寝室，他的室友兼好兄弟白又骞就兴冲冲地扑向了他。

秦川稍稍后退了一步，说道："有话好好说，别这样。"

"川哥，好消息！超级大的好消息！我们的创业资金有着落了！"

白又骞很兴奋地向秦川汇报着他刚刚得到的惊天好消息。

"有人肯投了？"秦川一贯冷峻的脸上也难得地有了激动之色。

秦川和室友一起在开发一款社交软件。这款软件现在已经具有雏形了，他们正在寻找天使轮的投资者。

社交软件上线的前期是需要很多钱的，如果没有人投资，秦川他们将会连服务器都租不起。

秦川和他的室友只有技术，都没有钱。

秦川的室友都是普通家庭的孩子。秦川家更是连普通家庭都算不上。

"对！两百万元！我们的难题马上就能解决了！"白又骞激动得又蹦又跳，跟三岁小孩子似的。

"是哪里的投资人？"秦川连忙问道。

恒远大学虽然是恒远市数一数二的大学，但是在全国的大学中排不上号。

一所普通大学里的学生创业，想要拉到投资是一件十分困难的事情。

"不知道其真名，估计等签合约的时候就知道了。"

"不知道其真名？"这让秦川有些怀疑事情有诈，在见到钱之前，一切值得怀疑。

"对方一直用的是名字的简写，F.S。"

F.S？

姓付吗？

"对方想要多少股份？"秦川又问。

天使轮的投资者会从创业者的手上拿走5%~30%的股份，具体会拿走多少，要看双方洽谈的结果。

现在，秦川他们处于被动的位置，对方如果肯拿出两百万元来，难保不会狮子大开口，要走大量的股份。

"20%。"白又骞回答道。

对方的要求是合理的，毕竟两百万元对现阶段的秦川他们来说是一大笔钱，而且是能解决他们燃眉之急的一笔钱。

"又骞，你把对方的联系方式给我，我来跟他谈。"秦川上心了，不想错过这次机会。

"好的！"白又骞把对方的联系方式给秦川的同时不忘提醒他，"川哥，你要注意身体啊。你既要照顾你妈，又要去给大小姐补课，还要回来跟我们一起忙创业的事情，别把自己累坏了。"

秦川几乎逃掉了所有的课程，即使这样也是忙得每天只能睡四个小时。

"我没事。"

"那个大小姐不好应付吧？"

"比想象中好很多。"说起简一凌，秦川觉得对方比自己预期的好太多了。她既不任性也没胡闹，给她讲题时也不费劲。

在给她补习的时候，他甚至还有空做自己的事情。

秦川很快就用邮件给那位 F.S 发出了信息。

同一时间，盛华高中高一（8）班简一凌调成静音的手机屏幕上面弹出来了一条消息提示：您好，我是秦川，畅行项目的主要负责人。"

简一凌看了一眼消息之后就将屏幕按灭了，没有立刻回复消息。

简一凌不想和秦川有过多的交集，所以投资的事情也不打算让他知道自己的真实身份。

按照曾经的走向，秦川的项目毫无疑问是会成功的，简一凌没理由错过这样的赚钱机会。

她不喜欢秦川，但这不妨碍她赚他的钱，让他给她打工。

之前的简一凌想要秦川的人和心，现在的简一凌只想要他赚的钱。

简一凌特地赶在曾经的投资人出现之前给秦川投资，并且只要 20% 的股份。

因为曾经的投资人会抓住秦川他们急切需要钱的问题，索要 30% 的股份。

简一凌这么做可以确保即使曾经的投资人出现，秦川他们也会更想要她的钱。

放学的时候,来接简一凌的人从司机变成了简允丞。

温暖才休息了两天,就又赶去医院跟简允丞换了班。

作为母亲,温暖想要在简允卓最消沉的时候尽可能地陪在他的身边,帮助他尽快好起来。

护工再贴心、再称职也比不上母亲。

所以,温暖坚持亲自照顾简允卓。

简一凌看到简允丞的脸上有着明显的疲惫之色。

这段时间,简允丞一边照顾弟弟一边打理着他国外正在扩展的公司,常常工作到凌晨三四点。

就连前几天生病发烧,他也只是吃药休息了一下。

简允丞跟简一凌说:"今天家里就我们俩,你想吃什么,我们在外面吃。"

简允丞吩咐安嫂去医院里照顾温暖了。

弟弟还没出院,妈妈不能先病倒了。

简允丞对简一凌的态度与之前相比有了明显的缓和。但他依旧比较严肃,板着一张脸,说话也像是例行公事。

简一凌看了简允丞一眼,说道:"回家吃,你很忙。"

简允丞需要休息,他的眼睛里面已经有红血丝了。

简允丞同意了简一凌的提议,说道:"那就回家点外卖。"

他确实没什么精力去外面吃饭。

他们回到家的时候,简允丞看到玄关处堆了七八个快递盒子,都是简一凌的。今天白天安嫂在的时候帮简一凌签收的。

简允丞也没问她买了什么,一下子这么多包裹。

简家的孩子从小就拥有支配自己的财产的自由。

简家的长辈会从小培养孩子的理财能力。

他像简一凌这么大的时候,就已经尝试着购买股票、基金了。

所以,简一凌从网上买了什么,简允丞是不会过问的。

简一凌让简允丞先回书房休息,说道:"你去睡一会儿,我给你弄好,好了叫你。"

她说话的时候,没有直视简允丞。

简允丞只看到了简一凌圆圆的脑袋和黑而软的发丝。

简允丞以为简一凌说的"我给你弄好"是由她负责点菜。

简允丞没什么意见。他不是挑食的人。

他却不知道在他回书房之后,简一凌走进了厨房。

简一凌看了一下冰箱里面的食材之后,便开始准备晚饭了。

冰箱里有各种品类的新鲜食材。

简一凌先做了一道猪肚鸡,用小火炖上。

简允丞需要补补了。

第二道菜简一凌准备做扣三丝。

扣三丝是一道要将多种不同的食材全部切成很细很细的丝做成的菜,很考验刀工,做这道菜需要技术,也需要耐心。

简一凌刚好要练一下手,虽然切菜和做手术不是一回事,但是同样有锻炼作用。

简一凌从冰箱里找出做扣三丝需要的食材:猪肉、鸡胸肉、冬笋、香菇、火腿肠。

这些都是常见的食材,简家的厨房里经常备着。

她切完食材,就装盘开始蒸。

最后,她又做了一道白灼秋葵。绿色蔬菜也是需要的。

在煲汤和蒸菜的间隙,简一凌到旁边的餐桌上拿出电脑忙了一会儿。

差不多一个小时后,汤煲好了。

两个人,两菜一汤,荤素均有。

这个时候,简允丞也从楼上下来了。因为快一个小时了,他觉得今天的外卖送来得有点儿慢。

他下楼后,看到餐桌上放着热腾腾的新鲜饭菜。

饭菜飘香四溢,引人食指大动。

简允丞确实饿了,所以吃了整整两碗饭,最后还喝了一碗汤。

简允丞不得不承认简一凌点的外卖味道很不错,虽然送菜的速度慢了点儿,但是这味道还是值得等待的。

吃完晚饭,简一凌回到房间后将快递一一拆开,一个快递盒子里装的是迷你摄像头。

它是立方体形状的,比卷笔刀大不了多少,有内存卡,可以直接连接手机热点。

简一凌将它放进了书包。

她将第二个快递盒子拆开,里面装的是黑色的羊毛线团,还有毛衣针。

简一凌将毛线缠到毛衣针上就开始编织了,用的是最常见的平针编织方法。

简一凌没有一次性织完，织了一会儿后就去书房里忙别的事情了。

简一凌比较喜欢劳逸结合。

十一点的时候，简允丞来简一凌的书房里看她，却发现她趴在桌子上睡着了。

为了赶进度，简一凌这一个多星期都没怎么睡好。

她每天接受完秦川的补习，回到自己的卧室后忙碌到后半夜，几乎和简允丞是同一时间睡的。

简允丞看着简一凌熟睡的模样，眉头微微皱起。

她那张白嫩的小脸看起来有些憔悴。

这几天，他将她的时间安排得满满的，没有给她什么休息的时间，是不是累到她了？

简允丞走到书桌前，将简一凌一把抱起，打算抱她回房间睡觉。

没想到，他刚将她抱起，她便被惊醒了。

她的身体本能地挣扎着，一双眼睛里满是惊恐。

直到简一凌看到抱着她的人是简允丞之后，眼神才渐渐地归于平静。

简一凌不习惯别人的触碰。

曾经作为一名医务工作者，简一凌知道这和她从小缺少家人的亲昵有关。

她知道原因，但不能改变。

简一凌的惊恐和挣扎让简允丞吃了一惊。

那一瞬间，简一凌眼中的惊恐是简允丞不曾想到的。

即便现在她已经停止了挣扎，简允丞还是能够感觉到她紧绷着的神经。

简一凌伸出手，轻轻地推了推简允丞的胸口。

她的动作幅度不大，但是反抗、拒绝的意思很明显。

简允丞蹙眉，但不得不放下简一凌。

简一凌脚一落地，便对简允丞说："我先睡了。"

然后，她随手收拾了一下桌子上的东西，将它们全部装进书包，接着转身回了房间。

简一凌逃跑的样子就像是一只正在躲避猎人的小动物。

而简允丞就是那个追捕猎物的猎人。

简允丞不禁开始思考。他对她是不是太严格了？她毕竟只是一个十五岁的小姑娘。

可简允丞转念一想，又觉得自己不该有这样的想法。

一凌做错事是事实。他心疼她，那么谁来心疼被毁了手、毁了前程的允卓呢？

相比于允卓受的罪，一凌这几天受的累根本就不值一提。

这么想着，简允丞便将简一凌的事情放到了一边，转头回了自己的房间。他要尝试着找找他在国外的朋友，看他们能不能帮忙联系上这方面的专家。

第二天早上，简允丞送简一凌去学校的时候，表情又变得冷淡了。

一路上，两个人一言未发。简允丞专心开车，简一凌则专心地玩她的手机。

简一凌到教室没多久，邱怡珍又来找她了，照旧带着两个跟班。

昨天因为简一凌，邱怡珍差点儿火烧眉毛。

后来才知道监控坏掉了，今天才修好。

这会儿再见到简一凌，邱怡珍很是得意。

"简一凌，你倒是很会耍小聪明啊！还想用调监控来让我受处分？你看看我受处分了吗？"邱怡珍今天是特地来嘲讽简一凌的。

她对着简一凌就是一顿嘲讽。

她的话让高一（8）班已经进教室的同学听了觉得不太舒服。

不过，依旧没有人吭声，一来大家惧怕邱怡珍；二来在高一（8）班的同学看来，邱怡珍不是什么好东西，简一凌也是跟她差不多的货色。

她俩吵架，就是狗咬狗一嘴毛。他们看看就好，不可能傻到掺一脚给自己惹麻烦。

邱怡珍继续讥笑简一凌："对哦，还有今天的监控视频还在呢！你可以去跟教导主任讲，说我今天来找你嘚瑟了！我就站在离你不到半米的地方，一直跟你嘚瑟！让他去查视频求证！当然，前提是我们学校的监控视频有声音！"

说着，邱怡珍和自己的两个跟班一起笑了起来。

学校的监控视频是没有声音的，只能看到邱怡珍在简一凌的面前说话、大笑的画面。这样的画面，邱怡珍完全可以解释成自己是来找简一凌聊天的。

所以，邱怡珍现在在简一凌面前笑得很放肆。只要不动手，简一凌就只能忍着。

简一凌的脸上并没有出现邱怡珍想象中着急上火的表情。

"你不能仗着你爸爸是校董就任意妄为。"简一凌缓缓地说道。

她在简单地陈述着一个大家都知道的事实。

"怎么？你忌妒啊？"

"没错！"邱怡珍其中的一个跟班附和，"简一凌，你好好地照照镜子，弄清楚你现在是什么处境。你就是一只过街老鼠，你还是赶紧滚回家里去吧！我们盛华高中不喜欢你这种连自己的亲哥哥都害的人，知道不？"

邱怡珍就是不想让简一凌再回学校。

作为简允卓的粉丝，她不能在其他方面为简允卓做点儿什么，至少可以在简允卓回到学校前，让盛华高中没有简一凌的身影。

简一凌依旧淡定，神情平和，眼神淡漠。

旁边的胡娇娇听得都觉得难受了，真的不知道简一凌的心脏是怎么长的。

看差不多要到早读时间了，邱怡珍最后警告简一凌："滚出盛华高中，不然你就做好没有一天好日子过的准备！我现在只是警告你，等我的耐心用完了，你就等着遭罪吧！"

邱怡珍终于带着她的两个跟班离开了高一（8）班的教室。

她走后，高一（8）班的同学们都松了一口气。

她在的时候大家大气都不敢喘，生怕不小心惹到她。

这时候，简一凌从桌面上拿起了一个黑色的立方体形状的东西。

她从里面取出一张储存卡，然后将卡插进她带来的笔记本电脑。

旁边的胡娇娇顿时瞪大了眼睛。

然后，她就看见简一凌的电脑桌面上出现了刚才邱怡珍三个人的画面。

"你，你……你录下来了？"胡娇娇不可思议地说道。

"学校的监控不太管用。"

况且，比起学校的监控，自己录更靠谱儿，而且自己购买的设备还可以同步录入声音。

简一凌在回答胡娇娇提出的问题的同时，双手快速地敲打键盘，对这段视频录像进行了简单的模糊处理和消声处理。

消声主要是消除"简一凌"以及"盛华高中"这几个字。

胡娇娇眨巴眨巴眼睛，学校的监控不管用她知道，但是简一凌也太有先见之明了吧？

处理过后，简一凌就把视频传到了微博上，并请了几个大号帮忙转发。

下午的时候，就有几个大号陆续转发了这条视频。

还没到放学时间，消息就被刷上了热搜。

因为打了马赛克，网友并不知道视频里面声称自己是校董女儿的嚣张女生是谁，但这不妨碍他们发表自己的意见。

"这也太嚣张了吧？仗着自己是校董的女儿，就横行霸道吗？"

"这人也太过分了吧？做坏事还做得这么理直气壮！"

"来来来，哪位仁兄帮忙看看，她是哪所学校的，让那位了不起的校董出来跟我们见见面啊。"

没多久，留言评论数就有好几千了，并且还在不断上涨。

打了马赛克，别人认不出视频里的主角，但是盛华高中的师生还是能够认出视频的主人公是谁，因为这身影他们太熟悉了。

可不就是他们学校的大姐大，高三的邱怡珍和她的两个跟班吗？

事情很快引起了校方的注意。邱怡珍的爸爸邱利耀就被通知了这件事情，并且受到了来自校董事会其他成员的压力。

如果事情闹大了，影响他们学校的声誉，受损的就是全体股东的利益。

邱利耀立刻将邱怡珍叫到了自己的办公室里。

"你怎么回事？我邱利耀怎么会生出你这种女儿来？好的不学就知道学坏的！你不好好读书也就算了，还仗着我是你爸就去欺负别人！现在你还想害死我是不是？"

邱怡珍一进办公室，就被她爸劈头盖脸地骂了一顿。

邱怡珍今天还没登录过微博，不知道今天自己找简一凌麻烦的视频已经被传开了。

邱怡珍被骂得也来了火气，怒吼道："什么事情让你发这么大的脾气？你除了骂我，还会点儿别的吗？"

邱怡珍跟她爸爸的关系并不好，父女俩总是吵架。

"你说什么事情？你自己看看！"邱利耀拿起手机，差点儿直接砸到女儿的头上。

他顿了一下，又将手机扔到了桌面上。

邱怡珍拿起手机，点开视频。视频刚开始播放，她的脸色就变了。

这不是她早上找简一凌碴儿的时候的事情吗？

简一凌居然录像了！

邱怡珍的脸都白了。

邱利耀看她这样子，更生气了，说道："现在知道傻眼了？你还真是我邱利耀的好女儿！"

邱怡珍被骂得没了声。

邱利耀再怎么没时间陪她，但在金钱上和身份上都是给足了邱怡珍的。

如果没有邱利耀的庇护，邱怡珍根本不可能在学校里这么横行霸道。

邱利耀继续朝她发火："我告诉你，现在网上的这些，我会找人删掉。今天你必须想办法把原视频找到并删干净！不然，等你的这张脸上了网络，有你的好果子吃！"

现在网上的视频是被打了马赛克的，网友们一时还没有查到邱怡珍和邱利耀。

但是，原视频一旦被发出去，那盛华高中被别人发现也就是分分钟的事情了。

邱怡珍当然知道视频是谁发出去的，这个拍摄角度，除了简一凌还能是谁？

"我知道了，我会搞定的！"

"你最好能搞定！你要是搞不定，就别回来了！今天晚上我还要去见一个重要的人！要是这件事情导致我见不到人，你这个月的生活费就没了！"邱利耀毫不留情地对邱怡珍说道。

被下了最后通牒的邱怡珍直接离开了办公室，直奔着高一（8）班的教室而去。

刚好到放学时间了，简一凌正在收拾东西准备回家。

邱怡珍一进教室门，全班同学就停了下来，紧张地看着她。

邱怡珍来到简一凌的跟前，说道："简一凌！你居然偷偷录视频！你活得不耐烦了？"

简一凌听到背后的声音，并没有马上转过身来，而是不紧不慢地收拾完了自己的书包之后才回过头来。

在她整理书包的时候，全班同学都捏着一把汗。

邱怡珍满腔怒火，拳头攥得紧紧的，很想就这么朝着简一凌捶下去，将她脸上平静的表情捶得粉碎！

邱怡珍看到简一凌的书包后，忽然想起来存视频的东西应该就在简一凌的书包里。

她正要动手去抢，简一凌便开口了："原视频已经被我存在了网盘里。你摔坏我身上的任何东西都是没有用的。"

简一凌的语气依旧平静。现在的邱怡珍越听她这平静的语气就越是火大。

邱怡珍深吸了好几口气，脑海里反复想着她老爸的话才让自己平静下来。

"简一凌，你到底想怎么样？！"邱怡珍竭力压抑着自己的怒火，不让自己冲动行事。

"你我相安无事，原视频便不会流出。"简一凌的回答很简单。

"你这是在威胁我？"她邱怡珍什么时候被人这样威胁过？

简一凌只是看着邱怡珍，不说话。

邱怡珍可以选择不受简一凌的威胁，继续找简一凌的麻烦，也可以选择从此和简一凌井水不犯河水。

邱怡珍的面部表情都扭曲了。旁观的同学觉得她随时都有可能扑上去跟简一凌打一架。

而简一凌那小身板，估计都不够挨邱怡珍两拳的。

在众人的注视下，邱怡珍对简一凌说："好！好！算你狠！"

不算简一凌狠也不行，如果简一凌公布未打马赛克的视频，后果不是她承担得起的。

简一凌从邱怡珍的口中得到想要的回答后，只是轻轻地点了一下头。

接着，简一凌绕开邱怡珍朝着教室外面走去。

全班同学看着简一凌不紧不慢地走出教室，莫名觉得她今天有些帅！

能把邱怡珍治得没辙的学生，只有她！

晚上，邱利耀先去见了旗悦集团的董事长于思邈。他和于思邈有十多年的交情。

这一次，他希望通过于思邈的牵线搭桥，和从京城来的那位爷搭上关系。

那位爷来到恒远市之后就住在于家。因为于家的少爷于希和那位爷认识。

邱利耀便动了心思，想要通过于思邈来拜见那位爷。为此，他还特地派人准备了厚礼。

经过邱利耀的一番软磨硬泡，于思邈终于松了口，同意他今天到于家的老别墅。

于家的老别墅和简家的老宅是挨着的，这附近总共就这两栋房子。

邱利耀见到于思邈后脸上堆满了笑，说道："这次的事情真是多谢你了。"

于思邈人到中年，身体有些发福，但是五官端正，眉目清明，眉宇间透着商场成功人士的锐气。

于思邈摇了摇头，说道："你也别急着跟我道谢，我只管带你去我家老宅，你能不能见到他，得看你自己的本事。"

"知道的。"邱利耀依旧很高兴。

邱利耀想的是，那位爷虽然身份尊贵，但说到底也只是一个纨绔子弟，能有多难搞定？

对付这样的纨绔子弟，他还是很有经验的。

看到邱利耀的这种神情，于思邈无奈地摇了摇头。

他知道邱利耀把那位爷想得太简单了。翟家的人哪个是简单的？

那位爷确实是个纨绔子弟。但就这几天的接触来看，于思邈认为他绝不是好应付的角色。

"他在一楼的娱乐室里，在和我儿子打台球。"于思邈亲自领着邱利耀去娱乐室。

于思邈在房门口停下了脚步。房间里有各种各样的娱乐设施，其中一张台球桌旁站了七八个人。

两个年轻人在打球。他们的身边站着一排穿着黑色西装的保镖。

邱利耀终于见到了这位传闻中十分难伺候的晟爷。

正在台球桌前和于希打台球的翟昀晟穿着一件黑色的衬衫，衬衫上面的三颗纽扣没有扣上，可以隐约看到他紧实、精壮的肌肉。这和邱利耀想象当中的"病秧子"有很大的出入。

邱利耀还以为这个身体不太好的晟爷是个瘦削、孱弱的人，结果就这么看来，真心看不出来这位爷的身体哪里有问题。

邱利耀没敢打断，便和于思邈在旁边等了好一会儿。一直等到翟昀晟和于希打完这一局，邱利耀才笑呵呵地走上前去。

"晟爷。"邱利耀笑着唤了一声。

翟昀晟回头看了他一眼，勾唇一笑。

对上翟昀晟视线的一刹那，邱利耀不受控制地紧张了一下。

这种锐利得仿佛能洞悉人心的眼神，邱利耀上一次见还是在遇到天兴集团董事长的时候。而那一次，他也只是和对方简单地对视了一下而已。他还不够格和天兴集团的董事长说话。

邱利耀抓住机会，连忙拿出自己精心准备的千年老山参——大红色的锦盒里面放着一支根须繁多、摆好了造型的老山参。

"这是我……"

"会玩什么？"翟昀晟打断了邱利耀的话。

翟昀晟看都没有看那支邱利耀花了大价钱买来的野山参。

邱利耀顿了一下，然后看了一眼旁边的台球桌，连忙说道："我玩得不好，跟晟爷肯定没法比。"

"你和于希玩一局。"翟昀晟直接把台球杆递到了邱利耀的跟前。

邱利耀有些没反应过来，闹不明白翟昀晟要干什么。犹豫了一会儿，他才接过杆子。然后，翟昀晟就走到一旁的沙发旁边坐了下来。

邱利耀看了一眼已经在摆球的于希，只能跟于希玩这一局。

于思邈走到翟昀晟的旁边，小声问道："晟爷可是不高兴了？"

"什么？"翟昀晟开口，声音颇有磁性。

他的嘴角噙着淡淡的笑，那笑容意味深长。

于思邈心里咯噔一下，知道晟爷这是故意让他自己来说了。

"我带邱董事长过来见您的事情。"

翟昀晟的右手有一下没一下地敲着沙发的扶手。好半晌，他才淡淡地说出一句话："下不为例。"

"知道了。"于思邈知道以后自己必须拒绝所有访客了。

一局过后，换于思邈过去和邱利耀打。邱利耀想要过来找翟昀晟说话，但是一点儿机会都没有。

于希走到翟昀晟的身边，小声说道："晟爷，托你的福，我可算看到这姓邱的吃瘪的时候了！你不知道当年我在盛华念高中的时候，有多讨厌这家伙。"顿了顿，于希又说，"对了，翟老爷子刚才给我下了指令，让我给你介绍清纯的小姑娘认识认识。"

于希没敢瞒着翟昀晟。翟老爷子让他做啥他都跟翟昀晟老实交代。

翟老爷子想让翟昀晟交女朋友已经不是一天两天的事情了。

实际上，晟爷还远不到被催婚的年纪，没谈过恋爱也很正常。于希也没谈过。

但是，谁叫晟爷情况特殊呢？

在京城的时候，翟家人也给晟爷介绍过女朋友。可是，晟爷就是无动于衷。

翟老爷子甚至直接放出话来，只要能让晟爷看上，家世什么的都不是问题，只要是正经人家的女儿，品行端正就行。

"你搞定。"翟昀晟说罢,给了于希一个眼神。

于希一脸哀怨,知道这句"你搞定"不是让他搞定小姑娘,而是让他搞定翟老爷子。

"晟爷,我觉得我迟早要死在你爷爷的手里。"他不能骗翟昀晟,就只能帮着翟昀晟糊弄远在京城的翟老爷子了。

简一凌正在书房里。简书洐和简允丞同时来找她了。

当看到他们二人同时出现的时候,简一凌就知道一定是有什么事情了。

"小凌,爸爸有一件事情想要跟你商量。"简书洐的眉头皱成了"川"字。他都不敢直视简一凌。

简一凌点了一下头,神情认真又平静。

"那个,你三哥要出院了……"简书洐在公司里雷厉风行,但是面对女儿时,说话却变得吞吞吐吐了。

"还是我来说吧。"简允丞接过话茬儿,"允卓要出院了,但是他的手并没有好,我们暂时没找到能给他做手术的人,医生建议他先回家休养,这样对他的心情有好处。但是,允卓暂时还不想与你见面。我跟爸商量了一下,想在他彻底接受你之前,送你去爷爷奶奶那里。我们已经给爷爷奶奶打过电话了,你明天放学之后就直接回老宅去,有什么需要带的,今天提前收拾好,明天白天我帮你送过去。"

简允丞说完这些话后,等待着简一凌的反应。

在来通知简一凌之前,简书洐、温暖和简允丞三人已经商量了好一阵。他们也分析了简一凌可能会出现的剧烈反应。

简书洐不敢直视简一凌。上一次简老夫人提出要接简一凌去老宅住的时候他没同意,没想到这一次竟然是以这样的理由把她送过去。

"好。"简一凌的回答简单、明确。

说罢,她转头就回去收拾东西了。

简书洐和简允丞完全没有想到简一凌会是这样的反应。他们甚至想过简一凌会大哭大闹,唯独没有想到她会这么安静地接受他们的安排。

看着不哭不闹,安静乖巧的简一凌,父子俩的心仿佛被钝器狠狠地击了一下。

"小……小凌……你……你需要什么的话就跟爸爸说,爸爸……"简书洐试图做点儿什么来安抚简一凌。

简一凌面色平静地摇了摇头。

简书泂和温暖是不舍的,这一点简一凌知道。因为这一幕曾经发生过。

当然,原来的简一凌反应是很剧烈的。她大哭大闹了一场。最后的结果是简书泂和温暖心软了,没有把简一凌送到老宅去。

但结果也是残酷的,因为回到家的简允卓和简一凌就像是悬在简家人头顶上的两把利剑。两个人的矛盾愈发激烈,简家人都因此陷入了深深的痛苦之中。

所以,比起那样的结果,现在的简一凌选择了服从安排,回简家老宅暂住。

第二天一早,不等简允丞把简一凌的行李送到老宅,简老夫人就先过来了。

这才早上八点多,简书泂都还没有出门。

"妈,你怎么过来了?让司机过来就可以了,或者晚一点儿允丞就给送过去了。"

简老夫人故意没有理会简书泂,径直走进门,找到了简一凌堆放在房门口的行李,让司机把行李都搬到车上去。

"妈,你别生气了。你知道这件事情我和温暖也是没有办法的。"简书泂知道他妈这是生气了,无奈地说道。

"我又没说你们做错了。"简老夫人板着一张脸,没给儿子一点儿好脸色,说道,"你们有苦衷,我理解。那我心疼被我从小养到大的宝贝孙女也没有错啊。你们顾不得心疼她了,还不许我心疼她一下了?"

"是是是,妈,我知道的。小凌就麻烦你照顾一段时间了。"简书泂想起昨天晚上简一凌乖巧的模样,心口还是忍不住有些痛。

"不需要你麻烦!我高兴着呢!干脆你以后别接她回来了,让我养着就行了。"

简老夫人心里不痛快,说的话自然也不会好听。

简书泂只能乖乖听训,但以后都让简老夫人照顾简一凌肯定是不行的。简书泂想等简允卓的态度缓和一些后就把简一凌接回来。

简老夫人在离开前跟简书泂表明了自己的态度:"反正我不相信小凌是那样恶毒的孩子。就算她动了手,我也相信只是个意外,不是她的本意。"

简书泂目送简老夫人离开,心里有些异样。

第二章
改　观

放学时间快到了，简老夫人早早地就在盛华高中的校门口等着简一凌了。

光是司机来接简一凌她还不放心，自己也跟着来了。还没到放学的时间，简老夫人就忍不住探头探脑了。

"老夫人，您别急，一到时间小姐就会出来的。"司机小声劝道。

"你不懂，我的小乖乖看起来凶巴巴的，其实特别敏感。"简老夫人亲自养大了三个儿子，又有那么多的孙儿，看孩子还是有一套的。

接着，简老夫人叹了一口气，说道："小姑娘娇气点儿不怕，就怕这两个孩子心里头的结一系上就解不开了。"

他们等了一会儿，简一凌就来了。简老夫人欢欢喜喜地给简一凌拿书包，拉着她坐到自己的身边。

"小乖乖，奶奶想死你了。其实，这次是奶奶跟你爸爸说的，非要你来老宅里陪我，你爸拗不过我。"

"嗯。"简一凌点了一下头，没戳穿。

恒远市东城区，半山别墅区域。

这里只有两栋宏伟的建筑，一栋属于于家，一栋属于简家。

简、于两家都是恒远市数一数二的大家族，并且都有一定的家族历史。

此刻，两栋别墅前的马路上发生了一起不大的车祸，两辆车追尾了，没有人员受伤,就是把路堵住了。

正要回家的简老夫人和简一凌被堵在了路上。

看着离家门口没多远了,简老夫人便拉着简一凌下来,准备步行回家。

简一凌经过车祸地点的时候,看到相撞的是两辆跑车。后面那辆是红色的,前面那辆是绿色的。

绿色跑车的司机此刻就靠在车窗边,动作看起来很随性、慵懒。

简一凌第一眼没看到男人的脸,只觉得是一个高而瘦的男人。

还有,他没好好穿衣服,衬衫的好几颗扣子没有扣。

也不知道是不是察觉了简一凌的目光,男人突然转过头来。男人的视线和简一凌的视线对上了。

是他!

简一凌一眼就认出了男人,是那天在医院走廊的长椅上饿肚子的男人。

翟昀晟看到简一凌后,嘴角突然扬起。

很显然,他也记得简一凌。

简一凌连忙收回了自己的目光。

于希走了过来,发现翟昀晟看什么东西看得出了神,于是,顺着翟昀晟的视线望了过去。

简老夫人和简一凌?

这一老一小,晟爷看她们做什么?

简老夫人和简一凌走进简家的大门后,翟昀晟的目光还没有收回来。

于希有些好奇地问翟昀晟:"简老夫人和简小姐有什么问题吗?"

"简小姐?"翟昀晟扬眉,嘴角的笑意渐渐变浓。

"对啊,简一凌,简家唯一的丫头。你不知道,这简家的第三代是八个男孩和一个小女娃,全家人都宠着这唯一的女娃呢!简老夫人是将她含在嘴里怕化了,捧在手里怕掉了。"

作为世交,于希对简家的情况还是有些了解的。

"走,拜访简家老爷子去。"翟昀晟突然说出这么一句话。

"什么?"于希都听蒙了,拜访简家老爷子?

晟爷说去拜访简家老爷子?

他没听错吧?

见翟昀晟要往简家走,于希连忙拉住他,说道:"晟爷,你还在等交警。"

于希指了指事故现场的两辆车子。晟爷刚才开着车的时候被人追尾了。对方报了警,他们现在在等交警过来。

车是于希的，但是刚才开车的人是翟昀晟。

翟昀晟回头看了一眼后面那辆车子的司机。

他目光犀利，吓得对方一激灵。

后面那辆车的司机是一个二十岁出头的年轻男人，手臂上有文身，本来是个看起来很凶狠的人，这会儿却怂了。

在他知道开车的人是翟昀晟之后，就已经怂了。

他现在想私了！多少钱他都赔！他一点儿都不想耽误晟爷的时间！

简老夫人和简一凌回到简家老宅的时候，客厅里面坐着简家的二媳妇何燕。

简书洐和两个弟弟简书泓、简书澎的关系一直很好。三兄弟相互扶持，共同进退，共同发展简家的家业。

只是，何燕对简书洐一家人颇为不满，总觉得简书洐分了更多的家产，让她的老公简书泓吃了亏。

加上简老爷子、简老夫人偏爱简一凌，更是让她心里有些不平衡。她还担心简老爷子、简老夫人在百年之后，会把两个人的财产全部留给简一凌这个小丫头片子。

大家都是简家的孩子，不能只让简一凌这个臭丫头占便宜。

这一次她听说简老夫人要把简一凌接回简家老宅长住，便坐不住了，直接带着儿子过来了。

她的儿子简宇捷这会儿被简老爷子叫进书房问学习方面的事情了。

见到何燕，简老夫人一点儿都不意外。何燕一没事就带着简宇捷回老宅来看他们。

何燕问候了简老夫人之后，便将视线落到了简一凌的身上。

"小凌真是长得越发标致了。"何燕拉着简一凌的手，脸上的微笑很是慈爱。

何燕在嫁给简书泓之前，是一位小有名气的演员，对表情管理很有一套。

"嗯。"简一凌想将手从何燕的手里抽回去，奈何何燕拉得有点儿紧，她扯不动，又不能太过用力地去扯。她不想伤到自己的手。

"小凌怎么了？以前不是挺喜欢二婶的吗？是不是在学校里面遇到不开心的事情了？和二婶说说，二婶帮你出出主意！"何燕见简一凌的反应有些奇怪，便说道。

以前的简一凌和何燕的关系确实不错。因为何燕能说会道还会演戏，把涉世未深的简一凌哄得团团转。以前的简一凌不知道何燕是故意想将她带坏。她越是无法无天、没轻没重，对何燕就越有好处。

曾经，简一凌变得偏执之后干的一些蠢事就是何燕在后面出的馊主意。

简一凌往后靠，躲避的意图很明显。何燕还是不停地往前凑。

见此情况，简老夫人不满地说道："小乖乖最近心情不好。你别闹，别吓着小乖乖了。"

简老夫人本就不是很喜欢何燕。她有三个儿媳妇，大媳妇和三媳妇的娘家都与简家门当户对，只有何燕是个演员。

简老夫人不是不喜欢何燕的出身和演员身份，而是不喜欢何燕做事的风格。

要不是二儿子喜欢何燕，简老夫人铁定会给二儿子选一门门当户对的媳妇。

不过，简老夫人也只是相对不喜欢何燕一些。何燕进门后她也没刁难何燕，毕竟这日子还是得孩子自己过。

只是在简一凌的事情上，简老夫人的心一直是偏的。

嫡亲的孙儿惹了她的小乖乖，她都照说不误。何燕又怎么能幸免？

今儿个换成别人，简老夫人也是一样的态度，反正谁都没有她的小乖乖要紧。

何燕连忙赔笑道："妈，我没别的意思，我还能伤着小凌吗？我疼她还来不及呢！你知道的，我将小凌当成自己的女儿呢！"

何燕的脸上赔着笑，心里却在咬牙切齿。

她什么都没干，妈就这样说她，摆明了就是对她有偏见。

何燕知道因为自己不像温暖出身名门，所以不得婆婆的喜欢，但婆婆这么说话也太伤她的心了！

简老夫人解释道："小凌最近在为考试的事情发愁、心烦，等她心情好点儿了你再跟她闹。"

何燕笑着说道："妈，我知道了。考试的事小凌就别太在意了，咱家不愁吃不愁穿的，不需要你考多好的成绩，为了这种事情给自己太大的压力不值得。"

何燕总拿这种话来给简一凌灌输"不需要努力"的观念。

何燕不止一次地告诉简一凌，她现在可以靠爷爷奶奶、爸爸妈妈，过些年就可以靠老公和她的哥哥们，以后光是长辈们留给她的那些不动产，也够她吃喝一辈子了。

简一凌伸手扯了扯简老夫人的衣服，说道："饿了。"

简老夫人一听，连忙催着用人把菜端上来："快点儿，我们开饭吧，小凌都饿了。"

等简老夫人带着简一凌去餐厅了，何燕的脸色就变得阴沉下来了。

这死丫头，之前明明很听她的话的，怎么今天转性了？

简一凌若是学聪明了，对她来说可不是什么好事。

借着饭前去卫生间的空当儿，何燕打了个电话，电话响了好一会儿才被人接起。电话那端是一个中年女人。

何燕开口便问："莫嫂，这是怎么回事？简一凌怎么突然跟变了个人似的？"

何燕的语气里满是责怪。

"二夫人，我……我也不清楚。我这几天一直在医院里照顾三少爷，没怎么接触过小姐。"电话那端中年女人的声音轻柔，说话时小心翼翼的。

"那你有继续给简允卓灌输他的手要完了，他的人生要完了的思想吗？"

"我有。但是我很怕，怕他想起那天的细节。我问过医生，人在情绪激动的时候出现的记忆模糊情况是有可能好转的。如果他想起来了，就会知道我在骗他了！"

中年女人的声音听起来有些气虚。她明显是真的很害怕。

何燕安慰中年女人："你别慌。他要是真的想起来了，你也可以说你是看错了。再说，都过去这么长时间了他都没有想起来，多半是想不起来了。他们吵架的时候，两个人本来就有肢体上的接触。他摔下去时又摔得头晕眼花的，哪里弄得清是自己摔下去的还是简一凌推他的？你是他摔倒后第一个出现在他身边的人，只要你说你跑过来的时候看到了，他就不会多想。他只会生气他最爱的妹妹竟然对他这么残忍。爱之深，恨之切，一旦爱了或者恨了，脑子就清醒不了了，年轻人的情绪就是这样的。"

电话那端的中年女人沉默了。

过了好一会儿，中年女人说："二夫人，我看这件事情就这样算了吧，简一凌得到的教训也够多了。先生和夫人都对我挺好的，就连我带女儿一起住过来他们都没有意见，还给我涨了薪水，我不想再害得他们这么难受了。"

何燕脸色骤变，说道："莫嫂，你可要想清楚了！是谁让你女儿念的盛华高中？是谁让你有了待遇这么优厚的工作？你现在想要不做了？可以啊，以后你女儿念大学的学费你自己想办法！"

中年女人一想到自己乖巧懂事、前途无量的女儿，心就又动摇了。

何燕顿了顿，又换成柔和一点儿的语气劝道："你也别想太多了，你做的这一切是为了你女儿。你女儿要样貌有样貌，要才华有才华，理应出人头地。如果因为钱而没能念好的高中、大学，那将会是她一辈子的遗憾。你看她现在，不仅学习成绩优异，还结识了很多出身良好的朋友，前途一片光明。"

何燕的话成功地说动了中年女人。女儿是她的软肋。

"我知道了，为了女儿我什么都愿意做。至于我欠先生、夫人的，我来世再当牛做马还他们吧！"

何燕满意了，说道："那先这样吧，我还在老宅，等一下再去会会简一凌那丫头，看她的葫芦里到底卖的是什么药！"

何燕说完就挂了电话。

她打这个电话本来是想从莫嫂的口中问出简一凌的态度突然发生转变的原因。结果这女人一点儿用都没有，还得靠她自己。

吃饭时，简一凌见到了她的其中一个堂哥——简宇捷。

简宇捷和简允卓都是十七岁。

他们和其他几个哥哥都相差好几岁。

简家的其他孙辈都已经二十几岁了。

简书洐三兄弟本来不打算再要孩子了。但是简老夫人在某一年过年的时候说自己特别想拥有一个孙女，于是老大简书洐、老二简书泓又努力了一把。

结果，就在同一年，简家多了两个孙子。

本来这时候大家都已经放弃了，简老夫人也认命了。却不想，隔了一年温暖意外怀孕了，而且生下来的是大家伙儿心心念念的女娃娃，这可把简老夫人高兴坏了。

正所谓有心栽花花不开，无心插柳柳成荫。

简宇捷看到简一凌后，冲她露出了一个笑容。

虽然何燕怨恨简一凌，但简宇捷是真心喜欢他唯一的堂妹。

她是他们唯一的妹妹，而且长得特别可爱。

她小时候就像个洋娃娃一样，那时候他就可喜欢这个妹妹了。

奈何家里哥哥太多，他抢不过他们，每次只能远远地看着妹妹。

没办法，谁让他和允卓在一众兄弟当中年纪较小呢？相应的，他们的个头和力气与其他几个哥哥相比也差了一大截。

他见到一凌的机会不多。他们一般是在简家老宅里相见，而且那种时候一般是全家人在一起。

像这样没有别人跟他抢的机会很少。

所以，简宇捷把握住机会，一个劲儿地在妹妹面前刷好感。

简一凌也回了简宇捷一个笑容。

她的笑容很淡，但是在简宇捷看来格外甜美。

吃饭的时候，简宇捷坐在简一凌的旁边，一个劲儿地给简一凌夹菜。

"一凌妹妹，你要多吃点儿，要长高一点儿。我十五岁的时候比你现在高半个头呢！"

简一凌在同龄人当中个头偏矮。

她明明已经念高中了，看起来却像个初中生。

"对对对，小凌要多吃点儿，可别为了保持身材就控制饮食。你现在还小，正是长身体的时候，身材的事情以后再注意也不迟的。"何燕也连忙劝道。

简一凌认真地扒饭、吃菜。

旁边的何燕说什么，她都没有什么反应。

简一凌的定性很好。她能在很嘈杂的环境里专注地做自己的事情。

何燕越说越郁闷，觉得自己像个小丑。

偏偏她还不能对这样的简一凌怎么样。

一家人吃完晚饭，便到庭院里坐下来喝茶了。

这是简老爷子和简老夫人的习惯。晚辈来老宅也必然是陪着的。

大家一边喝茶，一边欣赏简老爷子钟爱的兰花。

老宅的庭院本是欧式风格的，但因为简老爷子喜欢兰花，而且在他宣布退休之后便沉迷于种植兰花，故特意在庭院里面辟出来一块地方，修建了与老宅的风格格格不入的中式小花园，里面放置了中式的红木桌椅和茶具，旁边则是那些价值不菲的兰花。

"一凌妹妹，你看我的双手，是不是什么都没有？"简宇捷向简一凌展示了他的双手。

他的手指修长，指节分明。

他给简一凌看了他手的正面和反面，接着手一转，手里突然多出了一朵红色的玫瑰花。

然后，玫瑰花一转，竟烧了起来，再一转，火焰熄灭。他的手里多出了一个钥匙扣，上面挂着一只小巧、可爱的独角兽。

简宇捷把钥匙扣递给简一凌，说道："送给你的。"

简一凌接过那粉嫩可爱的钥匙扣，小声道谢："谢谢。"

虽然她并不喜欢粉粉嫩嫩的东西，但是堂哥好像觉得她应该喜欢。

简宇捷露出满足的微笑。一凌妹妹果然很适合粉粉嫩嫩的东西，下次他一定要多买点儿这样的东西带给一凌妹妹。

旁边的简老夫人笑着说："宇捷的手越发巧了。他确实是做魔术师的好苗子。"

变魔术是简宇捷的爱好。他想做一名魔术师。

这事他跟家里人提过好几次了。简老爷子和简老夫人也知情，并且是赞成他发展自己的喜好的。

但是何燕不愿意，一直以孩子还小，心性未定为理由推托。

她说怕孩子学一阵子就不想学了，到时候不仅做不成魔术师还会耽误正业。

简老爷子则对简宇捷说："若是喜欢就好好学，等你高中毕业了，我就托人给你找一个合适的老师。"

简宇捷听了爷爷的话，十分高兴地说道："谢谢爷爷！"

何燕的脸顿时拉下来了。她说："爸、妈，宇捷的学习成绩优异，如果让他去做魔术师就太浪费了。"

何燕一共生了三个儿子。前面两个儿子不愿意学金融，不愿意经商，她已经没办法了，毕竟那两个孩子都已经二十多岁了。

这第三个儿子她是无论如何都不能让他去做那些没什么出息的事情的。

做魔术师一年才能挣几个钱？

简老夫人解释说："做魔术师还是需要些智慧和灵性的，单靠一双手是做不成出色的魔术师的。如今学习成绩优异也是为了给以后打基础，不浪费的。"

简老夫人知道何燕的心思，但是孩子喜欢什么才是最重要的。宇捷这么多年来一直想做魔术师，可想而知他对魔术的热爱并不是三分钟热度。

何燕心里面咬牙切齿。简老夫人说得轻巧，还不是因为简书泞和简书澎都有能继承家业的儿子，老太太便不愁了！

那她何燕呢？难道要她以后靠侄子们来养活？

何燕压抑着心里面的不满，继续笑脸相迎，说道："这事还是先缓一缓吧，等宇捷高考结束了再说。"

简宇捷脸上的笑容淡了不少，不可避免地出现了失望的表情。

不过，很快他的表情就恢复如常了。他是打不死的小强，要不然也不会在他妈妈如此强硬的态度下依旧坚持自己的想法这么多年了。

就在这个时候，简家来了一位谁都没有料到的客人——翟昀晟。

这让简老爷子既惊讶又纳闷儿。

翟昀晟住进隔壁于家的事情简老爷子一早就知道，但是没有想到对方竟然会来拜访自己。因为简、翟两家没有什么交情，翟昀晟完全没有拜访他的理由。

这些天，想要去拜访翟昀晟的人倒是不少，不过都被于思邈挡住了。

简老爷子没想过去拜访翟昀晟，没想和翟家以及天兴集团强行扯上关系。

所以，虽然翟昀晟住到了他们家隔壁，但两家的人也没有往来。

何燕也惊了。她听说过晟爷。

晟爷来恒远市的事情，圈子里的人基本知道了，何燕不可能不知道。

何燕也动过去拜访晟爷的心思，但是被她老公劝住了。

她老公觉得他们家和翟家没有直接的往来，没有必要强行去攀这个关系，弄巧成拙就不好了。

何燕这才断了去拜访晟爷的心思。

可她没想到，自己竟然能在简家老宅里见到晟爷。

何燕心想：老头子果然是有些牌面的。晟爷到恒远市这么久，第一个拜访的人竟然是咱们家老爷子！

简老爷子亲自去迎客，其他人则陪着简老夫人继续坐在花园里喝茶。

简一凌端着茶杯小口小口地喝着茶，很安静。

简宇捷在旁边给简一凌介绍着他新学的魔术。一部分是他照着书本或者网络上的教程背着他妈妈偷偷学的，另一部分是他自己琢磨出来的。

简一凌虽然不懂魔术，但是也能看出来简宇捷对魔术的热爱，以及他在这方面的天赋。

何燕则有些按捺不住，心思根本不在喝茶上。

看着她坐立不安的样子，简老夫人心中一阵叹息。

对比之下，乖巧的孙女和懂事的孙儿要讨喜多了。

没多久，简老爷子回来了，还带过来了两个年轻人。

其中一个年轻人大家都认识，是旗悦集团的太子爷于希。

于希的样貌算是很出众的。他要身材有身材，要颜值有颜值。

他今日却被他身旁的男人比了下去。

这男人正是简一凌刚才在外面的马路上看到的那个靠在绿色跑车上的男人。

"翟先生请坐。"简老爷子对待翟昀晟的态度与对待一般的客人无异。

翟昀晟不客气地在简一凌的对面坐了下来，同时目光也停在了简一凌的身上。

翟昀晟的嘴角带着若有似无的笑，让人觉得很有侵略性。

何燕有点儿激动地观察着身旁这个长相不凡的年轻男人。

此刻何燕的大脑迅速运转，想着要说些什么。

简宇捷觉得这个男人看他一凌妹妹的眼神不怀好意，这让他有些不爽。

尤其这个人还是个臭名昭著的纨绔子弟。简宇捷本能地不希望这个男人靠近他的妹妹。

简一凌用双手捧着茶杯，小口小口地喝着茶。从翟昀晟出现到他坐下，简一凌一直在思考一件事情：我那天做的饭菜被浪费了。

当时她的确听到对方的肚子咕咕叫了，才想着对方是需要吃饭的人。

但翟昀晟绝不缺饭吃。

翟昀晟的目光没有在简一凌的身上停留太久。在简老爷子开始跟他说话的时候，他就把目光移开了。

简老爷子和翟昀晟谈的是生意上的事情，其他人都插不上嘴。

就连于希也只能在旁边喝茶，生意场上的事情他还远不如简老爷子和晟爷熟悉。

翟昀晟侃侃而谈，在很多方面有独到的见解。

就连简老爷子都不得不感慨、心惊。

大家都说翟昀晟是个不折不扣的纨绔子弟。但是现在看他的言谈举止，简老爷子觉得大家对翟昀晟误会颇深。

翟家的人果然都不简单。

"最近新兴互联网行业风头正盛，您可以选择几个项目来投资。"翟昀晟给简老爷子建议。

听到这话，简一凌抬了一下头，视线在翟昀晟的身上停留了一会儿。

简一凌知道，翟昀晟的预测是完全正确的。

未来的两三年里，会是互联网行业的爆发期。

秦川正是在这个时间段崛起的。

令简一凌意外的是，翟昀晟对市场风向有敏锐的洞悉能力。

曾经，在秦川正式崛起之前，这个秦川日后成长路上的巨大绊脚石——翟昀晟出现的次数并不多，所以简一凌对翟昀晟是缺乏了解的。

简宇捷见简一凌在看翟昀晟，脸色微微变沉。

简宇捷知道有些小女孩在妹妹这个年纪容易被那种又坏又痞的男生吸引，但是他的妹妹绝对不可以！

妹妹以后的男朋友一定要是个正经、可靠的人，绝对不能是纨绔子弟！

而且妹妹现在还小，交什么男朋友？

三年内……不对，五年内妹妹都是不可以交男朋友的！

简老爷子微微点头，并回道："互联网行业确实是十分有前景的行业，不过我们简家以实业为主，对于互联网行业的投资，可以涉猎但不可作为重心。"

"可是我听说，简家大少爷在国外的互联网公司做得正红火？"

翟昀晟说这话的时候，于希纳闷儿地看了他一眼，心想：晟爷不是才来恒远市吗？怎么连简家大少爷在国外搞互联网产业的事情都已经弄清楚了？还知道人家搞得好不好？

"那是允丞这孩子自己拼搏出来的一条路。他没靠家里人，全凭他自己的本事。作为长辈，若是他有需要，我一定全力支持他，他日后若是能将这方面的产业做强做大，我也愿意让整个家族的人配合他。"说到简允丞，简老爷子的语气中难掩骄傲。

简允丞确实是简家孙子辈当中，在商业领域最有天赋的一个了，颇有简老爷子当年的风范。

这让在一旁坐着的何燕心里翻江倒海般难受。

老爷子平日里说得好听，说什么孩子们自己喜欢什么才是最重要的，结果还不是最中意简允丞？

二人聊了好一会儿，于希说道："简爷爷，这周六我要在家里举办一场派对，给晟爷接风，我想邀请宇捷和一凌妹妹过来参加，您看方不方便？"

于家就在隔壁，周六又是休息日，能有什么不方便的？

简老爷子转头对两个孩子说："你们想去就去，每天忙着学习，脑子太累了，偶尔放松一下也是好事。"

简老夫人也同意，说道："去吧，好好地玩一玩。"

简老夫人想着简一凌最近一段时间过得不轻松，让她和同龄人一起放松一下也是好的。

虽然这翟昀晟看着不是什么好相处的人，但于家与简家是世交，于家人是值得信赖的。于希也是一个靠谱儿的孩子，有他在简老夫人很放心。

简宇捷是不想去的，正想着要怎么推托呢，何燕就先一步帮他答应了。

"正巧宇捷这周六没什么事情，可以过来，也正好陪陪一凌。"

简宇捷到嘴边的推托之词全部被他母亲堵了回去。

面对母亲的强势，他一点儿办法都没有。

简老夫人暗暗叹息。平日里何燕拘着简宇捷，周末都给他安排了满满的课程，让他不得空闲。今儿个她却说他有空了，还说是正好陪一凌。

简一凌注意到了简宇捷黯然的表情。

原本不想去的简一凌改了主意，说道："我可以去。"

她的嗓音很稚嫩，语气却是坚定不移的。

果然，简一凌一答应，简宇捷的心情就好了不少，眼神一下子变得明亮起来了。

在他看来，可以和一凌妹妹在一起，即使是参加自己不喜欢的派对也不是什么难熬的事情了。

在其他人没有注意到的时候，翟昀晟勾起了嘴角。

另外一边的简宅。

简允卓回家后第一次和家人一起坐在饭桌边吃饭。

为了让简允卓心情好一点儿，简家人还特地让莫诗韵和他们同桌用餐。

莫诗韵是莫嫂带到简家借住的，本来是不应该出现在主人家的饭桌边的。但是如今因为简允卓，她坐在了原本属于简一凌的位置上。

"先生、夫人，这样不太好吧？我还是和我妈一起吃好了。"莫诗韵被邀请上桌的时候有些不好意思。

"坐吧，今天你是以允卓朋友的身份坐在这儿，不是以莫嫂女儿的身份，不用太拘谨。"

作为一家之主的简书洐开了口。莫诗韵这才小心翼翼地坐了下来。

简书洐今天没什么胃口，时不时地想起女儿收拾行李时的画面。

不知道小凌现在吃完晚饭没有，最近流感盛行，有没有多添几件衣裳，学习是否顺利。

想起女儿比同龄人还要瘦小的身影，简书洐竟不禁有些鼻子发酸。

温暖更是没说话。她在想女儿，又不敢表现得太明显。

跟小凌说让小凌回老宅住的时候，她是故意没来的。她怕她一看到小凌就会动摇。

这会儿想到女儿这段时间都要住在老宅里，她的心里就难受得很。

吃饭时大家都很安静。

莫诗韵全程不敢发出任何动静。

等到吃完饭，莫诗韵回到自己的房间写作业的时候，莫嫂赶忙过来提醒她。

"诗韵，过几天就是大少爷的生日了，你记得给大少爷准备一下生日礼物。"

"妈，我和大少爷并不怎么熟悉，他过生日我送礼物略显殷勤了，并不合适。"

"妈不是要你献殷勤，而是想要借机谢谢简家人对我们的照顾。你住过来也有一段时间了，我们一直也没机会感谢先生和夫人对我们的照顾。"

莫诗韵想了想，觉得母亲的话也有些道理。

"可是，我准备的礼物拿得出手吗？"莫诗韵觉得有些不妥。

大少爷穿的、用的自然都是上等货，随便一件物品的价格都是她们母女俩几个月甚至一年的开销。

"送礼讲的是心意，跟礼物是否贵重没有太大的关系。大少爷也不是那种介意礼物贵贱的人。"莫嫂分析道，"要不你就亲手给大少爷织点儿东西，现在天气冷了，毛衣、围巾或者手套都可以。只要是你亲手做的，心意在那儿就可以了。"

莫诗韵想了想，觉得母亲说的话也有一些道理。

"我知道了，我做完作业有时间就准备一下。"莫诗韵采纳了她母亲的意见。

只是她现在念高三了，学业比较繁重，不一定能挤出那么多的时间来准备。

第二天是周五，简一凌照常去上学。

课间休息的时候，简一凌从课桌里拿出手机回消息。

手机屏幕上，是上次跟她联络的人给她发来的消息。

"Dr.F.S，你发表的研究报告我们已经看到了，对我们现在正在做的研究非常有用。我们真的很想邀请你来我们研究所详细地聊一聊。你看周末可不可以？"

DNS上的研究论文审核周期比较长，但是短期的研究报告审核时间比较短，仅用了一周就通过审核发表出来了。

对方一直在关注Dr.F.S的动向，所以第一时间注意到了。

看完研究报告，对方更想尽快见到Dr.F.S本人了。

简一凌回复："周末有事。"

她周六要去于家参加派对，周日还要接受大哥安排的补习。

"Dr.F.S，我们是真的很有诚意，薪资待遇十分优越，有什么条件你都可以提，我希望你再考虑一下。"

"下周一下午，给我地址。"

简一凌答应了。周末确实没空，周一下午她可以试试假装不舒服，借着去医务室的时间溜出学校。

对方连忙给简一凌发过来一张二维码图片和一个地址。

"这是我们研究所的地址，那个二维码是用来开研究所的大门的，一扫描就可以进入。"

简一凌将图片保存到了手机里。

胡娇娇主动跟简一凌说话:"简一凌,我发现现在邱怡珍见到你都绕道走了。你真聪明,没有直接把原版视频发上去,要是你直接发了原版,邱怡珍虽然会很惨,但事后一定疯了一样来找你的麻烦!"

这是胡娇娇经过几天的观察得出来的结论。

邱怡珍已经不再来找简一凌的麻烦了,而网上相关的视频也被邱利耀花钱删干净了。

简一凌很安静地点了一下头。

经过这几天的相处,胡娇娇已经没有刚开始那么怕简一凌了,也有些习惯简一凌的沉默了。

胡娇娇继续跟简一凌说:"对了,你有没有登录我们学校的论坛啊?这两天关于你的那些帖子都被人删掉了!"

帖子都被删掉了?

简一凌将手机上的界面切换到学校论坛的页面,果然,原本置顶的热门帖子都不见了。

"不是你让人删的吗?"胡娇娇问。

简一凌摇头。

简一凌一直没想过要删掉它们,因为几乎全校的人已经看过了,即使删掉也不能改变大家的看法。

"那你不关心是谁删的吗?"胡娇娇又问。

简一凌再次摇头。

胡娇娇摸着自己的下巴,说道:"根据我多年看《名侦探柯南》的经验,我觉得这件事情不简单!说不定是某个暗恋你的人干的呢!"

这时候,学习委员刘雯走了过来。

刘雯戴着一副镜片很厚的眼镜,表情严肃。刘雯是他们高一(8)班的学霸。

刘雯敲了敲简一凌的桌子,提醒道:"下周二要进行本学期的第二次月考,你们两个争取考及格,不要再拖我们班的后腿了。"

盛华高中的绝大部分学生分两种:成绩好的和成绩不好但是家世好的。

胡娇娇和简一凌都属于后一种。

她们在高一(8)班是妥妥的学渣。

这也是两个人被分配做同桌的其中一个原因。

刘雯又单独对胡娇娇说:"胡椒,你再考不好,以后就真的只能做'包租婆'了。"

胡娇娇家在恒远市市区有一整栋楼,另外还有不少店铺和厂房,每年光是收租就有别人一辈子赚不到的收入。

因为学习成绩不理想,胡娇娇处于回家收租度日的"危险边缘"。

闻言,胡娇娇泄气地趴到了课桌上,一阵哀号:"求不提,你一提我就更心慌了。"

刘雯说:"先给自己定一个小目标,别挂科吧。"

胡娇娇再度哀号:"雯姐,你说的'小目标'是我的人生追求好不好?你还不如给我定一个亿的小目标呢!"

"笔记可以借给你,要不要看?"

刘雯能帮她的也就这么多了。

胡娇娇立马双手合十,虔诚地拜谢:"要要要,雯姐威武!雯姐,我爱你!"

得了刘雯笔记本的胡娇娇飞速往复印室跑去。

盛华高中作为一所私立高中,教学设施很齐全,教学楼里有打印机等各种设备供学生免费使用。

胡娇娇将笔记复印了两份拿回来,自己留了一份,又给了简一凌一份。

简一凌看了看手里多出来的笔记,又看了看胡娇娇。

胡娇娇对着简一凌做了一个表示"加油"的动作,说道:"简一凌,这回考试咱俩都考及格!梦想还是要有的,万一实现了呢?你说对吧?"

"好。"简一凌答应了。

周六一早,于希就亲自来简家老宅找简一凌了。

简老夫人再三叮嘱:"于希,我把我的小心肝交给你了,你可得给我看好了。你们年轻人办派对有时候闹腾得很,可别没轻没重的。"

"简奶奶您放心,别人家的派对闹腾,我给晟爷办的能闹吗?保证比晚会还要温和!大家伙儿就是聚在一起玩玩游戏,绝不闹,也不会喝酒的。"

翟昀晟不能喝酒,这是圈内人都知道的事情。

于希带着简一凌进了隔壁的于家。

和简家老宅一样,于家的这栋房子也是十分有年代感的欧式建筑。

庭院里是欧式花园,种植了大量的玫瑰花和蔷薇花。

此时的于家还很安静。

经过大堂的时候,除了于家的管家和用人,简一凌并没有见到其他的客人。

于希笑着跟简一凌解释:"一凌妹妹你别怕,派对还有一会儿才开始,所以其他人还没来,我先带你过来是有点儿事情。"

于希说着,摸了摸自己的鼻子,这活儿不好做啊,做起来感觉自己像个拐卖小女孩的不良分子。

简一凌倒是没觉得于希在拐卖她。从理性的角度分析,于希是不会做这种事情的。

于希带着简一凌进了娱乐室内的休息区。

翟昀晟正坐在休息区的真皮沙发上。

他看到了走进来的简一凌。她裹着毛茸茸的毛衣,露出一颗小小的脑袋、一张白白嫩嫩的小脸蛋儿。

他觉得于希是带回来了一只宠物。

翟昀晟指了指放在他跟前茶几上的东西,对简一凌说:"小丫头,爷欠你一顿饭,现在还你。"

"你没欠。"简一凌回答道。

她神情淡然,眼神清澈。

那顿饭是她主动给他的,说不上欠不欠的。

"但是爷给出去的东西,从来没有要收回来的。"

翟昀晟的态度十分强硬。

于希连忙把桌上的东西塞到简一凌的手上,并说道:"一凌妹妹,你先看看晟爷要送给你的是什么东西吧。"

简一凌低头看了一眼自己手上的东西——两本账簿一样的本子。第一本的封面上赫然写着"贺云山度假村监控设备调取登记记录"。

简一凌露出了诧异的目光。

贺云山度假村是简一凌和简允卓发生争吵的地点。

那个周末,简爸简妈带着简允卓和简一凌去贺云山度假村,就是在度假酒店的楼梯上发生的事故。

翟昀晟竟然把度假酒店的监控调取登记册送到了她的面前。

怕简一凌不明白,于希给她解释:"贺云山度假村按照规范,在酒店的各个公共区域都安装了监控,也包括事发的楼梯口。并且酒店的监控录像是允许他人查看的,查看时需要进行登记,酒店在这方面的操作一直很规范。"于希又说,"你看看这登记册,就会有意外的发现。"

简一凌翻开了登记册,然后在上面寻找事发当天的查询记录。

当天并没有查询记录,但是第二天,有一个简一凌并不陌生的人名登记在上面。

何燕。

登记的查询时间是事发后的第二天，登记人的姓名是何燕。

第三栏里登记了查询人的身份证号码。

根据身份证号码上面的出生年月日来看，简一凌可以确定这个何燕就是她的二婶，而不是其他也叫何燕的人。

最后一栏写的是调取理由："耳环丢失，怀疑有小偷潜入。"

于希又对简一凌说："下面那本是这家酒店从今年到目前的入住记录，我帮你看过了，何燕今年一整年没有在这家酒店住过。"

于希一边说一边观察着简一凌的神情。

于希不知道自己解释得是否清楚。小丫头的脑袋瓜子能不能转过弯来。

如果不行，他就再给她解释得详细一点儿，得确保她能听懂。

简一凌当然明白她手上的这两本记录意味着什么。

她之前就已经尝试过查询贺云山度假酒店的监控，但是事发当天的监控视频不见了。

而现在，她手上的东西证实很可能是何燕在事发后的第二天，趁着简一凌一家人为简允卓受伤的事情忙得不可开交的时候，去贺云山酒店把相关的视频带走或者销毁了。

"为什么你会查这个？"简一凌抬头问于希。

于希摊手，忙撇清关系，说道："这事不是我干的，晟爷让人做的，我只是让他看了盛华高中的校园论坛而已。"

于希也是从盛华高中毕业的，有盛华高中校园论坛的账号。

盛华高中会保留毕业生的账号，方便他们随时登录母校的校园论坛。

于希在校园论坛上看到了与简一凌有关的帖子，并且让翟昀晟看了。

后面的事情于希就没参与了。

从他让晟爷看到校园论坛上的内容到这两本记录出现在他们的面前，前后不超过三个小时。

这两本登记册还是贺云山酒店的负责人亲自开车送过来的。

于是，简一凌转头望向在沙发上靠着的翟昀晟，问道："你为什么会想到查这些东西？"

她的声音很甜美，但是语气很严肃。

翟昀晟的一只手有一下没一下地敲着沙发的扶手。他不紧不慢地回答着简一凌的问题："比起传言，爷更喜欢用自己的眼睛看。事发地点和时间都不难知道，剩下的只要管对方要监控视频就可以了。"

根据简允卓受伤的时间，找到对应时间里简家人的动向，就可以清楚地知道事发地点和时间。

然后翟昀晟就要求酒店的负责人提供视频，但是酒店的负责人告诉他这段视频不见了。

距离事发时间还不到半个月，监控录像就不见了，明显不符合逻辑。

于是，翟昀晟又要了酒店的另外两份记录，就是此刻简一凌手上拿着的东西。

酒店的入住记录和监控调取记录一般人是拿不到的，但是这对翟昀晟来说不是什么难事。

简一凌沉默了。翟昀晟的这份礼物确实与众不同，是她当前需要的。

简一凌想了想，抬起头，说道："我不能白要你的东西，你有什么需要的，我有的都可以给你。"

简一凌眼神真挚，语气坚定。

于希笑呵呵地对简一凌说："一凌妹妹你有这份心就好了，晟爷不缺什么的。"

其实，晟爷也有缺的东西，只是晟爷缺的，那是如今翟家和天兴集团都没能找到的东西。这小丫头也不可能帮得上忙。

"我能做很多事情。"简一凌强调。

于希当然没把简一凌说的这句话当一回事。

简一凌有这个心是好事。但是晟爷的事，她怎么可能有帮得上忙的地方呢？

翟昀晟突然起身，走到简一凌的跟前，双手插在裤兜里，居高临下地看着简一凌，问道："你的身高到我哪儿？"

"肝脏的位置。"

回答这个问题的时候，简一凌抬眼瞄了一眼翟昀晟的胸口，认真地估算了一下位置。

说罢，她赶忙把视线移开。

她倒不是没盯着男人的胸口看过，不过一般她看的时候对方都是躺着的，甚至有可能是意识不清醒的时候。

旁边的于希问："一般人不是会说'胸口位置'吗？"

简一凌解释："胸口区域比较大，误差在十厘米以上。肝脏区域的误差可以缩小到五厘米。"

好吧，但这不是重点。

重点是她站在身高一米八三的翟昀晟面前，就像个没长大的孩子。

翟昀晟说:"所以,小孩子家家的,不要想着等价交换的事情。爷给你的,你就乖乖地接受,爷又没图你什么。"

简一凌不认同,说道:"你没比我大几岁。"

简一凌这回抬头了,视线和翟昀晟的视线相撞了。

她那双清澈、明亮的眼眸里,透着一股和她这张稚嫩的小脸不符的坚定。

看样子,不让她做点儿什么是不行了。

翟昀晟笑了。

听到笑声,简一凌又抬头瞄了他一眼。

他本就颜值很高,笑起来格外好看。

她不知道他在笑什么。

笑过之后,翟昀晟还是认真地思考了一下这个问题。

让简一凌做点儿什么好呢?

做饭她确实会,那天的菜品很是美味,既有饭店大厨的手艺,又有家常小菜的温馨感觉,他现在回想起来还觉得唇齿留香。

但是,翟昀晟想象了一下眼前这道娇小的身影在厨房里忙上忙下的样子,接着又将视线落到那双白嫩的小手上,想想这双小手拿菜刀颠大勺的样子。

顿时,他放弃了这个念头。

他还是不折腾她了。

搞得跟他有虐待小姑娘的倾向似的,他可没有这样的兴趣爱好。

要不,让她给他按按肩膀?

但是可能他还没感觉到她的力道,她的手就已经发麻了,跟做饭比起来也没好多少。

思索过后,翟昀晟对简一凌说:"那就当你欠我的,你打个欠条,回头我有用得上你的地方再向你取。"

翟昀晟是随口说的,只是为了敷衍一下简一凌,免得她不依不饶地要还他的人情。

"好,一言为定。"简一凌答应了。她是认真地记下了的。

她没有欠别人东西的习惯。

在简一凌过往的经历里,她所得到的一切必须和她的付出成正比。

于希问简一凌:"你知道你手里的这两本册子应该怎么用吗?"

看着简一凌的样子,于希很不放心。

她可别傻乎乎地抱着两本册子就去找何燕算账呀。以何燕的精明程度,单凭这两本册子是不可能钉死何燕的。

简一凌要是这么做了,说不定会给自己惹来更大的危险。

"我知道。"

简一凌说这话的时候语气很笃定,奈何抵不过她这副身体带给别人的柔弱的印象。

于希怎么看都觉得不靠谱儿,于是说道:"要不,你还是把这两本册子先放在我这里吧,回头有什么事情你再来找我。"

"不用。"简一凌毫不犹豫地拒绝了。

"那你自己注意点儿。"于希叮嘱道。他是真的担心简一凌傻乎乎的,反过来被人害了。

翟昀晟看了简一凌一眼,说:"要不要让于希给你找一间客房休息一下?"

简一凌又一次对着翟昀晟露出了疑惑的表情。

"怎么了?难道你想在派对中凑热闹吗?"

"不想。"

翟昀晟的语气说不上温柔,但态度也还算有耐心。他又说道:"那就去休息,你的眼睛里都有红血丝了,真当自己是小兔子了?"

兔子的眼睛才是红的。

翟昀晟是除了简老夫人以外第二个发现简一凌最近缺少睡眠的人。

"红血丝?有吗?"于希连忙凑到简一凌的跟前去看。

于希一路带着简一凌从简家到于家,都没有注意到简一凌的眼睛里有没有红血丝。

于希一凑近,简一凌就后退。

与别人的距离太近,会让她觉得不舒服。

于希还没来得及看清楚,就被翟昀晟一把拉了回来。

"还不去安排房间?"翟昀晟眼睛一眯,不悦地说道。

"我让管家去。"于希喊来了管家,让管家带简一凌去客房里休息。

留下来的于希在翟昀晟的身旁坐下,满心好奇地追问:"晟爷,我挺纳闷儿的,你为什么这么帮着那小丫头?这么关心人家累不累?"

"她长得像我以前养过的宠物。"

晟爷以前养过的宠物?

于希认真地回忆了一下,问道:"你是说,你以前养的那只小白兔?"

一凌妹子确实像小兔子,脸蛋儿柔软白嫩,头发细腻、顺滑,让人想像摸兔子毛一样去摸一摸。

于希见过晟爷养的那只小兔子，但是他记得晟爷养兔子的时候没那么上心。

晟爷不仅不上心，好像还……

于希想起来了，说道："不对啊晟爷，我怎么记得你的那只宠物兔子被你用地瓜叶喂得贼壮实，最后被你吃了啊？"

简宇捷特地起了个早，让司机开车送他来简家老宅。

车子在门口停下后，简宇捷就开始从车上往下搬东西。

简老夫人从屋里出来，看到简宇捷大包小包地往家里拎东西，问道："宇捷，你妈妈答应你来老宅长住了？"

据简老夫人对何燕的了解，这事不太可能。

何燕虽然希望简宇捷在二老面前刷存在感，但是不会把简宇捷交给二老照顾的。

因为她知道一旦把简宇捷交给了二老，她就阻止不了简宇捷做魔术师了。

"不是，这些是给一凌妹妹的。"简宇捷一边和司机、用人一起搬东西，一边喘着气回答着简老夫人提出的问题。

"给一凌的？你给她买了什么？"简老夫人很好奇，宇捷这是买什么买了这么多。

"有好多毛绒玩具，一凌妹妹家里肯定有，但是她搬到这里的时候应该没带。我就买了一些，放在她的房间里。还有几个包包，还有文具一类的。"

简宇捷昨天放学后去逛商场了，大肆消费了一番，把他的钱包都掏空了。

简家的孩子每年都能从长辈们的手里拿到不少压岁钱，但是简宇捷的存款很有限。因为他妈妈不同意他做魔术师，平日里与魔术有关的东西他只能自己偷偷掏钱买。

而他妈妈在知道他把钱花在这方面之后，干脆不给他生活费了。有什么需要买的，她直接买给他。

"好啊，你就记得给你妹妹买！我呢？奶奶没有吗？"简老夫人故意逗简宇捷。

"奶奶……"简宇捷尴尬了。

"好了好了，奶奶逗你呢，你多陪陪你妹妹也好。她最近一直睡不好。"

简一凌是睡的时间少。简老夫人以为她是没睡好。

"一凌妹妹睡不好吗？那我去给她买点儿能安眠的香薰。还有，据说花茶也是助眠的，还有……"

简宇捷开始在脑海里搜索助眠用品,然后列出了一张清单。

"好了好了,瞧你想的,好像奶奶虐待你一凌妹妹了似的!你想的那些啊家里都有,我都让人给一凌用上了。"

简老夫人都看不下去了。她能看着她的小乖乖睡不好而不管吗?

简宇捷不好意思地挠挠头,也是,有奶奶在,吃的用的一定缺不了一凌妹妹的。

"对了,一凌妹妹呢?起床了没有?是不是赖床了?"简宇捷在门口半晌了,都没有看到简一凌的身影。

"还赖床?她去隔壁于家都好一会儿了!"

"这么早?派对不是下午开始吗?"

"于希过来说先带一凌去玩玩,我没拦着。"

简宇捷闻言,脑海里猛地跳出翟昀晟那张充满邪气的脸庞。

"奶奶,我先去隔壁了!东西你让人帮我搬去妹妹的房间!"简宇捷一边跑一边回头冲他奶奶喊道。

简老夫人觉得又好笑又无奈。这孩子,一听妹妹去隔壁了拔腿就跑,就这么一会儿都等不及了?

简宇捷急急忙忙地跑进了于家。此时,受到于希邀请来参加派对的人大部分还没有来。

"宇捷少爷,你怎么来了?"于家的管家认识简宇捷。

"我妹妹呢?"简宇捷着急地问。

"一凌小姐在休息,少爷说让一凌小姐睡一会儿,暂时不要去吵她。"

为了让简一凌睡得好一点儿,管家特地将她安排在了于家距离大堂最远的蔷薇阁楼里。

"在哪里?我去看看。"

简宇捷对管家的话持怀疑的态度。

谁知道管家说的是真的还是假的?

他得见到人才行。

虽然于希人品不错,但是那个翟昀晟一看就是什么事都做得出来的人。

"宇捷少爷,这个……"管家有些为难了。

这时候,于希出来了,对管家说:"你先退下吧,我跟宇捷说。"

"是。"管家连忙退下。

简宇捷见了于希也不客气,直接问道:"一凌呢?"

"你妹妹最近学习太累了,一大早过来的时候眼睛里都有红血丝了;我就让她去客房里补觉了。"

"于希，你可别骗我。"

"我说宇捷，你怎么连我都不相信了？"

于希想：我就这么不值得信任吗？

"我倒不是不相信你。"

我是不信任在你们家里住着的那位。

后面那句话简宇捷没有说出来，但是于希懂。

于希拍了拍简宇捷的肩膀，小声在他的耳边说道："放心吧，他不会的。"

晟爷要是肯，那翟家人也就不用一个劲儿地催了。

随着时间的推移，于家陆陆续续地来了很多人。

能来的人，都是在恒远市有些身份、背景的人。

这是属于年轻人的派对，来的人中年纪最大的也不超过二十五岁。

大家到点儿就来了，十分准时。

虽说这派对是于希组织的，但谁不知道现在谁住在于家？

于希给大家准备了足够丰盛的食物，也安排了派对游戏，还有各种表演，大家唯独没有见到晟爷。

派对什么时候都能有，但是见到晟爷的机会可不是什么时候都有的。

邱怡珍和莫诗韵也出现在了派对上。

按照于思邈和邱利耀的关系，于希在家办派对，不可能不邀请邱怡珍。

而邱怡珍不仅自己来了，还把和她关系不错的莫诗韵也拉了过来。

莫诗韵小声问邱怡珍："邱姐，我过来不太好吧？"

"怎么不好了？参加派对带同伴很正常的，又不是什么正式的宴会，来了就都是朋友，没那么多讲究的。"邱怡珍安慰着莫诗韵，见她不太好意思，忍不住又说她，"我说你呀，总是怕麻烦别人。我都说了，咱们是姐妹，不需要这么见外的。"

"我倒不是这个意思，我是怕给你丢人。"莫诗韵柔声说道。

"你少鬼扯，在我看来，你可比他们这些整天只知道吃喝玩乐的纨绔子弟好了不知道多少倍！你既勤奋又有才华，性格还好。"

"我哪儿有你说的那么好？"

"行了行了，我带你去找点儿吃的，左边是甜点区，右边是水果区，前面还有烧烤区和海鲜区。海鲜区那边有澳洲龙虾和顶级刺身，你想吃什么自己拿就行了。"

邱怡珍知道莫诗韵是第一次来这种场合,怕她不习惯,便带着她拿吃的去了。

"邱怡珍,你身旁的这位小姐姐是谁啊?怎么没见过?"

一个男生走了过来,一米七出头的个子,身形偏胖。

男生满脸笑意,看起来跟邱怡珍很熟络。

参加派对的很多人认识邱怡珍,但是莫诗韵是第一次出现在这种场合,所以很多人没有见过她。

"她是我朋友,莫诗韵。我们学校重点班里的尖子生,才女。"邱怡珍介绍道。

接着,邱怡珍跟莫诗韵介绍这个男生:"纪明,恒远一中的,我哥们儿。"

纪明一脸笑意,说道:"邱怡珍,你这不地道啊,有这么好看的小姐姐,不早点儿介绍给哥们儿认识。罚你回头请吃夜宵!"

纪明凑过来跟邱怡珍打趣。

"去去去,姐最近烦着呢!"邱怡珍烦躁地说道。

"怎么了这是?谁有这么大的胆子敢惹我们邱姐,这不是活得不耐烦了吗?"

"别提了!"

邱怡珍一想到自己被简一凌捏在手里的把柄,心里就特别不爽。

而且,因为那件事情,她被没收了一整个月的零花钱。

今天,她要来于家,她老爸指望着她能跟晟爷说上话,才给了她半个月的零花钱。

"真的假的?你这是被人耍了?"纪明饶有兴致地说道。

"你要是为了笑话我来的,就滚远点儿。"

"别别别,我没这个意思。我们认识这么多年了,我是那样的人吗?你告诉我那人是谁,你若不方便出面,我就帮你去。"

"真的?"闻言,邱怡珍眼睛一亮。

"我明哥说话,什么时候没兑现过?"

"行,就是简家那个目中无人的简一凌。"

"你是说那个简家大小姐?"

纪明认识简一凌。有一次在宴会上他见到简一凌的第一眼便被她吸引了注意力。

她长得很吸引人。

于是,他过去找她聊天。

结果简大小姐脾气大得很，根本不搭理他，还让他滚远点儿。

她那么高傲、那么不可一世，真当自己是公主了！

"除了她还能有谁？"邱怡珍一想到简一凌，就觉得心里憋着一团火，说道，"她把简允卓害成那个样子，还一点儿愧疚感都没有，真是恶心死了！"

"她害了简允卓？简允卓不是她哥吗？"

这件事情只是在盛华高中传开了，恒远一中的人还没听说过。

"所以这事才恶心！简允卓真是倒了八辈子血霉，摊上这么一个心狠手辣的妹妹！"邱怡珍替简允卓愤愤不平。

"啧啧啧。"纪明一阵唏嘘。

简一凌还真的在于家睡着了。

于家的这座阁楼被蔷薇花包围着，外层的墙壁上爬满了花藤。

花香透过窗户飘进室内。

在淡淡的花香的催眠下，简一凌补了一觉。

她醒来的时候，大堂那边的派对已经开始了，不过热闹吵不到她这里来。

想到简宇捷可能已经来了，她便连忙动身往大堂走去。

此时的大堂里已经聚集了很多人。

简一凌在人群当中寻找着简宇捷的身影。

简一凌只顾找人，冷不丁被旁边的一个男人踩了一脚。雪白的球鞋上留下了一个脚印。

"哎哟，没注意！"纪明笑着说道，脸上并没有不小心踩到别人后应有的歉意。

纪明是故意的。他刚和邱怡珍她们说完话，就看到了简一凌。

纪明既然答应了邱怡珍要帮她出气，便不会放过今天这样的好机会。

邱怡珍因为忌惮简一凌手上有她的把柄，就拉着莫诗韵提前走开了，让纪明单独对付简一凌。

"一凌妹妹别生气，踩了你的鞋子，我把自己赔给你好不好？"纪明直勾勾地望着简一凌，暧昧地笑着说道。

简一凌的动作停顿了一下，然后她抬起脚，猛地一脚踩在了男人的脚尖上。

她的动作果断、狠辣。她下脚时毫不留情。

"啊！"纪明大叫一声。

纪明这一叫，把人都吸引了过来。

邱怡珍也借势拉着莫诗韵走了过来，和大家一起看热闹。

她还特地选了一个不那么靠前的位置。

众人看到纪明表情扭曲，不知道是疼的还是气的。

简一凌却一脸淡定地看着纪明。

纪明缓过神，愤怒地瞪着简一凌。

简一凌后退了两步，伸手从旁边的长桌上拿了一瓶还未开封的香槟酒，握在手里。

正在这时，简宇捷冲了出来，挡在了简一凌的跟前，分开了简一凌和纪明。

"纪明，你干什么？！"简宇捷对纪明怒目而视。

简宇捷和纪明是认识的。他们俩都是恒远一中的学生。

恒远市声名远播的高中一共有两所，一所是盛华私立高中，另外一所就是恒远一中。

简宇捷因为和爸妈一起住在恒远市的另外一边，距离恒远一中更近，所以在恒远一中念高中。

纪明耸了耸肩，说道："没干吗，这大庭广众的我能干吗？不过是想跟你妹妹打个招呼，她就那么大的反应，在我的脚上狠狠地踩脚。你看看，我的鞋子都被她踩凹了！"

纪明脚上的鞋子凹进去了一块，正是简一凌刚才的杰作。

简宇捷回头看向简一凌，然后看到简一凌的手里正拿着一个香槟酒瓶。

"一凌妹妹，你拿着酒瓶干吗？"

"干架。"

"乖，给哥哥，不要拿这危险的东西，有哥哥在，纪明不敢欺负你！"

简宇捷赶紧把酒瓶夺下来。

"他先踩的我。"简一凌解释。

简宇捷看到简一凌雪白的球鞋上面有一个黑色的鞋印。

接着，简宇捷回过头找纪明算账："纪明，你是不是男人？还好意思说我妹妹踩你！明明是你先踩我妹妹的！你多重，我妹妹多重？怎么算都是我妹妹吃亏了。她比较疼，你赶紧给我妹妹道歉！"

"简宇捷，你是不知道你妹妹刚才踩我时用了多大的力气。还她多重，她下手有多重你不知道吗？简允卓是怎么住院的，你心里没数吗？"

"纪明，你在胡说八道些什么？允卓是自己摔下楼梯的，关我妹妹什么事情？"

"因为就是她推的！"纪明此言一出，众人纷纷露出惊讶的表情。

他们好像听到了什么不得了的内幕。

简宇捷愤怒地说道："你少胡说八道！你今天是在卫生间里吃的饭吗？"

"我有没有胡说八道，你回去亲口问问你堂哥简允卓不就知道了吗？"

"问什么问，有什么好问的？一凌妹妹就在这里，有什么疑问直接问她不就行了吗？"

"她干的她能承认？"

"别以为我不知道允卓是怎么说的。就算真像你说的那样，我为什么就一定要相信允卓说的？谁说受伤的那个人说的就一定是真的了？"

简宇捷是不会听纪明胡扯的！

简一凌看着简宇捷的后背，心口热乎乎的，甚至有一点儿发烫。

这是第一次，有人挡在她的身前。

纪明觉得遇上简宇捷这种昏头的"妹控"，跟他讲道理根本行不通，于是无奈地说道："行行行，我不跟你争辩。你选择性失聪、失明是你的事情，等回头自己被坑的时候就知道了！"

"不需要你来提醒我！你现在只要跟我妹妹道歉就行了！"

"道什么歉？我踩她一脚她踩我一脚，凭什么要我给她道歉？"

纪明和简宇捷越吵越凶。

于希在这个时候出现了，问二人："你们在吵什么？你们是在砸我的场子吗？"

大家这是在于家，于希办的派对。

纪明连忙跟于希解释："希哥，不是我想吵，是简宇捷非要拉着我给他妹妹道歉。本来就是一件小事情，根本不应该吵的，他不放过我，我也没办法。"

于希看了简宇捷和被简宇捷护在身后的简一凌一眼，然后回过头来对纪明说："你不道歉的话，一会儿吵到晟爷了我可不管。"

"不是，希哥，不是我一个人的事情，是他们……我没怎么惹着他们！"

纪明给于希解释，试图让于希明白做错了事情的人不是他，不应该让他来道歉。

"你继续吵，我走远点儿，免得一会儿我也受你的牵连。"于希直接撂下话，接着就抬腿离开了。

他这撇清关系的意思很明显了。

纪明心里憋屈，这事怎么能全算在他的头上呢？明明是简宇捷不依不饶的。

纪明又看了于希一眼，想起今天早上自己出门前老爹叮嘱他的话，让他一定要在派对上好好表现，能跟晟爷搭上话最好，不能的话也不能惹到晟爷，以免给纪家添麻烦。

他一开始也只是想帮邱怡珍给简一凌找些不痛快。

纪明让步了，说道："好了好了，我道歉，是我错了，我不该踩一凌妹子的脚，我认错行了吧？"

纪明说完，看向于希。

"别看我，你不是在跟我道歉。"于希说。

于是，纪明不情不愿地问简宇捷和简一凌："我都道歉了，你们还想怎么样？"

"没想怎么样。"简宇捷狠狠地瞪了纪明一眼，然后转头拉着简一凌走开了。

他们找了一个人相对较少的角落。简宇捷让简一凌坐在沙发上。

"一凌，想吃什么？哥哥给你拿去。"

简一凌还没吃午饭，现在肯定饿了。

"都可以。"简一凌并不挑食。

"那我给你随便拿一些。"

简宇捷快步走向甜品区，拿了荔枝玫瑰覆盆子挞、海盐焦糖泡芙、草莓拿破仑，还有一盒水果酸奶。

简宇捷知道简一凌不挑食，但偏爱甜食。

拿完东西，简宇捷迅速返回，生怕他离开久了又有什么不三不四的人跑到简一凌的面前晃悠。

简一凌认真地吃东西。简宇捷在旁边对她讲最近的有趣见闻。

简宇捷和简一凌的心思都在吃东西上，而派对上其他人的心思都在一直未露面的晟爷身上。

邱怡珍因为邱家和于家关系好，便跑去问于希："于希，晟爷在哪儿？"

"这是我办的派对，又不是晟爷办的。"

于希从来没在给大家发的邀请函上说晟爷会到场，是他们自己想象出来的。

"不是，那晟爷不是在……"

邀请函上是没说晟爷会出席，可这个时间、地点，很难不让人误会这场派对是为晟爷办的。

于希没解释，办这场派对的起因确实和晟爷有些关系。

翟家的人给他下了指令，让他给晟爷介绍小姑娘。

那他就不能一点儿事都不干，除非他活腻了才敢不听翟老爷子的命令。

不过上有政策下有对策。

于希在得到翟昀晟同意的情况下，在于家办了一场派对，邀请了适龄的男男女女来玩。

他回头再拍几张照片、录几段视频给翟老爷子传过去。

反正他只负责安排，能不能成那是晟爷的事情。他不能保证，翟老爷子也不能追究他的责任。

至于晟爷会不会出现在这种场合，那就全凭他自己的心情了。

于希是不可能拉他过来的。

邱怡珍有些失落。她还以为今天能够见到传说中的晟爷，没想到连晟爷的影子都没有见着。

"对了于希，给你介绍一下，这是我的好姐妹，莫诗韵，和你一样，都是盛华重点班的。"

于希还在盛华念高中的时候，也是重点班里的学生，成绩一直处于全年级领先的位置。

"于希先生，你好。"莫诗韵不卑不亢地跟于希打招呼，态度谦和，端庄有礼。

她这番做派，丝毫不像用人的女儿，混在这一群世家公子、小姐里面毫无违和感。

和纪明的反应不同，于希没怎么关注莫诗韵，而是直接跟邱怡珍说："你带你的朋友玩得开心点儿。我还有事。"

于希赶着去拍照、录视频，那可都是一会儿要传给翟老爷子的，是他的重要任务！

于希走开后，莫诗韵问邱怡珍："那位晟爷这么神秘吗？"

莫诗韵不是这个圈子里的人，对晟爷不怎么了解。

"反正对我们来说是足够神秘的！我爸前几天来拜访他，虽说见到他了，但与他总共没说上两句话，还累出了一身汗。"

邱利耀那天光打台球了。

"连邱董事长都不能和他说上话吗？"

"你想什么呢？我爸能见到晟爷还是因为他和于叔叔关系好。别说他了，就是简一凌他们家老爷子想见晟爷，都不一定见得到！"

邱怡珍虽然嫌弃简一凌，但是不得不承认简家比他们邱家实力雄厚得多。

莫诗韵就住在简家。简家有多大的家业她还是知道一些的。

"那他不用去上学吗？我记得你说过，他也才十九岁。"

"理论上他是在念大二的,但是他休学了。"

"为什么休学?"

"不知道。"邱怡珍哪里知道那么多内幕?关于晟爷的事情,她也只是听说而已。

邱怡珍凑到莫诗韵的耳边,悄悄对她说:"估计是身体不太好,听说他念高中时一共就没去过学校几天。一多半的时间在休学。"

"那可惜了。"莫诗韵评价道。

派对结束后,简宇捷送简一凌回家,一直送进门将她交给了简老夫人才放心。

简宇捷笑着冲简一凌挥了挥手,说道:"一凌妹妹,我走了,有事情的话我们微信联系!"

简宇捷走后,简一凌回自己的房间,结果发现自己房门外的走廊里堆满了东西。

简一凌纳闷儿地回头看向身后的用人。

用人给简一凌解释:"左边那些东西是宇捷少爷送过来的;右边那些用盒子装得整整齐齐的是允丞少爷送过来的。因为不知道小姐要怎么处理这些东西,所以我们就先将它们放在这里了。等小姐挑选后,决定将哪些收进卧室,将哪些收进衣帽间,我们再去给它们归类。"

简一凌在老宅的衣帽间本来是空的,但这几天在简老夫人的"努力"下,已经快满了。

现在哥哥们又送来了这么多东西,估计她的衣帽间很快就要满了。

简允丞是刚才来的,送了很多东西过来。

简宇捷送来的那些一眼就看清楚了,都是一些公仔、毛绒玩具之类的东西。

简允丞送来的这些是什么,得打开来看看才知道。

简一凌打开了那些盒子。

里面有被放置得整整齐齐的衣服、鞋子和生活中可能用到的各种东西。从摆放的方式来看,这些东西是温暖放的。简允丞一个大男人不可能把衣服分门别类地叠放得这么好。

还有一个盒子里放满了各种营养品,也都归好类了,上面放着一张卡片,卡片上的字是手写的,字体娟秀。

卡片上的文字详细地介绍了每一种营养品的吃法,还有各种叮嘱,把简一凌一天到晚可能遇到的情况都叮嘱了一遍。

周日，秦川准时到了简家老宅。

管家没有直接带他去找简一凌，而是先带他去见了简老夫人。

简老夫人让秦川今天不要把课程安排得太满了，让他多给简一凌一些休闲的时间。

简老夫人的出发点很简单。她就是想让她的小乖乖开开心心的。

她没必要拘着自己唯一的孙女，让孙女成天闷头学习。

简允丞找人给简一凌补习功课的出发点也是让简一凌收敛性格，把心思用到正事上去。

既然如此，只要她的小乖乖收敛了性格，也就没有必要整天闷头学习了，用力过猛并不是什么好事。

秦川没有拒绝。因为他从简允丞那里接到补习任务的时候简允丞也说了，不需要简一凌的学习成绩有多大的进步，也不要把她弄得很累，只需要她收敛脾气，同时给她找点儿事情做，让她不要闲着瞎想就行。

简一凌给秦川的印象是很安静，他不知道这样的小女生喜欢玩什么。

于是，简老夫人让管家带秦川和简一凌到简家老宅庭院的葡萄藤下。

用人给两个人准备了茶水、零食、水果。

书和本子反倒被挤到了角落里。

秦川和简一凌前几次的相处都很和谐，除了简一凌有些怕他之外。

秦川也不知道自己为什么会让简一凌觉得害怕。

能不和他说话，她是绝不会开口的。

即便开了口，她也是惜字如金。

秦川不知道，简一凌并不是怕他，而是单纯地不想跟他说话，更不想跟他有任何接触。

对简一凌来说，陌生男人离她太近她就会不舒服，更别说这个男人是秦川了。

"今天先玩会儿游戏吧，你平时都玩什么游戏？"秦川忽然提议。

简一凌抬头看了秦川一眼，摇摇头。

她不玩游戏。

"那些换装游戏或者策略游戏没有玩过吗？"

秦川在做与互联网行业相关的东西，对于市场动向自然是有了解的。他知道年轻女性更偏爱玩哪些游戏。

她摇头。

简一凌露出一副对什么都没有兴趣的样子。

秦川把自己的笔记本电脑打开，让简一凌挑选想玩的游戏。

秦川的电脑里什么游戏都有。有些游戏他下载了不是为了玩，而是为了更好地了解市场行情。

"为什么要玩游戏？"简一凌问秦川。

"你奶奶希望你多一些娱乐活动，不希望你一直闷着头学习。"秦川也没有隐瞒。

简一凌顿了顿，然后转头看向秦川的电脑桌面。

"这个。"简一凌指着电脑桌面上的《虫族入侵》，说道。

这是一款最近刚流行起来的射击游戏。

简一凌知道这款游戏，这是简允丞在国外的公司开发的。

这款游戏一经问世就流行起来了。

这也就是最近简允丞这么累的原因。

游戏设定的背景是星际战争。游戏开局玩家会和联网的其他玩家一起从星际飞船出发，进入已经被虫族占领的外星球。

通过击杀凶恶的虫族，玩家可以获得对应的积分和装备奖励。

一局结束，最终获得最高积分的玩家获胜。

简一凌会选这款游戏秦川很意外。这款游戏确实很好玩，是最近的热门游戏。但是这种拿枪的游戏，在他看来并不适合简一凌这样胆子小的人玩。

"这个比较吓人，因为画面做得比较逼真，可能会让你觉得不太舒服。"秦川跟简一凌解释，试图说服她放弃玩这款游戏，免得她进去以后被吓着。

"就这个。"简一凌选定了。

秦川拗不过简一凌，便让她用他的账号登录了游戏。

秦川的账号等级比较高，他以往的战绩也非常好。

匹配成功后，画面就变成了星际飞船舱内的视角。

这个时候，简一凌可以选枪。

秦川怕简一凌不知道，便给简一凌介绍枪支："UMP9、UZI 这些是冲锋枪，射速快、射程短，98K 是狙击枪，射速慢、射程长，单枪威力大……"

秦川还在解释，简一凌已经拿了一把 M4 直接冲出去了。

从星际飞船的船舱离开之后，玩家并不会马上遇到虫族，系统会给玩家一定的时间选择合适的地点和建筑进行藏匿。

新手玩家一般会选择和其他玩家一起行动。

如果单独行动，就有可能变成恐怖游戏，冷不丁一个巨大的异星虫族成员就会从背后冒出来。

秦川正要指导简一凌和其他玩家一起玩，结果简一凌就一个人跑远了。

秦川不由得担心起来。

他靠近她的时候她都会受到惊吓，更何况游戏里面造型恐怖的异星虫族呢？

一分钟后，简一凌拿着她的 M4 长枪射杀了第一名虫族成员，一枪爆头。

五分钟后，简一凌的击杀数达到了十。

十五分钟后，战局还剩下三人存活。简一凌是其中之一，并且是积分最高的一个。

十八分钟后，游戏结束，简一凌拿到了第一名。

秦川看着游戏结束的画面，过了好半响才问她："你以前玩过这款游戏？"

简一凌摇头。

她今天是第一次玩这款游戏，但是她玩过其他射击类的游戏。

但凡做得好的射击类游戏，对于枪的后坐力和子弹下坠的处理都是十分接近真实情况的。

简允丞的公司开发的这款《虫族入侵》就是如此。

简一凌虽然是第一次玩这款游戏，但她熟悉其他射击游戏，所以很快就上手了。

秦川一时竟不知道该说什么了。

简一凌看着安静，可玩游戏的时候动作又狠又准，鼠标、键盘切换得十分灵活。

光是看游戏界面里面那个拿着枪的角色，是绝对没法想象那个坐在电脑面前的玩家是这么一个安静的女孩子的。

简一凌玩了一局后就把电脑还给了秦川。

"不多玩几局吗？"

简一凌摇头。

好似玩游戏对她来说不是休闲，而是完成任务——她奶奶交代下来的任务。

秦川莫名有了一种挫败感。

他眼前的简一凌和他人描述的简一凌，差距真的很大。

秦川看到简一凌打开了自己的电脑，调出电子资料和电子习题。

他只好像之前那样，坐到简一凌的对面。

在等待简一凌提问的时间里，秦川抽空继续和母亲的主治医生沟通："我妈妈的事情还请郑医生再想想办法，钱我会尽快准备好的。"

秦川的母亲一直在住院，最近病情恶化了。

"不仅仅是钱的问题，你妈妈的病我们医院现在也只能采取保守治疗的方法。想要治好，你还得另外想办法。我上次给你推荐的慧灵医学研究所，你跟研究所的人联系上了吗？"

医生已经尽力了，但毕竟能做的事有限。

"联系了，但是那边的人并没有回复我。"

"那也能理解，每天都有成百上千的病人试图联系他们，没有特殊情况，他们确实是不会搭理的。"

"你能把慧灵医学研究所的地址给我吗？我想亲自去一趟。"

"地址我可以给你，但是你去了也没有用，大门你都进不去。"

秦川看着屏幕，沉默了片刻，缓缓敲出一行字回复："总要试试的，只要能救我的母亲，我愿意付出任何代价。"

而一桌之隔的简一凌也正在看消息。

"Dr.F.S，你应该还记得我们约好了明天下午见面吧？"

"嗯。"

"我给你发的进门二维码有效期是一周。到时候如果有任何问题，你直接联系我就可以，或者你来之前跟我说一声，我到门口去等你。"

"不用麻烦。"

"那好，那就明天下午见面后再谈。"

另外一边，正在电脑面前和简一凌沟通的人是一个二十多岁的年轻男人。他的身后站着一个头发花白的教授。

"怎么样？"教授问。

"没问题的，他说明天下午会过来。"

负责跟简一凌联系的年轻男人是教授的得意门生程易。

"行，明天早上你再跟他确定一下，可千万得确保他能过来呀。"教授叮嘱道。

"老师您放心吧，他应该不会食言的。他不像是那种言而无信的人。"

"也不好说，我怕有人截和。"教授觉得还是谨慎一些为好。

像这样的人才，不会只有他们研究所想要。

所以，他们必须趁早跟对方接触，如果可以的话，直接把人谈下来。

这样才是最保险的。

"好,我知道了,我会和他继续保持联系的。"程易也对这位 Dr.F.S 充满了好奇。

Dr.F.S 发表在 SCI 上的文章他看了。他很想向对方讨教一二。

周一下午,简一凌吃过午饭就跟老师请了假,说自己肚子疼去了医务室。

但她没在医务室里待多久,就拿着校医开的请假条离开了学校。

她在学校门口坐公交车离开,中途换了两趟车。

慧灵医学研究所位于恒远市很偏远的地区,在 716 路公交车的终点站。

还剩下两三站的时候,公交车上就只有两个人了,一个是简一凌,另外一个是一名中年妇人。

妇人眼眶泛红,神情凝重,看起来心事重重的。

到了终点站,妇人和简一凌一起下了车。

妇人一下车,便疾步朝着慧灵医学研究所的大门口走去。

慧灵医学研究所的门是安全级别很高的电子合金门。妇人在门口踌躇了半天也没有办法打开门。

于是,妇人激动地用力拍打合金门,同时大声叫喊着:"求求你们行行好,我求你们了!医生说我老公的病你们这里有特效药的。我求求你们给我药救我老公的命!"

妇人越喊越大声,声泪俱下。

妇人闹的动静实在太大,旁边保安室里的保安不得不出来劝阻:"这位女士,请您冷静点儿,有什么诉求可以去我们研究所的网站上提交申请。填写好相关的信息后,研究所里会有专门的人员进行筛选,如果您先生的病符合条件的话,我们研究所会有人跟您联系的。"

"你别骗人了!我一个月前就提交过申请!根本没有人搭理我!我老公都快要死了,你们还让我等!等死吗?"

"女士,您冷静点儿,如果您的丈夫没有入选,那可能是您丈夫的病情并不适合使用研究所这款还在临床试验阶段的新药。"

"你们骗人!什么不适合?肯定是因为我们没有钱,所以你们才不肯给我们药!你们把药给那些有钱人了!"

妇人根本听不进保安的话,一口咬定研究所的人是因为她给不起钱才不给她药的。

保安无奈地说道:"真不是这样的,您先生的病不符合要求,研究所也不能给他乱用药呀。"

没承想，妇人突然往地上一躺，又说道："我今天豁出去了，你们要么给我药，要么我就死在你们研究所的门口！让大家伙儿都看看，你们这些眼里只有钱的黑心商家是怎么害死人的！"

保安没了办法，只能任由这妇人在地上躺着。

到研究所来撒泼打滚儿的人他也算见多了，所以反应还算冷静。

简一凌绕开躺在地上的妇人，走向大门。

保安上前一步，把简一凌拦住了，说道："小姑娘好好去上学，别陪你妈折腾了。"

保安误会了简一凌和妇人的关系。

"我要进去。"简一凌指着刷门禁卡的地方，说道。

"都说了你们不能进去，必须按照流程来。如果每个人都像你们母女这样，不就乱套了吗？你快点儿带你妈妈走吧。你们这么闹是不会有结果的。"保安劝道。

"她不是我妈妈。"简一凌解释。

"不是你妈妈？你们俩一起来的。我都看见了！不然你一个学生自己跑来我们研究所干吗？你别忽悠我！你这么说，是不是想趁我不注意跑进去？"

保安认定了简一凌和妇人是母女关系。

"我约了里面的人。"简一凌一脸平静，和躺在地上哭喊着的那位妇人是截然不同的状态。

"什么约了里面的人？耍赖皮不成，怎么还撒起了谎？"

保安表情无奈，语气更无奈。

约了里面的人？这理由也太蹩脚了吧？研究所里的人怎么可能跟她一个学生有约？

说完，保安低头看了一眼躺在地上耍无赖的妇人，心想：这家长不教好的，女儿也会跟着走偏的。

唉，真的是。

正在这时，研究所的人给简一凌发来了消息，询问她："Dr.F.S，到哪里了？"

简一凌回了一条消息过去："门口，进不去。"

对方立马给简一凌回复："你等等，我这就去门口接你。"

简一凌等了五分钟左右，研究所的大门开了。

门一开，最先反应过来的人是躺在地上的妇人。

她一跃而起，直冲大门而去。

保安反应及时，连忙拉住妇人。

妇人发了狠，又哭又闹："放开我！放开我！我要去见你们所长！"

门内走出来一个身穿白大褂，戴着金丝边框眼镜，高而瘦的男人。

男人长得斯斯文文的，留着细碎的短发，肤色偏白，大概是常年待在实验室里面的缘故。

"医生，救我老公！医生，救我老公！"

妇人被保安拦着，还一个劲儿地朝着程易扑，像是猎豹在追击猎物。

程易的视线扫过眼前的两名女性，食指习惯性地推了推自己的眼镜。

"怎么回事？"程易问保安。

"这位女士带着她的女儿来给她的丈夫求药。她说她已经在研究所的网站上登过记了。"保安解释说。

于是，程易给妇人和简一凌解释："二位冷静点儿，如果你们已经登记了，但是研究所里没有人通知你们，就证明病患确实不符合我们新药临床试验的条件。"

妇人根本听不进去，大声说道："你骗人！你们嘴上说着不收钱，实际上偷偷收了别人的好处，对不对？你们把名额都给那些给你们塞红包的人了，对不对？"

程易略感头痛，只好跟保安说："实在不行就报警处理吧，我这儿还有重要的客人。"

听说要报警，妇人果然收敛了不少，只是依旧守在门口不肯走。

接着，程易看向大门四周。Dr.F.S说已经到门口了，怎么没看到人影呢？

程易问保安："除了这母女俩，还有别的人来过吗？"

保安摇头，说道："今天除了我们研究所里的人，就只有她们母女俩来过了。"

"这就奇怪了，他明明给我发了消息，说已经到门口了……"

程易拿出手机又给 Dr.F.S 发了一条消息过去："Dr.F.S，你现在到什么地方了？我在研究所的大门口，没看到你。"

程易刚将消息发出去，就收到了回复："在你面前。"

什么？

程易愣了一下。

他面前？

他面前就一个撒泼打滚儿的妇人和一个小女生，并没有其他人啊。

他是瞎了吗？

简一凌走上前一步，举着自己的手机屏幕给程易看。

简一凌的手机屏幕上，正是他和Dr.F.S的对话内容。

这些对话内容怎么会在她的手机上？

什么情况？

程易愣愣地看了手机屏幕好一会儿，又看了手机的主人简一凌好一会儿。

"你……"程易想了好一会儿，想到了一种可能性，于是脱口而出，"Dr.F.S让你代替他过来的？"

"我就是F.S。"简一凌回答。

什么？

"你别开玩笑了！据我所知，Dr.F.S是知名大学生物学院的研究生。"

"你说的是我用的账号的实名注册信息，而不是我的信息。"

在科学界认证的相关期刊上面发表文章是需要通信账号的。

通信账号都是实名制的，并且只有具有相关资格的人才可以注册。

简一凌自己的信息是无法注册这样的通信账号的。

她注册账号时，实名认证信息填写的是她二哥简允陌的。简允陌的身份信息是符合注册此类账号的要求的。

程易他们查到的信息也是她二哥简允陌的。

程易愣住了。他们查到的相关信息确实是属于通信作者的信息。

而通信作者发表的文章并不一定是通信作者本人发表的。例如大学教授会用自己的账号帮他的学生发表相关的文章，所以他们也想过Dr.F.S并不是他们查到的人。

可就算Dr.F.S不是通信账号实名认证的那个人，也不应该是眼前这个小女生啊！

"不是，那个，你让我缓缓，我有点儿蒙。"程易说道。

Dr.F.S的实力是毋庸置疑的。"他"所发表的文章，还有"他"在和他们交谈的过程中所展现出来的才能，都是业内最为顶尖的水平。

程易也曾想象过Dr.F.S本人的形象，可能是中年男子或女子，可能是秃顶的老教授，也可能是三十岁左右的精英男士或女士，还可能是二十岁出头、戴着厚镜片眼镜的科学怪人。

他唯独没有想过眼前小女生的形象。

这差得有点儿远。

程易再一次仔细打量起简一凌来。看着眼前模样精致的小女生，他始终无法将她和自己想象已久的 Dr.F.S 的形象结合起来。

半晌后，程易小声地问简一凌："你在念初中？"

"高中。"

高中啊？她看起来像个初中生。

旁边的保安听程易和简一凌的对话听得一愣一愣的，问道："那个，程博士，这个小女生真的是和你约好了的？"

"虽然我还是有点儿接受不了，但还真的是我约的她……"

听到程易肯定的回答，保安既吃惊又尴尬。

想到刚才自己一口咬定小女生和妇人是母女时说的话，保安顿时老脸通红。

研究所内，许教授终于见到了他惦记了将近半个月的 Dr.F.S。

"程易，你，你说她是 Dr.F.S？"许教授难以置信地说道。

许教授今年五十三岁，头发花白，发量略少，但好在没有出现"地中海"的情况，发际线也还算坚挺。

程易点头，郑重地点头。

没错，就是她。

许教授震惊地说道："我这……这……"

许教授一时无法形容自己的心情。

程易给许教授倒了一杯水，说道："老师，您先缓缓。我也是缓了好一会儿才缓过来的。"

许教授接过水杯喝了好几口水，好好地缓了缓神，然后问程易："确定吗？没弄错吧？"

程易笃定地说道："确定过了，从大门口进来的路上我们还聊了一会儿呢。除了年纪太小，其他都对。"

不是冒充，没有误会，她就是他们要找的人。她就是在网上和他们聊了快两周的 Dr.F.S。

许教授活了半个多世纪了，也是见过风浪的人，这事确实给了他一点儿刺激。但刺激过后，他也就冷静下来了。

山外有山人外有人，他从来都不怀疑这世上存在天才。

不以年龄论高低，不以资历论对错。

许教授再看向简一凌时眼神就变了，感觉自己像是捡到了一块大宝贝。

不过，按照流程，许教授还是需要对简一凌进行一番考核，以此来进一步确定她的能力和资格。

这就跟公司招聘时的面试一样，需要层层筛选。

而他们研究所的筛选，要比一般公司、单位的筛选严格得多。

他们会对简一凌进行一整套的测试，以及实验项目的实践考核。

整个过程一般人需要四到五个小时才能完成，而简一凌只用了两个小时零八分钟就完成了。

一番考核之后，许教授既兴奋又期待，几次差点儿跳起来。

"好！好！真是太好了！你正是我们研究所需要的人才！我真诚地邀请你加入我们研究所。"许教授向简一凌发出了正式邀请。

程易也很高兴，说道："这么说，咱们研究所以后要多一个可爱的妹子了！"

整个慧灵医学研究所，目前总共就两名女性。

一个是他们的行政人员，不属于研究人员；另外一个只是单纯的生理性别为女而已。

许教授忙不迭地跟简一凌说："你要什么条件尽管开出来，我们这边的待遇是非常优越的，而且我们研究所里的设备也都是国际上最先进的。"

慧灵医学研究所的招聘条件十分苛刻，很少有人能够达到。

只要能达到，那待遇方面是绝对没话说的。

"待遇方面我没有什么特殊的要求，我唯一的要求是向我提供我所需要的一切设备和相关的资格证。"

简一凌对于薪水方面没有太高的要求。

她找上他们研究所的主要目的不是薪水。

"没问题！完全没问题！"许教授一口答应。简一凌提出来的这些条件，对他们研究所来说都不算条件。

简一凌又说："但是，我每周只能过来两天，而且要从下个月开始。"

这个月她周末还要补习。

下个月补习就结束了，她周末才能过来，也仅限周末。

"为什么？"许教授连忙问道。

好不容易找到一个天才，许教授自然希望她能立马来研究所报到，和他们一起开展研究。

"我要上学。"简一凌回答道。

"上学？"许教授拔高了嗓音说道，"你上什么学？这不是浪费时间吗……"

许教授简直不能忍，以简一凌的才学，去念普通高中……这不是暴殄天物是什么？

有这个时间，来实验室里做几项研究不好吗？

有这个时间，他们来探讨一下新药开发的问题不好吗？

"我要上学，"简一凌态度坚定地说道，"平时可以线上沟通，下个月开始，我周末可以过来。如果你们不能答应这个条件的话，我就不来了。"

一听简一凌说不来了，许教授着急了。

她怎么能不来呢？这么一个大宝贝不来怎么行呢？

许教授看着立场坚定的简一凌，一时间既郁闷又无奈。

"行吧行吧，那就先这样吧，周末来就周末来吧。"许教授做出了让步。

他怕他要是不同意，这好不容易找到的天才就跑了。

许教授想了想，虽然简一凌只能每个周末过来两天，但总比不来强！

今天还是值得高兴的一天。

"如果你没有其他要求的话，那我们今天就签合同吧！我马上让人去准备相关的合约！"

为免夜长梦多，许教授想立马和简一凌签合约。

"老师，她未满十六周岁，得找她的家长来签约。"程易提醒道。

"对！"许教授差点儿忘了还有这回事。

这还是研究所头一回要招纳未满十六周岁的研究员。

许教授思考片刻后跟简一凌说："有两个解决方法，一是让你的监护人过来签字；二是我和你签订医学组织的特殊协议，这协议虽然不具备法律效力，但是在业内是有公信力的。如果你破坏了协议，以后在行业内就没有立足之地了。"

合约的作用是约束，不能签法定的合约不要紧，只要有能保证他们之间合约关系的协议就行。

"签协议。"简一凌毫不犹豫地选择了后者。

"好，我让法务人员给你拟定专属的协议，你什么时候有空再过来？不对，你还是别自己过来找我们了，我们过去找你比较好。"

许教授看着简一凌，想着让她一个小女生跑来跑去也不方便，还是他们过去找她比较合适。

"这个周末。"简一凌回答道。

听到这个回答后,许教授又开始碎碎念了:"你那破学校占你五天,我这里却只能占两天。"

程易在旁边听着,有一种自己的老师成了怨妇的错觉。

深宫妃嫔恨君王不能雨露均沾,大概就是这样的心情吧!

和简一凌谈完后,许教授让程易开车送简一凌回去。

"程易,你可得把人安全送到呀,不然你自己也别回来了!"

"知道了老师。"

老师捡到了宝,程易成了草。

"一凌,你家的地址是哪儿?"程易问简一凌。

"去盛华高中。"简一凌说。

简一凌现在还来得及在她奶奶来接她之前回到学校。

程易没细问。简一凌说要回学校,那他就送她回学校。

程易取了车。他的车从外观上看很低调,但是内饰和装饰很讲究。

简一凌还发现,程易的车窗玻璃都是防爆的,安全级别很高。

能在慧灵医学研究所里工作的人都不是普通人,程易当然也不例外。

程易载着简一凌经过大门口的时候,保安笑得一脸尴尬,都不敢直视简一凌。

开车的时候,程易忍不住问了简一凌一个问题:"对了,你的简写为什么是'F·S'?"

"负十。"

程易顿了顿,猛地想到了什么,接着笑了起来。

"明白了,明白了,我回去后也要改个简写,我要叫'×1'。"程易明白了,并且举一反三给自己也想了一个新的简写。

程易送简一凌到了学校,看着她进了校门才掉头准备离开。

他刚要离开,盛华高中的教导主任就看到了他,连忙跑了过来。

"程博士!"教导主任一脸激动,甚至有些殷勤。

教导主任认识程易,因为一年前他的一个亲戚被选为慧灵医学研究所新药的临床试验对象。

而他也因此有机会接触慧灵医学研究所的人,其中就包括程易。

教导主任对慧灵医学研究所里的人是打心眼儿里敬佩和尊重的。

更别说他自己以后也有可能生病,也有可能会求到慧灵医学研究所里的人了。

所以,他认为和慧灵医学研究所里的人搞好关系是绝对不会错的。

程易降下车窗，右手习惯性地推了推眼镜架，回了教导主任一个有礼貌但又有距离的微笑，和对方打招呼："李老师。"

"程博士，您还记得我啊？我真是太荣幸了！"

教导主任满脸笑容，因为程易记得他而感到格外高兴。

事实上，程易记得教导主任单纯是因为他记性好，并不是因为教导主任有什么特别的地方给他留下了深刻的印象。

教导主任问："程博士，您怎么来我们学校了？可是有什么事情？需要什么您尽管跟我说，这学校里的事情没人比我更熟。"

他是教导主任，学校里的事情他熟是自然的。

程易本来是不想跟他打交道的，但是转念想到了简一凌，突然有些好奇。

"你认识一个叫简一凌的女同学吗？"

"程博士怎么问起她来了？"教导主任脸上的笑意，在程易提到简一凌的时候减少了不少。

简一凌是他们学校的耻辱，作为教导主任，当然希望跟外面的人谈他们学校好的方面的事情，而不是简一凌这样的学生。

"她怎么了？"程易眯起了眼睛。教导主任这反应和他预想的不一样。

"她……她也没什么，就是成绩不怎么好。"

教导主任没有傻到将自己学校里的丑事主动说给外人听的地步，不是为了简一凌的声誉，而是为了他自己的面子。

成绩不好？

程易刚在简一凌的身上受了一下午的刺激。

教导主任居然跟他说简一凌学习成绩不好！

难道盛华高中的"负十"不止一个？

"简"这个姓氏并不常见，"一凌"这个名字应该也不是那么普遍吧？

程易面上没表现出心中的疑惑，继续跟教导主任打听简一凌的情况："哦？成绩不好？听起来好像很糟糕的样子。"

"可不就是糟糕吗？全年级倒数，上一次月考好几门没及格，唉！"教导主任摇头叹息，露出一副"恨铁不成钢"的表情。

程易镜片后面的眼睛眯了眯。他继续说道："李老师好像特别关心这位同学的成绩。"

一般来说，如果是班主任或者任课老师，这样描述简一凌的成绩是正常的，但教导主任管着全校的学生，也不仅仅管学生的学习成绩。

就算简一凌成绩差，也不至于让他这么上心吧？

教导主任解释说："这个学生比其他学生让人闹心一些，所以我就多留了个心。"

"闹心？"

"她就是一个问题学生，遇到这种学生，我们也很无奈。"教导主任评价道，"对了，程博士怎么问起她来了？您认识她？"

程易浅笑着回答道："我应该不认识李老师说的那个'简一凌'，不过还是谢谢李老师告诉我这些。"

"程博士客气了！这算什么？程博士想知道什么尽管问我，我知无不言、言无不尽。"

"好的，谢谢，我还有事情要回研究所，就不打扰李老师了。"

"好好好，程博士您忙您的，我不打扰您办正事了。"

教导主任退开了一些距离，然后目送程易开车离开。

教导主任想：咱们盛华高中要是能多出几个像程博士这样优秀的科研人员就好了！这样，我也能感到光荣。

简一凌进校园没多久便到放学时间了。放学后，她照常从校园里走出来，坐上了简老夫人的车。

简老夫人本可以让司机接送简一凌的。但是简一凌回老宅的这段时间里，简老夫人坚持每天亲自过来，想要多陪陪她的宝贝孙女。

简老夫人在车上的时候，车上永远不缺零食。

按照简老夫人的说法，学生在学校里学习了一下午，脑力活动繁重，能量消耗得快，容易饿。

"路过简宅的时候停一下。"

简一凌难得向简老夫人提要求，而要求竟然是去一趟简宅，也就是她爸妈住的地方。

从学校回老宅，确实会经过简宅。

简老夫人有些意外，同时有些担忧。

到了简宅的门口，简老夫人让司机在路边停车。

"小乖乖，你要拿什么？奶奶陪你进去。"简老夫人对简一凌说。

简一凌摇了摇头，说道："马上。"

说着，简一凌就从自己的书包里抽出了一个提前准备好的纸袋，跑进了简宅。

简一凌通过指纹识别，过了最外面的铁门，跑进了院子。

她跑到别墅的门口，将纸袋放在门口就回了车上。

"小乖乖，放下了什么东西？"简老夫人知道简一凌连家门都没有进去。

"生日礼物。"

闻言，简老夫人沉思片刻，想起来明天是她的大孙子简允丞的生日。

最近发生了那么多事情，书汔和温暖估计也顾不上允丞的生日了。

一凌居然记得。

"怎么想到要给你大哥送生日礼物的？"简老夫人微笑着，温柔地问道。

简老夫人很欣慰，小乖乖会主动给别人送礼物了，说明她心里头没那么难受了。

"她说要送。"

不是现在的简一凌要送，而是原来的简一凌要送。

在简允丞回国之前，还没有发生意外的时候，简一凌曾经在网上开帖子征求网友的意见："大哥的生日快要到了，送他点儿什么好呢？怎么样才会显得我比较有诚意呢？强调一下：我大哥应该什么都不缺。"

后面有网友给她的建议，但是大部分建议对简一凌没有什么用。

简一凌大部分不会。

最后，她采纳了其中一个网友的建议——亲手给她大哥织一条围巾。

虽然简一凌不会织围巾，但看网友说的，应该不难学。

最后，简一凌给网友回复道："不管了，无论好不好看他都得接受！敢嫌弃，不让他进家门！"

简老夫人摸了摸简一凌的头，说道："一凌乖，你能放下，奶奶很高兴，奶奶就想让你高高兴兴的，那些不高兴的事情，咱就让它过去吧！"

简一凌点了一下头。

吃晚餐时，简宅里的人坐在了同一张桌子旁。

莫诗韵将作业带给一直没去上学的简允卓，顺便跟他讲了最近一段时间的学习内容，帮助他补习。

讲完后到了饭点儿，她便顺其自然地被温暖留下来和简家人一起吃饭了。

这时候，安嫂从门外拿了一个纸袋子回来。

"先生、夫人，不知道谁放了一个纸袋子在门口，我刚才出去倒垃圾的时候看见了。"

能将纸袋放到房门口的人,肯定是家里的人,外头还有一道铁门,外人进不来。

"是谁落下的吗?"

温暖的脸色很憔悴,听到安嫂的话后,她神情恍惚地抬了一下头。

"袋子里有贺卡,但是贺卡上没写字,只有贺卡本身带的'生日快乐'四个字,应该是给大少爷的生日礼物。"安嫂说。

纸袋的最上面放着一张贺卡,贺卡上没有署名。

"拿过来。"简允丞伸手从安嫂的手上接过了纸袋。

简允丞打开纸袋后,发现里面是一件非常精美的手工编织的纯黑色毛衣,还有一条围巾。

莫嫂此时刚好从厨房里出来,看到简允丞拿在手上的东西时,想当然地以为是她女儿准备的。

"诗韵,你给大少爷准备的礼物怎么不亲手送?放到门口要是被人忽略了怎么办?"莫嫂笑盈盈地责怪自己的女儿。

莫诗韵愣了一下,这不是她准备的。

虽然之前她妈妈对她提过要让她给大少爷准备生日礼物,她也的确准备了。可是她准备的东西还在她的房间里,她打算明天再送的。

莫嫂会这么想,当然是有原因的。

能够自由出入简宅的,除了简家的人,就只有她和安嫂这两个用人以及她女儿莫诗韵了。

这东西肯定不会是在座的简家人准备的,他们没必要把东西放在门口。

那就可能是她女儿莫诗韵送的了。

而礼物又刚好是她之前对她女儿提过的东西。

莫嫂压根儿没有想到简一凌会回简宅,更没有想到简一凌在这种情况下还给她大哥送礼物。

在莫嫂的印象中,以简一凌的大小姐脾气,简允丞主动去哄都不一定哄得好,更别说她主动跑来给简允丞送生日礼物了。

至于礼物为什么被放到了门口而不是亲手交给大少爷,那多半是因为她女儿觉得不好意思。那天她让女儿准备礼物的时候,女儿就再三推托来着。

莫诗韵看着母亲笑容灿烂的模样,便猜想这礼物可能是她母亲买来的。

大概是母亲知道她最近学业繁忙,礼物到今天都还没有准备好,就擅自做主帮她买了成品,然后谎称是她亲手做的。

拿买来的成品当作自己手工做的,这样做莫诗韵觉得不太好。

母亲应该提前跟她商量一下。现在这样，弄得她很尴尬。

可是，这终究是她母亲的一番好意，母亲也是为了她好。

她现在要是说实话，母亲必然会很尴尬。

莫诗韵纠结了一会儿，最终缓缓地垂下了头。

她没有否认，便是默认了。

见莫诗韵低下了头，大家便以为她是不好意思了。

温暖这才想起来明天是她大儿子的生日。这些天，她的脑子里都是小儿子的手和住在老宅的女儿。她忽略了大儿子，竟让外人来提醒他们，大儿子的生日快到了。

温暖一脸歉意。

简允卓这两天依旧没什么好心情，只是听说大哥的生日快到了，还是说出了自己对大哥的生日祝福："大哥，生日快乐，我没准备礼物，来年再补上。"

他说话时声音低沉，依旧没什么活力。

简允丞像是没有听到简允卓的话一般，低着头一直看着手里的毛衣和围巾。

这两件东西的做工都很好，毛衣的尺寸一看就很适合简允丞。

围巾的款式虽然简单，但可以看出来，同样是十分用心的手工作品。

过了好半晌，他又抬头看向莫嫂和垂着头的莫诗韵。

"这件毛衣和这条围巾都是你织的吗？"简允丞追问莫诗韵。

莫诗韵的头垂得更低了。她不敢承认，但也没有否认。

"没想到你编织东西的手艺这么好，什么时候学的？"简允丞又问莫诗韵。

莫嫂见女儿不答话，便替她回答道："诗韵很小的时候就学会织毛衣了。她小时候穿的毛衣都是我给她织的，比买的便宜，质量还好。她见我辛苦，就跟着我学了，从念初中开始，她不仅给自己织，还会给我织。"

简允丞将母女二人的反应都收入了眼底，脸上的神情没有变化，只有眼底的温度渐渐地降低了。

他的大拇指抚摩着围巾的反面，那上面绣着一个名字——简一凌。

莫家母女却如此信誓旦旦地说这些礼物是莫诗韵亲手制作的。

吃完饭，简允丞说自己要喝咖啡，让安嫂将咖啡煮好后端到他的书房里。

和莫嫂不同，安嫂在简家的时间要久得多。

在温暖小的时候,安嫂就在温家照顾温暖了。

后来温暖和简书沆结婚,安嫂也就来简家做活儿了。

一开始,简宅里只有安嫂这一个长住用人。后来随着安嫂年纪的增长,她的体力逐渐不够了,温暖才又聘用了一名年轻一些的保姆来帮安嫂。

这样,安嫂就只管厨房里的事情,其他的事情就交给莫嫂来处理了。

安嫂一生未嫁人,将温暖和温暖的孩子们视作自己的家人。

她也是看着简宅四个孩子长大的。简允丞对她是信任的。

安嫂到书房后,简允丞问:"安嫂,莫嫂这个人怎么样?"

莫嫂来简家工作是简允丞念大学之后的事情了,那之后他在家的时间并不多。

"这个……"安嫂不太会描述。

"安嫂,我信任你,你就像我们的家人一样,有什么你就直说吧。"

"倒是也没什么特别的,挺勤快的,手脚利索,干活儿也不偷懒,就是我觉得她有时候说的话有些……"

"有些什么?"

安嫂不知道该怎么形容,便直接同简允丞讲了前两日她听到的内容:"前两日,我去三少爷的书房里看三少爷的时候,刚好莫嫂给不愿意下楼的三少爷送饭,听到莫嫂跟三少爷说,他的手被治好的希望不大,但是他以后可以考虑做其他的事情,还跟三少爷说夫人心里很苦,一直念叨着小姐。"

安嫂虽然觉得莫嫂这样说不合适,但认为她说的也算事实。

安嫂始终觉得莫嫂不该在一个刚受创伤的孩子面前说这些话。

安嫂不是会挑拨离间的人,没有确凿的证据她是不会乱告状的。今天也是大少爷追问起来,她才将她觉得不太妥当的地方告诉大少爷的。

简允丞听了安嫂的话,脸色沉了下来,眼眸中露出了一些寒光。

简允丞沉默片刻,将视线落在了简一凌送给他的毛衣和围巾上。

接着,他忽然起身,抓起了书桌上的车钥匙,夺门而出。

简允丞在车库里取了车,直接开到了简家老宅。

现在已经是晚上八点,简老爷子和简老夫人在看晚间新闻。

简允丞的突然造访,让二老觉得很诧异。

"你小子怎么这个时候儿过来了?"简老爷子问道。

看孙子这神色,他还以为出什么事情了。

简老夫人嘻嘻一笑,说道:"我猜啊,我的大孙子是来找我们小乖乖的!"

毕竟他刚收到了小乖乖送的礼物。

简允丞点头，问道："小妹人在哪儿？"

"在她的书房里做作业呢。"简老夫人说着，又对简允丞警告道，"你可不许再对她凶巴巴的了！我知道你对她凶是想让她收敛脾气。你看她最近收敛得也够多了，你再凶她，小心她以后都不认你了！"

"我知道了。"简允丞也确实不是为了凶简一凌而来的。

简允丞敲了敲简一凌书房的门，听到里面传出"请进"后开门进去。

房间里，简一凌伏在书桌前，好像正在写作业。

简一凌抬头，她的视线与简允丞的视线交会到了一起。

听到敲门声时，简一凌以为是老宅里的用人给她送热牛奶来了。

她没有料到敲门的人是简允丞。

简一凌收回了自己的视线，并且抽出旁边的作业盖在了自己正在写的报告上面。

简允丞走到简一凌的跟前，蹲下身，让自己的视线和坐在书桌前的简一凌的视线齐平。

"小凌。"简允丞唤了一声。

简一凌转头，看了他一眼，但是身体本能地往后仰了一些，和简允丞拉开了一些距离。

简一凌还是不习惯跟别人距离太近。

简一凌这个本能的反应让简允丞不由得皱眉。

眼前的妹妹模样稚嫩，眼睛里有些红血丝，不知道是不是最近一直睡得不太好。

简允丞的声音变得柔和了一些，他说："谢谢你送的礼物，大哥很喜欢。谢谢你还记得大哥的生日。"

从出事到现在，他一直对简一凌板着一张脸，说话的时候也像对待他公司里的员工。

简一凌只是看着简允丞。

"在生大哥的气？因为大哥凶你了？"

简一凌没回应。简允丞便认为简一凌真的在生他的气。

简允丞缓慢地对简一凌说道："小凌，哥哥不想相信你是会伤害亲人的人，哥哥也不相信允卓是会说谎诬蔑你的人。对于大哥和爸妈来说，最痛苦的是你们都是我们深爱的家人，我们无法在你们之间做出选择，无法舍弃你们中的任何一个人。"

简家人对外人，从来没有心慈手软过。

自己家人之间的矛盾，简家人却不知道该如何解决了。

莫说是性格温和的温暖，即便是在商场上雷厉风行的简书洐和简允丞父子俩，也都无法冷静地处理家人之间的极端矛盾。

对简允丞来说，一个是他的亲弟弟，一个是他的亲妹妹。

他比一凌大十三岁，比允卓大十一岁。

可以说，他是看着他们长大的。

他还记得自己念高中的时候，一回到家，两个小萝卜头就一左一右地各抱住他的一条腿。

他们眨着可爱的眼睛找他要零食。

一凌喜欢吃甜食。

允卓喜欢吃冰激凌。

要是他没买，两个小没良心的就会立刻翻脸不认人，改去抱他们二哥的腿。

要是他买了，肯定要挨老妈的骂。

简一凌抬头看向简允丞，一双眼睛明亮、清澈。

简允丞看着妹妹的小脸，伸手抚去。

简一凌本能地躲开了。

简允丞愣了一下，好像妹妹对他的抗拒比他想象中的更严重。

简允丞忽然想起来，这次回来到现在，简一凌连一次"大哥"都没有喊过他。

"小凌，叫一声'大哥'好不好？"简允丞说出这句话时用的是诱哄的语气。

简一凌没答复，而是抓起了她书桌上放着的小蛋糕，递给了简允丞。

简一凌用行动间接地回避了简允丞的请求。

简允丞的脑海里回荡起了上楼前简老夫人对他说的话："你再凶她，小心她以后都不认你了！"

简允丞愣神的时候，简一凌将蛋糕放到了他身旁的桌上，然后便转头去做自己的事情了。

简允丞被她晾在了一边。

简允丞又在简一凌的书房里待了好一会儿，其间把简一凌递给他的小蛋糕吃掉了，还教简一凌解了一道几何题。

简允丞还发现了简一凌放在书桌旁边的一件织到一半的毛衣。这件毛衣和送给他的那一件是同一个款式，但是毛线的颜色是灰色的，而且要比给他的那一件小一些。

所以，简允丞可以确定自己收到的毛衣是简一凌亲手织的。

他这么想着，嘴角便不自觉地上扬了一些。

不过，简允丞始终没有等来简一凌的一声"大哥"。

她用甜甜的嗓音喊的"大哥"，他不知道多久没听到了。

简允丞从楼上下来，再见到二老的时候，跟二老提了过些天要接简一凌回去的事情。

简老夫人直接一口回绝了："想什么呢？你想送过来就送过来，想接回去就接回去？去去去，哪儿凉快哪儿待着去！小乖乖来了就住下了。我们俩别的不行，照顾小乖乖还是可以的！"

简允丞只得转头看向他的爷爷。

"别看我。"这回，简老爷子站在简老夫人这边，"我这老宅里冷冷清清的，难得小乖乖来陪我，我可不舍得让她走！"

简老爷子虽然没有像简老夫人表现得那样明显，但对孙女的喜爱是毋庸置疑的。

简老夫人继续说："我跟老头子都商量好了。我们名下的资产八成留给小乖乖，包括这栋老宅子，剩下的两成你们八个分吧，也别怪我们偏心，谁让你们都是臭小子呢？"

简老爷子和简老夫人已经退休，已经完全将企业交给儿子们打理了，简家公司的股权将来也会给三个儿子。

但是二老名下的基金、股票、房产依旧是一笔不小的数目，这笔财富足够简一凌一辈子吃穿不愁了。

这也是何燕一直惦记着的东西，因为这笔财产的数目十分庞大。

"奶奶，财产你全给小凌我都没有意见，我说的是接小凌回去的事情。"

简允丞对二老的财产没有兴趣，对二老要把财产留给简一凌的决定更没有意见。

"不让接。我告诉你，你们说送来，可以！想接回去？没门儿！你们敢来接，我就将你们扫出去！大门都不给你们开！"简老夫人开始耍赖皮。

别说简允丞过来，就是简书洐和温暖过来，她也是一样的回答！

简老爷子讲道理一些，说道："允丞，你也知道小凌和允卓之间的矛盾，这事一时半会儿也不会过去，至少也得等允卓的手好了才能将小凌接回去。

所以，你就安心地将小凌交给爷爷奶奶好了。"

等简允卓的手真的好了，简老爷子还能找其他的理由来拒绝让简一凌回去。

面对态度坚定的二老，简允丞完败。

至少到目前为止他跟二老提这件事情是不可能赢的。

简允丞从老宅离开后，就在车上给同德私立医院的院长洪百章打了电话。

洪百章既是院长，也是简允卓的主治医生。

电话一被接通，简允丞便直奔主题，说道："我有事情要找你，给我你现在的地址。"

电话另外一边的洪百章都愣了，说道："丞少，现在是晚上十点半！我已经下班了！"

"所以我问你要地址。"

他在医院的话，简允丞就直接去医院找他了。

"不是，丞少，我五十多岁了，比不得你们年轻人了，没有特殊情况的话，这个点儿我该睡了！"

"那就当现在是特殊情况。"

"……"

电话另一头正准备睡觉的洪百章欲哭无泪。

半个小时后，洪百章家。

五十多岁的洪百章刚从卧室里出来，连睡衣都没有换。

洪百章万般无奈地招呼了简允丞，给简允丞倒了一杯茶，然后十分郁闷地对他说："有什么事情你就赶紧说，说完我还要回去睡觉。我明天一早还得上班。"

"我想问我弟弟的病情。"

"我……"

一瞬间，洪百章想要骂人，深吸了一口气才把已经到嘴边的脏话咽回去。

"你弟弟的病情我们不是讨论过很多次了吗？就算你有什么想要进一步了解的，咱不能明天白天谈吗？"

"不是手。"简允丞说，"我想知道他大脑的受伤情况。我记得他当时的CT（目前临床上较为先进的一种医学影像检查技术）报告显示是轻微脑震荡。"

"是，轻微脑震荡，但没什么影响，脑子不会坏掉的！"

"有没有可能出现记忆混乱的情况？"

"记忆混乱？你想啥呢？"

"我只是问问有没有这种可能性，让他对摔下来之前的事情出现错误的记忆。"

"你一定要我说的话，出现错误记忆的可能性很小，但是记不清楚的可能性还是不小的。"

"记不清楚的可能性有多大？"

"你弟弟摔下来之前是在跟你妹妹吵架吧？还吵得很凶？"

"是。"

"人在情绪过于激动的时候，身体内的肾上腺素会迅速升高。另外，气血会上涌到头部，产生一定程度的脑充血。在这种情况下，人在吵完架之后，会记不清楚刚才吵架的某些细节。再加上你弟弟紧接着就从楼梯上滚下来了，身体受到剧烈的冲击，记不清楚之前发生的某些细节问题是很有可能的。"

闻言，简允丞沉默了。

简允丞之所以会赶来问洪百章这个问题，是因为他知道简允卓受伤后，第一时间出现在简允卓身边的人是莫嫂。

莫嫂甚至一路跟随救护车到了医院里，在简家人手忙脚乱之时，也是莫嫂照顾病床上的简允卓的。

如果莫嫂这个人有问题，那么这件事情就存在被人为干扰的可能性。

即使只是一种可能性，简允丞也想调查清楚。简家容不得任何外人在背地里搞小动作。

洪百章看了简允丞一会儿，补充道："人的心理和大脑都是很复杂的，医学界对于这一块的研究还十分有限。比起复杂的人脑，或许电脑更浅显易懂。如果你对事发的具体情况有所怀疑，可以去查查当时的电子设备。"

洪百章也不知道简允丞具体在怀疑什么？想要追查什么？但既然简允丞这么着急，大半夜地跑到这里来，那他就给简允丞一个他认为相对比较有效的建议。

在简允丞离开简宅的时候，简宅小屋里的莫诗韵和莫嫂发生了争执。

"妈，你别再做这种事情了，我既然答应了你，礼物我就会准备好的。"莫诗韵皱着眉头，十分无奈地说道。

"你在说什么啊？"莫嫂被莫诗韵说糊涂了。

"今天给大少爷的礼物，你不该这样做的。"

"那份礼物不是你准备的吗？"莫嫂一脸诧异地反问道。

莫诗韵从母亲的神情中看出，母亲是真的不知情。

"不是你做的？那……"莫诗韵顿时纳闷儿了。

"我还以为是你准备的，这简家上下，除了你，妈妈想不到还有谁会做这件事情……所以妈妈以为……这……这怎么还不是你织的呢？"莫嫂都糊涂了。

母女二人顿时都愣住了。

她们都以为是对方做的，结果发现不是。

这下莫嫂有些慌了，问道："现在怎么办？会不会被发现？"

莫诗韵皱着眉头，心情沉重。

见女儿神色凝重，莫嫂开始自责："都是妈妈不好，妈妈一开始就不该提议让你给大少爷送礼物。这事给你增加了负担，现在还惹了麻烦。"

看着母亲一脸愧疚的模样，莫诗韵于心不忍。

"妈，算了，你也别自责了，你也是为了我好。"莫诗韵安慰着莫嫂。

莫嫂却开始害怕了，继续说道："那个袋子的主人会不会出现？他出现了，我们不就被发现说谎了吗？如果被发现了，大少爷会不会因此赶我们出去？我不能失去这份工作，如果失去了这份工作，我不知道该怎么供你上大学。"

莫诗韵安抚莫嫂："妈，没事的，我一会儿就把毛衣织完，再拍照存证，然后用相同的纸袋装好丢到花园的灌木丛里，到时候我能解释的。"

虽然这样做不好，但事情已经发生了，错误也铸成了，她只能尽可能地想办法补救。

她不能让母亲丢掉工作，这份工作对母亲来说十分重要。

母亲为了照顾她、供她上学，已经很辛苦了。

听了莫诗韵的话，莫嫂的心情才稍稍好转。

接着，莫嫂愧疚地对莫诗韵说："是妈妈不好，妈妈没用，拖累了你。这么点儿事情还要让你为妈妈操心，妈妈如果能有用一点儿，也就不用这么委屈你了。"

莫嫂一直觉得自己对不起女儿，是她的无能让女儿跟着吃苦受罪了。

莫诗韵望着莫嫂，心中动容。

"妈，你别这样说。你已经很努力了，你看看你的手……"莫诗韵说着，抓起了莫嫂那双粗糙的手，满眼心疼。

论年纪，其实母亲比夫人温暖还要小七八岁。

但是母亲和温暖站在一起时，温暖看起来要年轻十岁。

温暖出身好，长大后嫁的人也好，一生无忧。

而莫嫂出生于贫民家庭，没读多少书，后来嫁给了一个浑蛋。那浑蛋没几年就跟小三跑了，留下她们母女俩相依为命。

莫诗韵明白莫嫂正是因为自身的悲痛经历，才会这么拼命地让她去读好的学校，去认识更多优秀的人，而不至于步莫嫂的后尘。

"妈，你放心，我会好好念书，会考上一所好大学的。我以后会让你过上好日子的。你相信我，我念了大学以后你就不需要这么辛苦地工作了。"莫诗韵安慰着莫嫂。

莫嫂的情绪好一会儿才缓和下来。

莫嫂问莫诗韵："对了，你最近在学校里遇到过小姐吗？"

简一凌去了老宅，莫嫂失去了接触简一凌的机会。

"妈，我念高三，她念高一。我们在不同的教学楼里上课，没有特殊情况的话是不可能碰到的。"

"这样啊……"莫嫂的眼中闪过些许失望之色。

"妈，你问这个做什么？是有什么事情吗？"莫诗韵追问道。

"没有，我就是问问，毕竟小姐不在家，我也蛮担心她的。"莫嫂连忙解释道。

她和二夫人做的那些事情，她是绝不会让女儿参与的，要下地狱，她一个人下去就好了。

第三章
保　护

第二天是周二，也是简一凌他们高一年级本学期第二次月考的日子。

由于盛华高中高一文理不分科，所以，这次月考语数英物化生政史地九门功课都要考，并且要在两天的时间里考完，学生们连个喘息的时间都不会有。

然而，就是在这么忙碌的时候，还是有一则"大新闻"分走了同学们的注意力。

一篇被发表在盛华高中校园论坛上的求爱告白的帖子引起了大家的注意。

帖子的标题："快来围观！学校门口竟有人表白！被表白对象是简一凌！"

帖子的主楼是几张照片，照片里是盛华高中大门口的情况。

有人在校门口摆了鲜花、气球，还拉了横幅。

横幅的内容十分直白：简一凌，我喜欢你。你是我的星星，你是我的月亮，你是我的救赎。

最后还有一张男生手捧鲜花的照片。

男生身形瘦削，头发被染过，并且用发胶弄成了十分夸张的样子。

男生戴着耳钉，穿着满是破洞的牛仔裤，看起来像个社会不良青年。

下面立马有人跟帖。

"这什么情况？简一凌'早恋'啦？"

"好像还没有'早恋'吧，这只是有人在追求她。"

"这男的是谁啊？一看就不是我们学校的。"

"天哪，简一凌这是什么品位，居然喜欢这种让人恶心的不良少年！"

"不好意思，我想骂人，好好的校园大门口被这种社会不良青年搞成了这个鬼样子，像什么话！简一凌这一天天的在干吗？还招惹来这种社会青年。"

"楼上的别这么说，这是别人跟她表白，又不是她跟别人表白。"

"不赞同楼上说的，怎么不见有人跟我们学校的其他人表白？光看见简一凌的了，如果她不去招惹人家，人家怎么会来向她表白？有一句话叫作'苍蝇不叮无缝的蛋'。"

"谁知道她一天天的干什么去了，我们天天上学都忙不过来，根本没时间认识外面的人。她倒是够闲的。"

"妈呀，我的眼睛啊……这人一看就不是什么好东西。简一凌居然跟这种人搞到一起去了！"

"楼上的，别这么说嘛，人家又没有真的搞到一起。"

"能扯上关系就已经很不可思议了。要不是简一凌做了什么，这男的怎么会追她追到我们学校门口来？我已经不知道该怎么形容了，唯有两个字可以表达我的心情：呵呵。"

"校领导在哪里？这都不管管吗？这种事情太影响我们学校的形象了。"

帖子刚发出去，回复数一下子就有一百多了。

看着慢慢上升的热度，邱怡珍看着手机笑得前仰后合。

邱怡珍确实不能正面找简一凌的麻烦，但是有些事情不用她动手，就能让简一凌惹一身臊！

邱怡珍旁边的两个跟班陪着她一起高兴。其中一个说道："邱姐，这回简一凌可得难受了，明哥找的这个混混儿，可是出了名的下三烂！简一凌若跟他扯上了关系，那名声可就臭了。"

那个跟班说着，脸上的笑容逐渐放大，兴奋之情都写在了脸上。

"呵，让她再自以为了不起！"

邱怡珍语气讥讽。光是想到简一凌那副高高在上、自以为是的样子，她就倒胃口。

"而且闹成这样，估计校领导也得找她谈话，我们学校可是很注重学校的形象的。"邱怡珍的另外一个跟班偷笑。

简一凌"早恋",还是跟外头不三不四的流氓"早恋",还闹到了学校门口。

紧接着邱怡珍又想到了什么,说道:"对了,你们两个去把照片传到校外网去,上一次简一凌不是把我的视频弄到校外网,将事情搞得很大吗?这一次我们就连本带利地还给她,让校方重视这件事情!"

"好嘞姐,我们马上发。"

学校论坛上的帖子也是她们发的。

由于简一凌正忙着考试,并且没有关注学校论坛的习惯,所以直到快放学的时候,胡娇娇找上她,她才知道这件事情。

"简一凌,简一凌,出事了!"胡娇娇一看到简一凌,就急忙拉住了她。

考试的时候,大家的座位是被打乱了的,所以胡娇娇一直没有机会和简一凌碰面。

简一凌回头,狐疑地看着胡娇娇。

"你先看看这个。"胡娇娇连忙把自己的手机拿给简一凌看。

简一凌自然不认识照片上拿着玫瑰花准备向她告白的男人。

但是看这情况,简一凌也知道这可能是有人故意设的局,想要通过这种方式让她难堪。

"简一凌?"胡娇娇小心地询问,语气里透着些许担心。

"我不认识他。"简一凌语气平静地回道。

"我也觉得你不太可能认识他,但是……"

胡娇娇觉得简一凌是有些高傲,但正是因为她的高傲,所以不可能跟这种人来往。

但是学校里的其他同学并不是这么想的,他们对简一凌的印象很坏。

胡娇娇很担心,等会儿放学了简一凌在校门口碰上这个恶心告白男后,情况说不定会更糟糕。

于家。

于希正无聊地玩着手机。

晟爷今天不出门,他也就跟着一起待在了家里。

无聊之中,于希打开了盛华高中的校园论坛。

因为上一次与简一凌有关的那篇帖子,他最近会时不时地去母校的论坛看两眼。

然后冷不丁地，于希看到了这篇又跟简一凌有关的热门帖，还是告白帖！

"哪里来的狼崽子，小一凌才多大啊，就想对她下手了？"于希看着手机发出惊呼。

旁边，坐在电脑前的翟昀晟敲键盘的手猛地顿住了。

"你在说什么？"

"我在说隔壁的一凌妹子啊，有人在学校门口弄了一堆鲜花、气球，还拉了横幅跟她告白呢！"

于希一边回答一边翻帖子。

他翻着翻着，就翻到了表白者的照片。

那个人长得贼眉鼠眼，瘦得跟营养不良似的，打扮得跟小混混儿似的。

于希猛地从沙发上坐了起来。

"这什么鬼？这种货色也好意思追小一凌？怎么也不撒泡尿照照自己？"于希一脸嫌弃地说道。

"拿来。"

于希连忙把自己的手机递给翟昀晟。

翟昀晟将帖子看了一遍。

"呵。"翟昀晟发出一声冷笑。

正在实验室里的程易收到了简一凌发来的短信。

"借两个安保人员。"

在简一凌和慧灵医学研究所签订的协议上面，有条款注明慧灵医学研究所会全权负责成员的人身安全。

研究所的安保力量可是不容小觑的，因为研究所的价值有可能比某些银行的金库还要大。

而研究所的成员本身也是一笔巨额的财富。

研究所对保护研究人员的人身安全责无旁贷！

虽然简一凌正式入职的时间是下个月，但是协议生效的时间是他们签约的时候。

而他们的协议在今天早上简一凌刚到学校的时候就已经签了。

因为慧灵医学研究所的人怕时间拖长了，简一凌有被其他研究所签走的可能。所以，他们连夜把协议准备好，今天一大早就来学校找简一凌，想要赶在上课之前就和简一凌把合约签了。

收到简一凌消息的程易很意外，并且很快回了消息："怎么回事？"

"遇到了一点儿麻烦。"

"你现在在哪里？"程易问。

"学校里。"

"你等等，我马上带人过去，别怕。"

程易不知道简一凌遇到了什么困难。

但既然她发消息过来了，就说明一定是需要帮助了。

程易连忙放下手头的工作。

本来派安保人员过去就可以了，但是程易有些不放心。

想到简一凌那可爱的模样，再想到有人正要欺负她，程易觉得自己有义务亲自过去解救他们研究所唯一真正意义上的女研究员，并且是年龄最小的一个成员。

程易正要出门，就被他的同事罗秀恩拦住了。

罗秀恩是简一凌签约之前慧灵医学研究所里唯一的女研究员，生理性别女，心理性别……

"你干啥呢？这火急火燎的！"

罗秀恩用一只手拽住了程易的后衣领，硬生生地把这个身高一米八几的男人拽了回来。

罗秀恩身高一米七六，比很多男生还要高挑。

她身材健美，现在穿着白大褂不太能看出来，但是她在健身房里的样子程易是见过的。他自愧不如。

"恩姐，放手，有紧急事件！"程易连忙对她说道。

"什么紧急事件？"看程易确实很着急的样子，罗秀恩也就不跟他开玩笑了。

"新签约的妹子遇到麻烦了，我得赶紧过去帮忙。"

"那还愣着干吗？磨磨叽叽的，你还是不是男人啊？"

罗秀恩二话不说，拽着程易就出门了。

研究所好不容易得到的小天才，签约的第一天就以他们研究所的名义发表了一篇论文。

研究所里的老成员直到现在还因为那篇精妙的论文而兴奋呢。

这样的大宝贝，竟然有人想找她的麻烦？

罗秀恩第一个不答应！

程易也很无辜，明明是被她拉住才耽搁了时间，现在反而被她说成磨磨叽叽的。

"那个，恩姐，我还得再带两个安保人员。"

"姐跟你去还不够吗？"

"够是够……"

罗秀恩一个人能抵一群安保人员，这一点程易是绝对不怀疑的。

"多带几个人撑场子不是更好吗？"

"对！那不能只带两个，得带一车！顺便把我们车库里的防爆车开出来！也得让妹子见识见识我们研究所里强大的安保力量！"

他们这种级别的研究所，可不是随随便便一个小单位可以比的。

说句不谦虚的话，整个恒远市，谁敢在他们研究所的人面前撒野？

除非他们有信心这辈子自己不生病、自己在意的人也不生病！

简一凌给程易发完信息后，她的手机里又收到了另外一个人发来的消息。

"Dr.F.S，你好像遇到了一点儿麻烦，我可以帮你处理掉，绝对干净的那种。就当作我们的一点点定金吧，当然，你需要的话，我们还可以为你做更多的事情。"

对方一发现简一凌遇到了麻烦，就给简一凌发了信息，为的就是说服简一凌答应他们之前就跟她提过的事情。

"不需要，谢了。"简一凌拒绝得干脆果断，没有半点儿犹豫。

"Dr.F.S，让你答应那件事情就这么难吗？"对方似乎很无奈，但又很想得到简一凌的帮助。

"暂时没空。"

"Dr.F.S，我们真的很需要你的帮助。这关系着我们老先生的性命，只要你能帮到我们老先生，你开什么条件我们都可以答应。"

"真的不用，谢了。"她依旧言简意赅地回复道，没有半点儿动容。

处理校门口的那些麻烦，程易带两个安保人员来就足够了。简一凌不需要其他人的帮助。

没能说服简一凌松口，对方便没有再给她发信息。

很显然，对方不想惹简一凌生气。他们是有求于她，并不是来强迫她的。

但是，对方显然也没有放弃任何能够和简一凌拉近关系的机会。

高三重点班。

朱莎拿着手机跑到了莫诗韵的课桌前。

"诗韵，诗韵，你快看，有大新闻！"朱莎的语气里透着些许隐藏不住的激动和兴奋。

"怎么了？"莫诗韵狐疑地看了朱莎一眼，然后低头看向朱莎的手机屏幕。

原来是和简一凌有关系的事情。

"不关咱们的事，咱们就不凑这个热闹了吧。"莫诗韵柔声说道。

莫诗韵的反应，相对于朱莎来说要冷淡许多。

"我们只看看，也不算凑热闹啊！你看啊，简一凌跟这种不入流的社会青年不清不楚的。"朱莎掩嘴偷笑。

"这样的社会青年看起来并不是好惹的，遇见了还是离远一点儿比较好。"莫诗韵提醒朱莎远离这样的人，对于朱莎的话并没有给予肯定或者否认。

"可不是不好惹的吗？你看这表白的横幅写的，真是恶心死了，这年头谁还这样表白啊？看得我都起鸡皮疙瘩了！"

"好了，快要上课了，这是今天最后一节课了。"莫诗韵提醒道。

"等上完这节课，我得赶紧收拾书包去校门口看好戏！"

朱莎对于即将发生的事情有些期待。

盛华高中的校门口，不知不觉已经聚集了很多人。

此时距离放学还有半个小时，就已经有不少人在驻足观望了。

等到放学的时候场面会怎么样，可想而知。

有人还拿出手机来拍照片和视频。

其中有纪明的小弟，此人正拿着手机给纪明做现场直播。

"明哥，你看到没？一切准备就绪，就等我们的女主角现身了！"

"干得不错，你记得跟阿辉说，一会儿那丫头一出来，就往她身前凑，能挨多近就挨多近！你们其他人找机会拍下他俩亲密的照片。我回头再找营销号大肆渲染一番，发到网上！"手机另外一头的纪明一脸兴奋地说道。

阿辉就是那个手里拿着玫瑰花自称喜欢简一凌，要向简一凌告白的社会青年。

看着学校门口人头攒动的景象，纪明已经可以想象一会儿简一凌从学校里面出来时的画面了。

这个臭丫头，害他在于希家的时候丢人了，这回还不连本带利地讨回来？

今天这局是他和邱怡珍一起设下的。

当然，大部分的事情是他找人做的。邱怡珍和她的两个跟班只负责把内容发到盛华高中的校园论坛上，顺便再引导一下评论的走向。

做这种事情的最大好处就是零风险。

简一凌根本奈何不了他们。

恋爱自由，现代法律可没有规定不许别人表白的！

他们一没违法，二没犯罪，就算简家老爷子来了，也拿他们没办法！

纪明看着视频正得意呢，忽然听到有钥匙开门的声音。

怎么回事？

谁在开门？

他现在可是在他学校附近的公寓里面呢。

这是他爸为了方便他上下学而给他买的公寓。

他今天为了看简一凌的好戏，下午翘课过来的。

公寓的门被打开了，首先进门的人是纪明的老爸纪俊峰。

"爸？"纪明看到他老爸后，第一反应是自己翘课的事被他老爸知道了，所以他老爸直接过来了。

纪俊峰看到纪明后又恨又气。

"爸，我……我今天肚子疼，所以……所以提前回来了。"纪明连忙跟自己的老爸解释。

纪俊峰哪里管纪明今天是为什么翘的课！

若纪明只是翘课，他都懒得管！

纪明正辩解着。纪俊峰的后面又走进来几个身穿黑色西装，气势逼人的保镖。

再然后，纪明就看到了于希，还有一个和于希一起出现的年轻男人。

纪明并没有很快反应过来年轻男人是谁。

直到看到他爸爸对着年轻男人一阵点头哈腰，满脸赔笑，纪明才反应过来，年轻男人正是从京城来的晟爷！

和于希一起来的，能让他老爸表现出这个态度的，除了晟爷还有谁？

在此之前，纪明一直想见见这位鼎鼎大名的晟爷，但是一直没有机会。

没想到他今天突然见到了晟爷，而且这情况好像并不太好。

"那个，希哥，这是什么情况啊？"纪明不好贸然跟翟昀晟开口，只能问于希了。

他刚问完，就有两个保镖上前来，一把按住了他。

纪明在两个受过专业训练的国际顶级保镖面前毫无反抗之力。

保镖从他的身上拿走了他的手机，压着他的手进行解锁。

保镖用手帕将手机擦拭一遍后递到了翟昀晟的面前。

翟昀晟拿到手机后开始翻看，很快就翻到了纪明和邱怡珍的聊天记录，以及纪明和那位名叫阿辉的社会青年的聊天记录。

翟昀晟把手机交给了于希。

于希接过手机后迅速拍照取证，然后用自己的账号在盛华高中的校园论坛上发布了帖子，并上传了这一系列的聊天记录图片。

于希的这些动作一气呵成。

纪明还一脸蒙，完全不知道发生了什么事情。

他求助般望向他老爸。

纪俊峰现在连掐死纪明的心都有了！

他惹谁不好？他偏要惹晟爷！

五分钟后，于希跟翟昀晟汇报："搞定了，帖子我让我学弟给我置顶了，原帖没删，留着做对比。"

听到这话，纪明后知后觉地反应过来。晟爷的造访可能和今天发生在盛华高中校门口的事情有关。

可是纪明想不明白，晟爷为什么会插手这么一桩跟他好像没有什么关系的事情？

纪明望向晟爷身旁的于希，顿时明白了。于家人和简家人关系不错，晟爷这次出手很有可能是因为于希！

但不管是什么原因，现在晟爷出面了，他的麻烦大了！

思考过后，纪明连忙向翟昀晟道歉："那个……那个……晟爷，我……我……我是一时糊涂，您大人不记小人过，饶了我这一回吧！"

"会跳绳吗？"翟昀晟忽然问了一个让纪明脑袋发蒙的问题。

"我……我……会……"纪明结结巴巴地回答，完全不知道翟昀晟为什么会突然问他这么一个问题。

"给他一根绳子。事情结束之前，他若跳满五千下，事情就算过去了；不够的话，他们纪氏的新项目就算了吧。"

听到翟昀晟说的最后一句话，纪俊峰脸色煞白！

纪氏集团最近倾全公司之力在搞新项目。

为此，纪氏集团的资金链已经出现了问题，就等新项目帮他们回笼资金了。

如果新项目夭折，他们纪氏集团十有八九是要破产的！

纪明蒙了，瞪着眼睛看着翟昀晟。

一个保镖递过来一根绳子。

纪明拿着绳子发愣。于希提醒他："计时已经开始了，到事情结束为止。"

听到这句话，纪俊峰猛地冲到纪明的跟前，催促着他："臭小子，还不快点儿跳！你平时不是力气挺大的吗？现在力气都去哪儿了？"

纪明在他老爸的催促下才渐渐地回过神。知道现在时间紧迫，为了他自己，为了他们纪家，他必须使出浑身力气来跳绳。

纪明跳的时候，旁边站着的保镖帮他计数。

另外一个保镖已经拿出手机将盛华高中校门口的直播画面交给翟昀晟观看了。

很显然，在翟昀晟和于希来找纪明的同时，他们也往盛华高中的校门口派了人。

而此时，晟爷派过去的人已经抵达盛华高中的校门口，并且开始通过视频给翟昀晟传回现场的情况。

就在这时候，视频里面突然出现了一辆防爆车，漆黑的车身、坚固的外壳，在一排小型私家车当中无比醒目。

车子直接开到了盛华高中的校门口。

车一停下，就有一排安保人员从车上下来。

那些安保人员穿着统一的制服，训练有素，和小区门口那种普通保安有着明显的区别。

接着，一个女人从车上走了下来。她身材高挑，英姿飒爽，走路带风。

白大褂换成了黑风衣，罗秀恩看起来更像大姐大了。

盛华高中校门口的众人一脸茫然。

这女人是谁啊？这是什么情况啊？

众人正纳闷儿，罗秀恩已经来到了那个手捧玫瑰花的男人面前。

她抡起拳头，直接砸在了男人的脸上。

"兔崽子，就你这模样还好意思来跟我们家妹子告白？也不撒泡尿照照你自己！你是故意来气我们的吧？"

说着，罗秀恩又是一拳，直接打得男人晕头转向。

他们研究所里的人，哪儿是这种瘪三配得上的？

自己什么条件，自己心里没点儿数？

他还好意思过来告白？

罗秀恩光是想想就恼火，火气一上来，拳头就出去了。

"还告白，告你个鬼白！就你这样的，说你是癞蛤蟆想吃天鹅肉，姐都觉得侮辱了癞蛤蟆！"

说完，她又打过去一拳。

几拳下去，那个叫阿辉的小混混儿眼冒金星，东倒西歪。

罗秀恩的拳头真不是闹着玩的，手劲儿大的她，掰手腕赢遍研究所里的人。

众人都已经傻眼了。

他们还没有弄明白发生了什么事情，这个气势骇人的女人就已经上来揍了好几拳了。

她出拳快、狠、准，那凶狠劲儿，看得周围的人又惊又惧。

潜藏在周围的阿辉的同伴们按捺不住了，纷纷冲上来阻止罗秀恩。

这些人一动，罗秀恩带来的安保人员便齐齐上前，气势吓人。

"都给姐退下！"罗秀恩对着身后的安保人员大声说道。

安保人员赶忙站定，不再往前。

恩姐说退下，那就退下。

看样子恩姐要自己动手。

也好，恩姐生气了，总要有人挨她的揍。不然她回头找他们切磋，苦的还是他们。

罗秀恩一个人打四个混混儿。

四个男人围攻罗秀恩，却被罗秀恩按在地上摩擦。

这四个混混儿平时威风八面，但身体素质并不好。

他们好吃懒做，平时不是喝酒熬夜，就是唱歌瞎玩，怎么可能是罗秀恩的对手？

盛华高中校门口发生的这一幕，在纪明的公寓里面一边欣赏纪明跳绳，一边看着直播的翟昀晟和于希看得很清楚。

于希忍不住对翟昀晟说："晟爷，小兔子好像不需要我们帮忙啊。"

已经有人出来暴打生事的人了。

虽然人冲动了一点儿，但是方法挺管用的。

接着，于希又纳闷儿地说道："小兔子是怎么认识慧灵医学研究所里的人的？"

于希一开始没想起来揍人的人是谁，看了一会儿后才想起来这个女人他见过。

去年，慧灵医学研究所的人举办了一次新闻发布会，发布会就是在他们于家的酒店里举办的。当时于希刚好在那儿，所以和这个女人有过一面之缘。

只不过，他去年见到她的时候，她穿着白大褂，是学术界的翘楚。

这让他一时无法将这个狂暴的、穿着风衣的女人和慧灵医学研究所里的研究员联系到一起。

而于希没想明白的是，简一凌怎么会认识慧灵医学研究所里的人。

这慧灵医学研究所可是个不得了的地方，虽然名义上只是一个研究所，但是背景十分强大。

慧灵医学研究所里的研究员可不是为一般的医药集团服务的。他们背后的实力深不可测。

慧灵医学研究所就位于恒远市，但即便像于家这样在恒远市数一数二的大家族，其族人至今都没能搞清楚慧灵医学研究所所长的身份。

他也没有听说过简家有人和慧灵医学研究所的人有过来往。

教室里，胡娇娇还在劝简一凌。

"简一凌，你要不打电话给来接你回家的人吧，看看能不能联系学校的保安帮忙处理一下？"

胡娇娇能想到的解决办法也就只有这个了。

现在离放学时间只有十分钟了。

胡娇娇觉得，要是不赶紧想点儿办法一会儿简一凌就会遇到大麻烦了！

"不打给她。"简一凌不想让简老夫人烦心。

"可是……"胡娇娇还想说点儿什么，但是不知道该怎么做。

如果这件事情发生在她身上，估计现在她已经被吓哭了。

她哪里惹过社会上的小青年啊？那种人她看一眼就会觉得浑身不舒服。

就在胡娇娇纠结的时候，放学铃声响了。

完蛋了，胡娇娇想。

胡娇娇咬了咬牙，说道："简一凌，我准备好了，随时报警！"

胡娇娇的手机上面已经按好了"110"，只差按拨打键了。

看得出来，她真的有点儿紧张。

而简一凌这个当事人，表情平静，和平时没什么两样。

胡娇娇不由得对简一凌生出了敬佩之情：简一凌同学太淡定了！这事要是发生在她身上，估计她早就哭出来了！

确认过眼神，简一凌是她学不来的人！

胡娇娇和简一凌一起往校门口走。还没走到校门口，简一凌便见到了前来接她的程易。

他穿着一身浅灰色的休闲装，戴着金丝眼镜，看起来文质彬彬的。

简一凌见到程易后，露出了疑惑的表情。

她好像只要了两名安保人员。

程易对简一凌露出温和的笑容，并且告诉她现在的情况："门口的那些杂碎已经有人在清理了，你可以放心了。"

打架的事情交给罗秀恩。他负责送一凌妹子回家。

"为什么你也来了？"简一凌仰着头，望着程易，问他。

简一凌不懂，她要两名安保人员，为什么程易还亲自过来了？

他应该挺忙的。

"你有事情，所以我就过来了啊！"程易看着简一凌发愣的模样，不禁觉得好笑。

在程易看来，他过来再正常不过了。

换成研究所里的其他人遇到麻烦，他也会赶过来的。

当然，罗秀恩除外。

程易回答得理所当然。简一凌却盯着程易看了好一会儿。

在简一凌看着程易发呆的时候，程易走上前来，帮简一凌拿过她的书包，拎在自己的手上。

高中生的书包很沉，简一凌已经算书带得少的了，但背在她瘦小的身躯上，依旧很沉重。

简一凌身旁的胡娇娇有些蒙，心中纳闷儿，眼前的男人是谁。

她仔细地想了想，猜想他大概是简一凌的哥哥。

胡娇娇听说过，简一凌有好几个哥哥，他可能是其中之一。

简一凌的家长过来了，那校门口的那个人，应该不是问题了吧？

不过，为安全起见，胡娇娇还是紧紧地握着手机，随时准备报警。

程易领着简一凌出校门。到了校门口，简一凌和胡娇娇看到了倒在地上的四个男人。

其中就包括那个所谓的告白者。

这场面和胡娇娇预想的一点儿都不一样。

"这……这是什么情况？"胡娇娇受了不小的惊吓。

胆小的胡娇娇有些慌，放在电话拨通键上的大拇指抖了一下，差点儿就按下去了。

"没事没事，自己人。"程易解释道。

小姑娘会受到惊吓，他十分理解。

原来是自己人，那应该不危险，胡娇娇松了一口气，手指也终于从电话的拨通键上移开了。

回过神的胡娇娇被罗秀恩吸引了注意力。

这还是她第一次见到一个女人追着四个男人揍呢。

四个男人在那个女人的面前就跟小鸡似的。

那个女人也太帅了吧？

程易见简一凌和胡娇娇都在看罗秀恩揍人，怕对她们影响不好，于是说道："打架斗殴没什么好看的，我们还是不看了，先回家。"

如此凶残的画面，不适合像一凌这样可爱的妹子看。

简一凌非但没有听程易的话掉头离开，反而径直朝着罗秀恩走了过去。

感觉有人靠近，罗秀恩停了下来。

她揍人的时候狠归狠，但不是发了疯似的不管不顾。

罗秀恩看到简一凌过来，一眼就认出了她。

简一凌的照片她已经在研究所新上传的资料上见过了。

只见简一凌走到了四个混混儿的跟前，抬起脚，一脚踩在了那个所谓的告白者的脸上。

这一脚的力道和罗秀恩的拳头比起来虽然差得有点儿多，但可以看出来，简一凌是用了力气的。

简一凌那踩在男人脸上的脚还踱了踱，在男人的脸上磨出了一块红色的印记，同时也留下了一个灰色的鞋印。

胡娇娇不由得咽了一口口水，心想：简一凌同学的胆子好大！

踩人的时候，简一凌表情认真，小巧的嘴唇抿着，眼神专注。

罗秀恩觉得她这模样简直又奶气又凶狠，凶狠得认真，奶气得可爱。

罗秀恩面带微笑凑上来跟简一凌打招呼："你就是一凌妹子吧？早上我就在系统上看到你的照片了！看照片就知道你是一个可爱的妹子，没想到真人更可爱。"

罗秀恩看着简一凌的小脸，有一种想要伸手捏一捏的冲动。

研究所里一水的糟老头子，就连程易这种年轻点儿的研究员，都已经算稀有动物了。

难得有个妹子来陪自己，罗秀恩可高兴了。

更别说这个大宝贝虽然身娇体弱，但脑袋瓜子一个顶十个好使了！

"嗯。"简一凌点头，顿了顿，又跟罗秀恩说，"谢谢。"

她的声音很甜美。

她要谢谢罗秀恩今天为她来这里，谢谢罗秀恩为她教训了这些人。

"没事没事，你跟姐客气啥？咱们以后就是一家人了！有什么事尽管找姐就是了！姐罩着你！"罗秀恩拍着自己的胸脯，跟简一凌承诺道。

"嗯。"简一凌再次点头。

简一凌没想再麻烦罗秀恩，但是没拒绝她的一番好意。

二人说话的过程中，简一凌的脚还踩在那个人的脸上。

地上躺着的混混儿一张嘴，就把简一凌鞋底掉落的灰土吃了进去，表情十分痛苦。

在纪明的公寓里观看现场直播的于希张了张嘴巴，然后想起了一句俗语：兔子急了也会咬人。

接着，于希的耳边传来了一阵低低的笑声。

于希一脸惊诧地看向旁边一脸笑意的翟昀晟。

于希正疑惑。翟昀晟猛地起身，然后朝着门外走去。

屋里的一众保镖连忙跟上，只留下两个保镖监督纪明跳绳。

纪俊峰也连忙追了出去，一个劲儿地跟翟昀晟道歉："晟爷，犬子顽劣，回头我一定好好地教育他，这一回还请您大人不记小人过，饶过我们吧！"

翟昀晟根本没搭理纪俊峰。

纪俊峰还想要再说几句。两个保镖随即挡住了他，不让他再靠近翟昀晟。

盛华高中的校门口，罗秀恩终于肯放过这几个混混儿了。

不过，她让这四个混混儿先给简一凌道歉，当着学校门口那么多围观群众的面，喊出实话。

"对不起！我并不认识你！是有人给了我一笔钱，让我来这里表白的！对方说要搞臭简一凌的名声！其他的我真的不知道了！"

混混儿不敢不听话，一股脑儿全说了。

"这么小声，你是没吃饭还是怎么了？你声音这么轻，谁听得见？你搞的这些乱七八糟的横幅弄得学校里的人都知道了。现在让你解释你就这么一点儿声音，你是在逗姐玩吗？！"

"不是，不是。"他们不是因为没吃饭才没力气，而是被揍得没了力气！

"那你还不赶紧的！你当姐很闲是吗？姐的时间可比你的时间宝贵多了！"

这是实话，罗秀恩在一天里创造的价值，可能比这四个混混儿一年创造的价值还要大。

混混儿连忙重新喊了一遍，这回是连吃奶的劲儿都使出来了。

混混儿声音很大，至少在校门口围观的人都听见了。

其实，不用这个小混混儿交代，大家现在也差不多知道真相了。

他们甚至已经知道给钱的人是谁了。

因为他们学校论坛上面的新帖子已经把证据都贴出来了。

这一下，好多人被打脸。

尤其那些在前一篇热门帖里留言指责简一凌的人。

那些留言现在看起来是那么的讽刺。

最要命的是，他们发现那篇帖子删除不了，不管是帖子本身还是帖子下面的留言，都无法删除。

至于无法删除的原因，校园论坛的管理人员发布公告宣称，是校园论坛的服务器需要维护，所以短时间内大家无法删除评论。

于是，两篇形成鲜明对比的帖子就这么被挂在了校园论坛的顶部。

对那些恶意揣测简一凌的人来说，要多尴尬就有多尴尬。

邱怡珍更是火烧眉毛了。

校园论坛的发帖信息没有暴露她，但是被公布出来的通信记录里，有一部分聊天记录是她和纪明之间的。

该死的纪明还直接给她备注了真实姓名。

所以只要打开帖子，就能看到每一张聊天记录的图片上面都有"邱怡珍"三个大字。

更别说聊天的过程中还提到了对方的名字。

"邱姐，这是怎么回事啊？你和明哥的聊天记录怎么被放到论坛上去了？"

邱怡珍的跟班比邱怡珍还慌。因为邱怡珍是校董的女儿，她们不是。

"你问我，我问谁啊？"邱怡珍烦躁地吼道。

两个跟班被邱怡珍骂得大气都不敢喘。

这时，邱怡珍的手机响了，是她爸给她打来了电话。

邱怡珍犹豫了一下，还是接了电话。

邱怡珍一接电话，那边就传来了邱利耀的怒吼声："我在办公室里，你马上给我滚过来！"

说完，他就将电话挂了。

邱怡珍不服气地哼了一声，不情愿地朝着邱利耀的办公室走去。

她一进门，邱利耀就一个耳光扇在了她的脸上。

"你干吗！你竟然敢打我？"邱怡珍抬起头来，瞪着眼睛，朝着邱利耀吼了回去。

"我怎么不敢打你？我现在打死你的心都有！"邱利耀对着邱怡珍咬牙切齿地说道。

"那你打死我呀！打死我，你看谁给你送终！"邱怡珍走到邱利耀面前，把自己的脸送上去，让邱利耀继续打。

"你！"邱利耀火冒三丈，瞪着邱怡珍，但是没敢真的再打她。

他只有一个女儿。

"你看看你干的好事，你真是把我的脸丢尽了！"不能打，邱利耀就开始数落。

"呵，多大点儿事情，你直接让学校论坛的管理人员把帖子删了不就好了吗？"

邱怡珍虽然有些心虚，但想着这事老爸应该是能搞定的。他现在冲她发脾气也不过是因为她丢了他的脸而已。

"多大点儿事？"邱利耀深吸一口气，控制住自己再度扇邱怡珍耳光的冲动，说道，"你以为简家人是吃素的吗？这件事情把简家、纪氏集团，还有我们家都牵扯进来了。你以为在恒远市，我和纪家人是简家人的对手吗？"

邱怡珍听了她爸的话，顿时有些厌了。

她也确实知道，自己家和简家那种大家族相比，还是差了一截的。

所以，她和纪明才制定了这个让人瞧不出毛病的计划。

不就是找人跟简一凌表白吗？简家人也不能因为有人跟他们家的女孩表白就兴师动众吧？

可谁能想到，没过半个小时，她和纪明就被揭露出来了？

"可是……"邱怡珍还在为自己的行为找借口，"可是那简一凌把她哥哥推下楼梯，早就被简家人厌恶了啊！她已经被赶回简家老宅去了！"

这些消息邱怡珍是从莫诗韵那儿听说的。

邱怡珍认为莫诗韵是从简允卓那儿听说的。因为莫诗韵和简允卓关系不错，这是大家都知道的事情。

邱怡珍并不知道莫诗韵是简家用人的女儿，并且住在简家。

邱利耀气得用手指戳邱怡珍的额头，并说道："你的脑袋里面装的是什么？是棉花吗？我邱利耀怎么会生出你这么愚蠢的女儿？简一凌怎么样那是他们家的事情！她再被简家人嫌弃，也是简家的孩子！你跟她耍阴招，就是跟简家人耍阴招，你懂不懂？你真当简家老宅的那个老头子是死的啊？"

简老爷子年轻时是何等人物？

简老爷子在恒远市叱咤风云的时候，邱利耀还不知道在干吗呢！更别说她邱怡珍了！

"你别自己吓自己了！上一次的事情简一凌也没有拿我怎么样啊！"邱怡珍不以为意地说道。

"什么上一次的事情？你上一次怎么了？"

上一次的事情，因为视频的内容做过处理，邱利耀并不知道对方是简一凌。

邱利耀顿了顿，想起视频的事情了，顿时气得咬牙切齿，说道："好啊，上一次你惹的人就是简一凌？你是脑袋被门板夹了吧？专门找简一凌的麻烦干吗？"

邱怡珍理直气壮地说出了一堆理由："谁让她自恃清高？谁让她目中无人？谁让她把简允卓推下楼梯，害了简允卓的一生？！"

"你这个白痴！"邱利耀忍不住骂道。

"白痴也是你生出来的！"

"你！"邱利耀深吸一口气，继续说道，"别扯那些没用的，反正你今天晚上必须跟我去简家道歉！"

"不去！"邱怡珍直接拒绝了。让她给简一凌道歉？门儿都没有！

"你说什么？"邱利耀被邱怡珍气得不轻，胸口剧烈地起伏着。

"人家简老爷子和简老夫人不一定知道这件事情。你带着我给简一凌去道歉，不是不打自招吗？"

邱利耀愣了一下，不得不承认女儿的想法也有一定的道理。

这事在学校里闹得大，简家人不一定知情。

如果说上一次的事情简一凌没跟家里人讲的话，那么这一次的事情她也有可能不会跟家里人讲。

邱怡珍见邱利耀沉默了，便知道自己说的话他听进去了。

"你要扣我的零花钱扣就好了,反正我是不会去道歉的。你骂也骂够了,我走了。"说完,邱怡珍转头就离开了邱利耀的办公室,一点儿都不在乎她这种态度会不会让邱利耀生气。

纪明的情况可比邱怡珍惨多了。

事情结束了,他也终于跳完了。

他挣扎着跳完最后一下,瘫倒在地上,一动也不想再动。

旁边的保镖公布数字:五千下,正好。

本来纪明是跳不了这么多的。因为罗秀恩他们的出现,导致事情比预期结束得晚了一点儿,所以他才跳了那么多。

光是罗秀恩揍四个小混混儿就揍了十几分钟。后面她又让小混混儿道歉,收拾残局又花了一些时间。

简一凌走后,罗秀恩还拎着小混混儿问话。

前前后后花了快一个小时。

晟爷说话算数,所以,就算时间延长了,也算纪明完成了任务。

保镖们向翟昀晟汇报完情况后便离开了纪明的公寓。

纪明在地板上瘫了一个小时,一下都没有动。

体育考核时,他跑一千米都觉得费劲。而现在,他感觉比跑了几十次一千米还要累。

这时候纪俊峰回来了。看着倒在地上的纪明,纪俊峰抄起旁边茶几上放着的书本就砸了过去。

"你平时为非作歹也就算了!现在居然跟晟爷过不去!你是觉得你老子太清闲了是吧?你知不知道这次的项目要是搞砸了,你以后就得要饭吃了?"

"我怎么知道我会惹到他?我明明是对简一凌那个臭丫头出手的!都怪于希,亏我还以为我们跟于家人关系好,结果他这么害我!"纪明有气无力地回答道。

到现在,纪明还以为自己会遭罪是于希的问题。

"甭管是因为谁,从今往后,你看到简家的丫头就给我绕道走!"纪俊峰咬着牙说,"至于于希那边,我会想办法问清楚的。"

纪明虽然不情愿,但是也不能不答应。纪氏集团的事情他虽然不是很清楚,但也知道他们不能搞砸这次项目。

简一凌没有让程易他们护送她回家,而是假装什么事情都没有发生,在简老夫人的车子抵达校门口的时候,安静地上了车。

此时,校门口的鲜花、气球、横幅也早就在罗秀恩的命令下,被那几个小混混儿清理干净了。

校门口看起来一切如常。

简一凌是有意不让简老夫人知道刚才发生的事情的。

所以,简老夫人也没从简一凌的身上看出什么不对劲儿的地方。

车子开到简家老宅门口的时候,简老夫人和简一凌看到了简宇捷。

简宇捷气喘吁吁的,看起来就像刚跑过步一样。

简老夫人赶忙让司机把车停下,开门下车询问:"宇捷,你这是怎么了?怎么突然跑过来了?"

今天是周二,简宇捷应该在上学。

"我让司机带我过来的。"他在回答简老夫人的问题时眼睛是看着简一凌的。

简宇捷已经知道了刚才发生在盛华高中校门口的事情,是于希发消息给他的。

于希本来想的是,一凌妹子被可恶的流氓盯上了,他有必要让简宇捷知道情况。

这要是瞒着,他怕他在简宇捷面前就彻底失去信誉了。

让于希没想到的是,他刚给简宇捷发完消息,就被翟昀晟拉着出了门,亲自动刀了。

简宇捷一收到于希给他发来的消息,就心里焦急想要赶过来了,但是那会儿他还没有到下课时间。

那半个小时,坐在教室里的简宇捷如坐针毡。

一想到有那种不三不四的男人企图跟自己的妹妹表白,简宇捷就火大。

他妹妹才多大?她完全没到谈恋爱的年纪!

就算她到了谈恋爱的年纪,也不是这种流氓可以觊觎的!

这种一看就不是正经人的人,必须离妹妹远远的!

下课铃声一响,简宇捷就冲出了教室。

他一上车就要求司机立刻带他来简家老宅。

本来他是想直接去盛华高中的。但是路上他追问于希情况的时候,于希告诉他事情已经解决了。

"是有什么要紧的事情吗?"简老夫人看简宇捷这火急火燎的样子,感觉是发生了什么火烧眉毛的事情。

"没事，我就是给一凌妹妹送点儿东西。"简宇捷从后备厢里拖出一大包东西交给简一凌。

这些都是防狼用品，简宇捷前两天就买好了。

他本来是想周末邀请妹妹去他家里的时候再给妹妹的，所以一直放在后备厢里，现在有突发事件，就提前给她送过来了。

东西交到简一凌手上的时候，简宇捷小声地在简一凌的耳边说："平时带一些便携的在身上，但凡遇到贼眉鼠眼、不三不四的人，就放心大胆地教训他们！"

送完东西，简宇捷朝着简老夫人和简一凌挥手告别。

他得赶紧回家去了。绕道到老宅没有事先经过他妈妈的允许，他妈妈知道了肯定要不高兴了。

简宇捷走后，简一凌打开了简宇捷送给她的"防狼套装"。

简老夫人好奇地凑过来看。她也想知道他这么火急火燎地过来给小乖乖送什么了。

等看到报警器、防狼喷雾之类的防狼用品时，简老夫人哭笑不得。

"这臭小子，这一天天的，在想什么呢？"

这些东西应该是用不上的。

简一凌现在一出校门就由简老夫人亲自接回来，哪儿有机会遇到狼？

简一凌吃完晚饭，正要回自己书房的时候于希来了。

"简奶奶，我找一凌妹子玩游戏，不知道她今晚有没有空？"于希在长辈面前既有礼貌又懂事，十分讨喜。加上他成绩好，考的大学好，从小就是"别人家的孩子"，所以简老夫人也很信任他。

简老夫人没意见，说道："看小乖乖乐不乐意，她想跟你去的话，我绝对没意见。不过，八点之前你得将她送回来。"

简一凌可以去玩，但是时间必须把握好。

于希不是第一次来简家老宅带走简一凌了。有过良好记录，所以简老夫人答应得很爽快。

"没问题。"于希拍着胸脯打包票。

简一凌看着于希，犹豫了一下，但很快想到自己还欠翟昀晟一件事情，于是答应了。

简一凌跟着于希去了隔壁。于希直接领着简一凌进了娱乐室，将她带到了放着一排电脑的角落里。

他还真是带简一凌来玩游戏的。

不过，是和翟昀晟一起玩。

翟昀晟已经坐在其中一台电脑面前了。

再次见到翟昀晟，简一凌开门见山地问："你想好想要什么了吗？"

"没有。"翟昀晟坐在电竞椅上，单手撑着下巴，浅笑着看着简一凌。

于希在旁边说："一凌妹子，这回是我叫你来的。我想上分，求晟爷带我，但他说要叫上你一起玩才肯带我！"

唉，这个有异性没人性的家伙，枉费他们认识那么多年。

让他带自己上个分，还得叫个妹子一起来。

说实话，于希不太赞成找简一凌一起玩。因为他们要玩的这款游戏有点儿吓人，真心不适合简一凌玩。

但是晟爷非要找简一凌一起玩，他也没辙。

于希可怜巴巴地对简一凌说："一凌妹子，你就帮帮我吧！看在我今天迅速把纪明和邱怡珍他们的聊天记录发出来的面子上，帮我一回好不好？"

为了上分，于希也是豁出去了。

"帖子是你发的？"一开始简一凌以为帖子是和她联系过的那些人发的。

"发是我发的，但事情是晟爷做的。"于希不敢抢翟昀晟的功劳，只敢承认自己发帖子的那部分。

闻言，简一凌的目光又一次落到了翟昀晟的身上。

这个男人大概永远不可能将衣服穿好，胸口处总有那么一两颗扣子是没扣好的。

他的脸上挂着浅浅的笑，他正望着她。

"为什么又要帮我？"简一凌问翟昀晟。

上一次欠他的人情，她还没还上呢。

"谁说爷是想帮你了？"翟昀晟否认自己是在帮简一凌，"于希说他看不惯他的邻居妹妹被一坨狗屎盯上，我就帮帮他。"

站在简一凌身后的于希瞪大了眼睛，他什么时候说过这话？

不过，他确实说过类似的话。晟爷这么说也没错。

于希想了想，说道："我们还玩不玩了？我可是答应了简奶奶，八点之前要把一凌妹子送回去！珍惜时间啊！"

快点儿开始，还能多玩几局。

这决定了他今天能不能成功上分。

简一凌没说话，直接坐到了翟昀晟旁边的空位置上，调高了电竞椅，打开了电脑。

她用行动告诉翟昀晟和于希，她答应了。

她坐定后，问："玩哪个？"

于希心想：都不知道玩哪个，你就敢答应！

"我们玩《虫族入侵》，这款游戏有点儿吓人，你要有心理准备。"于希告诫简一凌，想了想，又觉得这样也不够，又说道，"要不你进去之后就挂机吧，或者别戴耳机，音效也挺吓人的。"

尤其当虫族靠近的时候，那音效很逼真，真的不是闹着玩的！

简一凌没说话，直接点开了游戏，然后点击"注册"按钮。

她玩过这款游戏。那次玩时用的是秦川的账号，她自己还没有注册过这款游戏的账号。

看简一凌开始注册账号，于希更担心了。

一凌妹子完全没玩过这款游戏，对这款游戏的恐怖程度一无所知，一会儿要是被吓到了，他怎么跟简奶奶交代？

于希顿时开始后悔自己一时脑子发热，为了上分答应了翟昀晟提出来的要求。

在填写昵称的时候，简一凌犹豫了一下，然后在键盘上胡乱敲了一串字符上去。

旁边的于希赶在简一凌点击"确定"之前阻止了她。

"一凌妹子，要不你还是起个昵称吧？这样，加好友的时候还能方便一点儿。"

简一凌顿了一下，好像是将于希的建议听进去了。

于是，她修改了昵称"J10"。

如此通俗易懂！

然后，于希看了一眼旁边翟昀晟刚登录进去的账号昵称"ZYS"。

然后，他看了一眼自己的昵称"刚枪界扛把子"。

他要不要买改名卡？

然后是选人物模型，模型有各种各样的，男的、女的、大叔、少女都有。

简一凌很随意地选了一个大叔的形象，然后就要点"确定"。

于希再一次阻止了她。他急得差点儿直接跟简一凌抢鼠标。

"一凌妹子，要不还是选一个符合你现实形象一点儿的吧？要不然一会儿在游戏里我对着一个彪悍的大叔喊'妹子'，心里怪别扭的。"

于希还在劝。简一凌右手边的翟昀晟突然伸出手，拿着简一凌的鼠标帮她选了一个美少女的模型，然后火速点了"确定"键。

简一凌转头看了翟昀晟一眼。他的视线已经回到自己的电脑上。

简一凌一注册完，就收到了两条好友请求，分别来自她身边的这两位。

她通过二人的请求后，就被拉进了房间。

这款游戏是可以组队玩的，上一次简一凌用秦川的账号玩的是单人模式。

组队模式最少两个人，最多四个人。

这款游戏的排位段位从高到低分别是宗师、大师、钻石、白金、黄金、白银、青铜。

简一凌看到翟昀晟的段位是这款游戏目前的最高段位——宗师。

于希的段位是白金。而她这个刚刚创建的账号的段位毫无疑问是最低段位——青铜。

游戏开始之前，于希叮嘱简一凌："一凌妹子，一会儿要是害怕的话你就挂机好了，千万不要逞强！你放心，晟爷玩这款游戏很厉害的，能带我们飞！"

于希想着，简一凌虽然什么都干不了，但她的账号可以拉低他们队伍的整体分段，会让他们遇到低段位的对手。

至于他，虽然不怎么厉害，但在自己的段位上还勉强过得去，剩下的就交给晟爷好了。

于希觉得从他们这个组合来看，他上分还是有希望的。

简一凌依旧没接话，戴上耳机，准备开始玩游戏了。

匹配成功后，游戏就正式开始了。

游戏一开始，简一凌就和翟昀晟一起冲在了前面。

"一凌妹子，你跟着我，别跟着晟爷去那边，那边危险！"

唉，于希忍不住喊简一凌回来。晟爷也真是的，队伍里有妹子，玩法还这么激进。

晟爷，你这样是找不到女朋友的。

于希刚在心里感慨了一会儿，一抬眼，就见队伍有了一次击杀数。

击杀者竟然是简一凌！

还是爆头击杀！

于希盯着屏幕仔细看了看，确定是自己的队友"J10"击杀的。

什么？一凌妹子居然击杀掉了一名虫族成员？

于希正纳闷儿呢,屏幕右上角又弹出来了击杀公告。

这回的公告是"您的队友'ZYS'使用98K狙击枪爆头击杀了一名虫族成员,获得六十积分。"

十秒钟后,屏幕右上角又弹出来了一条公告:"您的队友'J10'使用M416步枪爆头击杀了一名虫族成员,获得六十积分。"

于希都蒙了。

第一次可以说是运气好。

但是第二次怎么算?

她总不可能运气好到两次都将虫族成员爆头击杀吧?

而且,这不是近战爆头,而是中距离爆头!

接下来,于希不断地看到他的两位队友击杀掉一名又一名虫族成员。你杀一名我杀一名,两个人的个人积分远超其他玩家,分别排在第一、第二。

有时候是简一凌第一,有时候是翟昀晟第一。

而他们队伍的积分也一个劲儿地往上涨,后来竟然排在了第一名,并且将第二名远远地甩在了后面。

于希全程啥都没干,甚至都没来得及看到几名虫族成员。

因为但凡他们小队周围出现了虫族成员,不超过五秒钟,就会被他的两位队友凶残地击杀掉。

有时候他的两位队友同时枪杀一名虫族成员。

于希第一次觉得这款游戏里的虫族成员那么弱小、无助。

明明他自己玩这款游戏的时候,这些虫族成员都很凶残,虐他跟玩似的!

一局游戏只用了十五分钟就结束了。

他们很快就开始了第二局。

和第一局的情况一样,于希全程躺赢,一局下来连枪都没开过几次。

他全程"逛街",无事可做,顺便思考一下人生。

众所周知,晟爷的心脏有问题,他受不得刺激。

但是,据于希所知,到目前为止,还没发生过什么能真正刺激到晟爷的事情。

别人飙车,刺激;晟爷飙车,一脸淡定;别人看鬼片,刺激;晟爷看鬼片,一脸淡定;别人玩恐怖游戏,刺激;晟爷玩恐怖游戏,还是一脸淡定。

所以,晟爷的心脏是真的强大!

于希常常为此怀疑人生。

今天他又遇到了一个让他怀疑人生的人——凌妹子。

她明明是个小姑娘，为什么玩这种游戏时能比他这个身高一米八几的大男人强！

她枪法准、走位好、预判准、选点强！

一晃两个小时过去了，于希的段位从白金上升到了钻石，而简一凌的段位从青铜上升到了白金！

因为每一局结算的时候，排位积分的上涨会根据各人的表现而有所不同。

简一凌每局的积分都奇高，所以她的段位上升速度要比于希更快。

照这种情况，再多玩几局，简一凌的段位可能就要超过于希了。

退出游戏之前，简一凌看了一眼全区排行榜。

她很不意外地在榜单上面看到了"ZYS"这个昵称。

"ZYS"排名第一。

"回家。"简一凌转头看着于希，说了两个字。

于希也看着简一凌，明亮的大眼睛，白嫩的脸蛋儿，怎么看怎么可爱。

于希到现在都无法将眼前的简一凌跟刚才他的队友"J10"联系在一起。

"你在发什么呆？"瞿昀晟在旁边突然出声了。

于希听到瞿昀晟的声音后反应过来，赶忙从电竞椅上站起来。

"马上。"

于希将简一凌安全地送到了隔壁的简家老宅，交给了简奶奶。

简老夫人笑盈盈地问于希："怎么样，玩得开心不？有没有带我们小乖乖赢？"

于希尴尬地笑着，说道："赢了。"

只不过不是他带简一凌赢，而是简一凌带着他躺赢！

"这样啊。"简老夫人又低头问简一凌："小乖乖，今晚玩得开心吗？"

"嗯。"简一凌轻轻地答应了一声。

"这样啊，那以后就常去隔壁跟你于希哥哥一起玩，让他多带着你玩玩好玩的游戏，或者去外头转转也成。"

简老夫人知道自己给孙女再多的关心，都是无法照顾周全的，孩子还是需要同龄伙伴的。

那个补课老师秦川虽然看起来还不错，但到底不知根底。

于希就不一样了，是她比较信任的孩子。

唯一的缺点就是他和一凌的年纪差得有点儿多。

于是，简老夫人询问于希的意见："于希啊，你最近这段时间如果都在家的话，能不能多来带我家小乖乖出去玩玩啊？我没有那么好的精力了，没法带小乖乖去游乐园这样的地方了。"

简老夫人虽然身体不错，但年轻人喜欢的那些充满活力的项目她到底是没法参与了。

总不能让孙女整天跟着她喝茶、赏花、看新闻吧？

"有空的，我最近没多少事情要做。"

于希当然一有空就会找简一凌玩了。因为简一凌可以带他上分带他飞！

有简一凌和晟爷两个人带着，他跻身宗师段位指日可待！

于希又说："如果一凌妹妹不嫌弃的话，我可以经常来找她玩的。"

他在心中补充：不嫌弃我游戏玩得差。

说完，简老夫人和于希都望向简一凌。

简一凌顿了一下，说道："不嫌弃。"

简一凌是真的不嫌弃于希游戏玩得差。

"那就这样说定了。"简老夫人说道，"从明天开始，小乖乖减少窝在书房里的时间。虽然不能每天都去玩游戏，但是一周可以有个两三天晚上去玩一两个小时的游戏，劳逸结合。到了周末，如果于希有时间的话，你们再去游乐园之类的地方活动活动。"

第二天一早，简一凌起床后把手里的纸袋子给了简老夫人。

"给宇捷。"简一凌还是不习惯叫别人"哥哥"。

她打算送给简宇捷的毛衣织好了。但是她也不知道自己哪天有空，便想让简老夫人帮忙转交给简宇捷。

简老夫人拿到纸袋后看了一眼，里面是一件灰色的毛衣。

这件毛衣跟简一凌上次送给简允丞的那件是同一个款式的，都是高领毛衣，款式不复杂，但是很耐看。

这件毛衣就是这两天简一凌在织的，简老夫人也看到了，上下学在路上的时间，简一凌就拿出毛衣来织。

简老夫人故意用吃醋地语气说道："老大是因为生日而得了一件毛衣，现在宇捷也有了，也不知道我什么时候能拥有一件。唉，乖孙女织的毛衣一定特别暖和。"

旁边的简老爷子调侃自家老婆子："早餐明明没准备酸的食物，我怎么闻到了一股酸味儿呢？"

简老夫人没好气地瞪了简老爷子一眼，说道："我酸我的，你吃你的！"

简老爷子转头跟简一凌说："织毛衣怪辛苦的，你平时学习就已经够累了。爷爷不要你织的毛衣，你也别给你奶奶织，就让她酸去吧，酸着酸着她也就习惯了！"

简一凌小声回答："不累。"

织毛衣对简一凌来说不算什么累的事情，不需要动脑子。

简老夫人赶忙说："怎么不累？你看你，哪里像不累的样子！你爷爷说得对，别累着自己了，晚上早点儿睡，作业做不完的话就不做了，改天去了学校老师要是找你，你就让他来找奶奶。奶奶亲自去你们学校问问，没事给学生布置这么多作业干吗？没本事在课堂上给学生讲明白的老师，才会布置那么多作业！"

"我没事。"简一凌解释。

"好好好，你没事。"简老夫人笑盈盈地说道。

洪百章主动给简允丞打来电话，告诉了简允丞一个天大的好消息。

"丞少，好消息！我找到能给你弟弟做手术的人了！"

"你说什么？"简允丞正在开车，戴着蓝牙耳机接的电话，听到这个消息后立马把车停到了路边。

"消息确定吗？"

"有九成的把握。"洪百章说，"对方表示能做这台手术的把握有九成，但是现在没有把握的是，对方会不会答应接你弟的这台手术。"

"对方的联系方式你有吗？"简允丞追问的语速显示了他对这件事情的重视程度。

天知道这个消息对简家人来说有多重要。

只有简允卓的手好了，笼罩在简书湆一家人头顶上的阴云才有可能彻底散去。

洪百章解释道："对方隶属于某权威医学机构，我只有那个机构的联络人的联系方式，并没有直接和这个医生取得联系。丞少，你也知道的，有些医学机构内部人员的保密性是很高的，就算是我，也不一定接触得到。"

洪百章作为一家私立医院的院长，也算是行业内的人了，接触的人或事比一般人多得多。

但即便是洪百章，也无法跟简允丞保证说自己一定能够把对方请到。

"你继续跟对方联系，告诉对方开什么条件都可以，报酬方面不是问题。"

"丞少你放心,这个我肯定会说的。只不过你也要有心理准备,很多医学研究机构后台很强硬,其成员未必是金钱能够请动的。"

洪百章对这些医学机构也有一定的了解,知道那些医学机构里的人不一定会被金钱打动。

洪百章继续跟简允丞说:"我现在已把你弟弟的病历传过去了,对方告诉我会认真对待的。"

这是事情到目前为止的进度。

挂断电话后,简允丞在车里默默地坐了好一会儿。

接着,他拨打了他父亲的电话,将这个好消息告诉了父亲。

虽然此事目前还没有确定,但至少已经有了希望。

对现在的简家人来说,有希望比没希望好太多了。

听到这个消息后,电话另外一头的简书泞也高兴不已。

"如果洪百章联系不上对方,我就去老宅跟你爷爷说明情况,让他动用他的关系帮忙联系对方。"

简老爷子的人脉关系要比他们这几个晚辈广得多,说不定简老爷子有办法。

总之,务必请到这个人!

"我知道了,我现在还有一点儿事情要处理,我回来后再找你谈谈。"

有些事情简允丞还没有跟简书泞和温暖提过。他打算找到确切的证据之后再告诉他们。

简允丞挂了电话,继续开车,开往位于恒远市偏远山区的贺云山度假酒店。

简允丞直接找到了度假酒店的经理。

"丞少,我这里真没你要找的东西,真不是我们不想给你。你亲自过来我也没有办法啊!"

贺云山度假酒店的经理头都大了。

这到底是怎么回事?怎么一天天的总有人问他关于酒店楼梯口监控录像的事情?

上一次晟爷问话,直接问的是他们度假酒店幕后集团的 CEO(首席执行官),CEO 直接下令让酒店的负责人处理。

他已经在电话里回答过简允丞提出的问题了,结果简允丞还是亲自过来了。

这简家大少爷最近不是挺忙的吗？他在国外的那家游戏公司最近正忙。
"找不到视频，就把负责管理视频的人叫过来。"
简允丞坐在酒店会客室的沙发上，看起来神色威严。
相比之下，酒店经理不仅输了气质还输了气势。
"这个……"经理很为难。
"有什么不可告人的事情吗？"简允丞冷冷地问道。
"不是，丞少，你这样，让我们很为难。"
"那你觉得我今天过来是跟你聊天的？"
见简允丞不依不饶，经理忽然来了脾气，换了一副嘴脸。
"丞少，我知道你们简家在恒远市是数一数二的大家族。但是你也知道，我们酒店在全国有很多分店，总店不在恒远市，老板的实力也不弱于你们简家。"
简允丞看了他两眼，然后伸手拿出手机，给一个联系人发出去了一条信息。
很快，经理的手机响了。
经理在看到来电显示后，表情就变了。
他惊讶地赶紧接起了电话。
电话那头的人对经理说了几句话之后，经理连连点头答应。
"是是是，我知道了，我一定办好，一定办好。"
对方挂断了电话，经理连忙转头跟简允丞道歉："丞少对不住，对不住，您要找的人我立马就去给您找来！"
刚才还在推托、敷衍的经理总算积极起来了。
没过多久，他就把管理监控视频的人都找了过来。
他们还带来了拍摄到的事发楼道以外的其他地方的视频。
并且，他们将那些视频当场播放给简允丞看了。
关键位置的录像丢失了，但是前后位置的录像还在。
简允丞现在要查看事发地点附近的监控视频，想办法弄清楚某些对他来说很重要的点。
果然，简允丞在其他位置的监控录像里看到了莫嫂的身影。
莫嫂是第一个赶到现场的人，但这并不是巧合。
因为简允丞在其他地方的录像里，看到了莫嫂一直在偷看楼梯口的方向。那里正是简允卓和简一凌吵架时所处的位置。
简允丞的眉头越皱越紧，眼神也越来越冷。

他在看完这些录像后，问经理："监控录像的主管是谁？"

贺云山度假酒店的监控录像采用的是物理管理的方法，不联网。

要盗取视频或者毁掉视频，只有一种可能，就是有人到酒店里进行操作，无法通过远程黑客技术破坏。

有一个二十多岁的年轻男人站了出来。他相貌平平，看起来胆子并不大，被叫到简允丞跟前的时候有些紧张。

"那个，现在是我在管监控录像，但是我刚管理一个星期……"

"在你之前管监控的那个人呢？"简允丞要找的人是之前的主管。

经理在旁边回答道："他已经辞职了，上个星期辞的，辞得有点儿突然，我只能紧急提拔了一个人接替他的位置。"

"把他的联系方式、家庭住址调出来给我。"

"马上。"

经理十分配合，很快就给简允丞找来了他要的东西。

简允丞拿到资料后，很快就托朋友调查了此人的相关信息。

得到的回复却是，这个人在辞职之后就搬家了，并且搬出了恒远市，还更换了联系方式。

因为人已经不在恒远市了，所以短时间内无法确定对方现在的位置。

但就眼下掌握的这些信息来看，简允丞已经知道这起"意外"背后有人在操纵着什么。

简一凌考完最后一门功课出来时，一打开手机，就发现里面全是研究所里的助理发来的消息。

研究所里有专门和外界联系的人员，外界称其为"联系人"。他们内部人员称其为"助理"。

对方给她发了很多消息，看起来很着急。

简一凌回了消息："什么事？"

对方一秒钟后就回了："你可算回我消息了。我这边有个案子，对方强烈希望你接下。"

"下个月正式入职。"

所以，这个月她还不接病案。

"这个我知道，我绝对不是想让你这个月就做手术。你可以先看看病历，是否有意向，如果有意向，我们可以做安排，手术时间可以再定。对方开出的条件十分优厚。我帮你评估了，这台手术有一定的难度，可以更好地帮助你提升知名度。"

联系人对于被转到研究所的案例都会进行筛选，不是什么病人都接的。

只有被评估为有研究价值的，或者有一定代表性的，才会被筛选出来。

"为什么？"

简一凌在研究所的考核内容中额外接受了关于外科手术的考核，能力得到了研究所同事们的认可。

相关的能力描述也被研究所的人上传到了她的档案里。

这也就是对方会匹配到她的原因。

但是，在研究所的档案里，她并没有实际操作记录。

一般来说，她必须从助手做起，有了一定的手术经验后，研究所的人才会让她主刀。

研究所的人直接让她主刀不符合常规流程。

"其实，这件事情也是研究所里的几位教授探讨后的结果。他们认为这个案子里的显微手术的难度虽然很大，但是手术风险很低，又能很好地展现你的能力。当然，手术过程中，会有研究所里其他的教授陪同，确保手术即便不成功也不会有意外发生。"

简单来说，就是把接受手术的人当作展现简一凌水平的实验品了。

手术做成功了，简一凌功成名就；做失败了，既不会死人，也不会更糟糕，还能够交代过去。

这种事情一般的医学机构里的人干不出来，但是他们研究所里的人还真干得出来。

而这背后的风险，研究所的人也承担得起。

当然，这也从侧面反映出了他们对简一凌的信任。

"把病历发过来。"

简一凌答应先看看案子的内容了。

"好，我现在就把它发到你的邮箱里。"

很快，研究所的专属邮箱里就多了一封未读邮件。

简一凌将那封未读邮件打开后，看到的是简允卓的病历。

周六一早，何燕又带着简宇捷来简家老宅了。

以前简宇捷每次来都是很郁闷的。他妈希望他在爷爷奶奶面前刷好感，他却不喜欢这样刻意的安排。

但是现在他的心情完全不一样了。

他今天还特地穿上了一凌妹妹送给他的毛衣。

这件毛衣超级柔软，超级暖和！

一想到它是一凌妹妹亲手织的，简宇捷就觉得心情超级好。

何燕和简宇捷到简家老宅的时候，简书泂一家人刚好也到了。

简书泂、温暖、简允丞和简允卓竟然都来了。

最让何燕感到意外的是简允卓的出现。

他竟然肯出门了？他还是来了简一凌居住的老宅！

何燕顿了顿，稍微一想便猜到了这一家四口的来意。

简一凌搬到老宅也有几天了，他们总是要来探望她的。

何燕当即热情地和简书泂他们打起了招呼："大哥、大嫂，怎么这么巧，你们也过来了？"

"是啊。"温暖低声回了一句，看起来无精打采的。

温暖脸色憔悴，与何燕的容光焕发形成了鲜明的对比。

要知道，平日里温暖总是一副高贵优雅、端庄大方的模样，真的很难看到她现在这副模样。

何燕心中感到痛快，回想起她从前和温暖一起参加宴会时，旁人总是拉着温暖一阵夸，将她晾在一边，好像她不存在一般。

那些人将温暖从头夸到了脚，就像她浑身上下没一处不高贵似的。

如果那些夸温暖的人看到了她现在的这副模样，不知道那些夸人的话还说不说得出口。

简允卓全程低着头，没有去看何燕和简宇捷，也没有和他们打招呼。

简允卓今天会过来是因为简爸简妈和简允丞给他做了大量的思想工作。

他们这么做是希望能慢慢缓和简允卓和简一凌的关系。

简允卓偶然抬头，看到了简宇捷穿着的毛衣。

这件毛衣很眼熟，接着，他又转头看了他大哥一眼。

发现两个人身上穿的毛衣是一模一样的款式，只是颜色不一样。

两个人同款不意外，但是大哥身上的毛衣是诗韵手工织的，按理说宇捷不该有这种款式的毛衣才对。

简宇捷也看了一眼简允卓和他的手，没有主动和他打招呼。

因为他先前从纪明的口中听说，简允卓对外称是一凌妹妹把他推下楼梯导致他的手受伤的。

如果不是纪明在说谎的话，那就是简允卓在说谎了。

所以，简宇捷现在对简允卓有些不满。

简宇捷也注意到了简允丞身上的毛衣和他的是同款。

毫无疑问，简允丞身上那件毛衣肯定也是一凌妹妹送的。

他的这件不是唯一，他有点儿吃醋！

当然，他收到一凌妹妹送的礼物还是很高兴的。

六个人同时进了老宅。

简老夫人看到一下子来了这么多人，笑着调侃道："今儿个是什么日子，刮的什么风，怎么把你们都吹来了？"

何燕第一个走上前去，笑着说道："看来今天我和大哥、大嫂想到一块儿去了，都想来陪陪爸妈。"

"你们有这个心就好。"简老夫人浅笑着说道。

说着，简老夫人的目光就落到了简书泂和温暖的身上。

这夫妻俩的神情明显不对。他们皆是一副欲言又止的模样。

温暖还忍不住在大厅里面张望。

简老夫人看破不说破，让家里的用人招呼几个人坐下来喝茶。

反正她也没什么好招呼他们的，除了让他们喝茶、聊天、赏花，也干不了别的事情。

简老夫人故意没提简一凌去哪里了。简书泂和温暖又不知道该怎么开口，只能陪着简老夫人先坐下来喝茶。

六个人坐到了中式红木沙发上，各怀心思，神情各异。

简允卓更是全程垂着头，用他那只没有受伤的手玩着手机，不跟任何人说话。

何燕眼中的笑意最浓，嘴角的笑容倒是藏住了。她还没有傻到这么明显地暴露自己想法的地步。

"奶奶，一凌妹妹呢？"简宇捷没想那么多，迟迟没见到简一凌，便直接问简老夫人了。

闻言，温暖猛地抬起了头。

简宇捷问出了他们想问的问题。

简允卓的身体明显动了一下。不过，他很快又表现出了什么都不在乎的样子。

出门之前他答应过大哥，至少在爷爷奶奶面前不发脾气。

"她出去了。"简老夫人不紧不慢地回答道。

接着，她捧起手中的茶杯，慢悠悠地品起了茶。

她的悠闲与坐在她对面的简书泂和温暖夫妇俩的失落形成了鲜明的

对比。

"去哪儿了？"简宇捷追问。

"去找朋友玩了。"

简老夫人说话简直就像在挤牙膏，问一句说一点儿，怎么都不肯一次说个痛快。

"什么朋友？"简宇捷连忙追问，"一凌妹妹什么时候交的朋友？男的还是女的？是他们学校里的吗？"

简宇捷的警惕心一下子就起来了。

旁边的简允丞也皱了一下眉头，眼中闪过不悦的情绪，不过没有像简宇捷那样明显地表现出来。

"你这个臭小子，你妹妹跟什么朋友一起玩，你问得那么清楚干吗？你们不是说来看我的吗？"简老夫人故意逗简宇捷。

简宇捷顿时像泄了气的皮球，憋着一肚子的疑问坐了回去。

他没有说不是来看奶奶的，只是更想见一凌妹妹。

一凌妹妹给他织了毛衣，他还没亲口跟她说一声"谢谢"呢！

简书泩终于忍不住了，说道："妈，小凌呢？她过来住也有一段时间了，还习惯吗？我们今天过来，就是想要看看她。"

看起来，简书泩他们在一定程度上劝住了简允卓。所以，这会儿他们当着简允卓的面问了关于简一凌的事情，也没有惹来简允卓的恼怒和反感。

这应该算进步吧？简老夫人想。

事实上，这其中家人的劝说、开导占了一小部分，比较大的一部分原因是手术的事情有进展了。

简老夫人再度慢悠悠地回答道："挺习惯的，你们放心吧，我照顾孩子可是很有一套的。你看看你们兄弟三个不都健康长大了吗？"

简老夫人并不是故意这样说的。从某种意义上说，她也想让他们两口子别两头牵挂又两头都搞不定。

看温暖的脸色，好像她有好几天没睡好了。她们做了快三十年的婆媳了，她还是头一回见这样憔悴的温暖。

"妈，我不是这个意思，我们当然知道您能照顾好小凌。"简书泩说道。

"好了好了，她很快就会回来了。我们今天要烤东西吃，她去买食材了。"简老夫人没再卖关子。

简宇捷有点儿好奇，问道："奶奶，你们怎么会想到烤东西吃的？"

爷爷奶奶看着不像是喜欢户外烧烤的人。

"怎么了？还不许我尝试新事物了？"简老夫人逗简宇捷逗上瘾了。

眼前这三个孙子中，只有简宇捷经得起逗。

"奶奶，我不是这个意思，我没有这么想，您别冤枉我。"简宇捷否认三连。

"好了，是隔壁的于希提议的。简、于两家两栋大宅子，却没住几个人，吃饭都没什么意思。于希提议过来一起烤东西吃，这样热闹些。我和你爷爷都觉得有意思，就让他们年轻人去弄了。"

所以刚才简老夫人说的"朋友"就是于希？简一凌和于希一起出去采购新鲜食材了？

说曹操曹操到。

简老夫人他们正说着，简一凌就回来了，身后还跟着两个男人。

一个男人穿着一身浅色的休闲装，另一个男人则穿着黑色的衬衫与深灰色的裤子。

两个男人一个是于希，一个是翟昀晟。

简一凌两手空空，身后两个男人的手里拎满了东西。

见到于希大家不意外。但是见到翟昀晟，在座的人就有些惊讶了。

可能就连简老夫人事先都不知道翟昀晟也一块儿去了。

不过，简书沅一家人将更多的注意力放到了刚进门的简一凌身上。

在身后两个身高一米八几的男人的衬托下，简一凌看起来格外娇小。

稚嫩的小脸、清澈的眼睛，一如当初她去医院看望简允卓的时候，沉默又安静。

气氛一瞬间有些紧张了。

简允卓在听到动静的时候，察觉简一凌回来了，身体动了一下，脸部的肌肉明显变得僵硬了一些。

但他没有抬头，而是继续玩他的手机，假装没有简一凌这个人。

温暖望向简一凌，看着她许久不见的女儿，看着女儿清瘦的模样，心中百感交集，眼眶微微湿润。

简书沅和简允丞的神色略显凝重。

简老夫人暗自叹息，看着此情此景，心中有些难受。

作为一个老人家，她自然希望家人和睦相处，大家都平平安安、开开心心的。

但天不遂人愿，她也没有办法。

何燕本是要看好戏的，却在翟昀晟出现的一刹那，被翟昀晟吸引了注意力。

她竟然又一次在简家老宅里遇到了晟爷。

这一刻,她甚至觉得,暂时把简宇捷送到老宅里来陪简老爷子和简老夫人,或许也是一个不错的选择。

不说别的,就是周末和晟爷他们聚在一起吃顿饭、聊聊天,彼此有些了解,留下一些印象,对宇捷也是有好处的。

简宇捷打破了沉默,快步走到简一凌的身边,站位十分精准地隔开了简一凌和翟昀晟。

然后,他微笑着对简一凌说:"一凌妹妹,谢谢你送给我的礼物。我很喜欢!"

说着,简宇捷朝简一凌眨了眨眼睛,像是有什么只有他们俩才知道的小秘密。

"嗯。"简一凌应了一声。

他喜欢就好。

接着,简宇捷在简一凌的耳边小声问:"防狼用具有没有带在身上?"

"有。"她带了防狼喷雾。

"那别忘了,如果有人突然靠近你,你就要对他用上!"说着,简宇捷还用余光瞥了翟昀晟一眼,似乎意有所指。

"嗯。"简一凌答应了。

兄妹俩说着悄悄话。

看起来简一凌和简宇捷最近相处得十分融洽。

旁边简一凌的两个亲哥哥看起来反倒是和她疏远了一些。

何燕反应过来了,连忙指挥老宅里的用人:"快去帮翟先生和于先生拿东西,来者是客,哪有让客人帮忙拿东西的道理?"

简家老宅里的用人听到何燕的话后连忙上前,想要从翟昀晟和于希的手中接食材。

然而,不等他们走到跟前,翟昀晟就已经先一步转头朝着厨房走去,顺便把简一凌也拉走了。

"走,处理食材去。"

他简单的一句话,就把简一凌拐去了厨房。

简一凌没有犹豫。食材都是新鲜的,她得赶紧将它们处理好,该腌制的腌制,该切片的切片。

这是简一凌来老宅住之后第一次和父母见面。

她表现得很安静，没有诉苦，没有抱怨。

简宇捷见状，连忙跟了上去。

他可不想让简一凌和翟昀晟两个人一起待在厨房里！

何燕的话被翟昀晟用行动拒绝了。他连半点儿面子都没给她。

别人不给何燕面子，何燕还会在心里嘀咕一下。但翟昀晟没给她面子，她倒觉得挺正常的。

就是看到翟昀晟和简一凌好像挺熟的样子时，她心里堵得慌。

于希见翟昀晟和简一凌都去厨房了，又想到现在的情况有些微妙。于是，他对在座的其他人说："真是不好意思，不知道简大伯你们要来，我们只买了五人份的食材。"

本来五个人参与的庭院烧烤活动，一下子变成了十一个人参与。

何燕连忙说："要是小希不介意我们跟你们一起吃烧烤的话，不够的食材我去安排。"

难得的和晟爷一起用餐的机会，何燕是绝对不会错过的。

于希面带微笑说道："二伯母说笑了，这里是简家，我们怎么会介意？那其他的食材就交给二伯母了，我先去厨房帮忙了。"

说完，于希就提着食材往厨房去了。

一进厨房，于希就看到简一凌拿着菜刀在切肉。

她将买来的各种肉切成薄厚均匀的片状。

除了牛排之类的需要切得厚一些，其他的她切得都很薄。

简宇捷在那里开扇贝，看起来动作有点儿笨拙。

而翟昀晟在旁边站着，看简一凌和简宇捷忙。

于希凑上前，看到简一凌握着大菜刀。

那把剁肉用的大菜刀握在简一凌的手里显得更大了。

看到这状况，于希有一种把刀夺下来给她换一把小一点儿的刀的冲动。

但想到这几天被"凌神"带飞的情景，他觉得还是算了，在旁边喊加油比较适合他。

"凌神"是这几天于希给简一凌起的美称。

第一次被带飞的时候，于希还是蒙的。第二次的时候他习惯了，并且开始殷勤地拍简一凌的马屁。

三个人一起玩游戏的时候，于希一会儿一句"晟爷威武"，一会儿一句"凌神真帅"，马屁拍得十分到位。

他明白被带飞就要有被带飞的样子。

再看简一凌切出来的肉片，果然他的担心是多余的。简一凌切肉别提有多厉害了。

她的刀工算不算好，于希不知道，反正甩他几条街是没问题了。

要是他切的话，大概是狗啃状的吧！

于希又开始担心另外一件事情。简一凌和简允卓的事情他和晟爷都是知道的。

现在简允卓就在外头，不知道他们凌神这会儿是怎么想的，心里会不会觉得难受。

想到这里，于希提议："那个，凌……喀，一凌妹妹，你要是不高兴的话，哥带你出去吃吧，理由让晟爷找就行了。"

他一说完话，就感受到了来自翟昀晟锐利的目光。

于希一阵心虚。没办法，他找理由不管用，得晟爷上才行。

毕竟晟爷是出了名的任性之人。

他是以乖巧出名的，像他这种乖孩子，怎么可能做出拐邻家妹妹跑路的事情呢？

听到于希的话后，简宇捷也停下了动作。

他不太清楚具体情况，但也听说了一点儿。刚才现场的诡异气氛他也感觉到了。

简宇捷这回同意于希的提议，说道："对，于希说得没错，我们出去吃。"

"没事。"简一凌摇头。

简一凌知道爸妈今天带简允卓过来是希望她和简允卓尝试着和平相处的。

如果今天她和简允卓起了冲突，那么，包括爷爷奶奶在内的所有人就会难过。

被简一凌拒绝后，于希转头望向翟昀晟，向他寻求意见，等他劝简一凌两句。

之前晟爷还挺关心凌神的事情的。

"别看爷，爷是来吃饭的。"翟昀晟的后腰靠着水池。他看起来慵懒无比。

趁着大家准备食材的空当儿，简书沥去兰花房见了简老爷子。

"说吧，什么事情？"

简老爷子一看到儿子皱着眉头，便能猜到他来找他是有事情。

"有一件事情想请爸帮个忙。"

"自家人别说请不请的,直接说什么事。我虽然退休了,但是自家人的事情还不至于不管。"

"是这样的,我们找到能给小卓做手术的人了。但是对方说要等等,我们怕这是对方的推托之词,所以……"

前天,他们收到了对方的回信。

对方没有拒绝也没有直接答应,说是要再等等。

要等到什么时候?

小卓的手越早做手术,康复的概率就越大。

简老爷子点了点头,说道:"我知道了,我会找我的朋友帮忙的。"

这件事情简老爷子也是上了心的。

到底关系着家人之间的和睦。

"多谢爸!"

"这种事情就不要跟我说'谢'字了。对了,你最近派了人去外省?好像是在追查什么事情?"

简老爷子虽然已经退休,但很多事情瞒不住他。

"嗯,调查一点儿事情。"

"严重吗?"

简书沂将简允丞前两天告诉他的事情告诉了简老爷子。

"你是说,允丞怀疑你家里有一个用人在小凌和小卓的那起意外里做了手脚?"

"也只是怀疑,暂时还找不到任何确凿的证据。"

监控只拍到简一凌和简允卓发生冲突的时候,莫嫂在不远处偷看。

但就这么一件事情,莫嫂完全可以解释为,她有事情来找简一凌或者简允卓,刚好遇到他们两个在吵架,就没敢上前。

其实,他们追查视频,也不一定能有什么结果。

简老爷子沉声说道:"书沂,你要知道,这件事情的关键是小卓亲口指认是小凌推的他。"

问题的关键还是在简允卓的身上。现在是简允卓指认的简一凌,不是用人指认的。

"我知道。"简书沂的眉头一直没有舒展开。他语气沉重地说道,"我和允丞也不清楚这件事情追查下去能有什么结果。但现在出现了问题,哪怕是很小的可能性,我也不想错失。"

"也好,查清楚也好,就算对小卓、小凌的事情没什么帮助,家里头的人还是要查清楚的。早点儿将居心不良的人清理出去为好,要是她真做了什么对家里人有害的事情,就不要手软了。"

别看简老爷子现在整日种花、逗鸟,但该心狠手辣的时候绝对能让对手痛不欲生。

简书汻说:"对了爸,翟昀晟怎么会和小凌在一块儿?"

于希大家都认识,是个乖孩子。他和小凌一起玩简书汻没觉得有什么问题。

但是那个翟昀晟,让简书汻很担心。

他既怕一凌跟着翟昀晟学坏,又怕翟昀晟图谋不轨。

"我与他交谈过。他的性格虽然有些古怪,但他应该没有传言当中那么恶劣。小凌是与于希一起玩,所以和他有些接触。你放心吧,于希是个懂事的孩子。"

简一凌要是出了什么事情,于希对简家人无法交代。

简老爷子都这么说了,简书汻也就不好再说什么了。

现在小凌住在老宅里,简老爷子和简老夫人照顾她。他们说没事,他也就不好再插嘴了。

虽然他还是觉得有些不妥当。

于希再怎么可靠,也终究是个男孩子。

他们家一凌可是女孩子。

虽说就算日后两家结姻亲也不是不可以,但是小凌现在毕竟太小了。这种事情还是得她再长大一些再说。

十点多的时候,于希他们开始将简一凌准备好的食材往草坪上端。

草坪上撑开了几把太阳伞,摆放了几个烧烤架。

旁边的桌子上已经堆放了一些熟食和饮料。

这些应该都是何燕准备的。

她从跟于希说完话一直忙碌到现在。

不管是饮料还是其他的食材,她都精心地准备着,确保都是最好的。

这本是一次简单的庭院烧烤活动,但是在何燕看来,这是十分难得的与晟爷一起吃饭的机会。

如今恒远市里不知道有多少人想要见晟爷一面,却见不到。

于希看着被堆放得满满的桌子,又让用人抬了一张桌子过来。

他们准备的食材要单独放在一张桌子上。

何燕找别人弄来的食材,和他们今天一大早去采购回来由一凌妹子亲自处理的食材,当然是不能混为一谈的。

就算一凌妹子调配得难吃,那也是与众不同的。

只要不是太难吃,他就会不遗余力地吃一凌妹子准备的那份。

凌神的面子他还是要给的。凌神的自尊心他还是要维护的。

于希还没吃过简一凌做的食物,所以对经过简一凌调味的食材并没抱太大的希望。

只是从简一凌刚才倒作料时的果断来看,他觉得还是值得一试的。

东西都被搬出来后,简一凌他们也都出来了。

简一凌的身上围着一条印有卡通图案的小围裙。

淡粉色的底子,上面绣着一只纯白色的小兔子。兔子的眼睛圆溜溜的,模样极其可爱。

这是早上三个人出去采购的时候翟昀晟买的。

刚才在厨房里的时候,因为需要,简一凌就穿上了。

符合她身材的围裙只有这么一条,她没有选择的余地。

简一凌的身后还跟着简宇捷。简宇捷的脸上带着明显的笑容,一路上好像还在跟简一凌说着什么。

翟昀晟是和他们两个一起来的,只是和两个人之间有一点儿距离。

何燕见翟昀晟和简宇捷一块儿来了,心中窃喜,这对她来说绝对是一件好事。

简书浠和温暖望着他们的女儿,心中微微有些颤动,接着又看了看身旁低着头玩手机的简允卓,心里面苦恼和希冀并存。

简允丞的眉头又一次锁紧,目光落在简一凌右后方不到两米的翟昀晟身上。

这个男人很危险。

妹妹不该和这样的人走得这么近。

等今天烧烤活动结束后,他需要找于希谈谈了。

简老爷子和简老夫人已经入座。两位老人家这会儿就像两个安静地等待食物的小孩。

简一凌一到,简老夫人便笑着对她说:"咱们的小乖乖今天这是要做大厨啊?那奶奶就等着小乖乖将食物烤好后给奶奶吃了,好不好?"

"嗯。"简一凌答应了一声,接着就转过头走到了烧烤架前,开始烤东西。

简宇捷和于希一左一右站在简一凌的旁边。这是两个人刚才在里头的时候商量的结果。

为了避免出现意外情况，他俩今天就跟着简一凌了。

"想先吃什么？"简一凌仰着头问简宇捷。

"先吃粉丝扇贝吧！"扇贝是刚才他自己亲手打开的。后来简一凌放了粉丝、蒜末，调好了味。

简一凌点头。

然后她转头问于希："你要吃什么？"

于希想了想，说道："我先来十串羊肉串吧！"

因为刚才简一凌切好羊肉粒后，是他动手用扦子把羊肉粒串起来的。

然后，简一凌就开始动手烤了，粉丝扇贝、羊肉串、大虾和玉米同时开始烤。

大虾是她烤给简老夫人的。

玉米是她烤给简老爷子的。

同时烤着多种东西，简一凌行动起来有条不紊，看起来熟练又专业。

在她身后不到两米远的椅子上坐着的翟昀晟不悦地说道："爷呢？"

她为什么不问他？

她问了简宇捷和于希，却漏了翟昀晟。

对哦，于希疑惑地看向正在烧烤架前有模有样地忙碌着的简一凌。

虽然说晟爷刚才在厨房里时没帮忙，但至少今天买菜的时候他还是动了手的。

他亲自帮简一凌提东西了呢！他都没让保镖提！

"你吃蔬菜。"简一凌说道。

"为什么？"翟昀晟突然起身，走到简一凌的身旁。

于希被翟昀晟的动作吓了一跳。

糟了，小兔子好像惹晟爷生气了！

于希有点儿担心简一凌。

简宇捷心中警报拉响，满眼警惕地瞪向翟昀晟。一副翟昀晟要是敢再上前一步，他就跟翟昀晟拼命的模样。

于希正想劝两句，就听到简一凌冷静地说道："忌油脂、胆固醇，忌刺激性食物，忌高蛋白、高热量的食物，忌辛辣生冷的食物。"

说着，简一凌转头看向翟昀晟，表情认真，没有丝毫惧怕。

翟昀晟心脏不好。不管他平时表现得再怎么正常，不管他的心脏心理性有多强大，都不能掩盖他生理性脆弱的事实。

于希连忙说道："一凌妹子，你不知道晟爷不爱吃素食吗？多少得带点儿荤腥吧。"

这事翟家人一直很头疼。他们想让翟昀晟吃清淡的食物，但翟昀晟根本不听劝。

翟家人既怕他吃多了那些高热量、高胆固醇的东西有危险，又怕他脾气上来了更危险。

翟家人在权衡利弊后，只能选择妥协，尽量减少他日常饮食当中的高热量和高胆固醇食物。

简一凌继续对翟昀晟说："给你做烤蘑菇好不好？我会将它们烤得很好吃的。"

有些珍稀菌类味道媲美肉类，鲜美赛过海鲜。

简一凌仰着头望着翟昀晟，向他询问意见。

他也不是真的这么惨，真不能吃好吃的，还是有专门给他准备的食材的。

今天早上出去买食材的时候，简一凌就特地要求去能买到各种珍稀菌菇类的地方。

当时于希和翟昀晟以为简一凌只是单纯地想吃菌类食物了。

"好。"翟昀晟一口答应下来。

然后，他愉快地坐了回去，嘴角控制不住地往上扬。

什么？晟爷就这样妥协了？

于希觉得翟昀晟今天很不正常。

简宇捷不满地哼了声，不过没说什么。因为他也听说过这位爷身体不太好的事情，妹妹给他单独准备吃的，也是有道理的。

其他人看着简一凌这边，有些插不进话，觉得有些尴尬。

温暖看着翟昀晟时不时地跟简一凌说两句话，很是担心。

她甚至求助般望向了简老夫人。

简老夫人一脸淡定地坐着，没有丝毫要劝阻的意思。

简老夫人已经从她家老头儿那儿听说了，翟昀晟的确是个纨绔子弟，但在对待女人这方面，没有任何不良记录。

据说翟家人变着法地给他介绍过不少女朋友，他都敬而远之。

而且，简老爷子说过，这人确实有劣根性，但跟她家小乖乖一样，秉性不坏。

简老夫人是相信自家老头子的眼光的。

再说了，这大庭广众的，几个孩子说说话，打打趣，做家长的还要管，那不是太不讲道理了吗？

她是那么不讲道理的人吗？

何燕也赶紧让老宅里的厨师动手在另外一个烧烤架上烤了起来。

光等简一凌烤的，肯定不够他们十一个人吃。

他们几个孩子玩玩就好。

真需要大量的食物，还得让厨师动手。

尤其翟昀晟这位尊贵的客人，一定要将他招待好。

简一凌很快就将扇贝和羊肉串烤好了。简宇捷和于希优先品尝到了简一凌烤的食物。

扇贝没有放一点儿辣椒粉，而羊肉串放了比较多的辣椒粉。

于希不知道简一凌是什么时候发现他嗜辣的。

"妹妹烤得好好吃！"简宇捷毫不吝啬地夸赞简一凌的厨艺，说话时一脸欣喜。

于希想：就算你妹妹塞黄连到你嘴里，估计你都会说是甜的。

然后，于希一口咬下了自己手里的羊肉串。

"天哪！这羊肉串怎么比烧烤店里的还好吃？"

"那当然了！我妹妹亲手烤的能跟烧烤店里的一样吗？"简宇捷兴奋地说道。

"不是，我是说真的！这比我在烧烤店里吃的要好吃多了！"

于希是真的没想到简一凌做的烤肉串会这么好吃。

简一凌做的羊肉串比一般烧烤店里的羊肉串好吃，其实没什么值得意外的。

首先，食材不一样，他们今天用的都是上好的肉，最新鲜的食材。烧烤店里一般不会用这么好的食材。

其次，简一凌切的时候都是顺着肉的纹理切的，调料都是很用心调制的，烤肉的时候火候和时间都掌握得恰到好处。

大虾和玉米也烤好了，简一凌将它们分别装盘。简宇捷给简老爷子和简老夫人送过去。

接着，简一凌将她刚才在厨房里就准备好的一个坛子端了出来，加入清水后放到了烧烤架子上，用炭火加热。

看起来她这是要煨汤。

然后，简一凌开始烤奶浆菌和青头菌。

这两种菌类可以直接烤，不用刷油，只要在快烤好的时候撒一点点盐即可，原汁原味的就足够鲜美了。

松露被她切成了薄片，精选牛肉也被她切成了薄片，一起串成串，放到

简一凌

我才是皇后

架子上烤。

翟昀晟不能吃太多油腻的食品，适当地添加一些精瘦的肉类还是可以的。

接着，简一凌又在烧烤架上垫上锡纸，在锡纸上放上已经切好的羊肚菌和龙虾球，再加入XO酱、蒜蓉等作料，将锡纸包好，包裹住热量和香味。

等到再打开锡纸的时候，一股鲜美的食物香味就飘了出来。

出锅前，简一凌在里头加入了芥兰菜心。

都完成后，简一凌给翟昀晟装盘，一个西式的盘子上面摆上了烤奶浆菌、烤青头菌、烤松露牛肉以及羊肚菌和龙虾球。

最后，她还切了几个小番茄装饰了一下。

这盘食物精致诱人，香味四溢。

于希都看馋了，突然觉得自己手里的羊肉串都不香了。

翟昀晟拿着简一凌递给他的一盘美食，慢悠悠地品尝了起来。

于希和简宇捷都直勾勾地看着翟昀晟。翟昀晟就当没看见他们。

简一凌继续专注地烤其他的食材，装在口袋里的手机开始响个不停。

一开始，简一凌没打算理，但是隔了一阵它一直在不断地响。

简一凌不得不暂时停手，拿出手机。

她的手机里全是研究所的人给她发来的消息。因为发给她的信息她没有回，对方便给她打了好几个电话。

对方应该很着急。

简一凌给对方回了一个问号。

"我的老天爷，你可算回消息了！"

简一凌又给对方回了一个问号。

"有急事找你，之前跟你说的那个案子，刚才裘老先生和我们的副所长联系了。裘老先生希望我们能够接下这个案子。姑奶奶，这件事情如果你接下，并且手术成功，对你之后提高在行业内的声誉是有很大帮助的。"

裘老先生是医学界的泰斗，主攻肿瘤专业，在业内具有很高的地位和影响力。

"再等等。"

"裘老先生希望你给个准确的回复，因为显微修复手术越早进行康复效果就会越好。"

联系人将客观的情况转述给简一凌听。

"不催，催就不接。"

工作上的事情，简一凌有自己的态度。

她不会受外界的干扰和其他人的影响。

简一凌回完消息就把手机放回了口袋里，回到烧烤架前继续烤东西。

没过两分钟，简老爷子的手机响了。

简老爷子的手机号码没几个人知道，一般人只能联系到他的助理。

简老爷子的手机一响，他身旁的简老夫人、简书洐、温暖，甚至简允卓都紧张地朝他看了过去。

简老爷子接通了电话，电话那头传来了一位老者的声音："简老头儿，对不住了，你托我办的事情，我是办不成了。"

简老爷子听到这句话后，沉默了片刻。

老裘在医学界的名号十分响亮。

且不说有多少人想要做他的学生，就算是非肿瘤领域的医务人员，也都听过老裘的名号。

一般人都会给老裘几分面子。

没想到这次老裘亲自出马都没能让对方松口。

电话那头的老者继续说："对方的态度很强硬，对方只肯说再等等，就是不肯彻底答应下来。"

说这话的时候，老者的语气里充满了遗憾。

"我知道了，还是辛苦你了。"

"简老头儿，你别客气，我也没帮上什么忙。我看你还是继续和对方保持沟通比较稳妥。"

"我知道了。"

说完，简老爷子便挂断了电话。

简书洐等人一脸惆怅。他们已经从简老爷子的语气中得知事情进展得不顺利了。

简允卓把头垂了下去。很明显，他很失望。

没有人比他更在意这件事情的进展。

没有人比他更希望能早点儿做手术。

但是现在他又一次得到了一个让他失望的消息。

旁边的简书洐安慰他："没事的，也不是什么不好的消息，还是老样子，再等等。"

对方也没有拒绝他们，所以算不上坏消息。

只是，他们更期待对方能够给他们一个更明确、肯定一些的答复。

"无所谓。"

简允卓继续低头玩自己的手机，假装自己并不在意。

反正他都这样了，还能有更糟糕的情况吗？

见他这副模样，简书洺和温暖夫妻二个人的心里很不好受。

何燕见状，赶忙让厨师将烤好的食物端上来缓解气氛。

"来来来，先吃东西，这澳洲龙虾不错，肉质看起来挺嫩的。"

何燕准备的食材都是挑选的在短时间内能够买到的最好的。

澳洲龙虾、牛肉、鱼子酱和帝王蟹等。

简老夫人就是不喜欢何燕这么做。何燕恨不得把所有能买到的贵的食材都堆到面前来。

简老夫人觉得吃的在精不在贵，待客在礼不在金。

不过，简老夫人也不会去说何燕什么，只是习惯不同。作为婆婆，她尊重儿媳妇的习惯。

为了缓和气氛，大家也都吃了起来。

何燕还特地让用人给翟昀晟他们也送了一些过去。

这时候，简宇捷用托盘端着汤过来。

这汤是简一凌用坛子煨的素汤，里面放了松茸、鲜笋等食材，放在炭火上煨了很长时间。

这汤的味道鲜美且能解腻，吃烧烤吃得油腻的时候喝上一碗正好。

简宇捷在每个人的面前都放了一碗，随即又回到简一凌身边去了。

好似他若不快点儿回去，他的位置就会被别人占了一般。

简老爷子和老简夫人满心欢喜地品尝着孙女煨的汤。

简书洺和温暖捧着手里女儿煨的汤，心中的滋味很复杂。

简允丞的目光变得柔和了一些，然后他用勺子舀了一口汤送到嘴里。

简允卓看着自己面前的汤，忽然动了一下左手，将碗打翻了。

汤碗侧翻在桌上，里面的汤水打湿了桌面，汤水一直流到了地上。

一瞬间，所有人安静下来，气氛有些紧张。

众人看着简允卓面前侧翻着的碗，表情都僵硬了。

温暖的一颗心都被揪了起来。她紧紧地抓着身旁简书洺的手。

简老夫人蹙眉，简允卓是故意的，谁都看得出来。

他这是在告诉大家，他是不可能原谅简一凌的。简一凌煮的东西，他是不可能吃的。

简宇捷生气了，准备找简允卓理论。

他刚迈开腿，一只小手就紧紧地抓住了他的衣襟。

简宇捷回头看向简一凌。

简一凌冲简宇捷摇了摇头，小声说道："没事的。"

如果简宇捷跑去找简允卓争辩，难堪的就是简家的众人，丢的也是简家人的脸，伤的更是大家的心。

"可是……"

简宇捷气不过。简允卓明明就是故意的！

"不吵。"简一凌小声对简宇捷说。她说话时表情很坚定。

简宇捷皱着眉头，内心挣扎了一番。

在简一凌的坚持下，他最终还是放弃了。

简允丞忽然转头问简老夫人："奶奶，小凌织我身上的这件毛衣花了不少时间吧？"

简老夫人顿了顿，答道："你喜欢就好。"

简老夫人没有刻意去强调简一凌花了多少时间和心思。

她也不知道简允丞为什么会突然提起这件事情。

于是，她看着简允丞，等着他后面的话。

而此时，简允卓惊讶地抬起头望向简允丞，说道："大哥，你在说什么？你身上的这件衣服是诗韵送给你的，是她亲手织的。"

闻言，简老夫人蹙起眉，说道："这件毛衣是小凌亲手织的。我亲眼看见她织的，怎么成别人织的了？"

"不可能，诗韵送礼物给大哥的时候我在场。我亲眼看见的！"简允卓笃定地说道。

接着，他转头问简书沣和温暖："爸、妈，那时候你们也在场的。你们快跟奶奶说，大哥身上的毛衣是诗韵送的。"

面对简允卓的追问，简父简母的眉头皱得紧紧的。

简书沣沉声解释道："小卓，我们确认过了，衣服是小凌送的。"

简书沣皱着眉，面色凝重。

今天来之前，简书沣就和简允丞商量好了，要将礼物的事情告诉简允卓。

小凌的事情无论最后的调查结果是什么，那个叫莫诗韵的女孩都说谎了。

作为父母、兄长，有责任让简允卓知道，他信任的朋友欺骗了他。

简允卓没有相信，反问父母、兄长："你们是为了让我和她和平相处是吗？那也不用找这么蹩脚的理由吧？也不用诬蔑诗韵啊！"

简允卓语气激动，声音里透着愤怒。

他的声音让简书沣和简允丞既惊讶又难受。温暖的眼里顿时蓄满了泪水。被自己的儿子这样质疑，她的心里就跟被刀子割似的。

"混账！"

简老爷子重重地拍了一下桌子，一声呵斥，震慑全场。

就连在一旁看戏的何燕都被吓了一跳。

何燕嫁进简家这么多年了，对简老爷子的惧意从未减少过。简老爷子发狠时的样子着实吓人。

简允卓直接怔住了，傻愣愣地看着爷爷。

简老爷子质问简允卓："你不相信你妹妹，行！因为她脾气确实不好，经常闹脾气、耍性子，但是现在你连你大哥、爸妈、奶奶的话都不相信了？在你眼里，我们这些长辈、家人就这么不堪吗？"

老爷子的声音浑厚有力。他怒目而视的时候让人不寒而栗。

"不是……我……"简允卓是真的被简老爷子吓到了。

"从小到大，我们确实都偏疼你妹妹，好东西都让你们让着妹妹，选礼物也都是让她先选。但在是非对错面前，我们什么时候委屈过你们？！"

简老爷子训斥简允卓，简家众人无一人敢出声。

大家都没有想到，简老爷子会因为这件事情发这么大的脾气。

简老爷子有自己的原则，作为简家的大家长，他允许儿孙们在一定程度上胡闹，也允许他们犯错。

但是在原则性的问题上，他绝不允许他们犯错。

简家能兴盛一百余年，最重要的一点是家里人相处和睦。

简允卓的态度触犯了他的底线。

简允卓彻底被吓着了，愣在原地一动不动。

简老夫人见差不多了，便开始打圆场："好了好了，老头子，小卓也是一时糊涂。你跟他好好说，他能理解的。别发那么大的火，小心高血压又犯了。"

这种时候敢开口的，整个简家也就只有简老夫人了。

接着，简老夫人又对简允卓说："小卓，你爷爷的语气虽然凶了点儿，但是他说的话是有道理的。你再看看宇捷身上的衣服，是不是和允丞的一模一样？你说是你那个朋友送给允丞的，那她为什么还要送给宇捷？不信你让宇捷来说说，他的衣服是谁送的。"

简允卓怔住了。

早上看到简宇捷身上的衣服的时候，他就有过疑问。

现在经奶奶这么一说，他似乎也有些明白了。

简允卓再看向自己的父母、大哥。

他忽然意识到自己刚才对他们的态度确实不好。

他恨的人是简一凌，不该迁怒于他们。"

简允卓不好意思地移开了视线。

温暖柔声对他说："好了，妈妈知道你最近心情不好，妈妈不怪你对我们凶。妈妈只希望你能理解爸爸、妈妈和你大哥。"

简允卓点了一下头。

他的心里说不出来是什么滋味，总之他再也没有了胃口。

见简允卓接受了大家的说法，简书洐他们也就松了一口气。

简老夫人又问简老爷子："老头子，还想吃点儿什么？"

简老爷子踩着老伴儿给的台阶就下来了，说道："再给我盛一碗汤来。"

简老爷子的火气来得快去得也快。

这时，气氛才算缓和下来。

简老夫人点名让简允丞去盛汤："允丞，去给你爷爷再盛一碗汤来。"

"好。"简允丞答应了一声，起身便去简一凌那边给爷爷盛汤了。

于希看到简允丞过来了，说道："原来丞哥和宇捷的衣服都是一凌织的，看着好柔软、好暖和，而且这款式很修身，显身材。"

简宇捷一脸得意地说道："那是，妹妹亲手织的。"

家里其他的兄弟没有，就他和允丞大哥有，而且允丞大哥是因为生日，作为生日礼物才得到的。

于希又笑嘻嘻地对简一凌说："一凌妹妹，什么时候你有空了，给我和晟爷也各织一件呗。"

主要是简宇捷那得意的样子，让于希不由得想要一件来刺激刺激他。

"我觉得可以。"正在品尝美食的翟昀晟突然出声，附和了一句。

他们还以为他专注吃东西没听见他们在聊什么呢，实际上他都听见了。

"不行。"简一凌还没有开口。简宇捷就拒绝了，"没听见奶奶说吗？妹妹织毛衣很辛苦的。你们若想要毛衣，就自己买去！"

简宇捷又连忙跟简一凌说："妹妹，你别听于希瞎说。他这人想起一出是一出的。他才不缺毛衣呢！"

"我什么时候想起一出是一出了？"于希觉得自己被冤枉得厉害。

简宇捷不理他。

简允丞盛了汤，临走前对简一凌说："汤很好喝。"

"嗯。"简一凌答应了一声，注意力全在烧烤架子上，没有抬头去看简允丞。

第四章
真 相

简书洐等人在老宅里待到下午才离开。

从简家老宅回到简宅后,简允卓一下车就去找莫诗韵了。

他要找她问清楚。她为什么要做这种事情,为什么要欺骗他!

莫诗韵周末的时候都待在自己的房间里学习,足不出户。

为了考一所好大学,她必须加倍努力。

正在复习的她接到了简允卓打来的电话。

听到简允卓说让她出去,有事情要问她时,莫诗韵就有不好的预感了。

莫诗韵捏着手机的手收紧,指尖发白。

她在心中暗暗告诫自己:如果是大少爷生日礼物的事情被发现了,那就按照原本想好的回答,千万不能露馅儿。这关系着妈妈的工作,不管怎样都不能毁了妈妈仅有的生活和希望!

下定决心后,莫诗韵走到外面。

她见到了急匆匆赶来的简允卓。简允卓的眼里有明显的怒意。

莫诗韵确定简允卓是知道什么了。她开始有些紧张了,手心里出了一些汗。

"我大哥的礼物,到底是不是你送的?"简允卓开门见山地质问莫诗韵。

"怎么了?"莫诗韵声音轻柔,语气里透着些许惊讶。

"我现在问你,我大哥的礼物是不是你送的?我要你老实回答我!"

"是我送的，我那天就是放在门口的。"

"你还骗我？！"简允卓咬牙，说道，"送礼物的人已经被找到了！我不明白你为什么要说谎骗我！"

简允卓觉得自己很可笑。他在乎的、亲近的人，一个接一个地背叛了他！

先是简一凌，现在是莫诗韵！

"我没有。"莫诗韵的声音微微有些发颤，手攥得紧紧的。

"还说没有？"

莫诗韵说："会不会是哪里弄错了？我没有必要那么做，不是吗？如果礼物不是我送的，我还非要说是我送的，这样的谎言太容易被拆穿了。"

莫诗韵继续向简允卓解释："只要真正送礼物的人一出现，大家就会发现我说了假话。我没有理由故意去说那样的谎话。"

莫诗韵和莫嫂确实不是故意说谎的。这样的谎话太容易被拆穿了，跟搬起石头砸自己的脚没有什么区别。

简允卓望着莫诗韵那双水润的眼眸，刚才来质问莫诗韵时的底气顿时少了一半。

确实，这种谎话太蹩脚了。

莫诗韵又说："送礼是一份心意，又不是多贵重的东西，我真的没有理由那么做。"

"那为什么我大哥收到的是别人送的礼物，而不是你送的？"

"这，这我也不知道。我当时把东西放在纸袋里，然后把纸袋放到门口了。吃饭的时候看到安嫂拿进来，我真的以为是我送的。"莫诗韵再度解释道。

说话的时候，莫诗韵的心里很紧张，手心里出了很多汗。

她不擅长说谎，但是这一次，为了她的母亲，只能硬着头皮把整件事情圆过去。

简允卓皱起了眉头。他觉得莫诗韵说得没有错，但是他爸妈还有他大哥也没有骗他。

"我们去门口看看。"简允卓沉思了一会儿，提议道。

"好。"莫诗韵答应道。

两个人一起来到了别墅门口。

"你把礼物放在哪里了？"简允卓问莫诗韵。

"这里。"莫诗韵指着门边的位置说，"那天我不知道要和你们一起吃饭，所以想着放在门口就好,有人看到了就会拿进去的。"

如果莫诗韵放在了这个位置,有人看到了应该会拿进去才对。

简允卓在四周找了找,竟在离门口不远的灌木丛里找到了一个纸袋子。

纸袋子被露水打湿过,皱巴巴的。

很明显,它已经在这个地方接受风吹日晒好几天了。

简允卓打开袋子,从里面拿出黑色的毛衣和围巾。

"这是你准备的礼物吗?"简允卓问莫诗韵。

莫诗韵走上前来,心虚的她小心地瞧了瞧毛衣和围巾,然后点头。

她的心跳得飞快。她还是第一次说这样的谎话,这让她觉得十分不安。

她不断地告诉自己,过去就好,不会有事的。她可以把这件事情圆过去,也可以保住妈妈的工作。

简允卓看着自己手里的袋子,皱起了眉。

所以诗韵没有说谎,她是真的送了大哥礼物。

但是不知道为什么,她送的礼物被丢弃在了灌木丛里。而简一凌刚好用相同的包装给大哥送了同样颜色的毛衣和围巾。

事情怎么会这么巧?

就在简允卓沉思的时候,简允丞走了过来。

"怎么了?"简允丞问。

简允丞的视线扫过简允卓手里皱巴巴的纸袋子,还有那件与自己身上的毛衣虽然款式不同,但同样是黑色的手工毛衣。

接着,他看了旁边的莫诗韵一眼。

"哥,诗韵没有说谎。你看,这才是她要送给你的生日礼物。只是不知道为什么她给你准备的礼物被人丢到了灌木丛里。"

简允卓向简允丞解释道,同时将自己手上的纸袋子递给简允丞看。

"哦?是这样吗?"简允丞一边回应着简允卓,一边端详着莫诗韵。

莫诗韵迎上了简允丞的目光,压制着内心的紧张和不安,尽可能地让自己表现得镇定。

"对不起大少爷,我不知道那天的纸袋不是我的那个。我没仔细看,见安嫂拿回来,就以为是我的。是我的错,是我太粗心、太马虎了。"

莫诗韵态度诚恳地向简允丞道歉。

简允卓帮莫诗韵说话:"哥,这不能怪诗韵,也不知道谁会把别人放在门口的礼物丢掉。"

"这样啊,那还真是不巧。"

简允丞评价了一句，便回自己的书房去了。

莫诗韵看着简允丞的背影，心中有些不安。

不知道为什么，虽然刚才简允丞说了"不巧"，但是她总觉得他还在怀疑什么。

简允卓向莫诗韵道歉："抱歉，是我没有弄清楚情况。刚才吓到你了吧？"

莫诗韵摇头，说道："没事的，这不怪你。这只是一场误会，解释清楚了就好了。"

"嗯，谢谢你没有怪我。"

诗韵还是那么善解人意。

简允丞回到楼上后，坐到了自己的电脑前，打开了电脑里自家门口的监控录像。

贺云山酒店里的监控录像他没能找到，自己家里的还不至于被人弄丢。

简允丞调出了他生日前一天，简一凌来送礼物的视频。

接着，他又将视频往后翻了翻，在第二天晚上的视频里找到了莫诗韵的身影。

她似乎有意在躲家里的监控。

她知道别墅门口装了监控，所以特地挑选了一个她认为监控照不到的位置。

但她不知道的是，简家的监控有两类：直接能让人看到摄像头的监控，以及隐藏着的摄像头。

只有明显暴露在外的摄像头，容易让人发现并且动手脚。

所以，简允丞在自己上一次回家的时候，又额外在家里安装了隐藏摄像头。

他自己就是经营互联网公司的，在这方面的安全考虑要比一般人周全一些。

只是，他没有想到隐藏摄像头第一次派上用场不是因为外面的入侵者，而是因为一直藏在他们家里的人。

果然，简允丞找到了莫诗韵自己丢弃纸袋的视频。

简允丞的目光变得冰冷无比。

接着，他又调出了一份音频文件。

这是刚才简允卓和莫诗韵的对话录音。

在知道莫嫂可能一直在暗中给简允卓灌输某些不利于简家安宁的思想之

后，简允丞就在简允卓的手机里安装了监听器。

刚才简允卓和莫诗韵的对话，其实简允丞全部听见了。

他在走向二人之前，一直在用耳机听他们说话。

对比音频内容和视频内容，着实让人忍不住想笑。

接着，简允丞拨打了一个电话。电话被接通后，简允丞直接对电话那端的人说："我需要你帮我找到一个人。"

"我的天哪，丞少，你最近怎么天天要找人啊？"

"不想找？"

"没有没有，您尽管吩咐。您要找谁尽管说，只要他是被记录在案的，没有刻意隐藏行踪，我分分钟给你挖出来！"

"我家保姆莫慧琴的前夫。"

莫慧琴的前夫何建军是个吃喝嫖赌样样在行的人。

"什么？丞少，你家这个保姆怎么了？值得你去查她！"电话那端的人对此十分好奇。

"她和她的女儿做了破坏我们家人之间关系的事情。她们就必须付出相应的代价。"

如果只是将一凌送的礼物说成是她们送的，简允丞还不能确定这两个人居心叵测。

但是莫诗韵今天的这一系列行为，有预谋、有目的。

那简允丞也就不需要对她们客气了。

"知道了，我会尽快把人给你找到的。"电话那端的人说，"不过丞少，你要不要先把这个保姆辞了啊？免得她继续碍手碍脚。"

"我要给她们在我眼皮子底下表演的机会。"

简允丞说这话的时候，电话那端男人的身体抖了一下。

很好，丞少又想折腾人了。

这浑蛋下手特狠！

简允丞挂断电话后，又把安嫂叫了进来，对她交代了一些事情。

安嫂听懂了简允丞的意思，说道："大少爷，我知道该怎么做了。"

简允丞刚跟安嫂交代完，手机响了，是国际电话。

简允丞接通来电，对方一开口便问："哥，小妹最近怎么样？"

对方是一个年轻男人，嗓音动听。

"你每次打电话过来，第一句话都是问小妹的。你为什么不直接打电话给她？"简允丞没好气地反问道。

电话那头的人，是他的二弟简允陌。

简允陌现在在国外读研，家里近来发生的事情都没有人告诉他。

他知道了也只能白白担心，还不如让他安心学习。

和简允丞冷漠、严厉的性格不同，简允陌对弟弟和妹妹比较宠溺，尤其对简一凌更是有求必应。

这导致在很长一段时间里，都是简允丞唱白脸，简允陌唱红脸。

小丫头抱着二哥的大腿，瞪着她大哥，说她大哥是坏蛋。

小丫头仗着有二哥护着，大哥打不了她的小屁股，有恃无恐。

简允陌沉默了一阵才说道："哥，我今年圣诞节回不去了。我给小妹，还有你们都买了礼物。因为国际快递的时间很难保证，我就提前寄出来了。到时候你和爸妈收到给小妹的礼物后帮我收着，到圣诞节那天再给她送过去。"

"我看，给小妹买礼物是重点，我和爸妈还有允卓的都是你顺带买的吧？"简允丞拆穿道。

"喀喀。"简允陌咳嗽了两声，说道，"哥，你这可就冤枉我了。你们的礼物我都是用心准备的。"

"就当我们不是沾的小妹的光吧。"简允丞给简允陌留了一点儿面子。

简允陌又问简允丞："家里一切还好吧？前两天我给妈打电话的时候，妈好像不是很高兴。"

"没事，妈最近身体有点儿不舒服，都是小事，你不用担心。"

"那就好。小妹学习还顺利吧？有没有遇到什么麻烦事或不高兴的事情？我看她好久没有发朋友圈了。"

"她……"简允丞顿了一下，又说道，"你自己去问问她吧。你关心她的话她应该会很高兴的。"

"我还是不问了。"简允陌回道。

"随你吧。"简允丞说，"你照顾好自己就好。家里的事情你不用担心，有我在。"

"哥，你也要照顾好自己，别老熬夜。你总是喜欢板着一张脸，看起来已经比我老了。再熬夜，小心以后我们俩站在一起时，你看起来要比我老十岁。"

简允陌只比简允丞小三岁。

"你别比我看着老就行。"

说完，简允丞就挂了电话，不给他二弟反驳他的机会。

和简允陌聊完之后，简允丞就走出了自己的书房，然后把简允卓叫到了他爸爸的书房里，还把温暖也叫了过来。

"允丞，这是怎么了？"温暖疑惑地问简允丞。

"有点儿事情需要讲清楚，爸、妈你们先坐着听。"

简允丞说完，转头看向简允卓。

"大哥，怎么了？"看到简允丞看他的眼神，简允卓总觉得哪里不太对。

"来说说看吧，说说你对今天这件事情的看法。"简允丞让简允卓先说。

"什么事情？你说的是诗韵送礼物的事情吗？"简允卓望着简允丞，眼神中带有疑惑。

"没错。"简允丞就是让他讲这件事情。

"刚才在门口的时候不是已经说过了吗？"简允卓不解地问。

该说的都已经说了，那纸袋子大哥也看到了。

"我让你现在当着爸妈的面再说一遍。"简允丞站在一旁，面无表情地说道。

简允卓顿了顿，接着对爸妈说道："爸、妈，我刚才在家门口的灌木丛里找到诗韵准备的礼物了。袋子和那天大哥收到的袋子是一样的，里面装的也是毛衣、围巾，诗韵没有说谎。她只是不知道那天安嫂拿进来的那个袋子不是她的那个。"

简书洐和温暖皱起了眉头，心情一下子就沉了下来。

简允丞继续问简允卓："所以，你觉得这件事情是怎么回事？是巧合吗？"

"大哥？"

"有什么想法就说出来，大哥想要听你对这个'巧合'的看法。"

简允丞不傻。简允卓的话里透露出了他对这次"巧合"的怀疑。

简允丞现在就要求简允卓将怀疑的部分一五一十地说出来。

简允丞都这么说了，简允卓也就不再藏着掖着了。

"没错，我是觉得这不是巧合。为什么两个袋子一样？又为什么里面的东西是相似的？还有，放的位置还是同一个地方。诗韵说的没错，那样的谎话是很容易被拆穿的。她没有理由去做这种搬起石头砸自己脚的事情。"简允卓将自己的怀疑都说了出来。

"所以呢？"简允丞要听结论。

简允卓停顿了好一阵，有一些迟疑。

他抬头望向自己的父母和大哥。

最后,他将自己得出的结论说了出来:"我觉得是小凌换的,不然没法解释事情为什么会这么巧。"

一字一句,他说得清清楚楚。

在门口的时候,他没有对简允丞说出口,但是在心里已经有了这样的想法了。

简允卓此话一出,温暖的心像是被捅了一刀。

简书沥连忙将妻子拥入怀中,却说不出一句安慰的话。

自己的一双儿女闹成这个样子,夫妻俩的心跟被人在油里煎一样。

简允丞看着简允卓,说道:"巧了,我这边有另外一个答案。"

说着,简允丞把一台平板电脑丢到了简允卓的左手边。

平板电脑上正在同时播放两个视频。

左边一半播放的是简一凌那天晚上来放礼物时的视频。

右边一半播放的是莫诗韵把自己准备的礼物丢到灌木丛里的视频。

两边循环播放着,一遍又一遍,映到简允卓的眼里,刺激着他的大脑。

简允卓瞪大了眼睛,不敢相信地看着平板电脑里的一切。

"我……怎么……"

简允卓哽住了,脸上慢慢失去了血色。

"怎么,和你想的不一样是吗?"

"诗韵她为什么要做这种事情?她为什么要骗我?!"

一天之内,他接连遭受着刺激。

从原本的信任到质问,再到重新信任,现在现实又狠狠地打了他一棍。

简允丞冷冷地说道:"我不知道她为什么要骗你,但是她骗你是事实,铁证就在你的面前。"

看着眼前的铁证,简允卓突然转头,往门外走去。

简允丞快他一步,把他拦了下来。

"大哥,你让我出去。我要去问问她,为什么要做这种事情?!"

"被她忽悠了一次还嫌不够丢人吗?还要跑去被她再忽悠一次?!"简允丞冷冷地说道。

"我……"简允卓愣住了。

半晌后,他崩溃地哭了起来。

他蹲了下去,将头埋在双臂之间,身体因为哭泣而颤抖着。

他的哭声让简书沥、温暖夫妇很揪心。

温暖想要上前,却被简允丞拦住了。

该接受的教训,该长的记性,该经历的痛苦,他得自己扛。父母、家人都帮不上忙。

简允卓哭了好一会儿。简允丞忽然走过去,将他拎了起来,让他面向简书泩和温暖。

"你伤了手,你痛苦;你被朋友背叛了,你痛苦。但是你要知道,这个世界上每天都有人死去,每天都有人断手断脚,每天都有人被人背叛。你很痛苦,但是你要学会面对你的痛苦。

"你再看看妈妈,这段时间她偷偷掉了多少眼泪?她看着你这样有多难过你知道吗?为了一个'朋友',你还要再伤她的心吗?"

简允卓一句话都答不上来。

他用通红的眼睛望着简允丞,眼里既有震惊又有悲痛。

简允丞沉声说:"好好冷静一下,从明天开始,在手术确定之前,你就跟在我身边,弹不了钢琴就跟着我学习管理公司。"

简允丞不是在询问简允卓,而是已经决定这么做了。

简家老宅,简一凌在自己的书房里。

和程易交流完,简一凌就关掉了对话框。

接着,简一凌想起了白天简允卓说的一些话。

从那些话当中简一凌知道,他们曾一度认为她送给大哥的毛衣和围巾是莫诗韵送的。

曾经的莫诗韵没有做过这件事情,也没有做过其他抢占别人东西的事情。

为什么现在的莫诗韵要做这种事情?

到目前为止,现在的简一凌与曾经的简一凌相比,做的不同的事应该就是答应回老宅,以及成了秦川的投资人。

曾经,莫诗韵也确实给简允丞送生日礼物了。只是,她送的礼物是一个手工陶艺制品,和毛衣、围巾并没有什么关系。

不知道是什么原因让这件事发生了改变。

这时,简一凌的微信里弹出了于希发来的消息:"凌神,你于希哥哥来陪你聊天了。你要是遇到了什么不高兴的事,就告诉你于希哥哥,哥哥做你的情绪垃圾桶。"

白天的事情,当着简家这么多人的面,于希没法开口。

他一个外人,在人家的家里插嘴人家的家事,实在不合适,帮不上忙不说，还会把事情弄得更加复杂。

"想打游戏了？"

"不是，我是真的在关心你。你怎么能冤枉我是为了打游戏呢？我是眼里只有游戏的人吗？"

于希表示，游戏虽然重要，但是凌神的心情更加重要！

"我没事。"简一凌回复。

"可是，晟爷说想要带你出去兜风解闷。"

于希也就照着翟昀晟的原话跟简一凌说说。

"好，去。"

简一凌很快给了回复，并且答应了于希的提议。

"什么？"

于希被打脸了。凌神怎么答应了？这和他想的不一样！他以为大晚上她不会愿意出门！

"要去。"简一凌重复了一遍。

于希看着简一凌发过来的消息，然后转头看了一眼不远处的翟昀晟。

为什么他又估算错了？为什么晟爷又对了？

"行，行吧。你等等我，我一会儿就过来找你。"

于希回复完翟昀晟说："晟爷，凌神答应出来了。"

"嗯。"翟昀晟答应了一声，然后起身穿外套。

翟昀晟去开车。去隔壁接简一凌的任务照旧是于希的。

于希摸了摸鼻子，希望这次带一凌妹子出门不会被简奶奶发现。

要是让简奶奶知道他以带一凌妹子来他家打游戏的名义偷偷把人拐到外面去，他觉得自己会吃不了兜着走。

于希到隔壁，跟简老夫人说明了来意后顺利地接到了简一凌。

他们回到于家门口，看到翟昀晟开着车在门口等着。

这车简一凌前段时间见过，那个时候是绿色的，但是现在是黄色的。

"上车。"翟昀晟坐在驾驶位上，让简一凌上车。

简一凌坐到了副驾驶位置上。

简一凌系好安全带。

翟昀晟一踩油门，车子飞速开了出去。

"啊！"

于希还没反应过来。翟昀晟就带着简一凌跑了。

"老子的车还没开出来呢！"

于希郁闷了,赶忙跑回车库去开车。

等他再出来的时候,哪里还有翟昀晟他们的影子?

"老天爷保佑,晟爷别飙车,老天爷保佑,晟爷千万别飙车!"

于希在心里一个劲儿地念叨着。

一路上,于希怀着忐忑的心情,感觉自己的心跳奔着一百二去了。

他甚至觉得自己会比翟昀晟更早心脏病发作。

从简、于两家所在的别墅区出去的路上车辆虽然少,但是道路蜿蜒崎岖,接近于盘山公路,有好几个连续急转弯。

他已经开得很快了,但依旧没能看到翟昀晟的车尾。

这让于希越想越慌。

翟昀晟就不用说了,不宜做刺激性强的事情;一凌妹子也不能乱来啊,被吓哭了怎么办?

于希都开始想象简一凌被吓得失声尖叫,以及哭鼻子的画面了。

二十分钟后,于希终于到了目的地。

车刚停下,他就从车上奔了下来,看到前面翟昀晟的车后,跌跌撞撞地冲了过去。

然后,他看到了车上一脸淡定的翟昀晟和同样一脸淡定的简一凌。

这两个人面不改色地看着他。

于希反倒是红着脸喘着粗气。

"我……"于希憋了一肚子的话,面对这两个人时,竟不知道该怎么开口。

翟昀晟和简一凌淡定地下车,然后朝旁边的公寓走去。

心跳恢复正常的于希长叹一口气,认命般跟了上去。

他在心中默念:回头一定要让这俩货带他上宗师!以慰藉他受伤的心灵!

在简一凌他们朝着公寓走的时候,旁边酒店的门口格外热闹,一大群人围堵在酒店门口。

大家拿着手机、照相机,闪光灯一个劲儿地闪。

简一凌他们隔着老远都能感受到这些人的热情。

一群被保安护着的男人从酒店里出来。他们全部衣着光鲜,颜值很高,像是知名歌手。

简一凌朝着人群的方向望了过去,在看到一道身影后停下了脚步。

于希见状有些好奇,便顺着简一凌的目光看了过去。

于希看了一眼后，说："那是一个男团在开粉丝见面会。叫什么男团来着？我一下子想不起来名字了。"

于希不追星，所以对男团的名字都是左耳进右耳出。

简一凌盯着看的是从酒店出来的男团中的一名成员。

虽然隔着一些距离，他的容貌她看得不是很清楚，但她可以确定，那个人是简宇珉——简宇捷的大哥，她二叔简书泓和二婶何燕的大儿子。

何燕是演员出身，她的大儿子简宇珉遗传了她在演艺方面的天赋，并且有一副十分不错的嗓子。

在成年后他就想要发展演艺事业，却遭到了何燕的强烈反对。

何燕希望自己的大儿子继承公司，和简允丞一较高下。

简宇珉却志不在此，坚持要去演戏、唱歌。

何燕表示，如果简宇珉要进军演艺圈，她绝对不会给予他任何帮助。

于是，简宇珉自己与一家经纪公司签了约，在没有简家人和何燕任何帮助的情况下走到了今天。

前两年他参加了一档选秀类的综艺节目后有了人气，并最终以偶像男团团员的身份正式出道。

这两年，他所在的男团很出名，最近还在开巡回演唱会。

于希发现简一凌一直盯着远处的帅哥看，于是忍不住调侃道："我凌神原来也是有少女心的，看到帅哥就忍不住两眼冒粉红泡泡了，是不是？是想去粉丝见面会，还是想去看演唱会？来，跟你于希哥哥说。于希哥哥帮你搞定。"

在恒远市，于希搞一张票还是不成问题的。

于希和简宇珉小时候还经常见面，长大后大家各奔东西，一年中没几天是待在老宅里的，也就不常见面了。

而简宇珉又特立独行，用了艺名，隐瞒身份、背景进了演艺圈后常年不回家。

这些导致于希也没能认出前面那个偶像男团里的一名成员是简宇珉。

"不要。"简一凌收回了视线，然后回答了于希的问题。

"凌神，不用跟我客气，就当是你带我上分的奖励嘛！"于希还以为简一凌不好意思。

"没客气。"

简一凌说完，就跟上翟昀晟的步伐，往公寓里走去了。

"怎么回事？"

于希心想：凌神刚才明明盯着帅哥看得眼睛都发直了，怎么偏不承认呢？

于希思索了片刻之后转过头来，猛地发现简一凌和翟昀晟已经走远了。

"喂！你们两个怎么又丢下我了啊？有点儿良心好不好啊？！"

他就发了一会儿呆，这两个人就无情地将他抛下了！

这里是纪明的公寓所在的小区。

纪明就是翟昀晟给简一凌找的人肉沙包。

三个人到了纪明家门口。翟昀晟的保镖已经提前在纪明的家门口等着了。

见人来了，保镖直接给他们开门，里头的纪明连反抗的意见都不能有。

见到翟昀晟他们进来，纪明一个劲儿地赔笑脸。

"晟爷、希哥，有什么事情你们吱一声就行，不用亲自过来的。"

纪明脸上的笑是好不容易才挤出来的。

前几天跳的那五千下绳，让他的肌肉酸痛了好几天。他上厕所都坐不下去。

他惨叫了好几天，才勉强恢复了一些，还没彻底恢复，翟昀晟又找来了。

纪明顿时觉得不妙。

他想：我这几天很安分啊，哪儿都没去，什么事都没干啊，别说招惹晟爷了，我连简一凌都不敢再招惹，连她的名字都没再跟别人提过！

于希看着纪明这副模样就想笑。但是出于人道主义精神，他还是需要忍住笑的。

于希告诉纪明："纪明，上一次是晟爷找你，这一次呢是一凌找你。你上次算计一凌，还没给一凌道歉。"

纪明瞪大了眼睛，不敢相信自己听到的话。

所以，上次让他跳五千下绳，事情就算了，只是晟爷的部分算了。这还有简一凌的部分要额外算？

纪明要疯了。

他觉得自己以前做事嚣张，但是对比眼前的翟昀晟，他觉得自己以前真的还算好的。

至少他不会大晚上的突然跑到别人家里去，就为了跟别人二次清算前几天的一笔账。

人在矮檐下，不得不低头。

纪明为了不让翟昀晟继续找他的麻烦，向简一凌道歉："简一凌，我知道错了。你大人不记小人过，就当事情过去了吧！"

翟昀晟看向简一凌，满不满意简一凌说了算。

简一凌开始四处张望，好像在寻找什么。

于希很好奇。凌神在看什么？她到底有没有接受纪明的道歉？

简一凌看了一会儿，目光停在了房间里的一件体育用品上。

她走过去，拿起了摆放在储物柜上的羽毛球拍。

在简一凌拿起羽毛球拍的一刹那，于希瞪大了眼睛。

不是吧？

翟昀晟则勾了勾嘴角。

纪明的反应比于希的反应还要大。

纪明心想：她该不会是想拿这玩意儿来打我吧？

看到简一凌拿着羽毛球拍走近，纪明慌了，语无伦次地说道："简、简一凌，有话好好说，我给你道歉，我给你认错。你别拿这东西，这会闹出人命的！"

用羽毛球拍打人，那得多狠啊？

"趴下。"简一凌对纪明说。

什么？

对简一凌的奇怪指令，纪明有些反应不过来。

"屁股。"简一凌说。

屁股是人身上最适合挨打的部位。这个部位肉多，没有器官，没有要害，一般情况下打击这个部位不太可能造成危险。

但是这里的疼痛感和其他部位是一样的。

所以，若要打人，这个部位是最佳区域。

纪明瞪大了眼睛，不敢相信自己已经十七岁了，居然还会被人打屁股！

要打他屁股的人，正拿着他的羽毛球拍，一脸正经地给他下达指令！

纪明拒绝，从心理到身体都拒绝。

士可杀不可辱。

不带这么欺负人的！

"简一凌，你别太过分！我是个男人！"纪明咬着牙，既愤怒又紧张地说道。

翟昀晟给了自己的保镖一个眼神。

然后保镖上前，二话不说就帮助纪明完成了简一凌交代的"姿势"。

纪明被两个身材魁伟的保镖按着，没办法反抗。

他转过头，望着简一凌手里的羽毛球拍，一瞬间更慌了。

"就打一下。"简一凌说。

这听起来好像还是一个不错的消息。

简一凌挥着球拍，比画着打人的动作。

简一凌每挥一次，纪明的心跳就加速一次。

简一凌就不能给他个痛快的吗？！纪明这会儿希望简一凌果断点儿。

简一凌比画了几下后，忽然换了一个方式拿球拍。

她改为握着球网的一端，将握柄的那一端对准纪明。

简一凌想起来，纪明已经找了她两次麻烦了，所以网拍打可能不太够。

于希看着这一幕，嘴巴张了张，有些怀疑人生。

一凌妹子看起来很柔弱，但是做出来的事情好像凶残了不止一点点。

纪明彻底傻眼了，忍不住向简一凌求饶："简一凌，你别这样。我错了，我错了，我真的错……"

最后一个字他还没来得及说出口，简一凌就打在了他的屁股上。

纪明痛到喊不出声来。

屁股，他的屁股！

他长到这么大，屁股还没有受过如此重创。纪明趴在地上起不来。

现在不需要保镖按着他，他也不会从地上爬起来了。

于希光是看着，就能从纪明扭曲的面部表情里感受到他的疼痛。

这下好了，他跳五千下绳的旧伤余痛还在，又添了新伤。

简一凌走到了沙发旁，和翟昀晟一样，坐到了沙发上。

翟昀晟的脸上挂着笑。他问简一凌："手红了没？"

简一凌摊开小手，看了一眼，有点儿红，是刚才抓球拍抓得太紧的缘故。

于希摸了摸鼻子，心想：晟爷，您这关注点是不是有点儿不对啊？

那边那个人已经趴在地上爬不起来了，你居然在问一凌妹子的小手有没有红！

纪明好半天后才挺过来。

但他依旧没有从地上起来，感觉稍一动弹，疼痛感就会袭来。

于是，他破罐破摔地趴在地上跟翟昀晟和简一凌说话："晟爷，我真的知道错了。我发誓，我以后再也不敢了，求求您就饶了我吧！"

纪明真怕简一凌再给他来这么一下。

其实，这一点纪明大可不必担心。

简一凌说了就打一下，那就真的只打一下。

只是，现在简一凌和翟昀晟都坐在沙发上没走。他们想听听纪明认真道歉。

这个时候，于希的手机响了一下。

看到手机屏幕上的消息提示后，于希心里咯噔一下。

是京城里有人给他发消息了。

于希小心翼翼地点开了消息。

果然，翟老爷子在询问他给晟爷介绍小姑娘的事情了。

于希已经糊弄翟老爷子好几次了，总说自己知道了，已经在安排了。

这样的话他若一直说，翟老爷子肯定不高兴。

这回看到消息后，于希忽然想到了什么。

他看了一眼在沙发上并排坐着的翟昀晟和简一凌，心安理得地打出一行字："安排上了。"

翟家的人让他给翟昀晟安排清纯的小姑娘，一凌妹子应该算是小姑娘吧？虽然过于"小"了。

于希的手机屏幕上很快弹出来一条消息："阿晟还喜欢吗？"

于希又抬头看了一眼翟昀晟和简一凌，再次心安理得地回复："看起来还挺喜欢的。"

"那就好。"

翟老爷子似乎对于希今天的回复很满意。

翟昀晟、简一凌和于希三个人在纪明的公寓里坐了大概十分钟后走了。

望着再度被关上的房门，纪明在心里祈祷：你们千万不要再来了！

不行，他还是先搬回家住才行！不能再在这公寓里待了！

他对这里已经产生了心理阴影！

从纪明的公寓离开后，翟昀晟又载着简一凌出去兜了一圈风，然后找个地方吃了点儿东西，最后赶在晚上九点前把简一凌送回了简家老宅。

周日，简一凌本来以为今天要接受补习的，结果秦川打电话来请假了，说是有事情要处理今天不来了。

这对简一凌来说是好事。这样她就有时间去研究所了。

简一凌和研究所里的人联系后，让对方派了车来接她。

简一凌以为来的人会是研究所里的司机，没想到打开车门看到的人是罗秀恩。

本来该是程易过来接简一凌的。但是罗秀恩把程易放倒了，成功地抢到了接简一凌的机会。

罗秀恩满脸笑容地对着简一凌招了招手，说道："一凌妹子，姐姐来接你！"

罗秀恩的笑容似乎过分灿烂了。

幸亏她是女的，要不然很可能会被当成猥琐男。

"嗯。"

简一凌点了一下头，然后开始准备上车。

她试了一次，没成功。

罗秀恩这才意识到这个问题，连忙问简一凌："能上来吗？姐姐抱你上车好不好？"

罗秀恩开的是越野车，这款车的底盘特别高，个子不够高的人，要踩着小板凳才能跨上车。

以前，他们研究所里除了她都是大老爷们儿。他们坐她的车的时候她才不需要担心这个问题呢。

简一凌摇头，拒绝罗秀恩抱她上车。

接着，简一凌一只脚先跨了上去，双手拉着车门，然后努力蹬了几下，另外一只脚才上来了。

罗秀恩看了一脸微笑，觉得他们研究所里的大宝贝真的可爱死了，就连爬车子也这么可爱。

罗秀恩对简一凌说："一凌妹子你别担心，我回头就在车里放个小板凳，保证下次你不用再这么费劲。要是没有小板凳，姐让程易趴在地上给你当板凳踩！"

简一凌有些不好意思。她的身高确实是个问题。

她最近一段时间都在很努力地吃东西、做运动，不知道还能不能再长高一点儿。

车子开到研究所的门口，正要进去的时候，她们发现路中间站着一个人，此人挡住了罗秀恩的车。

对于这种情况，罗秀恩见怪不怪了。

总有人不听劝，在他们网站上提交了资料还不行，非得跑到他们研究所的门口来堵人。

对于这样的人，在情感上研究所里的人是理解的，毕竟是自己在意的人的性命。

所以，研究所里的人也不会太过严厉地对待他们。

但在理智上，他们这样的行为并不会有什么效果，反而会给研究所里的人增加不必要的麻烦。

罗秀恩停好车后按下车窗，对着挡在前面的男人霸气地喊道："挡道了，先让姐过去，你再慢慢跟保安磨。"

年轻男人回过头来，不是别人，正是秦川。

秦川一眼就看到了坐在副驾驶座上的简一凌。

他跟前的这辆车毫无疑问是研究所里的人的车。

简一凌为什么会在研究所里的人的车上？对此，秦川很意外。

秦川走到车旁边，问简一凌："简一凌同学，你怎么会在这里？"

罗秀恩问简一凌："这人你认识吗？不认识的话姐就将他踹飞了。"

不认识就上来套近乎的人，一律按照流氓处理。

"我的补习老师。"简一凌回答。

"啥？"罗秀恩的嗓门儿有点儿大。她指着秦川，问简一凌，"他是你的补习老师？给你补习什么？体育吗？"

罗秀恩觉得简一凌的体育还是需要补补课的。

其他的，她给别人补还差不多吧？

秦川看着罗秀恩，看到了她穿着带有慧灵医学研究所标志的白大褂，知道她是研究所里的人。

罗秀恩今天出门只是为了接简一凌，所以没有换衣服。

秦川现在没时间去思考简一凌为什么会在车上这个问题。他要把握住跟罗秀恩说话的机会，于是赶紧跟罗秀恩说道："可以给我点儿时间吗？我母亲的事情，我恳求你们再考虑一下。"

在母亲的事情上，秦川完全没有了平日的骄傲。

罗秀恩本来连话都懒得跟秦川多说的，但看在对方跟简一凌认识的面子上，就重申了一下他的态度："兄弟，你给姐听清楚了，我们这儿是研究所，不是医院的急诊室！这要是谁得急病了都往我们这儿送，研究所里总共就这么几个人，天天接病人就忙得晕头转向了！还搞什么研究？对你们来说，我们没救你们的亲人是无情，但是我们一旦研究出一种新药，就能一次性救无数人！"

有些事情必然是有取舍的，研究所里的人如果一天天只盯着一两个普通病人，他们的价值不是被体现而是被缩小。

秦川沉默了。

道理他不是不懂，只是情感和理智毕竟是两回事。

秦川再度望向车内。罗秀恩态度坚决，没有半点儿商量的余地。

秦川在确定了对方的态度后，后退了一步。

秦川虽然对简一凌的出现充满了疑惑，但他认为自己对简家人来说，只是他们花钱请来的家教而已。

简一凌和慧灵医学研究所的关系，她愿意告诉他就告诉，不愿意告诉，他也无权追问，更没有权利要求她帮他什么。

见他不再挡路了，罗秀恩便踩下油门，把车开进了研究所。大门一关，外头的人再怎么想都跟她没有关系了。

罗秀恩把车停下后，先一步下来，在副驾驶的车门旁等着简一凌下车。

她怕简一凌下不来，但又不能伤害简一凌的自尊心。

所以罗秀恩在旁边看着。万一简一凌下得比较困难，她就把简一凌扛下来。

简一凌没有给罗秀恩扛她的机会，直接从车上跳了下来，稳稳落地。

简一凌虽然上去时有点儿困难，但跳下来时问题还是不大的。

程易听到外面的声音后，知道是罗秀恩和简一凌回来了，便跑到门口来迎接。

与程易一起来的还有几个老教授。除了简一凌见过的许教授，其他几位教授也来了。

教授们本来都是窝在自己的实验室里，没有凑热闹的习惯。

但是今天一早，他们听说简一凌要来研究所报到，便都一改往常专注自己手上研究工作的状态，开始等简一凌。

简一凌一到，几个老教授兴奋得像研究取得了巨大突破似的。

程易看到罗秀恩后，本来打算说出口的话又咽了回去。

他想到刚才本来应该是他去接一凌妹子的，结果被罗秀恩以一个过肩摔抢去了机会。

大家进了研究所，一群老教授围着简一凌一通提问。

教授们问的问题主要与简一凌刚提交的论文有关。

别说程易了，就连罗秀恩都被挤到了一旁。

研究所里其他的三十来岁的研究员更是只能远远地看着。

程易对罗秀恩说：" 我说恩姐，你看我们研究所里明显的阳盛阴衰，好不容易来了个妹子，你就让一下我们呗。你说你一女的，跟我们抢什么？"

罗秀恩不爱听这话，说道："咋啦？姐从小就想要一个妹妹，我妈一直不肯给我生。到了研究所里还得整天对着你们这群大老爷们儿，姐心里憋好久了。"

程易好奇地追问："你妈为什么不再生一个？"

"我妈说了，有我一个家里已经翻了天了，再生一个跟我一样的出来，她怕我们露宿街头。"

程易心想：阿姨明鉴。

两个小时后，围在简一凌身边的人才散去。

程易带简一凌到她的办公室去。

研究所里的每个成员都有独立的办公室。

程易跟简一凌介绍道："这里是你的办公室。另外，你的专属实验室还空着，需要你填写自己需要的设备，研究所里会有专人帮你购置并安装好。当然，大部分的设备研究所里就有，在二楼。"

对于这些，简一凌很清楚也很熟悉。她之前待的研究所也是这样的。

程易又说："还有一个公共的办公区域，在你需要和大家进行沟通、讨论的时候，可以前往公共办公区域。"

如果想要独立的思考空间，就待在自己的办公室或实验室里；如果想要和其他人交流，还有另外一个办公位置。

简一凌来到了公共办公区域。她的办公桌已经被安排好了，就在罗秀恩的右手边，程易的对面。

桌面干干净净的，新电脑也已经被安放好了，电脑旁边还摆了可爱的小公仔和动漫手办，整整齐齐两大排。

可爱的小公仔是罗秀恩放的。

动漫手办是程易放的。

简一凌真的对这些可爱的东西无感。

但是，不管是她在简家老宅的房间里，还是她的书包、文具用品，甚至是她现在的办公桌，都逃不过变得可爱的结局。

简一凌还注意到她左手边罗秀恩的办公桌上摆放着与男团 Juptiter 有关的装饰物。

简一凌对面程易的桌上则放了很多动漫手办。他给简一凌的桌上放的是比较可爱的手办，自己桌上放的多是肤白貌美大长腿的女性形象的手办。

简一凌坐到位置上，打开电脑开始工作。

研究所里的其他人也都进入了工作状态。虽然新来了一个妹子是很激动的事情，但是大家也没有忘记现在是工作时间。

简一凌打开了他们研究所网站的申请系统。

成为研究所的正式成员后，她就有了查看研究所相关申请报告的权限。

她在里面看到了秦川母亲的申请报告和病历。

秦川的母亲得的是一种罕见的血液病。她在医院里住了很久，因为每天都要花费大量的金钱，所以秦川一直拼命地工作。

但是，他的母亲还是没能撑到他事业有成的一天。

这件事情对秦川的影响很深远，导致他此后对他迟来的亲生父亲一直有怨恨。

简一凌查看着秦川母亲的病历，发现这份病历在半个月前由联系人转入了程易的邮箱，记录显示程易没有拒绝这个病案。

简一凌正在查看秦川母亲的病历时罗秀恩凑过来问："刚才在门口的那个男人真的是你的补习老师啊？补体育的？"

简一凌回答道："除了体育。"

"不可思议。"罗秀恩评价道，"对了，那个人叫什么名字？我来看看他提交的病历！"

"秦川。"

"这个申请人的名字我怎么听着有点儿耳熟啊？"罗秀恩的记忆力很好。她很快便想起来了，问程易："程易，是你那边的案例不？"

程易站了起来，答道："是我这边的案例，我现在还保留着。"

"保留？这么说，你想接？"罗秀恩问。

一般来说，研究所里的人不想接的案子就会直接拒绝，如果案子被保留的话，那就说明有被接下的可能性。

程易回答道："对，这个案例我是想要接的，对于这种特殊的血液疾病我很感兴趣。我觉得对这个案例的研究会给我在血液疾病方面的研究带来一定的突破。但是我手上有另外一个案子在做，必须等手上的案子结束了才能接这个。"

一般情况下，程易不可能同时接两个案子，除非其中一个案子进入了瓶颈期，或者需要等待漫长的反应过程。

程易顿了顿，又说："不过，现在情况有变。"

"你这个浑蛋，能不能一下子把话给姐说完？你年纪轻轻的咋说话大喘气呢？"

程易望向简一凌，说道："因为一凌妹子来了，所以情况变了。"

简一凌疑惑地抬头望向程易。

程易笑眯眯地说:"我手上正在做的案子在你的帮助下要提前结束了,所以我可能再过几天就会接下这个新的案子。"

简一凌这几天虽然没有来研究所,但是一直在和研究所里的人交流、沟通,其中和她交流得最多的人就是程易了。

而他们的谈话内容基本上是围绕着程易手上的研究项目进行的。

在这个项目上,简一凌给出了很多建议。程易获益匪浅。

简一凌的视线回到了自己的电脑屏幕上。

若无意外,秦川肯定会回到秦家的,到时候会和翟昀晟成为死敌。

若无意外翟昀晟应该也逃不过失败的结局,具体是不是死,简一凌不清楚,但多半不会好。

简一凌记得翟昀晟的好。无论他出于何种目的帮了她,他已经帮了她好几个忙都是事实。

简一凌再度抬头,对程易说:"旧案例我和你一起做,新案例我们接下。"

程易若有所思地说道:"一凌妹子帮我的话,我现在接下新案例肯定没有问题。不过一凌妹子,你不是说你这个月还有别的事情要忙吗?别让自己太辛苦了。"

"我没事。"

简一凌会尽可能地抽出时间过来的。

罗秀恩闻言,连忙对简一凌说:"一凌妹妹,姐姐跟你讲,你年纪还小,有些男孩子惯会说甜言蜜语,你可千万别听他们的。那些长得好看的男孩子,指不定脑子里面是什么鬼东西,你可别被骗了!"

罗秀恩这是担心简一凌对秦川犯了恋爱脑。

罗秀恩作为"过来人",很能理解刚才等在门口的那个男人对一般小女生的吸引力。

他们研究所里的人,大脑发育多半用在了学术问题上,其他方面不太行,被骗的概率比较高。

简一凌摇头,说道:"不是为他。"

简一凌很肯定自己做这个决定不是因为秦川本人。

她甚至都不会让秦川知道她参与了这件事情。

但是这件事情她是会向秦川索取报酬的,只不过这份报酬不是金钱,而是一个承诺。

简一凌知道，秦川是个信守承诺的人。

"真的？"罗秀恩望着简一凌，再一次确认。

"真的。"简一凌坚定地点了点头。

"好，那就没问题了。"罗秀恩怕他们研究所的大宝贝被不知道哪里冒出来的臭小子骗走了魂。

至于简一凌想接什么项目，那是她的自由。

接下来，简一凌和程易商量了两个项目的具体安排。

然后程易就接下了秦川母亲的病案。

程易一接下秦川母亲的案子，研究所里的相关工作人员就开始联系秦川和秦川母亲现在的主治医生了。

此时的秦川正坐在从慧灵医学研究所离开的公交车上。

接到研究所的工作人员打来的电话后，他愣了好一会儿。

"秦先生，秦先生您有在听电话吗？"

"有，请说。"秦川回过神，语气中难掩激动。

"我们需要将您的母亲转到我们研究所来，请您尽快配合我们的工作，进行病人的转移和相关手续的办理。"

"好，我知道了。"

"秦先生这边还有什么疑问吗？如果没有的话，我们就等给令堂办理转院手续的时候再说了。"

"我可以问一个问题吗？"

"请问。"

"你们为什么突然答应接下我母亲的病案？"

"不好意思秦先生，我只负责跟您联系，至于为什么接您母亲的病案，是由我们研究所里的研究人员决定的，我不清楚。"

"我知道了，谢谢。"

挂了电话，秦川依旧不知道研究所里的人为什么会突然答应接下他母亲的病案。

不知道为何，在思考这个问题的时候，秦川的眼前浮现出了刚才他在研究所门口遇到简一凌时的画面。

但是，秦川也想不出来这里面会存在什么样的联系。

慧灵医学研究所的人不会卖面子给任何财团。即便简家、于家那样的大家族，其族人也无法左右研究人员的安排。

那区区一个简一凌，又怎么可能左右研究人员的决定呢？

周一,简一凌照常去上学。

她一到教室,胡娇娇就一脸紧张地看着她。

"一凌,惨了惨了,月考成绩今天就会出来!"胡娇娇望着简一凌,一脸哀怨地说道。

成绩没出来的时候,胡娇娇还能欺骗自己。成绩出来了,她就不得不面对现实了。

胡娇娇号了半天,紧张了半天,还是躲不过。

各科的试卷一张接着一张地被发下来。

胡娇娇看着自己一科科挂红的成绩,心中泣血。

"寒风吹,雪花飞,我的心,它好累。"胡娇娇趴在桌子上哀号。

她号了一阵,振作了一些后,转过头瞄了一眼简一凌的试卷。

数学:90(满分150)。

英语:90(满分150)。

物理:72(满分120)。

化学:60(满分100)。

…………

简一凌每科都及格了!

简一凌说及格就及格!

胡娇娇既惊讶又羡慕,问简一凌:"一凌,你怎么门门功课都踩着及格线过去了?"

她还记得考试前自己对简一凌说要努力考及格。

结果简一凌真的都及格了,还是正好及格。

"你说努力考及格的。"简一凌回答。

胡娇娇发现自己竟然无法反驳。

她确实那么说过。她说她们要有梦想!万一实现了呢?

问题是,简一凌及格了。她没及格啊!

胡娇娇感觉自己的心更痛了。

胡娇娇又看到了简一凌的语文成绩:96分,总分150分的语文90分及格,简一凌多得了6分。

这一门的分数是简一凌失算了。她能够准确地估算出数学、物理、化学、生物这些理科的成绩。但是语文的成绩,她就没能估算准。

简一凌以为自己是不会得分的,随便写了几大段的作文,老师竟然给了她 20 分的"辛苦分"。

她认为自己回答正确的阅读理解题却是零分。

胡娇娇刚好看到了简一凌阅读理解题的答题内容。

在她看清简一凌的答案的一瞬间，表情都僵在了脸上。

问题：文中倒数第二段里，主人公为什么眼睛泛红？

简一凌的回答：球结膜和巩膜组织的血管受到刺激出现扩张充血、瘀血或出血时，可呈现眼白发红的情形。

问题：怎么看待"握着雨伞的手指指尖微微发白，他顿觉秋意更重了"这句话？

简一凌的回答：血液流通不畅会导致手脚末端供血不足，不需要特别治疗，注意身体保暖，忌剧烈运动。

胡娇娇看得两眼发直。

简一凌的脑回路很奇特！

学习委员刘雯走了过来，对胡娇娇说："胡椒，我觉得你真的要回家收租去了。"

这次月考，一共九门功课胡娇娇有六门不及格。

胡娇娇吸了吸鼻子，说道："雯姐，求你别刺激我了。我今天回家后又要承受来自我母上大人沉重的母爱了。滔滔江水，都是我的泪；滚滚红尘，都是我的罪。"

刘雯放过了胡娇娇，转而对简一凌说："简一凌同学这次进步很大，继续加油，下次争取考到良好线。需要我的笔记你随时说。"

这一次月考简一凌全部及格，比起第一次的月考成绩，有明显的进步。她正式退出了高一（8）班的挂科大队。

刘雯还板着脸，对简一凌的态度取决于简一凌的学习成绩。

学校论坛上的那些事情，刘雯从来就没关心过，也影响不到她对简一凌的态度。

胡娇娇又满血复活了，激动地说道："雯姐，笔记我还要！一凌全部考及格了，我也得想办法考及格。你们不能就这样抛弃我，让我一个人沉沦在挂科大队里万劫不复！"

刘雯回道："你还是去请一个补课老师吧。我听说一凌最近找了补课老师，现在看来效果还是不错的。"

"可别说了，一凌的那个补习老师才不可能有作用呢。一凌说了，她讨厌她的补习老师。"

胡娇娇前两天就问过简一凌这个问题了。

这时，简一凌的手机里忽然弹出了之前和她联系过的人发来的消息："Dr.F.S，你要追查的那件事情我们这边有线索了，不知道可不可以跟你做个交换？"

上一次简一凌遇到麻烦的时候，对方就尝试着联系过她。但被她拒绝了。

事实也证明简一凌上次遇到的那件麻烦事不需要他们帮忙。

而简一凌开出来的条件很明确，找到她要的东西，她才可能考虑对方提出来的条件。

"视频？"

"对，不过我们暂时还没有拿到手，我们可以确定的是，它就在何燕的手里。何燕带走了储存卡，并没有销毁它。"

"消息来源？"

"我们找到了被何燕买通的，之前在贺云山酒店管理监控录像的人，并且他已经坦白了。"

和简一凌联络的人，给简一凌发来了被他们找到的，之前在贺云山度假酒店管理监控录像的人的坦白视频。

简一凌戴上耳机听了这个男人的讲述。

他提到何燕给了他一大笔钱，让他在事成之后立刻离开恒远市，并且让他删除与何燕的所有联系记录。

整个过程他很谨慎，几乎没有留下什么破绽。

简一凌将视频保存了下来。

过了一会儿，简一凌回复："条件我答应了，这个人我也需要。"

简一凌同意了对方提出的条件。当然，对方需要将她指明要的视频内容送到她的手上才行，只有关于视频下落的消息还不够。

"没问题，这个人我们会暂时帮你看着。他没有机会再逃出恒远市。另外，我们会尽快帮你取得视频。"

对方看起来比简一凌还在意这件事情的进展。

"知道了。"简一凌回。

"对了，这次除了我们在追查这个男人，我们还遇到了其他在找这个男人的人。"

给简一凌发信息的人没有隐瞒任何有关的信息。

"什么人？"

"暂时不知道对方是谁派出来的，但可以肯定也是你们恒远市的人。"

"知道了，谢了。"

所以，除了简一凌之外，恒远市里还有人在追查，突然离职的贺云山酒店监控管理人员的下落。

而简一凌暂时还不知道对方的身份和目的。

简一凌刚与别人聊完，胡娇娇就凑过来拉了拉简一凌的衣服，说道："一凌，你快看，论坛上又有一篇帖子，热度被顶得好高。"

简一凌若没事不会去逛学校的论坛，而胡娇娇则有事没事都会去看两眼。

胡娇娇在看到新鲜、有趣或者是劲爆的帖子后，都会跟简一凌讲。

简一凌打开学校论坛的 App（应用程序），最顶上的热门帖子竟然是和莫诗韵有关的。

帖子的标题："女神的父亲竟然是无赖，在学校里撒泼打滚儿，场面十分尴尬。"

主楼传了好几张图片上来，照片里的男人穿着邋遢，身形瘦削，浑身上下透着一股老流氓的气息。

单从五官来看，这人长得不算丑，甚至还可以看出他和莫诗韵的五官有些相似。

只是，这个人打扮邋遢，举止无赖，毫无气质可言。

照片里的中年男人先是跟学校里的保安吵，然后跟校领导吵，最后跟莫诗韵吵。

因为只有照片，所以大家只能看到照片里人的表情和动作，不知道他们到底说了什么。

简一凌知道，莫诗韵的父亲何建军年轻的时候是个流氓，颜值不错，但是不务正业，出轨后就抛弃了莫嫂母女。

这个不折不扣的大烂人出现在曾经的莫诗韵面前时，莫诗韵已经步入社会。

那时，秦川并没有因为莫诗韵有这样一个父亲就嫌弃她，反而更加心疼她了。

后来，在被秦川狠狠地教训了一顿后，何建军再也不敢在莫诗韵的面前出现了。

现在莫诗韵才十七岁，何建军怎么就出现了？

所以，简一凌也不知道何建军这次为什么会来找莫诗韵，又为什么会闹到学校里来。

简一凌又看到了帖子下面的评论：

"怎么回事？他真的是女神的老爸吗？会不会是哪里弄错了啊？"

"对啊，不是说女神的老爸是做生意的吗？这个男人怎么看都不像生意人啊。"

"可能是弄错了吧，我看见过女神出席于希举办的派对，出身应该不差的，怎么会有这种老爸？楼主应该是弄错了什么吧？"

"我也觉得弄错的可能性有点儿大，看女神的气质和那个老男人的气质哪里都不像。"

莫诗韵给同学、老师留下的印象一直很好，突然爆出来这样的消息，大家都不太敢相信。

此时的高三重点班里，一众同学正在上自习课。

莫诗韵从教导主任的办公室里回来。

众人都用疑惑的眼神望着她。

莫诗韵垂着头，安静地走回自己的座位。

朱莎赶忙凑过来，小声地询问："诗韵，这到底是怎么回事啊？那个人真的是你爸爸吗？"

莫诗韵愣了一下，反问道："什么？"

莫诗韵还不知道自己刚才经历的事情已经被人放到学校的论坛上去了。

朱莎说："就学校论坛上那个中年男人，是你爸吗？应该不是吧，你赶紧上线跟大家解释一下。"

莫诗韵瞳孔放大，神情惊讶。

接着，她拿出自己的手机，打开论坛之后，一眼就看到了最热门的帖子。

她打开帖子，发现主楼放着的正好是她爸何建军今天在学校大闹时的照片。

她只看了一眼，心情就跌到了谷底。

今天之前她对她爸没有什么印象，只记得他是一个浑蛋。

她也不知道为什么这个消失了十多年的男人今天会突然出现在她就读的学校里。

刚才在教导主任的办公室里，看到她所谓的"父亲"的时候她蒙了。

而这个男人在消失了十多年后，第一次出现就十分粗鲁、无礼地在学校里大闹，理由竟然是学费太贵。

何建军说自己刚知道女儿的学费这么贵，觉得学校乱收费，于是闹到学校来了。

校领导遇到这样的人觉得十分头痛。

盛华高中是私立高中，学费比普通的公立学校贵了不止一倍，但这都是明码标价的，不存在任何胡乱收费的问题。

莫诗韵的心情很低落，在回来的路上她很努力地才说服自己不要去想那件事情。

结果她一回到教室，便发现等着她的又是一个晴天霹雳。

事情不仅校领导知道了，被人发到学校的论坛上面之后，学校里的师生都知道了。

"怎么样？这个人不是你爸吧？"朱莎有些着急地问。

朱莎虽然没听莫诗韵提过她的父亲。但是看她平时的举止、谈吐，还有为人处世的方式，朱莎觉得她的出身、家教都不会差。

莫诗韵不知道该怎么回答朱莎提出的问题。

她知道这个男人真的是自己的亲生父亲，她应该承认他们之间的关系。因为无论她做什么，都无法改变她和这个浑蛋之间的血缘关系。

但是她又不想承认这个男人是她的父亲。

和这个男人扯上关系，让她觉得浑身不舒服。

朱莎问话的时候，莫诗韵觉得教室里的人都在看她。

这让莫诗韵更加难以启齿了。

莫诗韵犹豫了一会儿，对朱莎说："朱莎，我现在有些不舒服，想先去一趟医务室。"

莫诗韵选择了逃避，转身就朝着教室外面走去。

她没有办法直接承认或者否认，就只好先找借口离开。

走出教室之后，莫诗韵觉得自己的脑子里乱糟糟的。

就在这个时候，看到了消息的邱怡珍跑来找莫诗韵了。

"诗韵，你怎么样了？论坛上的帖子里是什么情况？"邱怡珍急切地问道。

莫诗韵摇了摇头，神情低落，不知道该怎么开口。

"行了，我们先找个地方再说吧。"

走廊里不是说话的地方。

邱怡珍拉着莫诗韵去了校医务室。这样，一会儿就算被老师发现了，她们也好解释。

到了医务室里的休息室后,邱怡珍拉着莫诗韵继续刚才的话题。

"诗韵,这到底是怎么回事?你是不是遇到什么麻烦了?"

莫诗韵垂着头,没有去看邱怡珍的眼睛,过了好一会儿才点了点头,说道:"那个人好像真的是我爸。"

"好像?"

"我很小的时候他就跟别的女人跑了。我已经十多年没有见过他了。"

莫诗韵的话一下子就勾起了邱怡珍的回忆。

莫诗韵的遭遇和邱怡珍的经历有些相似。

她们都是单亲家庭的孩子,家庭的不幸都是源于父亲的出轨。

唯一不同的是,莫诗韵后来是跟着妈妈生活,而邱怡珍是跟着爸爸生活的。

看到莫诗韵悲伤的神情,邱怡珍难得温柔了一次。

她伸手拍了拍莫诗韵的肩膀,说道:"你别难过,你的感受我理解。老爸是烂人不是我们能够选择的,都是他们这些浑蛋的错!"

莫诗韵点头,说道:"谢谢你没有因为这件事情而看不起我。"

"你说什么呢?我怎么会因为这件事情就看不起你?我邱怡珍是那样的人吗?我说你是我的好姐妹,你就是我的好姐妹。姐妹之间是不可能因为这种事情而彼此嫌弃的!"邱怡珍顿了顿,又说,"不过,现在你打算怎么办?论坛上还有人在讨论这件事情。"

因为这件事情,莫诗韵的形象已经受到了影响。大家的猜测很多,但目前都没有得到证实。

"我现在也不知道应该怎么处理才好。"莫诗韵就是因为不知道该怎么处理这个问题,才从教室里出来的。

邱怡珍想了想,说道:"我觉得你还是别承认比较好。之前大家都以为你爸是成功人士,现在知道你爸是个烂人,你少不了要被人议论。"

莫诗韵没有说过自己父亲的事情。关于她的情况,很多人是猜测的。

因为莫诗韵回家和简允卓回家顺路,还经常搭乘简允卓家的车,大家就猜测莫诗韵的家和简允卓的家距离很近。

简允卓家是什么情况,学校里的很多人知道。简宅附近的房子都是有钱人住的,那里的房价不是一般的家庭能够承受的。

住在那一带的人,家庭条件都不会差到哪里去。

甚至还有人根据简允卓和莫诗韵的关系,猜测莫诗韵的父母和简允卓的父母很熟，应该是好朋友。

莫诗韵摇了摇头，说道："这是事实，我否认也不会有什么用。"

看到网上的那些评论，莫诗韵有一种被人撕掉衣服审视的羞耻感。

任谁也不希望自己那些不堪的家事被别人知道。

任谁也不希望自己有这样一个烂人老爸被同学知道。

莫诗韵的心里虽然很难受，但她也无能为力。

她改变不了自己的出身。

"这样吧，不用你说，我帮你说，到时候若真出了什么事情，他们也只能找我的问题。"邱怡珍思索过后，决定帮莫诗韵解决这个麻烦。

莫诗韵迟疑了一会儿，说道："邱姐，这件事情还是不拖累你了。"

"说什么拖累不拖累的？不就是帮着你吹吹牛吗？他们还能拿我怎么着？"

说完，邱怡珍就用手机登录了自己在学校论坛上的账号。

邱怡珍平时需要在校园论坛上发帖子时，都是让自己的两个跟班发的，从来不用自己的账号发。

因为她的账号学校里的人都认识，一发就暴露身份了。

她开始在帖子里面进行回复："说这是莫诗韵老爸的人，眼瞎吗？这个人怎么可能是莫诗韵的老爸？莫诗韵的老爸我见过，根本不是这个人好不好？"

邱怡珍回完帖子，又去喊自己的跟班，让她们给她的回复点赞，把她的回复顶到前面去。

邱怡珍的回帖很快起了作用。

因为大家都知道邱怡珍是校董的女儿。

既然她说她见过莫诗韵的老爸，那莫诗韵的老爸就很有可能是一个成功的人，不会是照片里面的那个老无赖。

帖子的风向很快就变了，大家纷纷要求发帖的楼主出来道歉。

邱怡珍得意地对莫诗韵说道："你看，我就说没事吧。我这不是给你搞定了吗？"

看到最新的跟帖，莫诗韵的心里不禁松了一口气，心中的忧虑顿时少了一大半。

"邱姐，这次真的谢谢你了。你不仅没有嫌弃我的身世，还全心全意地维护我，我都不知道该怎么报答你了。"

"说什么傻话呢？"邱怡珍摆摆手，说道，"多大点儿事啊？以后若有什么事情别一个人扛。"

"嗯……"莫诗韵露出了一个浅浅的、温柔的笑容。

麻烦解决了,莫诗韵也就回教室了。

她刚回到教室,朱莎就跑过来对她说:"诗韵,对不起,刚才我还以为帖子上面说的是真的。我不该用这么愚蠢的问题来质疑你。"

"没事。"莫诗韵声音温和,确实没有一点儿生气的样子,说道,"我刚才身体不是很舒服,没有生你的气。"

"那就好。"朱莎也放心了。

莫诗韵以为这件事情暂时就这么过去了。

然而,论坛上的风向仅仅变了半个小时,原帖的楼主又上传了一段视频。

视频内容就是莫诗韵、何建军在教导主任办公室里的视频。

刚才只有照片,内容只能靠猜,现在声音、画面全有了。

对话的内容明明白白,男人不是别人,就是莫诗韵的父亲。

何建军在教导主任办公室里吵的时候,甚至为了证明自己的身份,还把自己的户口本和以前的全家福都拿出来了。

而这部分内容都被录了进去,放到了论坛上。

视频里甚至还有莫诗韵承认自己的父亲叫何建军的内容。

看到这一幕的同学,再看莫诗韵时眼神彻底变了。

刚才他们只是怀疑,现在可以说是铁证如山了。

更重要的是,对比刚才莫诗韵的态度,现在这视频的内容可以说是彻彻底底地打脸了。

莫诗韵看到视频的一瞬间,脸上也彻底没了血色。

刚刚跟莫诗韵道歉的朱莎更是瞪大了眼睛。

朱莎没忍住,愤怒地质问莫诗韵:"这是怎么回事?这个人到底是不是你爸?是你爸的话,你刚才回答我的问题时是什么态度?"

"我……"莫诗韵的身体微微颤抖。她第一次面对这样难堪的局面,从头到脚都感觉发凉,"我没有,我只是说我没生你的气。"

"你说你没生我的气?那不就默认是我误会了照片里的人是你爸吗?你不就是变相地在否认你和照片里的男人的关系吗?"

朱莎也不傻。莫诗韵刚才是没说什么,但是莫诗韵那么说,不就相当于说朱莎之前的猜测是不对的吗?

"我真的没有那个意思,是你想多了。"莫诗韵解释。

"是是是，是我想多了！"

朱莎生气既因为刚才莫诗韵模棱两可的态度，又因为自己此前在很长的一段时间里以为莫诗韵家和简允卓家是世交。

朱莎觉得自己受到了来自莫诗韵的欺骗。

此时是自习课，同学们都在。朱莎和莫诗韵的争吵班里的同学都在听。

莫诗韵看到大家看她的眼神后浑身发凉，从未有过的屈辱感淹没了她。

她的自尊心在这一刻被击得粉碎。

她甚至想转头就跑，从这个教室里逃出去。

恒远市市中心某高级西餐厅里。

简允丞看着坐在自己对面的翟昀晟，蹙起了眉。

今天他约了于希出来，结果来的人是翟昀晟。

虽然他约于希的目的确实和翟昀晟有关，但是没料到翟昀晟会来和他单独见面。

不同于简允丞严肃的表情，翟昀晟的嘴角噙着笑，眼神玩味。

"翟先生找我有事？"简允丞的气势不弱于翟昀晟。

论年纪，简允丞大了翟昀晟九岁。

简允丞被称作"小帅哥"的时候，翟昀晟还没出生。

"听说简家在恒远市是数一数二的大家族，我还以为简家人做事干净利落，至少不会让外人看笑话呢。"

"翟先生想说什么，不妨直说。"

啪——翟昀晟丢了一个文件袋到简允丞的面前。

简允丞蹙眉，拿起文件袋，拆开，看到里面的东西后脸色立马变得阴沉。

翟昀晟给简允丞看的是此前盛华高中校园论坛上几篇攻击简一凌的帖子的纸质版。

大部分原帖已经被删除了，但是在删除之前，翟昀晟让于希打印了一份纸质版的。

现在，这份纸质版的就放在简允丞的面前。

帖子里面，大家的回复如一把把尖刀，足以让一个未成年女孩的心变得百孔千疮。

简允丞看完文件袋里的东西后，立马拿出了自己的手机。

"别看了，帖子早就被删了。"

翟昀晟嗤之以鼻。简允丞一掏手机，他就知道简允丞想要干什么。

现在才去查看论坛上的相关帖子，黄花菜都凉了。

翟昀晟讥讽简允丞："你们自己家里出了事情，不仅让外面的人知道了，还在学校的论坛里闹得沸沸扬扬的，这处理事情的本事，我很是佩服！"

"我们封锁了消息的。"简允丞的脸色很难看。

简家人第一时间封锁了消息，对校领导也只是说简允卓生病了，甚至对简家二房、三房的人都守口如瓶。

"你没让人传出去，但是底下的人还是传出去了。简大少爷这是在向我说明你的无能吗？连封口都做不好，不是无能是什么？"

面对翟昀晟的讥讽，简允丞没有一点儿反驳的余地。

他今天刚知道，简一凌此前遭受了全校学生的攻击。

简允丞阴沉着一张脸，眼神瞬间冷了下去。

他无法想象之前那段时间里，简一凌承受着什么样的压力。

简允丞承认，这件事情是简家人疏忽了，但简家人也确实没有料到，在他们的眼皮子底下，会有人将他们指明不能传出去的事情传了出去。

翟昀晟的手指有一下没一下地敲打着桌面。他说："简大少，忙不是理由，没管好手底下的人是事实。你们管不好的事情，爷帮你们管。所以爷也奉劝你一句，爷的事少插手。"

原来，翟昀晟已经知道简允丞找于希的目的了。

在这件事情上，简允丞也不想让步，于是说道："翟先生，我妹妹还小，你想要玩伴或者是别的什么，她都不是合适的人选。"

不管翟昀晟怀着什么心思，这样的男人都不应该和他们的小妹走得太近。

本来，这事简允丞是想找于希说的，希望于希把握分寸，适当地注意翟昀晟和简一凌之间的距离。

但现在翟昀晟亲自来说了，简允丞也就不隐瞒自己的想法了。

"简大少，现在的你还不够格来跟爷说这话。回去先把你该做的事情做好，然后再来操心别的事情。别说现在爷没打算对你们家小丫头怎么样，就是想怎么样，就你这情况，你也只能在旁边干看着，懂吗？"翟昀晟毫不客气地说道。

翟昀晟从出生到现在，就没对谁客气过。

翟昀晟说完，便不管简允丞了，起身就走。

就算简允丞的脸黑成了锅底，也不关他的事。

地下停车场里，于希正在焦灼地等待着。

他的心里那叫一个急啊。

一边是翟昀晟，一边是简允丞。于希两边都不想得罪。

偏偏简允丞找他的事情，晟爷一知道就说自己要来见简允丞。

于希能有办法吗？他除了乖乖地在停车场里等着，也没别的办法。

于希在车里坐不住，就下来在停车场里来来回回地走，微信步数都有好几千了。

他终于等到翟昀晟回来了，于是连忙跑过去迎接，问道："晟爷，你没把丞少怎么样吧？"

"没怎么样。"

翟昀晟说"没怎么样"，于希却不敢相信真的"没怎么样"。

"晟爷，你真的没和丞少吵起来？"于希还是有些不放心。

简允丞当然不能对翟昀晟怎么样了。

但是于希还是很担心。

"为什么要和他吵？"

于希心想：我怎么知道！我都不知道你今天为什么要去见他！

于希顿了顿，又问："丞少找我到底有什么事情？"

"不知道，可能是抽风吧。"

抽风？

于希的嘴角抽搐了几下。

"对了晟爷，我刚才看到，半个小时前丞少派人在盛华高中的校园论坛上发了一篇帖子，是关于他们家那个用人的女儿的。"

于希在心中感慨。丞少做事还是这般狠辣，对小女生也没手软。

也不知道那女生做了什么惹丞少不高兴的事情。

"你怎么知道是他让人发的？"

"发帖的账号的主人我认识，是丞少以前的同学，计算机方面的天才——霍钰，在当年可是很出名的。霍钰大学毕业后跟着丞少去了国外搞事业。他毫不掩饰地用自己的账号发帖子，我想不知道都难。"

做这种事情也确实不需要特地换一个账号。

"呵，那看样子爷将东西给他给晚了。"

翟昀晟手里的东西还没给简允丞的时候，简允丞出手就已经不留情面了。

简老夫人照常来接简一凌放学。

简一凌一上车,简老夫人就笑盈盈地对她说了个"好消息":"小乖乖,你大堂哥要来老宅里住几天,这下老宅里就热闹了。"

简老夫人看起来心情很不错。

简老夫人虽然儿孙众多,但平日里能见到的很少。有晚辈来老宅里住,她自然是高兴的。

简老夫人继续跟简一凌念叨:"你大堂哥估计是被你二婶烦怕了,所以过来躲清静的。你二婶这人就是太固执了,只想让孩子们继承公司。宇珉走演艺圈的路子她生了好几年的气了。母子俩到现在还不肯和好。"

"嗯。"

这事简一凌知道。

简一凌不知道的是,在这个时间段,简宇珉会来老宅里住,刚好和她碰到了。

回到老宅后,简一凌上了楼。简宇珉的房间就在她的隔壁。

简一凌路过简宇珉房间的时候,听到了里面传出来的吉他声。他可能是在练曲子或者创作。

曲子很好听,简一凌在他的房门外驻足了一会儿。

然而,就是这么一会儿的工夫,房间里的音乐声停了,接着,房门被打开了。

出现在房门口的男人身材高挑,双腿颀长,头发被染成了灰色,一只耳朵上戴着一枚钻石耳钉。

男人皮肤白皙,面容姣好,眉眼带笑;薄唇勾起,性感迷人。

一如海报上面一样,是容貌极有诱惑力的帅哥。

简宇珉侧身靠着房门的门框,喊简一凌:"小哭包。"

简宇珉说话的声音也很好听,大概就是网上那些人说的听了"耳朵会怀孕"的声音。

简一凌看着简宇珉,不知道他为什么要这么喊她。

"抱你一下你就哭,捉弄你一下你也哭,你说你是不是小哭包?"简宇珉说。

简宇珉和简一凌已经很长一段时间没有见面了。

简宇珉比简一凌大十一岁。简一凌还是小娃娃的时候,他抱她,她哭;他逗她,她也哭。

明明无论他怎么折腾宇捷那个臭小子,那个臭小子都对他笑嘻嘻的。

于是，简宇珉对"妹妹"这种生物有了一个深刻的印象——爱哭。

"你小时候也爱哭。"简一凌小声反驳。

"你又没看见。"

简宇珉仗着自己比简一凌大十一岁，坚决不承认自己小时候也爱哭鼻子这件事情。

简一凌听完简宇珉的话，转身就走。

因为他们没什么可理论的了。

简一凌一走，简宇珉的眉头就皱了一下，接着他便回到了房间里。

"宇哥，刚才干吗去了？怎么弹到一半突然不弹了？"

房间里，简宇珉开着群视频，正在和自己的团员讨论新曲子。

"没事。"简宇珉回答完，又忍不住问了团员一个问题，"你们有妹妹吗？"

"妹妹没有，只有一个臭弟弟。"

"我是独生子。"

"我有一个姐姐。"

团员们纷纷回答。

"怎么了宇哥，怎么突然问这个问题？"有人好奇地追问。

"我有一个妹妹，从小就特别可爱。可是每次我一靠近她，她就会哭，嘴巴一撇，眼睛一红，金豆子就跟不要钱似的往外掉。刚才我就是跟她说话去了。本来想着她长大了一点儿，胆子不像小时候那么小了，结果没说两句话，人又跑了。"

简宇珉真是搞不懂"妹妹"这种生物。

可偏偏他这个妹妹现在依旧一副白嫩嫩的俏丽模样，让他这个做哥哥的很是喜欢。

还有就是，他这次回来后，宇捷这个臭小子一个劲儿地跟他炫耀妹妹送的礼物，还有他们一起玩这玩那的事。

简宇珉虽然嘴上说着不在意，但一转身就搬到老宅里来住了。

反正在家里待着也要被他妈数落，还不如换个地方图个清静。

"宇哥，你拿出哄粉丝的本事来，还怕哄不住你妹妹吗？"

"对啊，你的粉丝不是上到八十岁下到八岁吗？你妹妹的年龄要是在这个范围内，她就应该跑不掉的。"

团员之间的感情很好，所以会肆无忌惮地相互调侃。

"你们能不能正经一点儿啊？我什么时候哄过粉丝了？我就没这项技能

好不好？"

简宇珉从来没觉得自己会哄粉丝。他都是该干吗就干吗的。

不过，哄妹妹……简宇珉想象了一下妹妹跟他撒娇的画面，觉得还是可以尝试一下的。

视频那边的其他团员继续起哄："有没有这项技能不重要，能不能哄到妹妹才是关键。不过话说回来了，宇哥的妹妹应该长得很好看吧？毕竟是宇哥的妹妹嘛！"

"宇哥，要不然，改天我们去你家玩玩，也好让我们看看你妹妹啊。"

"对啊，这个提议我赞成，我们一起去宇哥家。"

简宇珉想都没想就拒绝了，说道："去去去，哪儿凉快哪儿待着去！还弄不弄新曲的事情了？"

"我们去你家，现场弄新曲子不是更好吗？"

"对啊。"

简宇珉看着屏幕上那一张张英俊的脸庞，感觉他们都快变成狼了。

简宇珉果断地拒绝了他们的提议，说道："我家没那么大地方，容不下你们！"

吃晚饭的时候，简宇珉和简一凌坐在一起。

吃饭时还是比较安静的，等吃完饭四个人坐在沙发上喝茶闲聊的时候，简老夫人就开始盘问简宇珉了："宇珉，你在外头这么多年，谈女朋友了吗？"

"我的经纪人不允许我们谈恋爱。"

简宇珉果断地拿出自己的经纪人作为借口来阻挡他奶奶催婚。

简老夫人深吸一口气，说道："果然，你们这些臭小子都讨人厌得很！"

他们一个个的都不可爱也就算了，连孙媳妇都不给她找。

她要他们有什么用！

简老爷子忍不住拆自己老伴儿的台，说道："讨人厌的臭小子没有找对象，你的乖乖孙女也没找呢。"

"你个死老头子，胡说什么呢？我们家小乖乖才多大点儿？她怎么能找男朋友呢？"

简老夫人的态度立马变了。

自家孙子出去拐别人家的孙女回来可以；自家孙女被别人家的孙子拐走，那是不行的。

简老爷子忍不住摇头，说道："唉，我看你这样子，小乖乖以后都别想嫁出去了，要嫁估计也只能嫁给隔壁的于希了，离得近。"

简老夫人还当真了，说道："嫁给于希也不是不行，那小子是我看着长大的，靠谱儿；于希的爸妈人也好，不会做出苛待儿媳妇的事情来，我放心。还有，离得近，我每天都看得见她。"

简一凌也不知道这是怎么回事。明明是在问简宇珉找没找对象，怎么聊着聊着就变成她的问题了？

虽然爷爷奶奶正在聊她的事情，但是她只在旁边安静地听着。

简宇珉看向简一凌，见她乖巧地捧着茶杯，便对她说："你少喝点儿茶，喝茶利尿。你小时候还尿湿过我的一条裤子。"

简宇珉记得很清楚，有一回他抱起了小一凌，然后这小丫头很不客气地给他来了个水漫金山，然后自己哇哇大哭了起来。

其实，小丫头哭起来的样子也蛮可爱的，就是她只要一哭，一定会被别人抱走。

"喀……"

听到简宇珉的话，正在品茶的简一凌被呛了一下。

简老夫人见状，无声地叹息。没想到都过去这么多年了，宇珉还是不喜欢小凌。

简老夫人还有些印象，小时候简宇珉和简一凌"八字不合"。

也不知道为什么，简一凌遇到简宇珉总是哭。

简宇珉对简一凌也是避之唯恐不及。

这两个人也没闹过什么矛盾，就是不对付。除了"八字不合"，简老夫人想不到其他的解释。

没想到现在两个人都长大了，一见面还是不对付。

宇珉也真是的，就算不喜欢妹妹，也不用拿妹妹小时候的事情来说她吧。小乖乖现在是大姑娘了，也是要面子的！

接收到简老夫人责怪的眼神后，简宇珉也不知道自己哪里说错了。

他只是想跟妹妹说话。

何燕也不知道家里的网络怎么了，突然间就不能用了。

于是，她打电话叫来了维修人员。

维修人员来得很快，而且一次性来了三个人。

维修人员很快对网络的里里外外进行了检查，不管是外面的线路，还是家里的设备,都没有漏掉。

维修持续了一个多小时才结束。

何燕对这方面的事情不是很了解。最后修好了,她也就没说什么,付了维修费就让人走了。

维修人员刚离开何燕的家,便上了一辆商务车。

接着,其中一名维修人员给一个备注名为"Dr.F.S"的人发去了消息:"视频已经找到,我们复制了一份出来,现在传给你。"

今天何燕家的网络故障就是他们有意安排的。他们先找到何燕家的网线,然后做了干扰处理。

最后,何燕拨打维修电话,他们接到电话后冒充维修人员上了门。

他们以查找问题为理由,搜寻何燕藏匿储存卡的地点。

他们的身上还有专业的探测设备。

去的三个人当中,一个是电脑方面的高手,一个是心理学专家,还有一个是开锁高手。

带那个开锁高手过去,是为了防止何燕将东西锁起来。

他们找到东西之后没有直接拿走,因为这样容易让何燕发现。为免打草惊蛇,他们复制了一份出来,而原件仍在原来所在的位置。

简一凌正在自己的书房里处理事情,收到消息后点开,是一段视频。

视频里面是简允卓和简一凌两个人。

他们在楼梯口吵架。虽然听不到声音,但是可以从两个人的表情和动作看出来两个人吵得很凶,并且两个人之间有多次拉扯。

两个人站的位置也很近,身体不时有接触。

关键时间点出现了,简允卓在气急的情况下一脚踩空,整个人向后倒去。

那一瞬间,简一凌伸手了。

很明显,她是想要去拉住简允卓的。

如果没有前面的片段,只是一幅定格在后面的画面,单看简一凌伸出去的手,确实很容易让人误会是简一凌推的。

但是整段视频很明显地证明了简一凌的清白。

简一凌非但没有推简允卓,还想要拉住他。只是事发突然,简一凌没来得及拉住他。

简一凌一看完视频,就给对方回了消息:"条件我答应,约见时间另定。"

"好，没问题。你先处理好自己这边的事情，但是希望下周你可以有时间留给我们。"

对方没有将她逼得太紧。

"好。"

简一凌既然答应了他们，就不会失信。

结束和对方的联系后，简一凌开始翻阅通讯录。

她也不知道应该将这段能够证明自己清白的视频发给谁。

简一凌的视线停留在了通讯录里简允丞的名字上面，看了许久她都没有点开。

简一凌知道自己要找到证据，也知道怎么做才能最有效率地解决问题。

但是她不知道该怎么和简允丞他们交流这件事情。

简一凌不太了解亲情，大概能想到的是，包括简老夫人在内的简家人看到这个视频的时候，心里不会好受。

简一凌还记得简允丞对她说过的那番话。他说他们既不希望简一凌是伤害哥哥的凶手，又不希望简允卓是陷害妹妹的人。

对他们来说，不管真相是哪一种，都是痛苦的。

简一凌沉默了一阵后，切换了一个聊天软件。

这是他们研究所内部的 App，和研究所的人沟通都在这上面进行。

简一凌给联系人发了消息过去："上一次那个手部神经手术的病例，接了。"

或许简允卓的手好了之后再公布视频，能在一定程度上缓和真相带给简家人的冲击。

联系人很快给简一凌回了消息："我们之前是很希望你接下这个病例的。但是现在你手上有其他的事情要忙，我们不希望你太过辛苦和忙碌。"

简一凌已经和程易一起接下了秦川母亲的病案，如果这个时候再接其他的病案，实在有些辛苦。

更何况简一凌现在还不是全天待在研究所里。

简一凌现在手上的工作量已经超出了她的负荷。

研究所的人不会做杀鸡取卵的事情，所以联系人更希望简一凌合理安排自己的工作。

联系人不知道的是，简一凌的手上除了有和程易一起接下的秦川母亲的病案，还有一个她作为交换条件答应下来的病例。

简一凌顿了顿，还是在屏幕上敲下了一行字："接了。"

联系人也很无奈。简一凌不想接的时候他磨破了嘴皮子也没能让简一凌答应。

简一凌想接的时候，他说什么都不能让她改变决定。

联系人在跟简一凌确认之后，便按照流程开始通知病人的家属了。

接电话的人是简允丞。洪百章帮忙提交的申请，联系人填写的是简允丞。

"简先生，我们通知您，您弟弟的病案我们研究所的相关人员已经接手。"

研究所的人需要病人家属办理相关的手续。

接完电话，简允丞第一时间把这个消息告诉了家人。

这对他们来说简直是天大的好消息。

就连简书洢也不禁红了眼眶。

小儿子的手有救了，一切就要好起来了。

毫无疑问，简允卓是反应最大的人。

简允卓这几天过得并不开心，有些事情几乎摧毁了他的全部信念。

他像行尸走肉一样跟在他大哥的身边，不知道自己活着的意义。

如果不是因为知道他的手有可能被医治好，他或许连活下去的勇气都没有了。

而现在，又一个好消息传来了，他的手术被确定下来了。

简允卓笑了，笑着笑着又哭了。

简父简母和简允丞看着他，神情凝重的同时也有一丝安心。

过了好一会儿，简允卓的心情平静了下来。简书洢对简允丞说："这次的事情一定要好好办，如果手术真的成功了，我们一定要好好谢谢那位医生。"

"我知道的。"不需要简书洢额外的提醒，简允丞也知道自己该怎么做。

手术成功之后，他们给那位外科医生的报酬肯定是不会少的。

第五章
选 择

第二天一早，简一凌没有如往常一样准时起床。

简老夫人去敲了简一凌的房门，没有人应。

"小乖乖，你睡过头了吗？"

"小乖乖，奶奶有些担心。奶奶进来了。"

简老夫人见一直没有人应答，于是打开了房门。

房间内，一团小小的身子蜷缩在床上，被子隆起小小的一团。

简老夫人连忙上前，掀开被子的一角，一摸简一凌的额头，吓了一跳。

"怎么这么烫？"简老夫人连忙喊人："宇珉！老头子！宇珉！快过来！"

简宇珉就住在隔壁的房间里，此时正在睡懒觉。听到简老夫人焦急的呼喊声，他穿着一身深灰色的睡衣，连鞋子都来不及穿就奔了过来。

"宇珉，小乖乖发烧了！人都被烧糊涂了！"

一凌发烧了？

简宇珉赶紧上前，把简一凌从被子里抱了出来。

匆忙间，他抓了一条毛毯裹在了简一凌的身上。

"让司机去开车。"简宇珉一边抱着简一凌往楼下走，一边吩咐着。

"唔……"

感觉到有人抱着自己，半睡半醒的简一凌开始抵触，身体不安分地挣扎了起来。

"乖，是哥哥，是哥哥。你发烧了，哥哥带你去医院。别怕，哥哥不欺负你。"

简宇珉以为自己在简一凌心里的印象太差了，所以他一抱住她，她就开始挣扎。

简宇珉一边安抚着简一凌，一边抱着她上了车。

简老夫人急忙跟上，顾不上简老爷子还没跟来，就赶紧让司机将车开去医院。

路上，简老夫人让司机尽管开，多少罚单都不是问题。

简宇珉看着自己怀里依旧不怎么安分，眉头不知道为何紧紧地皱在一起的简一凌，表情凝重。

妹妹的体重比他想象的要轻一些。软软的、小小的身子抱在怀里，像他一用力就会弄疼她一般。

这是第一次他抱她的时候她没哭，但这种情况还不如哭呢。

几个人到了医院，医生给简一凌做了检查，是普通的感冒发烧，体温三十九点五摄氏度，并引发了肠胃炎。

医生很快给简一凌开了药，挂上了点滴。

过了好一会儿，简一凌紧紧皱着的眉头才渐渐松开，但是脸上依旧苍白得没有血色。

"怎么烧还不退？"

简宇珉每隔一段时间就摸一下简一凌的额头。点滴都挂下去大半瓶了，她的体温怎么还这么高？

简老夫人也急，可急也没有用，这药下去，也不可能立马就好，退烧需要时间。

简一凌感觉身体很沉，迷迷糊糊中做了一个噩梦。

梦里，她是曾经的简一凌，病重的时候躺在医院的病床上，翻开手机通讯录，却没有一个可以联系的人。

梦里的她知道自己快要死了，却不知道对谁讲遗言。

恍惚间，简一凌醒过来了，看到的是和梦境里面一样的病房。

"你醒了？"简宇珉的声音打断了简一凌的思绪。

简一凌转头朝他看去。

简宇珉还穿着一身睡衣，一脸担忧地望着她。

沙发上的简老夫人也站了起来。

"小乖乖，你怎么样了？"简老夫人走过来，关切地问道。

简一凌反应过来，自己生病了。

她忘了自己如今这副身体的抵抗力很差，经不起她这么折腾。

"没事了。"简一凌开口，吐字艰难，声音比平日里还要轻一些。

"什么没事了？分明就是有事！"简老夫人又心疼又难受，说道，"医生说你烧了有一会儿了，才会被烧糊涂了。你是不是半夜难受自己忍着了？"

简老夫人猜对了。简一凌忙到快凌晨一点的时候，感觉到了不舒服。

她不想惊动家人，就直接睡了。

简一凌没回答。简老夫人知道自己猜对了。

简老夫人看着病床上这小小的人儿，眼泪都快要掉下来了，说道："你气死我了！生病了、难受了不会说吗？我还硬朗着呢！会怕你半夜折腾吗？你看看现在，烧久了，肠胃炎都发作了！现在好了，你就喝白粥吧！什么好吃的都不给你吃了！"

简老夫人说完，就到病房门口让在走廊里等候的管家给她弄点儿甜的食物过来，又要蜜饯，又要糖。

简老夫人出去后，简宇珉看着简一凌，忍不住说道："也不知道你怎么吃的饭，都这么大了还这么轻？抱你过来都没费什么力气。"

简一凌依次看向简宇珉的睡衣、拖鞋还有发型。

简宇珉的头发此刻乱糟糟的，像个鸡窝。

看他这个样子，应该是出门的时候太急，衣服没来得及换，发型也没有处理，显得蓬头垢面的。

他是个偶像艺人，这副模样出门要是被人拍到，能算黑料了。

"谢，谢……"喉咙干涩的简一凌发声时有些困难。

简宇珉对简一凌露出了一个笑容，说道："跟哥哥说什么'谢谢'？你要是想谢哥哥，就赶紧好起来吧。你看你现在这张脸，都丑死了！"

简宇珉说完，好像意识到自己这话可能不太对，于是补充了一句："我的意思是你小脸红扑扑的时候更好看，现在也……也没有很丑。"

简宇珉知道自己确实没有哄女孩子的天赋，于是拿出自己最擅长的本事来，又说道："喏，你挂点滴无聊的话，哥哥给你唱歌听好不好？哥哥唱给别人听要收钱的。"

说着，简宇珉对着简一凌哼起了歌。

简宇珉说话的声音好听，唱起歌来声音更好听。

他选了一些抒情的歌来唱，听起来又温柔又深情。

简一凌虽然没有什么音乐细胞，但是知道这首歌很好听。歌声就像一股暖流，流淌到了她的心里。

一首唱完，简宇珉笑着对简一凌说："好不好听？够不够资格收费？"

简一凌点头，问："多少钱？"

简宇珉愣了一下。他就随口一说，结果妹妹真问他要多少钱。

简宇珉笑道："自家妹子，给你打个折吧。八块八毛八，数字吉利，价格公道，你看怎么样？"

简一凌点头，然后伸手向简宇珉要手机。

"躺着就不要玩手机了，一会儿手机掉了砸到你的脸上了。"简宇珉说。

简宇珉说完，又看着简一凌的小脸，还是妥协了。

简一凌的其他用品是她到医院之后，管家给送过来的，其中包括她的手机。

简一凌拿到手机后，和简宇珉加了微信好友，给他发了一个红包过去。

简宇珉点开红包，果然是八块八毛八。

简宇珉看着红包，笑得一脸开心。

"那这样吧，哥哥给你多唱几首。这样一早上下来，哥哥也能挣不少钱了。"

"嗯。"简一凌同意了这个提议。

简宇珉继续给简一凌唱歌。

他唱一首，简一凌就给他发一个八块八毛八的红包。

等到简老夫人和管家回来的时候，简宇珉已经收了简一凌五个红包了。

简宇珉总计收入四十四点四元。

简老夫人和管家拿来了很多吃的，白粥确实有，其他的东西也不少。

"想喝白粥还是小米粥？"简宇珉问简一凌。

现在只能给她喝点儿粥。她只能在白粥和小米粥之间挑一个，剩下的她只能看看，得等她的身体好一点儿了才能吃。

"小米粥。"

简一凌选完后，简宇珉就把简一凌的床升上来一些，然后舀了一勺小米粥送到简一凌的嘴边。

简一凌觉得有些别扭，说道："我自己吃。"

之前简一凌从未有过别人喂她吃东西的经历。

"你要是拿不稳怎么办？弄洒了就麻烦了，还是我来喂你比较稳妥。"

简宇珉坚持由他来给简一凌喂吃的。

简一凌只好接受，小口小口地吃着简宇珉送到她嘴边的小米粥。

他正喂着，简书沵、温暖、简允丞和简允卓就来了。

是简老夫人通知他们的。

温暖快步走到床边，望着病床上小脸苍白的简一凌，满心酸楚地问道："小凌，你好点儿了没？"

温暖声音微颤，眼眶里的泪水不自觉地涌了出来。

简书沵和简允丞站在门口。两个人的眉头皆皱得有些紧。

简允卓没有进来。他被简允丞要求在门外等候。

站在门外的简允卓远远地看了一眼房间里的情况，忽然觉得心里很不是滋味。

大哥说过的一些话在他的耳畔响起。

母亲的眼泪、父亲的惆怅，还有……

简允卓的视线扫过简一凌，虽然没有停留，但他依旧看到了她苍白的小脸。

他想起来，不久前他们一家人还开开心心的。

那一次的变故，让这一切彻底改变了。

那次变故毁了他的手、他的人生，也毁了他与妹妹之间的感情。

这一切的起因都是莫诗韵，他曾经十分信任的莫诗韵。

现实却告诉他，这个女人是虚伪的，是不值得他信任的。

简允卓想到这里，竟不知道该如何自处。

病房内，几个人对着简一凌说了好一会儿话。

温暖还坚持要留下来照顾简一凌。简老夫人不同意，说道："小乖乖有我和宇珉照看着就行了，你不用太担心，那头不是快要办住院手续了吗？先忙那边吧。"

简允卓要接受手术的事情简老夫人已经知道了。所以她有意让温暖把简允卓的事情处理完了再来忙简一凌的事情，免得温暖牵挂着两边心里不踏实。

简老夫人不想让温暖人在简一凌的身边心里却惦记着简允卓，那样反而伤人心，不如不留下。

温暖看着女儿这张没有血色的脸，一步都不想离开。

简允丞说："奶奶，您让妈留下吧，小卓那里我会顾着的。"

见状，简老夫人也没了办法，只好说道："行吧，你们自己把握好分寸。"

这时候，一个身材高挑的女人风风火火地走进了简一凌的病房。

女人气势汹汹，走路带风。

女人的身后还跟着一个动作慢她一拍戴着金丝边框眼镜的男人。

简家人看向二人的目光中满是诧异。

罗秀恩一进病房，也不管房间里站了多少人，径直走向简一凌，还把原本站在简一凌旁边的简宇珉挤开了，问简一凌："这是怎么了？怎么病了？还发烧了？"

罗秀恩动作熟练地摸了摸简一凌的额头。

"温度还是有点儿高。"接着，罗秀恩拿起床头柜上放着的简一凌的病历卡，习惯性地查看了一番。

程易在她的身后小心翼翼地拉了拉她，提醒她注意一下周围的环境："恩姐，小凌只是发烧。"

普通感冒发烧还能配什么药？这病历真没什么可看的。

罗秀恩却不管，继续问简一凌："CT做了吗？核磁共振做了吗？心电图做了吗？"

"恩姐，做个CT也就差不多了，不用做核磁共振。"程易在后面小声提醒，然后推了推眼镜，视线扫过房间里的众人。

众人都用一种诡异又疑惑的眼神看着他们。

"喀喀，不好意思，我们是小凌的朋友，没有恶意。"程易向众人说明了自己和罗秀恩的身份。

程易知道简一凌加入他们研究所的事情是瞒着家人的，所以他只说自己是简一凌的朋友，没有透露他们的同事关系。

简允丞看着程易和罗秀恩，觉得这两个人有些眼熟。

同样觉得他们眼熟的人还有简书泞。

正在这个时候，同德私立医院的院长洪百章激动地冲进了病房。

"程博士、罗博士，你们来了怎么也不跟我讲一声？"

要不是刚才慧灵医学研究所的许教授打电话来，说他们研究所里有个很重要的人在同德医院里，他还不知道程易和罗秀恩来这里了。

"喀喀。"程易轻轻地咳嗽了两声，用来提醒注意力集中在简一凌身上的罗秀恩。

罗秀恩抬头看了洪百章一眼，有些嫌弃地说道："老洪，我们来医院探望朋友，没想怎么样，你别给我们扯工作上的事情，今天不谈工作。"

"朋友？你们的朋友是谁？"洪百章好奇地说道。

罗秀恩和程易的朋友是什么样的人，还真是让他觉得好奇呢。

"都说了探望朋友,被探望者当然是躺着的这个人了。站着的需要'探望'吗?"罗秀恩没好气地说道。

洪百章觉得异常尴尬。罗博士还是那么不给别人留面子。

接着,洪百章又认真地看了一眼躺在病床上的人。

他看到的是一个瘦小、虚弱的女孩。

女孩的年纪明显不大,像是中学生,和罗秀恩、程易他们的年龄差得有点儿多。

这就奇怪了。

"罗博士,你说她是你们的朋友?"

她是他们俩来探望的"朋友"?

"怎么了?有什么意见吗?"罗秀恩反问。

意见,洪百章肯定是没有的。他就是觉得这件事情有些"特别"。

他平日里和罗秀恩、程易他们说话时,都觉得有点儿跟不上他们的思维。

那个在病床上躺着的小姑娘是怎么跟他们两个成为朋友的呢?

洪百章不解。房间里的其他人同样不解,并且比洪百章更加纳闷儿。

"洪院长,你认识这二位?"简书沆问道。

"认识,慧灵医学研究所的两位研究员。"

"研究员"这个称呼乍一听好像挺普通的,但是前面加上"慧灵医学研究所"后,效果就完全不一样了。

慧灵医学研究所里的研究员都是业内的顶尖人才。

简书沆想起自己为何会觉得这两个人眼熟了。

之前,他四处寻找能为简允卓做手术的医生的时候,在相关资料上看到过这两个人的简介。

他们两个都是某一领域顶尖的研究人员。

更重要的是,这一次接下他们小儿子手部神经手术的医生就是慧灵医学研究所里的人。

所以,当听到"慧灵医学研究所"这几个字的时候,大家的表情都变了。

站在门外的简允卓更是目光直直地望向房间里的一男一女。

他知道即将给自己做手术的那位外科医生就隶属于这个研究所。

而自己也会在不久后办理手续住进这个研究所的病房。

这让简允卓不由得想要看清那两个人的长相,甚至有一种上前去询问关于给他做手术的神秘外科医生具体情况的冲动。

在简允卓的心里,慧灵医学研究所意味着希望。凡是和这个研究所有关的人和事就带着希望的光。

就连简老夫人也不由得多看了罗秀恩和程易两眼。

尤其是程易,简老夫人的目光在他的身上多停留了一会儿。

这人模样斯文,形象颇好,年纪不大,学识不一般。

小乖乖不仅交到了朋友,还交到了这样优秀又正经的朋友。简老夫人是很高兴的。

"罗博士、程博士,没想到竟然会在这里碰到二位。"简书洐主动与二人打起了招呼。

程易微笑着回答道:"伯父您好。"

简书洐继续说:"过几天犬子就要住进你们研究所的病房了,到时候就要辛苦你们的工作人员了。"

"伯父的儿子?"那不就是一凌妹子的哥哥或者弟弟吗?

"是啊,他就在门口。"简书洐回答道。

程易望向门外。门外的简允卓也正看着这边,目光中充满期待。

程易好像明白了什么,接着,有礼貌地微笑了一下,说道:"伯父,今天我和恩姐不是为了工作上的事情来的。简少爷的事情稍后会有我们研究所里的其他工作人员跟进。我和恩姐这次只是来探望朋友的。"

他们的朋友就是简一凌。

程易又一次提到了他们今天出现在这里的原因——简一凌。

众人的目光再一次集中到了简一凌的身上。

简一凌的脸上没有什么多余的表情,她看起来比其他人还要淡定。

她的小脸苍白、稚嫩,嘴巴里还被罗秀恩塞了一颗棒棒糖。那是一颗薄荷味的润喉糖。

"小凌,你是怎么认识罗博士和程博士的?"问话的人是简书洐。他既好奇又激动。

"网上。"

简一凌如实回答,就是吐字有点儿艰难,声音不大,因为喉咙里的炎症还没有完全消退。

简一凌确实是在网上联系慧灵医学研究所里的人。

她和程易交流了好长一段时间,两个人才有了线下的第一次见面。

网上?

她在网上还能认识慧灵医学研究所里的研究人员？

他们只知道慧灵医学研究所是有官方网站的，但网站只能提交申请，没听说过哪里能直接联系到研究所里的研究人员。

"喀，是这样的，我们和小凌是玩游戏时认识的。"程易解释，帮简一凌隐瞒她的身份。

程易知道一些关于简一凌的事情，也知道简一凌一直对家里人隐瞒着自己和研究所的关系。

程易的回答在大家的意料之外，却好像也在情理之中。

现在的年轻人通过玩游戏认识新朋友是很正常的一件事情。

只是谁能想到，简一凌竟然能以这种方式，认识两位别人想尽办法都联系不上的天才研究员呢？

只能说她的运气是真好，别人上网结交网友有遇到骗子、坏蛋的危险。

她不仅没有遇到那些不好的人，还遇到了两个别人拼命想找都找不到的人。

简家人听到这个回答后，心情也有点儿复杂，尤其简允卓。

听到这个答案的洪百章有些郁闷。他与慧灵医学研究所里的人联系都得费九牛二虎之力。

结果，这个小姑娘倒好，玩个游戏就认识了两个？

程易眉眼含笑，声音温和，语气随意，说道："说起来，一凌妹妹不仅和我们两个认识，还和那位即将为简少爷做手术的大神也认识。"

程易此言一出，众人看向简一凌的眼神就变得愈发不一样了。

简一凌竟然认识即将给简允卓做手术的大神？

想当初简书浵找简老爷子出面，让裘老先生在中间牵线，都没能劝动的那位神秘外科大佬，竟然和简一凌认识！

这无疑给了众人更大的冲击。

简一凌竟然有这样的机遇？

简允卓的目光落在了简一凌的身上。

这是事发至今，他第一次这样认真、仔细、长时间地看着她。

此刻，他的心情格外复杂。

简书浵、温暖和简允丞也看着简一凌。他们似乎有话要说，但是又不知道该说什么。

女儿交到了能来探病的知心朋友，是值得欣慰的事情。

但这两个朋友那么"特别"，和他们家最近一段时间最为在意的一件事情又是息息相关的。他们的心情便无法平静了。

简老夫人脸色温和，对这件事情同样感到惊讶，惊讶过后便是欣慰。

她一直担心的那个问题似乎得到了解决。看来，她前些日子让小乖乖多玩游戏的决定是正确的。

简宇珉的关注点却在程易的身上。

他觉得这个男人看起来斯斯文文的，但是有"斯文败类"的嫌疑。

洪百章一脸惊讶地问道："真的假的？就是你们研究所里那位最近风头正盛的 Dr.F.S？"

洪百章听说过此人。此人最近公开发表了很多很有突破性的研究报告和学术文章。

一向不怎么发朋友圈的许教授，最近发了好几张那位 Dr.F.S 的文章内容的截图，配上自己的感想，一副与对方相见恨晚的样子。

对于许教授的这种行为，洪百章是既想吐槽又很羡慕。

"对，就是她。"程易的脸上始终挂着浅浅的、温和的笑。

听到了肯定的回答，大家的心情更复杂了。

站在门外的简允卓，心像是被端到了烧烤架上。

简一凌认识那个神秘的外科医生。

那简一凌会怎么做？

有一瞬间，简允卓想要开口询问简一凌会怎么做。

可他又想起了如今他们僵硬、尴尬的关系。

这段时间里他们之间发生了那么多的矛盾、冲突。他们……

简允卓顿觉心中苦涩，到嘴边的话又被咽了回去。

他这个时候去问简一凌，可能会得到和他希望中相反的结果。

甚至，有可能他的开口问话会惹恼简一凌。

简允卓的焦虑写在了脸上。不光简家人看到了，程易和罗秀恩也看到了。

整个病房里唯一状况外的人就是并不了解简家情况的洪百章了。他想的都是 Dr.F.S 的事情。

"也是玩游戏认识的？"洪百章问程易。

"差不多吧。"程易依旧微笑着，习惯性地做了一个推眼镜的动作。

洪百章直接问道："什么游戏？我也要玩！"

洪百章都五十多岁了，却冲动地想要立马去下载一款年轻人玩的游戏来玩。

"程博士，要不你回头也带我玩玩那款游戏吧？"

说不定他也能和那位大佬成为好友。

罗秀恩一脸嫌弃地打断了洪百章："玩什么游戏？现在都先出去，这么多人挤在这里，这房间里的空气都不新鲜了，还让不让病人好好休息了？"

病房里站了八九个人，叽叽喳喳的，病人还能休息得好吗？

罗秀恩开始赶人。第一个被赶出去的人就是洪百章。

简老夫人也开口了："行了行了，这些事情回头再说，小乖乖还病着呢。"

接着，简老夫人转头对在门口站着的简允卓说："自家妹妹，打断骨头还连着筋呢，有些事情往好的地方想想，别总钻牛角尖，让一些乱七八糟的想法蒙了心。"

简老夫人虽然没点明，但是这话里的意思，知道前因后果的人大概都能听懂。

简允卓已经把简一凌往坏里想了一次了，不能再有第二次了。

简老夫人希望简允卓学会相信自己的妹妹，放下那些不好的想法。

简书沂弯下腰，柔声地对病床上的简一凌说："小凌，爸爸和哥哥先回去了，晚上下班后再过来看你。你好好养病，学校那边你大哥给老师打电话帮你请过假了。你不用担心。"

"嗯。"简一凌轻轻地答应了一声。

她这一声回应让简书沂的心莫名地痛了一下。

女儿虽然乖巧地回应着他，但是不知道为什么，他感觉自己和女儿之间隔着很远的一段距离。

简书沂迟疑了好一会儿，才跟自己的大儿子离开了病房。

在大家陆续离开病房的时候，简宇珉对简家老宅里的管家说："管家，你一会儿回去的时候帮我带一身换洗衣服过来。"

他到现在还没换衣服。

为保险起见，简一凌今晚还要住院。

简宇珉打算今晚留在医院里陪她。

反正他最近两天都没有通告，晚上本来和团员们约好了要排练的，现在有事就只能放他们鸽子了。

简宇珉一开口，罗秀恩忽然眯起了眼。

这声音她很熟悉！

这么富有磁性的声音，很像她偶像的声音！

罗秀恩转头看向身后。

一个顶着鸡窝头，穿着睡衣和拖鞋的男人映入了她的眼帘。

这个男人虽然有点儿邋遢，但是很眼熟！

"你，你怎么长得这么像谢珉宇？！"

罗秀恩的声音有点儿大。她直勾勾地盯着简宇珉看。

"谢珉宇"是简宇珉的艺名。因为何燕竭力反对简宇珉进演艺圈，所以他进入演艺圈的时候用了艺名。

"谢"是简老夫人的姓。

罗秀恩盯着简宇珉看，越看越觉得像。

就连旁边的程易也认出来了。程易不是男团Juptiter的粉丝，但是罗秀恩的办公桌上放了很多和这个男团有关的装饰物，所以也就认识了。

简宇珉抬头和罗秀恩对视了一眼，看到对方眼里的惊讶后，毫不在意地说道："嗯，我是，有什么问题吗？"

他知道自己现在很邋遢，和之前在荧幕上的形象严重不符。

"真的是谢珉宇！Juptiter的谢珉宇！"

罗秀恩有些激动，一把拉过程易，给他来了个锁喉。

"程易你看，这是谢珉宇！"

"恩姐，见到偶像应该过去管他要签名。"程易呼吸困难，发声也艰难。

"对！要签名！要合影！"

罗秀恩反应过来后，摸了摸自己的口袋，没有笔和纸。

那就只能合影了，罗秀恩连忙拿出手机。

简宇珉见罗秀恩想跟现在的他合影，一个翻滚，到了简一凌的床上，掀起被子就把自己埋到了被子下面。

粉丝可以不要，但是脸还是要的。

简一凌低头看了一眼身边隆起的一大包。

她伸出小手，扯了扯被子把他盖好。

程易摸了摸鼻子，说道："恩姐，你成功地吓跑了你的偶像。"

罗秀恩先是蒙了一下，接着好奇地问："一凌大宝贝，你跟谢珉宇认识啊？"

"嗯。"简一凌回答。

这时候，被子里面传出简宇珉的声音："我是她哥。"

因为隔着被子，声音比他正常说话时的声音要闷一些，但依旧好听。

谢珉宇竟然是一凌大宝贝的哥哥？

"不是吧？你姓谢，她姓简！"罗秀恩惊讶地看看那个"小山丘"，又看看简一凌。

"那是艺名！"简宇珉在被子里面反驳。

艺人用艺名又不是什么稀奇事，演艺圈里用真名的没用艺名的多。

"对，艺人是要用艺名的。那你真的是我家大宝贝的哥哥？"

谢珉宇居然是简一凌的哥哥！

这个事实让罗秀恩既惊讶又激动，以至于平日里雷厉风行的她这会儿反应竟然慢了好几拍。

"什么你家大宝贝？那是我们家的！"

当着简一凌家人的面说简一凌是她家的宝贝，这合适吗？不合适！

程易轻轻地咳了两声，缓解了尴尬，说道："那个，恩姐，要不我们先出去，让一凌的哥哥先洗漱一下？"

人家毕竟是偶像艺人，不能老盯着人家没洗漱的样子看。

粉丝要有粉丝的样子。

罗秀恩被程易拉着离开了房间，临走前还一直眼馋地望着简一凌的被窝，可惜隔着被子怎么都看不到人。

等房门关上后，简宇珉才从被窝里面探出头来。

简宇珉冲简一凌笑了一下，然后才爬下床，到病房里自带的独立卫生间里去洗漱了。

离开病房的罗秀恩还停留在见到偶像的激动当中，说道："程易，姐真的见到谢珉宇本人了呢！"

"恩姐，我在想，这Juptiter上辈子是积了什么德了，竟然拥有了你全部的少女心。"

罗秀恩的少女心不多，总共就这么一点儿，竟然全给了Juptiter。

"程易，你皮痒了是吧？"

"不不不，恩姐我没有，我绝对没有。我这是在为你高兴呢！"程易一秒钟后便改了口。

"那个，程博士、罗博士！你们现在可有空了？"旁边的洪百章突然出声，介入了二人的交谈。

他一直没走，就在简一凌的病房门口等着他们。

罗秀恩回头看向洪百章，说道："老洪，都说了今天来咱不谈工作上的事情。"

"那不是我手上有几个病例，想要让你们给我点儿意见吗？"洪百章一脸讨好的表情，说道。

他现在有求于人，老脸已经不重要了。

程易看了洪百章一会儿，说道："反正我们在等人，趁着这个时间过去看看吧。"

程易看洪百章也不容易，再加上他们这会儿站在病房门口也没什么事。

罗秀恩又依依不舍地望了病房一眼，然后才跟程易一起去了洪百章的办公室。

没过多久，于希和翟昀晟来了。

此时，病房里面只有简宇珉陪着简一凌。温暖被简老夫人叫出去说话了。简老夫人似乎有话要单独跟温暖讲。

于希一进门就看到了简宇珉。简宇珉正在跟简一凌有说有笑的。

此时的简宇珉已经梳洗完毕，干干净净、清清爽爽、帅气逼人。

于希停住脚步。

这个男人不是某个偶像男团里的成员吗？

于希想不起来这个人的名字，但对这个人的长相有印象。

他好像记得网友们对这个人的评价：颜值高、声音好听、唱功佳、舞蹈赞。

这算十分高的评价了。

凌神这是什么情况？

他还记得上次他们去找纪明的时候，凌神就看着那个男团的成员发呆。

现在，这两个人又看起来很熟络，举止的亲密程度已经超过普通朋友了。

据于希这段时间对简一凌的了解，简一凌不喜欢别人跟她有身体上的接触。如果对方跟她靠得太近，她就会主动退开，与对方拉开距离。

这个人能和简一凌相隔二十厘米以内。他们的关系肯定不一般。

于希在看简一凌和简宇珉的时候，两个人也抬头看向了他。

于希认不出简宇珉，简宇珉也认不出于希。

简宇珉是简家一众孙辈当中，在老宅里待的时间最少的。

也因为职业的选择，简宇珉很多年没有回恒远市了。他和于希已经很多年没见过面了。

翟昀晟比于希晚一点儿进来，看到病房里的情形后，嗤笑了一声，说道："爷来得不是时候？"

于希连忙笑着说道:"没想到还能在凌神的病房里看到偶像。"

接着,他将自己拿着的礼品放在了旁边的茶几上。

"小凌,这两个人是谁?"简宇珉问简一凌。

"朋友。"

简一凌一开口,于希和翟昀晟就听出来她比平时虚弱了不少。

"原来是小凌的朋友,是来看望小凌的吗?请坐吧。"

简宇珉招呼起于希和翟昀晟,脸上挂上了公式化的微笑。

"小凌的身体怎么样了?听说她肠胃炎犯了?"于希询问简一凌的病情。

"所以,暂时只能喂她喝点儿小米粥。"简宇珉回答道。

"喂她"这两个字有点儿意思。

于希心想:这个男人和凌神的关系真的很不一般呢。

翟昀晟迈开大长腿,三两步就走到了沙发前并坐了下来。

简宇珉眯起了眼睛。翟昀晟看起来有些傲慢,不像是好相处的人。

翟昀晟看着床上的简一凌,说道:"上次你不许爷吃这不许爷吃那的,现在轮到自己什么都吃不了了?"

翟昀晟这话听着有幸灾乐祸的成分。

于希心道:晟爷赶着要来看凌神,闹了半天是为了报上次凌神不让他吃肉的仇啊?

"你现在也不能吃。"简一凌回道。

"爷想吃你也管不着。"

"就是不能吃。"简一凌态度强硬,然而声音却软绵绵的,听起来毫无威慑力。

生了病还不听医生的劝,他这种行为和找死有什么区别?

翟昀晟能把给他看病的医生活活气死。

事实上,曾经的翟昀晟确实是这样一个令人头痛的人。他总是不拿自己的性命当一回事。

"自己的身体都没管好,还想着来管爷?"

于希在旁边听着,总觉得翟昀晟今天对简一凌的态度和平时有点儿不一样。

"我不是故意的,你是。"简一凌小声辩驳。

简宇珉不满翟昀晟跟简一凌说话时的态度,打断了他们的对话:"这位先生,我家妹妹让你注意饮食是为你好,如果你听不进去就算了,就当我妹妹白为你操心了。"

妹妹？"

于希一脸诧异地说道："你妹妹？你是谁？我怎么不记得简家出了个知名艺人？"

"你又是谁？听你这话，你好像和简家人很熟悉呀！"简宇珉再度打量起于希来。

"我叫于希，住在简家老宅隔壁。我认识简家的大部分人。"

"你是于希？"闻言，简宇珉目光肆无忌惮地在于希的身上打量了一番。

接着，他把眼前的人和自己记忆中的于希认真地对比了一下。眼前的人好像还真的有点儿像于希那个小屁孩。

"你到底是谁？"于希追问。

"简宇珉。"确定对方是于希后，简宇珉说出了自己的身份。

"啊！宇捷那个臭小子的大哥！""简宇珉"这个名字于希还是记得的。简宇捷的亲大哥他能不记得吗？

"我就说嘛，凌，一凌妹子怎么……原来是宇珉哥！"

这下情况明了了，难怪又是喂粥又是亲昵的！

知道了彼此的身份之后，于希和简宇珉之间的气氛就融洽多了。

"他又是谁？"简宇珉眯起眼看向翟昀晟。

这个男人和于希不一样。

"他是我的朋友，现在住在我家，和一凌妹妹也挺熟的，平时关系不错的。"

于希也不知道怎么介绍翟昀晟比较合适，直接说他的身份好像不太好。其实晟爷不喜欢到哪儿都有一群人殷勤地看着他。

虽然于希这么说了，但是简宇珉对翟昀晟的警惕没有完全解除，只是对他的态度比刚才好了一点儿。

于希又笑着跟翟昀晟说："晟爷，我们今天是来看一凌妹妹的。一凌妹妹还病着，你就别跟她闹着玩了。"

人家的哥哥还在旁边看着呢。

看简宇珉这态度，都快把晟爷当坏人了。

虽然他也不知道晟爷为什么今天对凌神的态度和平时不一样。

"嗯。"翟昀晟同意了。

于希心里一阵庆幸。

简一凌又一次跟翟昀晟强调："不能乱吃东西。"

"好。"翟昀晟忽然改变了态度，不再跟简一凌争了，一口答应下来。

接着，翟昀晟的后背往沙发上靠去，姿态变得慵懒起来。

程易、罗秀恩和洪百章讨论完专业问题后，回到了简一凌的病房里。

进门后，二人发现病房里又多了两个男人。

论颜值，在沙发上坐着姿态慵懒的男人丝毫不输给简宇珉。

不过，罗秀恩的目光还是只停留在了简宇珉的身上。

梳洗后的简宇珉甚至比海报里还要好看。

偶像就在面前，罗秀恩满脸激动，笑容怎么都掩饰不住。

"恩姐，把握机会，合影。"程易在罗秀恩的耳边提醒她。

没有少女心的恩姐可怕，有少女心的恩姐更可怕。

恩姐这会儿的反应都慢了一拍。

"对！合影！"

罗秀恩赶忙凑上前去和简宇珉合影。这回简宇珉没有拒绝，很好地配合了罗秀恩。

和偶像合完影，罗秀恩看着手机里的照片高兴极了。

"姐和偶像合影了！姐和偶像合影了！"罗秀恩跟程易炫耀。

程易很无奈，在心里庆幸罗秀恩的少女心并不多。要是多一点儿，他怕他的心脏受不了。

放学后，简宇捷也来了医院。

他的手里拎了一堆东西。

"一凌妹妹，你怎么样了？奶奶说你发烧了，还犯了肠胃炎，肚子还痛不痛？"

简一凌摇头，说道："不痛。"

"你骗人，奶奶说你半夜就发烧了，肠胃炎肯定会肚子痛，你都没有说！一直到早上奶奶发现了才来医院！"

简宇捷想想就觉得难受，但是看着妹妹的小脸，又不忍心再说她了。

"对了，一凌妹妹，你吃东西了没？我给你买了很多好吃的。"

简宇捷拿来的东西中，有一大半是吃的。

咚。

在病床旁站着的简宇珉一记栗暴敲在了简宇捷的脑门儿上，说道："你这个傻子，小凌犯了肠胃炎，不能吃乱七八糟的东西。你买那么多东西过来干吗？想看小凌肚子痛啊？"

明白自己做错了事的简宇捷一脸委屈地说道："大哥，我买错了你也不用打我的头吧?"

"打的就是你这个傻子。"

"还说我是傻子?明明你就和一凌妹妹住在一起,一凌妹妹生病了你怎么早没看出来?这么一比,明显是你更傻!"简宇捷不甘示弱,给了简宇珉一通反击。

"你这个兔崽子,皮又痒了是吧?要不要出去打一架?"

简宇珉跟两个弟弟打闹成习惯了。简宇捷的屁股没少挨他两个哥哥的揍。

"打就打,我现在十七岁了,跟你打未必会输。"

简宇捷也不能太尿。简一凌还在旁边看着呢。

小时候,简宇捷面对"哥哥的疼爱"没有反抗之力,小屁股只有挨打的份儿,现在长大了,情况就不一定了。

"行啊,也让大哥看看你这些年进步了多少。"简宇珉说罢,便开始撸袖子。

兄弟俩说打就要打。

简宇捷正要起身,便发现一只小手拉住了他的衣服。

"不许打架。"简一凌的声音有点儿哑,但是语气很笃定,手也抓得很紧。

简一凌不知道兄弟俩这是在开玩笑,以为这两个人真的要打架,所以拽得很紧。

简宇捷当即改了口,对简宇珉说:"既然一凌妹妹不让打,那我今天就先放过你好了。"

其实简宇捷还是有点儿怕的,毕竟他在简宇珉这里是零胜战绩。

"算你走运,下次再打你个屁股开花。"简宇珉还是很想跟简宇捷打一架的。

过了一会儿,简宇珉找了个借口把简宇捷拎到了外面。

兄弟俩在走廊的尽头说起了话。

"妈没一起来吗?"简宇珉问简宇捷。

他还以为要见到他妈妈了。两个人见面很有可能又要吵上一架。

"没有,妈只打电话让司机在我放学后送我来医院。"

何燕没有来,她不想在简老夫人的面前和简宇珉起争执。

何燕是要面子的,尤其要在简老夫人面前的体面。

她从嫁进简家开始就在争这份体面,不仅争自己的,还跟简家的另外两个儿媳妇比。

她和儿子之间有矛盾,但不会把矛盾闹到简老夫人的面前。

"你做魔术师的事情,现在怎么样了?"简宇珉知道自己的小弟有梦想。

"妈不会同意的。"

在这件事情上,简宇捷很迷惘。

简宇珉拍了拍简宇捷的肩膀,说道:"别想太多,真的喜欢就去做。等你高中毕业,选大学的时候选一所离家远一点儿的。我和你二哥会给你经济上的支持,你可以放心地去做你想做的事情,不用担心。"

"妈说我们家不能没有人继承公司,你和二哥都做自己想做的事情去了,我……"

简宇捷当然想做自己喜欢的事情,但是母亲的想法他也不能完全不考虑。他不是很想看到他妈妈伤心难过的样子。

"什么继承公司不继承公司的?简家还没分家呢,老爸和大伯打理的都是简家的公司。到时候公司都给允丞,我们拿股份,让他忙活,我们分红不好吗?没必要非要管理权。"

这个道理简宇捷懂,爸爸也这么说过,但是他们的妈妈不认同。

简宇珉又摸了摸简宇捷的头,继续说道:"妈就是这么一个人,其他的事情顺着她点儿。在人生职业生涯这件事情上,你要是强迫自己跟着她给你规划好的路线走,你就得痛苦一辈子。"

"谢谢哥。"

简宇珉的鼓励和开导,给了简宇捷很大的勇气。

"傻小子,跟哥哥说什么'谢'?哥等着你上台表演的那天,到时候记得送票给哥!"

"嗯!"简宇捷重重地点头。

兄弟俩聊完后便回到了简一凌的病房里。简宇捷和简一凌讲了一会儿笑话后就走了。他明天还要上学,不能多待。

简宇捷回到家,只是跟何燕简单地说了一下简一凌的身体状况。

何燕当然也不是真的关心简一凌的身体状况。她让简宇捷跑这一趟,只是为了在简老夫人面前有个交代。

"对了宇捷,我的电脑出了点儿问题,你帮我去看一下。"

对于电脑,何燕不如儿子精通。

"知道了。"简宇捷放下东西后就直接去了何燕的书房。

他倒腾了一番后，干脆给何燕重新安装了系统。

重新安装系统需要一点儿时间，无聊的简宇捷把玩起了电脑桌上的音乐盒。

这个音乐盒，对他妈妈来说有特殊的意义。

很多年了它一直在，好像是他死去的外公留给他妈妈的。

他把玩的时候，音乐盒的小抽屉开了，里面掉出来一个U盘。

简宇捷捡起了U盘，有些好奇，把它插到了另一台笔记本电脑上。

U盘打开后，里面只有一段视频。

视频一播放，简宇捷就惊住了。

画面里的人是简一凌和简允卓！

他们在楼梯口吵架，难道……

画面很快到了简允卓摔下楼梯的那一幕。

简宇捷清楚地看到了简允卓自己摔下楼梯，简一凌试图去拉他，但是没来得及抓住他。

简宇捷太震惊了，以至于他看着电脑屏幕不知道自己该做什么。

"你在干什么？"

何燕走过来，看清简宇捷正在看的内容后立刻冲上前去，拔掉了电脑上的U盘。

"谁让你动我的东西的？"何燕愤怒地朝简宇捷喊道。

何燕留着这段视频，是为了日后要挟简允卓的。

这件事情现在对简一凌造成的伤害有多深，日后她手上的这段视频拿给简允卓看的时候，简允卓就有多崩溃。

结果视频现在被简宇捷看到了。

"妈，视频可以证明一凌妹妹的清白！你把视频给我！我要拿去给大伯、大堂哥他们看！我要让他们知道一凌妹妹是清白的！"简宇捷的神情既激动又焦急。

何燕捏着手里的U盘，冷静了一些。

"宇捷，这视频妈不能交给你，更不能交给你大伯。"何燕沉声说道。

"为什么？"简宇捷不懂。

"没有为什么，那件事情已经盖棺论定，你就当今天没有看到过这个视频。"

"这个视频可以证明一凌妹妹的清白，我怎么可能当作没有看到！妈，你这是在做什么呀？"

简宇捷不能理解自己母亲的行为。

"你别管那么多，你听妈的就对了！"

"我不！我求求你，你把视频给我！我们把视频拿去给大伯、大堂哥他们看！"

"简宇捷，我是你妈！我的话你听不懂吗？"

"我不懂，我就是不懂，你为什么要做这种事情？这样对你有什么好处？一凌妹妹从来没有伤害过我们！大伯一家也没有伤害过我们！这个视频明明可以帮到他们，你却要把它藏起来，我真的搞不懂！"

简宇捷嘶吼起来，双目通红，泪水在眼眶里打转。

这是第一次，他这样和自己的母亲说话。

从前，不管他和他妈妈在他的未来规划上有多大的分歧，他们都没有这样激烈地争吵过。

这是他的妈妈，生他养他的妈妈。他一直敬爱着她，哪怕她有时候强势，有时候会限制他的行动，但他从来没有怨过她。

可是，现在她的所作所为让他无法理解，无法接受。

何燕喊得同样大声："你大伯一家现在是没有伤害过我们，但是你能保证以后不会吗？你爷爷奶奶有多偏爱简一凌你不是看不到。不光偏爱简一凌，他们还偏爱简允丞，以后简家的产业都是他们的，没有我们什么事情！"

"妈，大哥也说了，公司我们可以不管理，我们可以拿股份、可以分红。"

简宇捷反驳何燕的观点，试图向她证明事情没有她想的那么糟糕。

"你别天真了。真到了那个时候，你以为简家还会有我们的立足之地吗？"何燕根本听不进去这样的话。

"妈，你不要把事情想得那么糟糕。"

"我把事情想得糟糕？"何燕忽然笑了起来，一边笑，一边流着眼泪说道，"我八岁那年，我爸在工地上死了，工头儿一毛钱都没有赔给我们。我妈每天都掰着手指头过日子，这个月不知道下个月该怎么过，还面临着要被房东赶出去，无家可归的危险。

"后来我妈带着我改嫁给一个离了婚的男人，在经济上我们的日子好过了一点儿。可是那个男人只要一喝酒就会打我们。我每天活得小心翼翼，看那个浑蛋的脸色生活，就怕自己做错了什么事情要挨打，更怕直接被他赶出家门流落街头。

"我知道我没有好的出身,我知道很多人看不起我。我嫁入简家以后,还是要小心翼翼的。我怕惹公公婆婆不高兴,怕失去这个家、失去你爸爸。"

"我现在做这些是为了什么?我只是不想以后还要过看别人脸色的生活!我只是想活得有底气!"

何燕吼着吼着,泪水流了一脸。

简宇捷呆呆地站在原地,不知该如何回应。

母亲的哭声像是一把利剑刺入他的胸口。

简宇捷的人生第一次面临着崩溃。

何燕继续撕扯着嗓子对简宇捷喊:"你去吧,把视频拿去给你的大伯、大堂哥看!然后他们再拿到你爷爷奶奶的面前去,最后让他们把我扫地出门!"

"不会的,他们不会的……"简宇捷一个劲儿地摇头。

"你确定你爷爷奶奶不会那么做吗?"

简宇捷不确定。

伤害家人、挑拨离间使得家庭不和睦是爷爷最大的忌讳。

而他妈妈的所作所为,就是在破坏简家人之间的关系。

"妈,我不告诉他们视频是从你这里拿到的行不行?妈,我求求你了。"简宇捷拉着何燕的手臂,低声哀求着。

"你以为你大伯他们是傻子吗?视频从你的手里交出去,他们不会追问你视频的来源吗?你骗得了他们吗?"

何燕将简宇捷的所有提议都否定了。

何燕逼着他只能在简一凌和她之间选一个。

而简宇捷又如何能做出选择?

一边是他疼爱的一凌妹妹,另外一边是他的妈妈!

她虽然和他有诸多意见分歧,可她依旧是生他养他的妈妈啊!

简宇捷终于承受不住了,蹲下身,抱着头悲痛地哭了起来。

他崩溃了。

他没有办法做出选择。

他不明白他妈妈为什么非要逼他做选择。

他不想做对不起一凌妹妹的事情,也不想伤害他的妈妈啊!

何燕走上前,蹲下来抱住了简宇捷,说道:"宇捷,听妈妈的好不好?忘了今天的事情,你就当什么都没有看到,都交给妈妈来处理好不好?你不公开视频,简一凌不会怎么样的。她还有你奶奶护着,但是妈妈不一样。"

我会被逼着和你爸离婚的。我会离开这个家,我会失去你们,我会一无所有的。"

"你走!让我一个人待一会儿!"简宇捷沙哑着嗓子,哽咽着说道。

"好,妈不逼你,你好好地想一想。"

何燕知道自己不能将简宇捷逼得太紧。

何燕离开了房间,留简宇捷一个人在书房里面。

简宇捷一个人在书房里面待到了半夜。

他呆呆地看着窗外。

他看着夜色,看着月亮,看着树影。

他的身体感觉到了前所未有的寒冷!

第二天早上,何燕再见到简宇捷的时候,他的脸上没有了往日的生气。

何燕一见到他,便询问他的决定:"你想好了吗?"

何燕一直在等简宇捷做决定。如果这个孩子非要选择去帮简一凌的话,那就是将她往绝路上逼。

"你不用问了,我昨晚什么都没有看到。"

简宇捷的声音里透着绝望。

他做了决定,选择了保护他的母亲。

可这也意味着他背叛了他的一凌妹妹。

他不配再做一凌的哥哥。

简宇捷崩溃了一夜,也哭了一夜。

最后,他平静了下来。

做出这个决定,他割舍的不仅仅是自己对妹妹的感情,还有曾经那个天真无邪、乐观积极的少年。

十七岁。

他最终还是败给了现实,败给了利益。

何燕望着漠然转身出门的简宇捷,忽然觉得这个儿子变得陌生了。

简一凌还在医院里躺着。

今天又有人来探望她了。来人带来了很多礼品,都是滋补养身的名贵补品。

只是,来的人是简家人都不认识的。

温暖看到几个穿着西装的成年男人出现在简一凌的病房里,觉得很奇怪。

为首的一个穿着西装彬彬有礼的男士向简一凌病床旁的温暖问好:"简夫人您好,我们是简一凌同学的朋友,听说她生病了,特地过来看望她。"

"你们是一凌的朋友?"温暖望着几个人,疑惑地说道。

这些人不像她女儿这个年纪能够接触的人。

之前出现的程易和罗秀恩看起来好歹还是能和简一凌玩到一起去的。

这几个则完全不像能和简一凌有交集的人。

"是,朋友。"简一凌开口,证明了几人的身份。

"小凌,他们……"

温暖见女儿认识几个中年男人,不由得担心,希望再确定一点儿。

"简夫人请放心,我们不是坏人。如果我们是坏人,就不会当着您的面出现在这里了。"其中一个中年男人跟温暖解释道。

这话虽然有道理,但温暖依旧没有放松警惕。

眼下他们在她的面前,她看着倒是也没什么。

"小凌只是普通的发烧,有劳几位过来探望了。"

温暖还是以待客之道招呼了几人。

"简夫人不必客气,我们过来就是有几句话要和简一凌同学说。"中年男人看起来很有素养,走近简一凌,对她说:"我家老先生让我带话,他老人家让简一凌同学好好养病,你的身体比其他的事情都重要。"

简一凌和他们之间有交易。但是现在简一凌病了。

所以,他的意思是让简一凌不要着急,对方知道她病了,不会催她。

"多谢。"简一凌回答道。

简一凌现在也不敢折腾自己的身体,手里的工作就算不想推迟也必须推迟一些了。

"另外,老先生额外送了一份礼物给你,一会儿还请你查收一下。"

这句话的意思应该是某些东西是要通过网络发送给简一凌的。

"好。"简一凌应下了。

这几个男人没有久留,和简一凌简单地交流了几句之后就离开了。

他们却留下了大量的贵重礼品。

这些礼品对简家人来说还好,温暖这样出身名门的人也是见多了的。

但是简一凌只是感冒了,对方就出手如此阔绰,对方的身份不免让人起疑。

能这样送东西的人,来头必然不小。

温暖心存疑惑，看着女儿那张稚嫩却明显虚弱的小脸，很担心她被骗了。

于是，温暖用手机发信息给自己的丈夫和大儿子，简单地说了一下情况，希望他们调查一下这些人的来历，确保一凌不会受到伤害。

简一凌很快就收到了那些人给她发过来的邮件。

邮件的内容是一段视频。

视频的场景是何燕的书房。

视频是由一个隐藏摄像头拍摄的。

摄像头是这些人上一次去何燕家里维修网络的时候安上的。

不仅书房里安了，何燕家里的很多地方也安了。

视频只有画面没有声音。

单是画面就已经能让简一凌知道昨天晚上在何燕的书房里发生了什么事情。

简一凌打算给简宇捷发消息。

可是，点开对话框后她又不知道该怎么开口。

简一凌完全没有处理这种情况的经验。

想了半天后，简一凌发了一句话："你现在好吗？"

过了好一会儿，简宇捷才回复："我很好，你照顾好自己就好。"

如果是以往，简宇捷回复的内容绝对不会是这样的。

隔了一会儿，简宇捷又发了一条消息过来："对不起。"

这条消息只有三个字，没有原因。

简一凌的脑海中浮现出一行字：十九岁的少年跳楼自杀，原因不明。

曾经的简宇捷死在他十九岁那一年，比简一凌死得更早。

简一凌掀开被子，忽然从床上起来。

"小凌，你怎么了？要上厕所吗？"温暖急忙问道。

"出院。"

简一凌已经在穿衣服了。

"你还没有彻底好，医生说为保险起见，还要再观察两天。"温暖连忙上前阻拦简一凌。

简一凌却没有要停下的意思。

"我要出院。"简一凌的眼神和语气都格外坚定，行动果决。

"小凌，你怎么了？你告诉妈妈好不好？"

温暖被简一凌的反应吓到了，不知道发生了什么事。

"没事了，出院。"

简一凌一边回复温暖，一边收拾自己的小背包。

然后，她又给刚才来探望她的人发了信息："借人。"

"好，刚才的那些人还在医院门口，我让他们等你。"

对方的回复十分迅速。

"我要出去，你先回家。"简一凌跟温暖说。

说完，她就往医院外面跑去。

"小凌！小凌，你还没好，不能乱跑。"温暖连忙追上去。

简一凌跑到医院门口，直接上了刚才来探望她的人的车。

其中一个男人态度恭敬地给简一凌开了车门。

温暖连忙追上前去。她刚跑近，车就开走了。

温暖急得不行，连忙打电话给自己的丈夫。

"书沂，小凌、小凌突然跑出医院，然后上了几个说是她朋友的中年男人的车……"

"什么？"电话那头的简书沂正在公司里开会，听到消息后十分震惊，说道，"你先冷静一下。你现在在医院门口对吗？"

"是的。"

"小凌是自己上车的吗？"

"是的。小凌说那些人是她的朋友。我不知道小凌是怎么认识他们的。书沂，怎么办？小凌会不会有危险？"温暖声音颤抖了急得要哭。

"你先别急，我现在立刻过去。"

简书沂跟身旁的秘书说了两句话，便火急火燎地离开了公司。

在路上，简书沂还通知了现在在家远程办公的简允丞。

同时，简书沂又联络了简家企业旗下的安保人员。

而温暖在结束了和简书沂的通话之后，就开始拨打简一凌的电话。

可是简一凌的电话一直占线，她打不进去。

温暖急得手足无措。

简一凌上车后，车里的人恭敬地询问："简小姐打算去哪里？"

"恒远一中。"

她要去简宇捷就读的学校。

"好。"

"另外，将之前我要的那个人带去简宅。"

她要的人就是之前逃走的贺云山度假酒店的监控管理者。
"好,我马上安排。"
对于简一凌的要求,男人尽数满足。

恒远一中。
简宇捷今天的状态十分反常。
他到学校以后,同学们就没听见过他说话。他的脸上也没有了往日的活力。
同学们觉得他遇到了什么严重的事情。
有几个和他关系很好的朋友上前询问。他却只说自己没事。
他沉声说自己没事的样子,真的不像没事。
简宇捷正在上数学课。他们班的教室门口忽然出现了一个女生。
女生的容貌十分精致,就像从动漫里面走出来的人物。
她瘦削的身体被包裹在柔软的白色毛绒外套里。
教室里的很多人注意到了在教室门口站着的女生。唯独心不在焉的简宇捷低头看着自己的课本,没有注意到。
下课的时候,同学们到门口,有几个女同学上前询问简一凌有什么事。
"找简宇捷。"
听说她是来找简宇捷的,同学们连忙起哄喊简宇捷。
"宇捷,这么好看的小姐姐,是你的什么人啊?"
听到同学们的声音后,简宇捷才抬起头来。
当看到在教室门口站着的简一凌时,简宇捷愣住了。
一凌不是应该还在住院吗?
她怎么会出现在这里?
想到简一凌从医院里跑出来了,简宇捷立马站了起来。
可他刚走出去几步,又想起了什么,顿时脚步就变沉了。
他不配。他不配再做她的哥哥。
"简宇捷,你在干吗?别让妹子等久了呀!"
男生们的起哄声打断了简宇捷的思绪。
简宇捷再度望向简一凌,又控制不住地朝她走了过去。
简宇捷刚走到门口。简一凌就伸出手抓住了他的衣袖,拉着他就跑。
"一凌?"
简宇捷被简一凌拉着跑,又不敢用力拉她停下,只能跟着她一起跑。

他怕自己如果拉她,会导致她摔倒。

简一凌拉着简宇捷来到了教学楼外没有人的地方。

"一凌,你怎么了?"简宇捷艰难地开口了。

"视频。"简一凌说。

"什么?"

"那个视频,我有,你不用难过。"

"那个视频你有?"

简宇捷不敢相信自己听到的话。他昨天晚上看到的视频,一凌妹妹竟然有?

她已经有那个视频证据了?

而且,一凌妹妹还知道他看到了视频?

"你也知道我看到视频了?"

"嗯。"简一凌点头。

"对不起……"简宇捷的眼睛红了。他说,"我没有保护你,我不配做你的哥哥。"

"你是。"简一凌说。

简宇捷低着头,继续说道:"一凌,你恨我吧。我知道了真相,可是我选择了隐瞒。在我做出这个决定的那一刻,我就已经不配做你的哥哥了。"

简宇捷知道自己的选择是可恶的。

他也觉得现在的自己糟糕透了。

可是他还是这么做了。

"没关系。"简一凌毫不犹豫地说道。

简宇捷愣住了,半晌后说道:"一凌,你……"

"你不难过,我就原谅你。"

简一凌说得很简单,很明确,很坚定。

简宇捷的心像被什么钝器重重地撞击了一下,很沉,很重,会痛,但痛过之后却有了鲜活的血液淌过。

简一凌顿了顿,还有话要说。

她张了张嘴,说道:"你是,哥哥。"

"哥哥"两个字缓缓地从简一凌的口中说出。

一声"哥哥"直击简宇捷的心脏。他的眼泪再也控制不住。

他再度望向简一凌那张苍白的小脸。

他心里那一道昨天晚上刚筑起来的高墙瞬间坍塌,化作废墟。

妹妹，她是他的妹妹，是信任他的妹妹……是他想要一辈子好好照顾、疼爱的妹妹！

简宇捷笑了起来，笑得像个傻子。

这个笑容破除了阴霾。

他一边笑，眼泪一边翻涌。

眼泪滚落下来，简宇捷用手臂利落地擦去。

简宇捷像是挣脱了沉重的枷锁一般，神情坚定地对简一凌说："一凌，我现在回去把视频拿到手。你等我。我会把它公开的！"

或许背叛妈妈是不对的，或许他的选择可能毁掉他的家。可是他还是不应该隐瞒真相。

妈妈和妹妹都是他无法去伤害的人，可是做错了事的人是妈妈而不是妹妹！

妹妹选择原谅他、相信他，他不能再辜负她。

他要公开视频，还妹妹一个清白，然后去求爷爷，求大伯一家，求一凌妹妹，求大家原谅他妈妈。

无论让他做什么都可以。

他一夜的挣扎，一夜的痛苦，最终在最喜欢的妹妹毫无保留的信任下化作泡沫。

简一凌拉住了简宇捷，说道："不用，我会处理。"

她说这话时，充满了底气。

简宇捷坚定地说道："不，做错了事的人不是你，是我们，该由我们来弥补，还是我去！"

简一凌又说道："我会处理。"

简一凌说完，就坚定地转过头，朝校门口走去。

简宇捷愣了一下之后追上去，拦住了简一凌。

这时候，等候在校门口的几个穿着西装的男人上前来，隔开了简一凌和简宇捷。

简一凌对简宇捷说："别怕，等我的消息。"

说完，简一凌就跟着这些人走了。

简宇捷被其中一个男人拉着，追不上去。

简宇捷奋力地挣扎都无法挣脱。

十七岁少年的力量是敌不过受过专业训练的人的。

"放开我！放开我！不许你们伤害一凌妹妹！"简宇捷愤怒又着急地对

着拉着他的中年男人嘶吼。

男人有礼貌地说道:"宇捷少爷你放心,我们是简小姐的朋友,非但不会害她,还会帮她。简小姐不希望你受伤,所以你安心等她的消息就好了。你要相信她有能力处理好这件事情。"

男人见简一凌已经走了,就放开了简宇捷。

一获得自由,简宇捷顾不得现在还是上课时间,直接冲出了校门。但是他现在没有车可以乘,急得在原地打转。

简一凌上车后,车上的男人问她:"简小姐,现在去哪里?"
"简宅。那个人带到了吗?"
"已经在停在简宅门口的车上。"
"好。"

简一凌的手机终于开机。她打通了简允丞的电话。

简允丞似乎也在等电话,所以她刚将电话拨过去他就接了。

"小凌?"简允丞的语气既急切又担忧。
"嗯。"
"你没事吧?你去了哪里?"简允丞已经努力控制自己的声音了。
"我没事。二十分钟后回简宅。"
"你真的没事吗?到底怎么回事?"
"有东西要给你们看。"
"小凌?"

简允丞没有得到简一凌的进一步解释,因为简一凌把电话挂断了。

二十分钟后,简宅门口。

简爸、简妈、简允丞都在门口等着。

看到刚才接走简一凌的车子出现了,三个人的神情既激动又凝重。

因为他们不知道接下来的将会是什么。

车门被打开了,却不见简一凌的身影。

几个彬彬有礼的中年男人从车上下来了。

这几个人看起来训练有素,不像普通人。

"我女儿呢?小凌在哪里?"温暖迫切地追问。

"还请几位交出我的女儿。"简书泃沉着一张脸,冷冷地说道。

"简先生、简夫人不要着急,简小姐现在很好。我们和她是朋友,不会做伤害她的事情的。我们这次过来,是想给你们看一点儿东西。"男人彬彬有礼地解释着。

与此同时,早就停在路边的一辆车的车门也开了。

几个人从车上下来了,还押着一个看起来有些狼狈的男人。

看到男人面容的一瞬间,简书泃和简允丞惊了。

他们追查这个男人有一段时间了,不可能忘记这个男人的长相。

由于此人逃出了恒远市,他们的追踪变得有些困难,至今没能找到此人。

而今天,这个男人竟然就这样出现在了他们的面前。

"简先生、简夫人,还有简大少爷,我手里有一段视频要给几位看。"

中年男人很恭敬地递上一台平板电脑,屏幕上是一段监控视频的录像。

此时视频被暂停了,等待有人按下播放键。

暂停的画面是正在争吵的简一凌和简允卓。

这就是贺云山度假酒店丢失的那段视频。

它竟然这样突然出现在了简家人的面前。

与它一起出现的还有弄丢这段视频的人。

真相就在面前,只等一个播放键就可以拉开帷幕。

简书泃的手指颤抖着按下了播放键。

温暖和简允丞就站在他的身后。三个人注视着那个小小的屏幕。

平板电脑上,画面一幕幕地播放过去……

从争执到跌落,再到那个试图救自己哥哥却失败的女孩惊恐又呆滞地蹲在地上哭。

她被吓坏了。

她看着倒在一堆玻璃碴儿上的哥哥,无助又恐慌。

她有错。她不该在这么危险的地方拉着哥哥争吵。

她不该进行那一次争吵。

可是她从来没有想过要把她的亲哥哥推下楼梯去。

甚至在危急时刻,她的本能反应是拉住哥哥,保护哥哥。

看到这里,温暖捂住自己的嘴巴,失声痛哭了起来。

她站立不稳,是简允丞扶住了她。

"小凌,小凌,我的小凌……"温暖边哭边说道。

简书泃怔怔地站在原地,心口一阵又一阵地钝痛。

那种痛无言说,痛到骨头里,痛到无法呼吸。

他们的女儿没有做伤害自己家人的事情。

她被冤枉了。

而她只在最开始的时候为自己争辩、抗争过，之后就默默地承受了这个罪名。

被冤枉、被诬蔑、被伤害，她瘦小的身子默默地承受了这一切。

她曾是他们最娇气的小丫头啊！

一瞬间，温暖的心里充满了愧疚与自责。

别说温暖承受不住，就是简书洐，也有了窒息的感觉。

简一凌曾经的乖巧、顺从，都化作了一根根刺，扎进简家众人的心里。

一下一下，一针一针。

针针见血，针针入骨。

简允丞的拳头握紧，手背上青筋暴起。

"小凌现在在哪里？"简允丞声音低沉，问道。

面对痛苦的简家人，穿着西装的男人依旧十分有礼貌。

"简小姐有别的事情要处理，简大少爷不必担心。"穿着西装的男人回答道。

"你们又是什么人？"简允丞想知道简一凌的去向，就必须问清楚眼前这些人的身份。

男人微微一笑，说道："简小姐帮了我家老先生一个忙，所以我家老先生让我们帮助简小姐找回能证明她清白的证据。"

男人没有直接说出他们的身份和来历。但是从他的言谈举止当中可以看出，他口中的"老先生"一定不简单。

但这不是简家人现在关心的重点。他们想要确定的是简一凌现在在哪里？是否安全？

"另外，简小姐说，可以暂时不让简允卓先生知道这件事情。"

男人按照简一凌的指示办事、说话。

就算到了这一刻，简一凌还是想要保护简允卓。

她还是不想让简允卓受到刺激。

她要等到他重拾对生的希望之后，再将这个血淋淋的事实放到他的面前。

此刻，简一凌正在何燕的家中。

她只身前来。

看到简一凌，何燕很惊讶。

但是，她还是露出了笑容，说道："小凌怎么来了？你奶奶说你生病住院呢！怎么出院了？来看二婶怎么不提前说一声，二婶好准备准备呀。"

"视频是你藏的。"简一凌开门见山地说道。

"小凌，你在说什么呢？二婶怎么听不懂啊？"何燕的心里起了不小的波澜，但她依旧保持了面上的镇定。

"看一眼你的微信。"简一凌提醒何燕。

就在简一凌踏进何燕家门的前一刻，她发了一些东西到何燕的微信里。

何燕刚才在忙别的事情，还没来得及查看自己的微信消息。

在简一凌的提醒下，何燕狐疑地打开了自己的手机。

她和简一凌很早以前就是微信好友了。

当何燕打开未读消息，看到那一张张照片、一段段视频时，脸上的血色一点点地退去。

微信消息里有贺云山酒店相关登记册的照片，有酒店监控管理人员的招供视频，还有昨天晚上何燕和简宇捷在房间里争执的视频。

"简一凌！"

何燕大步上前。她的第一反应是去夺简一凌手上的手机。

简一凌淡定地往后退了一步，并且告诉何燕："东西有备份，在翟昀晟的手里。我若有事，他会公布。"

简一凌的话给何燕泼了一大盆冰水，让她从头凉到了脚。

东西的备份在翟昀晟手里，何燕就算有再大的本事，也无法从翟昀晟的手里抢东西。

而简一凌和翟昀晟的关系何燕是知道的。简一凌是有可能将东西交给翟昀晟保管的。

简一凌的一句话，阻断了何燕此刻的所有想法。

何燕怔在原地良久。

她看着简一凌那张稚嫩的脸，第一次对这个侄女产生了恐惧之心。

何燕回味过来后，笑着跟简一凌说好话："小凌，你误会了，二婶没有别的意思。二婶也是很意外地拿到那个视频的。小凌你相信二婶，二婶也不是故意要隐瞒的。是你三哥，他怕视频公开后他会失去在家里的一切，所以让我把视频藏起来了。我知道错了。我不该听你三哥的话，小凌你原谅二婶好不好？"

何燕也不知道简一凌是怎么弄到这么多东西的。

她只知道如果简一凌真把这些东西公布出去的话，她就真的完了。

以简老爷子的性子，不仅简家不会再有她的容身之地，整个恒远市也不会再有她的容身之地。

简一凌冷眼看着她，对她的讨好和解释无动于衷，说道："一，不再逼迫宇捷哥哥；二，允许他自由选择职业；三，不再干预简家其他人的事情。"

简一凌一字一句说得清清楚楚、明明白白。

何燕又惊又恐地看着简一凌，不敢相信这是对她提出的要求。

怔了半晌，何燕追问简一凌："你的意思是，只要我答应你这三个条件，你就不会公开视频？"

"给你三秒钟，给我答复。"简一凌说，"三，二……"

简一凌说数就数。

何燕连忙答应："好，好好好，我答应，我都答应你！我答应！"

简一凌提出的那些要求都是何燕不想做的事。但是她现在没有别的选择。

"我现在都答应你了，你可以把东西交给我了吧？"

"如果你不讲信用，东西随时公布。"

"你！"

"还有，"简一凌低头，认真地看了一眼何燕家光滑的地面，像是在思考什么，说道，"地滑，你摔了。"

"你在说什么？"

"地滑，你摔了。"

简一凌重复了一遍，然后伸手拿起了摆放在沙发旁边的高尔夫球杆。

这是简一凌二叔的东西。她二叔有在空闲时间打高尔夫球的习惯。

何燕看到简一凌拿着高尔夫球杆朝她走过来时，瞳孔猛地放大。

何燕印象当中瘦削、软弱的女孩子，拿着球杆的样子却充满了威武的气势。

"简一凌，你别乱来！"

高尔夫球杆是能打死人的。

"站着，别动。"简一凌对何燕命令道。

她动的话，后果她自己承担。

"简一凌，你疯了吗？"

"别乱动，一动就打不准了。"简一凌认真地告诫何燕。

人的身体有很多部位是很脆弱的，何燕乱动会导致简一凌打偏。

"简一凌,你别乱来!简一凌!"

何燕的眼中满是恐惧。

"啊!"

一声刺耳的叫声从何燕的家中传出。

只是,这独栋的别墅隔音效果很好,声音传到别墅前的庭院里时,就消失得差不多了。

没有人知道这栋别墅里面尊贵的女主人正在遭受着什么。

何燕家门口,于希靠在车上。

此刻,他正焦急地等待着。

今天突然接到简一凌的电话,要他来接她去一个地方。

于希二话不说就来了。

他出门的时候,晟爷也上了他的车。

于希没敢多问。

他是在路边接到简一凌的。

简一凌让他带她到这里。他不知道她要做什么。

他刚才想要陪她进去的,但是她的态度十分强硬。她说什么也不肯让人跟着进去,不管是他还是翟昀晟。

于希想着,简一凌是去她二叔二婶家,按照道理来讲,也没什么好担心的。

不知道为什么,于希感觉今天的情况不太对劲儿。

于希在等待的过程里十分焦急,又忍不住开始来来回回地走动了。

半个小时过去了,简一凌终于从何燕家里出来了。

她淡定地上了车的后座。

她的旁边还坐着翟昀晟。他靠在座椅上,半眯着眼睛,看起来比于希闲适很多。

简一凌上车后,翟昀晟闭着的眼睛睁开了一条缝,瞄了简一凌一眼。

于希坐到了驾驶位上,笑着问后座上的翟昀晟和简一凌:"我们现在去哪里?"

翟昀晟没说话,等着旁边的简一凌回答。

简一凌还没开口,便眼前一黑,倒了下去。

翟昀晟一把接住了简一凌。

他一摸简一凌的额头,滚烫。

简一凌肠胃炎还没彻底好就从医院里跑出来了，这一路折腾，炎症又引发了高烧。

"怎么回事？"于希一脸焦急地问。

"开车，去医院。"翟昀晟命令于希。

于希没敢耽误，赶忙系好安全带，一踩油门把车开了出去。

于希一边开着车，一边嘀咕："这小兔子是怎么回事？病没好干吗从医院里跑出来？我还以为她好了才从医院里面出来的呢！"

身体滚烫的简一凌已经彻底失去意识，以至于她都不知道有人抱着她。

于希继续嘀咕："这小兔子还好是找的我们，这要是在大马路上晕过去了多危险啊。"

于希一路嘀嘀咕咕，全程超速，能闯的红灯都闯了。有些路口车多不能闯，他也没办法。

估计这一趟下来，他的驾照都要被吊销了。

车在医院门口停下，翟昀晟抱着简一凌下车，快步走进医院。

"晟爷，晟爷你别急，让我来。"

于希停好车后连忙追上去，想从翟昀晟的手里把简一凌接过来。

于希怕翟昀晟着急。翟昀晟最怕的事情就是着急。

"滚！"

翟昀晟的声音于急切中透着愤怒。

翟昀晟疾步而行，根本不理会于希。

于希只能跟着追上去。

简一凌被送进了病房。

"晟爷、于少，请放心。简小姐只是普通的发烧，问题不大，退烧后不会有事的。"院长洪百章亲自赶来了。

要是只有于希来也就算了，晟爷来了，他可不能当作没看见。

同德私立医院的医生迅速地处理了简一凌的情况，给她输上了液。

"什么时候会醒？"翟昀晟问洪百章。

洪百章心里一阵紧张，小心翼翼地回答："这个还是要看个人的身体状况，因为简小姐的身体比较虚……"

洪百章解释的时候小心翼翼地观察着翟昀晟的神情。

虽然他们医院的处理没有任何问题，病人也没有生命危险，但他总觉得眼前的这位爷会突然发脾气。

翟昀晟没说话，绕开了跟前的洪百章，径直走到了病床前。

于希跟洪百章说:"谢谢你,洪院长。"

"不用客气,不用客气。"洪百章心道:就算你们不来,我也得来这一趟。不然我怕慧灵医学研究所的那两位研究员来痛扁我。

洪百章交代完就走了。

"去弄点儿吃的过来。"翟昀晟吩咐于希。

简一凌现在还在昏睡,一会儿醒来得吃点儿东西。她今天在外面跑了一天,还什么都没吃过。

"好,我让家里的厨师做点儿清淡的食物送过来。"

于希立刻出去打电话了。

于希走后,只剩翟昀晟在床边守着简一凌了。

不知道是不是输液有了作用,简一凌似乎有了一些意识,身体有了一些反应。

她的眉头开始蹙起,两只手开始攥成拳头。

看起来她像是梦到了什么不好的事情。

翟昀晟的脸色也不好看。

翟昀晟小心地将简一凌那只没有输液的手拿了起来。

她的拳头小小的,却攥得紧紧的。

翟昀晟轻轻地将它放到自己的手掌中。

他的手掌可以完全包裹住这个小拳头。

她的小拳头有点儿凉。他将它放在自己的手掌中,用自己手心的温度暖着这只小手。

迷迷糊糊中,简一凌又做起了噩梦。

梦里,她站在殡仪馆里,前方的棺椁里是一具冰冷的尸体。

尸体的脸,是简宇捷的脸。

她茫然无措地站在距离尸体几米远的地方,无法再往前走一步。

画面是那么真实、清晰,真实得好像她亲身经历过一般。

于希在给家里的管家打完电话后,接到了简宇捷打来的电话。

"于希,你现在有没有空?一凌不见了,我打她的手机也打不通。"

简宇捷现在在外面,在找简一凌。

简一凌的手机关机了。

他拦了一辆出租车,像一只无头苍蝇一样在城里瞎转。

无助的时候,他想到了两个可以求助的人:他的大哥简宇珉和于希。

他打了简宇珉的电话,但是接电话的人是简宇珉的助理。助理说简宇珉现在正在录节目。

简宇捷只好又打电话给于希。

"她没事,我现在跟她在一起。"于希回答道。

听到于希的话后,简宇捷的整个世界明亮了起来。他问:"真的吗?一凌真的和你在一起吗?她没事吧?"

简宇捷抛出一连串的问题。

"她没事,你放心。"于希连忙回答。他怕他一旦回答得晚了一点儿,简宇捷就会着急。

"你们在哪里?我现在过去!"

"在同德私立医院。"

"医院?一凌怎么了?她怎么了?"

"她没什么事,你过来再说吧。"

于希想着,反正简宇捷也要过来,简一凌的具体病情还是等简宇捷过来之后再说吧。免得他一听说简一凌晕过去了就着急上火。

"好。"简宇捷连忙让司机带他去医院。

简宇捷来到医院病房门口,还没开门就透过病房门上的玻璃窗看到了躺在病床上的简一凌。

"一凌妹妹怎么了?她怎么了?"

简宇捷猛地朝着简一凌冲了过去,结果被于希一把拦住了。

"你别激动,你妹妹只是睡着了,她没事。你这么激动会把她吵醒的。她现在需要休息!"

听到于希的话后,简宇捷立马冷静了下来。

"妹妹真的没事吗?"

"她肠胃炎没好彻底就跑出去了,一通折腾,还吹了冷风,复发了。"

简宇捷立刻想起了简一凌在他教室门外等他时的样子。

这几天的气温已经到了零下几摄氏度,她生着病,却为了他跑了出来。

简宇捷不想哭,那很丢人,可是眼泪自己跑出来了。

于希这次难得没有嘲笑简宇捷,还给他递过去一包纸巾。

"好了,一凌妹妹没事,别难过了。"于希拍了拍简宇捷的肩膀,以示安慰。

于希不是很清楚这兄妹俩之间发生了什么事情。

但是看到躺着一个哭了一个,他也知道事情不简单。

简宇捷整理好情绪之后进了病房。

病房里的翟昀晟已经将简一凌的手放回被子下面了。

简一凌握着的拳头不知道什么时候松开的。

过了十几分钟,简一凌醒了过来。

她一睁开眼睛,就看到了坐在床边的三个人:翟昀晟、简宇捷和于希。

简一凌知道,自己又给他们添麻烦了。

见简一凌终于醒了,简宇捷急忙上前来,问道:"你还好吗?还痛吗?"

简一凌摇头。

"你又骗我,明明肠胃炎会很痛。"

"我不痛,你不难过。"

"嗯,我不难过。但是你必须好好治病,不要再乱跑了。"简宇捷郑重地交代。

"嗯。"简一凌认真地说道,"你先回家去。"

不知道为什么,旁边的于希觉得简一凌让简宇捷回家的样子像个老妈子。

"不去,我好不容易请了假出来的。"简宇捷现在才不想离开呢。他想要陪着生着病的一凌妹妹。

简宇捷是在等简一凌醒来的时候给老师打的电话。

简宇捷回答完,还瞥了一眼旁边的翟昀晟,眼神里有明显的敌意和警惕。

这个男人在这里,他就更不能走了。

于希走上前来,单手搭在简宇捷的肩膀上,说道:"听你妹妹的话,先回家去。我已经打过电话给简奶奶了,她等会儿就过来。你别担心了。"

简一凌又住院了,于希当然不敢知情不报,所以在和简宇捷通过电话之后,又赶紧打电话到简家老宅跟简老夫人汇报了情况。

"可是我还想陪妹妹一会儿。"简宇捷还是不想走。

"眼睛丑,回家睡觉。"简一凌对简宇捷说。

简宇捷昨晚一晚上没有睡,脸上那两个硕大的黑眼圈很明显。

于希笑了,说道:"看吧,一凌妹妹都嫌弃你了!还不快滚回你的被窝里?别让你妹妹担心你了!"

简宇捷这下没辙了。

他不能让一凌妹妹再担心他了。

"好,那我先回去,你好好养病。"

简宇捷只能妥协，临走前对于希千叮咛万嘱咐，要他一定好好照顾简一凌，还有，不能让翟昀晟离简一凌太近。

于希嘴里答应得好。实际上翟昀晟真要靠近简一凌，他也拦不住。

于希让家里的管家给简一凌带来了吃的——白粥，还有一碟蔬菜。

翟昀晟亲自给简一凌喂粥。

"不……不要……"

简一凌小声抗拒。她不是讨厌翟昀晟，而是不好意思。

"乖一点儿。"翟昀晟哄道。

他舀了一勺白粥送到简一凌的嘴边。

简一凌不吃，翟昀晟就这么举着。

这让简一凌更加不好意思了。她没有麻烦别人的习惯。

于是简一凌张口，小口吞下。

她那原本有些发白的嘴唇，被粥浸润后慢慢变得嫣红起来。

于希在旁边跟简一凌解释："一凌妹妹，别怪哥哥不给你吃好吃的。你现在只能喝点儿白粥，吃点儿蔬菜，不过我家大厨已经尽可能地多做了一点儿不同的菜了。"

于希介绍了一下那碟绿色蔬菜："芦笋最嫩的笋尖，用清水煮熟，没有放油、盐；还有清炒西兰花和清炒地瓜叶，都是选取的最嫩的部分，而且少油少盐。"

一盘绿色蔬菜，没有一点儿肉不说，还都没有什么味道。

于希向简一凌保证："等你病好了，哥哥带你去吃各种好吃的，山珍海味随你点，哥请客。"

"要吃肉。"简一凌认真地回答道。

她很有可能长不高了，若再只吃白粥和蔬菜，就更不可能长高了。

听到这话，于希都笑了，说道："好好好，牛肉、羊肉、鱼肉，什么肉都给你安排上！到时候给你来个满汉全席！"

于希说完，一转头就对上了翟昀晟冷峻的目光。

他忘了这边还有一个不能吃大鱼大肉的人。

简一凌也转头看向翟昀晟，对他说道："你吃蘑菇。"

翟昀晟也没生气，说道："你做的我就吃。"

"嗯。病好了给你做。"简一凌说。

今天她又给他们添麻烦了，等病好了应该好好谢谢他们。

"那你快点儿好。"翟昀晟看着简一凌这副瘦削的模样，怎么看怎么不顺眼。

简老夫人在接到于希的电话之后就打算赶往医院，可是出门的时候遇到了赶来老宅找简一凌的简书洐一家三人。

简老夫人看三人的神色便知道，发生了严重的事情。

"怎么回事？"

"妈，小凌有没有回来？"简书洐急切地询问简老夫人。

"你们急着找小凌？"

"对，我们以为小凌会回老宅，所以……"

"小凌的下落我知道。她没什么事情。"简老夫人说。

"真的吗？她现在在哪里？"简书洐连忙追问。

"先说什么事情吧。"

简老夫人眼明心亮，知道今天的事情肯定有蹊跷。

好端端的她的小乖乖从医院里跑出去了，而本该上班的简书洐、简允丞父子俩又一脸焦急地跑到老宅里来找她。

"妈……那件事情……我们刚知道，不是小凌做的……"简书洐艰难地开口了。

"哪件事情啊？"

他说得这么不清不楚的，简老夫人是听不明白的。

此时简老爷子也走过来了。看到晚辈们满脸忧愁，简老爷子皱了皱眉头，说道："有什么事情先坐下来，好好说清楚。"

"爸……"简书洐表情苦涩。

"还是我来说吧。"简允丞同样难以开口。

他将今天发生的事情跟简老爷子和简老夫人描述了一遍。

听完简允丞的话，简老夫人毫不留情地训斥简书洐他们："我说什么来着？小乖乖就不是那样的坏孩子！当初你们都不相信我！"

"妈，我知道错了，当时小凌她自己……"

"她说她有错！但她没说就是她推的！"简老夫人记性很好。

那天在简家老宅里，当着简老爷子和简老夫人的面，简一凌明明白白地说了她有错。

当时简一凌真是那么说的，可是简书洐没有对这句话加以深思。

"妈，我知道我错了，我……"

简老夫人心里难受，继续对着三人说道："错了错了错了！一句'错了'

就完了吗？也不想想你们的不信任会给孩子造成多大的伤害！小乖乖的心里得多痛。我明确地告诉你们，小卓受伤了，你偏向他、照顾他都没有问题。允丞说要管教小乖乖，我也没有意见！但是你们的不信任是最让小乖乖痛心的！"

简老夫人不管，她就是偏疼她的小乖乖。

简老夫人憋着一股气，直接撒了出来。

被指责的三人没有半句可为自己辩驳的话。

简老夫人又气呼呼地说："你们的难处我明白，小卓小凌，手心手背都是肉，小卓当时伤得厉害，加上平时小卓要比小凌乖巧懂事得多，你们选择相信小卓没错。但你们就不能想想第三种可能性吗？说不定两个孩子都没有错！你们看看，现在不就是这种情况吗？早干吗去了？你们三个笨蛋，浑蛋，蠢蛋！"

第三种可能性很低，但再低也是存在的！

现在，事实证明，这种微乎其微的可能性正好就发生在了他们的身上！

简老夫人不怪简书洐他们选择相信简允卓，因为那是他们的儿子。她的亲孙子，是一个值得相信的孩子。

简老夫人生气的是，简一凌没有得到相应的信任。

简老夫人也生自己的气，气自己当时没能坚持下去。

想到这里，简老夫人忍不住又骂道："我要是再年轻个二十岁，就把你们都从公司里的职位上撤下来！由你们这种蠢蛋掌权，说不定简家的企业撑不到我闭眼的那天就得倒闭！"

简老夫人发了一通脾气，现场没有人敢吱声。

最后还是简老爷子开口打了圆场："好了好了，老太婆你先缓缓。你年纪也不小了，别再发那么大的脾气了。这件事情我也有错，我没有让人去仔细查。"

简老爷子当日把人叫来了老宅，问了话。简一凌说了自己有错后，简老爷子本着家和万事兴的想法，想让事情就这么淡化了。

他现在人老了，没有了当年的那股劲头，总是想着家里人能和和睦睦、安安稳稳的就好，家里的事，能淡化就淡化。

他却没想到事情没处理好，让家里唯一的孙女受了委屈。

简老爷子的心里也不舒服。虽然他面上不显，但是心里也生出了对孙女的愧疚。

说到底，他对孙女宠是宠了，但将孙女宠出脾气来之后，他没能像老婆子一样坚定地相信她本心不坏。

"爸、妈，是我的错。我没有将这件事处理好，没有把事情查清楚。"

简书洐后悔，可是后悔已经没有用了。

有些事情，已经真真切切地发生了。

简书洐、温暖和简允丞三人现在是真真实实地难过、后悔。

简老夫人叹息一声，语气缓和了不少，说道："行了，这种情况也是你们事先没有想到的。我也知道你们不容易，事情发生了就发生了，我就算揍你们三个一顿，事情也不能挽回了。现在要做的是好好处理后面的事情，至于原不原谅你们，我说了也不算，还是要看小乖乖自己。"

日子还得过，都是自家人，简老夫人也不忍心看儿子、儿媳和大孙子继续悲痛。

"妈，我知道。"简书洐垂着头，真心实意地接受了简老夫人的批评。

又一声叹息后，简老夫人对三人之中承受力最差的温暖说："阿暖，我知道这件事情对你来说很痛苦。但是你是一个母亲，两个孩子都还需要你。你必须学会坚强，坚强地站起来。如果你不坚强，两个孩子又如何坚强得起来？"

简老夫人一直觉得大儿媳的性子太柔弱。大儿媳和二儿媳有着截然不同的两种性格。

温暖这样的性子，要是家里无事倒也无妨。但家里一旦出事，她这样是没有半点儿用的。

她是他们简家的长房媳妇，很多时候都需要她撑起家里的大小事务。

"我会的，我会的……"温暖的声音轻微地颤抖着，但是她语气肯定地答应着简老夫人。

家里出事了，她却是最软弱、最无能的人。

她身为母亲，没有照顾好自己的孩子，没有保护好自己的孩子，还给他们带来了伤害。她不是一个合格的母亲。

简老夫人又对三个人说："今天你们都先回去吧，回去好好收拾一下心情，想好自己该怎么做，等想清楚了再来找小凌。"

简老爷子也赞同老伴儿的想法，说道："你妈说得对，先回去好好冷静一下，你们现在情绪有点儿不对。至于小凌那边，我和你妈会先照顾着。"

简老爷子和简老夫人暂时不想让简书洐他们三人以这副模样去见简一凌。

伤口愈合是需要很长时间的，而不是简单粗暴的缝合手术。

简老爷子和简老夫人都开始赶人了。简书沆他们即使再想见到简一凌，也只能先回去了。

简宇捷回家的时候心情是忐忑的。虽然事情已经想清楚了，一凌妹妹也说她已经把视频公布了，但是他还是有些不知道该怎么面对自己的母亲。

他进了家门，何燕没有像往常那样出现，也没有像往常那样给他布置任务、限制他的行动。

又过了一会儿，简书泓回来了。

简书泓和他的大哥简书沆在容貌上有些许的相似度。但是比起简书沆，简书泓更儒雅一些。

五十岁出头的他看起来有一种独特的温和的气质。

何燕和往常一样，到门口迎接工作了一天后回家的简书泓。

"你怎么了？脸上怎么有伤？"简书泓看到何燕的额头上肿起一个包，便关心地询问道。

"这是我刚才不小心摔倒后磕到的。"何燕说这话时脸上闪过一丝窘迫。

"摔了？在哪儿摔的？严不严重？"

"没事，就家里的地板有点儿滑。"何燕小心翼翼地回答道。

她不敢露出半点儿异样。

她不能让她的丈夫知道她身上的伤是怎么来的。

"那下次小心点儿。伤口记得搽药。"

简书泓看到的只有何燕额头上那个包，却不知道何燕的身上还有数十处的瘀青、红肿。

"嗯。"何燕点头，然后和往常一样，为丈夫准备晚饭去了。

其实，她走路时身上的好几处伤都很疼，但她忍住了。

她不能让人知道她受的伤，也不能让人知道她被简一凌毒打的事情。

简一凌给的痛，她都要忍下来。

但是她没有认输，她还有机会。

简宇珉录完节目后得知在自己录节目期间简宇捷打了电话过来，就立刻给他回了电话。

简宇捷将简一凌又一次发烧住院的事情告诉了简宇珉。

简宇珉赶紧让助理开车送自己去医院。

"宇哥，什么情况？不是说好了录完节目一起吃烤肉的吗？"

不明情况的 Juptiter 其他团员拉住了他。

"我有事！"简宇珉急着去医院。

"什么事情？"团员们看他这么着急，出于关心追问道。

"我妹生病住院了，我要去看她！"简宇珉没办法，只能说出原因，免得这几个人拉着他不让他走。

说完，简宇珉就飞一般拉着他的助理跑了。

留下Juptiter的其余三名成员。

Juptiter一共有四名成员。

其余三人就简宇珉私藏妹子的事情进行了深入的探讨。

"你们说，宇哥这是去见妹妹还是去见妹子啊？"

"这火急火燎的样子，我都怀疑他是不是谈恋爱了。"

"我的天，什么样的妹子能把宇哥这钢铁直男降服啊？我很好奇呢。"

简宇珉对女人的无情是兄弟们有目共睹的。

"要不下次咱们摸过去见见？究竟是妹妹还是妹子，见了不就知道了？"

"有道理！要不，咱们一起去看看？宇哥的妹妹住院了，咱当兄弟的没道理不去看看，对不？"

"对对对，我让助理去买东西，等会儿我们打个电话给宇哥的助理，就知道宇哥的妹妹在哪家医院住院了！"

他们果然很机智呢！

宇哥想藏妹子？不可能！

简宇珉不知道自己的好兄弟们正在琢磨去见他妹妹的事。他赶到医院的时候，简一凌已经换了新的病房。他第一次还走错了。

简宇珉不知道简一凌已经出院了一次，现在是第二次住进来。

找到简一凌的新病房后，简宇珉便风风火火地闯了进去。

他在看到陪在床边的翟昀晟后，眉头就皱紧了。

简宇珉走到床边，不动声色地挤开了翟昀晟。

"你怎么又变丑了？"简宇珉嫌弃地说道。

简一凌那养了两天，好不容易养得红润一点儿的小脸蛋儿，现在又变白了。

简一凌就这么看着简宇珉。这话她不会接，但是也没有生气。

第一次听简宇珉说这话时，她确实误以为他是故意捉弄她的。

但是现在她知道他对她没有恶意了。

面对简一凌的注视，简宇珉忽然意识到自己可能又说错话了，于是又说道："也只是比你原来的时候丑了一点儿，你多吃点儿东西就漂亮了。"

简宇珉心里想的是，小妹应该再胖一点儿，小脸再有肉一点儿，软软的，白白胖胖、健健康康的才更好。

"好了吃肉。"

"嗯，这样就乖了。"简宇珉满意地点点头，说道，"对了，刚才我给宇捷打电话的时候，他说是他害得你又发烧了。这个傻子又干什么糊涂事了？"

"不是他，是我不好。"

简一凌不打算跟简宇珉提刚才发生的事情。

简宇捷没有告诉他。简一凌也不想告诉他。

那件事情对简宇捷来说是痛苦的，对简宇珉来说又何尝不是？

何燕也是简宇珉的母亲。

所以，简宇捷从一开始就没打算跟大哥说。他宁愿自己一个人扛下整件事情。

"什么你不好，我看你挺好的，除了爱哭一点儿其他都还好。"简宇珉又说，"你也不用护着他，等下次他过来，哥哥帮你捶他一顿，捶到他屁股开花。"

他笑嘻嘻地跟简一凌说完后，转过头，用不怎么友善的眼神看向翟昀晟，用还算客气的语气对翟昀晟说："多谢翟先生来探望我妹妹，您也辛苦了，就先回去吧。我妹妹我来照顾就可以了。"

翟昀晟却不打算走。他的双手插在裤兜里，神情自若，毫无被逐之客的尴尬。

看到翟昀晟这副模样，简宇珉愈发觉得这个人很危险。

见简宇珉和翟昀晟之间的气氛不对，于希连忙帮忙调和："宇珉哥，一会儿医生还要过来给一凌妹妹做检查，多一个人在也好。等晚点儿简奶奶过来了，我们就走。"

"也行吧，不过你们两个都不用去做别的事情吗？"

简宇珉虽然心里不满，但翟昀晟也确实还没做什么不好的事情，他也不能赶人赶得太明显。

"没事没事，我们现在还挺有空的。"于希摸了摸鼻子，本该在念大学的他们现在却在玩。

要说是玩倒也不全是，晟爷来恒远市是有正经事要做的。

只是这件正经事现在被晟爷搁置了。

这时候，简宇珉接到了他团里兄弟们打来的电话："宇哥，妹子的病房在哪里？我们到医院门口了。"

"你们来干吗？"简宇珉的第一反应是找个理由把人赶走。

"你妹子生病了，我们作为你的好兄弟，当然要过来探望一下了。"

"你们！"简宇珉找不到理由来拒绝自己的这帮兄弟。

上次他还能说自己家不够大，现在总不能说医院不够大吧？

简宇珉只好把病房号告诉他们。

五分钟后，Juptiter的其他三名成员就出现在了简一凌的病房里。

三个帅气的小伙子进病房前都戴了口罩和鸭舌帽，以免被人认出来。

进了病房看到简宇珉，三人笑得一脸灿烂。

Juptiter的其余三名团员分别是洛勋、施柏杨、乐尧。

三个人的性格、长相各有特色，但是颜值都是非常高的。

简宇珉十分冷淡地跟简一凌介绍自己的三个好兄弟："小凌，这三个是我的朋友，洛勋、施柏杨、乐尧。你不用记得他们的名字，也不用记得他们的长相。"

三人之中性格最为活泼的洛勋立马笑着走上前，对着病床上的简一凌做自我介绍："你是宇哥的妹妹吧？你长得好好看，要不我们的新歌拍MV(音乐短片)的时候你来做女主角吧？"

病床上的女孩一看就不可能是宇哥的女朋友。这要是宇哥的女朋友，他们得考虑群殴宇哥了，那也太不像话了！

简一凌的目光也停留在了洛勋的身上。

洛勋，这个名字简一凌并不陌生。

曾经，陪在简一凌身边，与简一凌一起作恶的人就是他。

他也算是当时已经偏执成狂的简一凌唯一的朋友。

他劝过简一凌不要执着于秦川，劝她放弃，还试图阻止她做错事。但是她听不进去。

在简一凌做了一件又一件蠢事的时候，洛勋因为怕简一凌出事，还是选择了帮助她。

洛勋的结局并不好，后来Juptiter解散，所有成员都被雪藏。

简宇珉被迫回家接受了母亲何燕的安排。

洛勋则在失去人气和事业之后，在酒吧做了一名驻唱歌手。

有时候他被人认出是以前偶像团体的成员后，还会遭受嘲讽。

不同于现在的是，那时，简一凌和洛勋第一次见面，是在简一凌二十岁的时候，而不是现在。

简一凌没有回老宅，简宇珉也没有回老宅。而简宇珉在包括简一凌在内的简家人眼中的形象一直是个讨厌妹妹，会捉弄妹妹的人。

加上工作关系，简宇珉总是全国各地跑，很少在家停留。二人成年后一直没什么交集。

所以，简一凌在很长一段时间里，和他的兄弟们也没有什么交集。

而如今，因为种种微小的变化，简一凌和简宇珉的关系有了变化，和Juptiter其他成员第一次见面的时间也提前了。

此时的洛勋还是一个满脸笑容，阳光帅气的歌唱艺人。

他正对着简一凌露出他的招牌笑容。

简宇珉对简一凌说："一凌妹妹，你别理这个浑球儿。他惯用这种乍一看人畜无害的笑容骗女粉丝。"

洛勋是他们四人当中年纪最小的，长相最"嫩"，白净可爱，是标准的"小鲜肉"和"小奶狗"。

所以，其他成员的粉丝多为"老婆粉"，洛勋则有很多"妈妈粉""姐姐粉""阿姨粉"。

洛勋因为甜美的笑容而俘获了一众女性的心。

现在洛勋竟然冲着简一凌这么笑，真是臭不要脸。

"宇哥，有你这么介绍兄弟的吗？"洛勋满脸委屈地说道。

他天生笑得好看，怪他吗？

"我这是实话实说。"简宇珉一点儿都不觉得自己的介绍有问题。

"宇哥，你也太坏了！"洛勋小声嘀咕。

宇哥私藏妹子不说，还在妹子的面前说他们的坏话，破坏他们的形象！

"我哪里坏了，我好着呢！妹妹，你说对不对？"

简宇珉忽略了三名兄弟的想法，只问简一凌的看法。

"嗯。"简一凌点头。他很好。

简一凌点头的模样乖乖的，看得Juptiter的其他三名成员很羡慕简宇珉。

"看吧，我妹妹认证的！"

简宇珉仰着头，得意地说道。

"宇哥，我竟然无法反驳你！"幽默的乐尧忍不住说。

"那你就别反驳了。"简宇珉说道。

Juptiter四名成员之间的关系很好，日常就是相互吐槽、打趣。现在，他们四个人挤在了简一凌的病房里面，病房里顿时热闹不已。

四个人吵吵闹闹了好一阵才消停下来。简宇珉总算送走了这三个烦人的好兄弟。

简宇珉暗自庆幸，还好没告诉过他们他家的地址。

简一凌看到翟昀晟躺在沙发上睡着了。

沙发的长度还不足以容纳他。他的腿挂在了外面，把自己的外套盖在头上，挡住光线。

他的睡姿很随意。但不得不说这人长得好看的话，不管什么睡姿都好看。

简一凌第一次见到他的时候，他就是很随意地躺在医院走廊里的长椅上。

让人惊讶的是，他竟然在这么吵闹的情况下睡着了！

于希看出了简一凌眼中的疑惑，小声跟简一凌解释说："晟爷在太过安静的环境里反而睡不着。"

翟昀晟无法在太安静的环境下入睡。过分的静谧会让他回忆起自己父亲去世时的情景。

那个时候四周安静得没有一点儿声音，他的父亲倒在他的面前。父亲的鲜血染红了地面。

年仅七岁的他，眼睁睁地看着自己的父亲慢慢变成冰冷的尸体。

四周安静得他好像能够听到血液流动的声音。

直到半个小时后翟家的其他人才找到他。

那一段时光成了翟昀晟不为人知的阴影，也导致了他不喜欢完全安静的环境，睡觉的时候房间里会放一些轻音乐。

于希刚说完。翟昀晟就睁开了眼睛。

他是睡着了，又不是死了。于希这样说话，他怎么可能听不到？

更别说他刚才睡得很浅了。

于希吓得一激灵，连忙别开眼，假装自己什么都不知道。

这时候，简老爷子和简老夫人也到了病房。

看到病床上的简一凌后，简老夫人又是一顿训斥。

简一凌只能乖乖听训。

简老夫人看着宝贝孙女这么乖，也就不好多说了。

简老夫人说得越多，自己越心疼。

简老爷子则跟于希他们道了谢。

翟昀晟对简老爷子还算客气。两个人寒暄了两句后，翟昀晟和于希就走了。

简宇珉也被简老夫人劝走了。

他这几天准备在恒远市开演唱会,各种彩排及其他活动都要提上日程了。

人都走后,简老夫人把简一凌抱到怀里,轻轻地拍着她的后背。

简老夫人没说话。但是简一凌好像能够明白她的意思。

有些事情不需要用语言来表达。

简一凌觉得这个怀抱暖暖的,有一种很舒适、放松的感觉。

这种感觉对简一凌来说是陌生的。

但是她好像并不讨厌这种感觉。

简老夫人心中酸涩。虽然视频已经给了简家人,但是简一凌好像什么事情都没有发生一般。

她甚至没有主动跟简老夫人提这件事情。

这一次简一凌又是因为肠胃炎而住院的。简老夫人命令她至少要在医院里住够三天。

还好简老夫人没有不让简一凌玩手机和电脑。简一凌可以在病房里工作。

不过,简老夫人是让简一凌在床上看剧、玩游戏的,而简一凌却在工作。

要是简老夫人知道简一凌是在工作,估计又会生气了。

第六章
天　才

　　简一凌的手机终于开机，上面一片红色的标记，未接电话 99+，未读短信 99+，未读微信消息 99+。
　　就连研究所专用 App 上的未读消息也有几十条。
　　简一凌选择关机是因为她并不知道如果接起电话，她要说些什么。
　　她只是单纯地想要把视频公开，把事情的真相呈现在他们的面前。
　　简一凌不知道现在的情况能否改变自己的命运。
　　梦境里面那幅独自面对死亡的画面太过真实，真实到简一凌想起来的时候，那种感觉就会随之而来。
　　简一凌摒除了脑海里不该有的杂念，开始专心地做眼前的事情。
　　想要好好地活下去，最需要的是事业和钱。
　　简一凌先点开了研究所那边的消息。
　　联系人给她发了一堆消息。
　　消息是关于她手上的两个项目的。
　　联系人给她列出了各项安排，尽可能合理地利用简一凌十分有限的时间。
　　但是无论联系人怎么调节，简一凌的时间都不够用。
　　"手术定在下个月五号，联系病人，做入院检查。"
　　简一凌简单明了地给联系人发去了消息。

"五号？会不会太赶了？你现在手上还有其他的事情要处理。"

一项手术所耗费的时间比一个药物类的研究项目要短得多。

手术只需要做好术前准备，真正做手术的时间是很短的。

而药物研究，最少也得需要几个月，长的十几年都很正常。

"五号。"简一凌重复了一遍。

这两天住院，刚好给了她足够的时间工作。

秦川的母亲是长期病例。她和程易已经初步制定出了第一套控制病情的方案。

很好，看到这条消息的联系人知道自己的劝说又是无用功。这位小祖宗做决定的时候一向是说一不二的。

"行，我通知病人，马上办理入院手续。"

联系人只能联系相关人员进行安排。

不过，这台手术如果成功的话，对简一凌的帮助还是很大的。

这种类型的手术很考验外科医生的能力，一旦成功，Dr.F.S一定会在业内名声大噪。

这对简一凌的事业发展是十分有利的。

在简一凌确定了简允卓的手术时间之后，行业内相关的质疑声也响起来了。

有人期待，有人质疑。

"这位Dr.F.S真的要接这台手术？他是真有本事，还是初生牛犊不怕虎？"

"谁知道呢，此前从来没有听说这个人做过相关的手术。没有成功的案例在先，谁也无法预测他在这台手术上的成功率。"

"慧灵医学研究所的人一向不按套路出牌，这在业内是出了名的，看来这次也不例外。直接让一个没有公开手术经验的新人上手，实在是一言难尽。"

"也不能这么说，以这位Dr.F.S此前发表的文章来看，他确实是很了不起的。"

"有个成语叫'纸上谈兵'，说得再好，理论知识再丰富，和实际操作还是有区别的。"

"也是，外科手术不比其他的，将理论倒背如流都不如经验积累重要。不过这是慧灵医学研究所的人做的决定。他们既然做了这样的决定，如果出了事，他们就得自己承担后果。还是让我们拭目以待吧。"

洪百章也在电脑面前，看到了这些文字。

不得不说，这台手术引起了很多人的关注。

而他，作为简允卓曾经的主治医生，更是密切关注着这台手术。

这样的手术难度很大，一旦完成，毫无疑问这位Dr.F.S的名声将会再提升一个档次。

说实话，洪百章恨不得亲自去现场观看Dr.F.S做这台手术。

他这么想着，便厚着脸皮给程易发了信息过去。希望程易能够同意他在手术当天到现场去观看。

程易隔了一会儿才给他回消息："我没有权限，你自己想办法。"

洪百章心道：我这不是想不到办法了才跟你说的吗？

除了联系他们之外，洪百章也想不到其他的办法了。

洪百章正在回消息。护士来找他，说要他亲自去一号病房查看病人的情况。

"不就是个肠胃炎吗？干吗非要我亲自去？"洪百章有些不耐烦地说道。

简家老夫人也真是的，非要他亲自看才放心。明明他们医院里的其他医生看就足够了。

洪百章无奈地走向一号病房。

病床上的小姑娘面前摆了一堆电子产品，一眼望去全是电脑屏幕、各种显示器。

洪百章心想：现在的家长真是宠孩子。孩子生病住院了，还要把一堆电脑搬到病房里来。

"怎么样，肚子还痛吗？"洪百章走到床前，询问简一凌的情况。

"不痛。"简一凌在洪百章靠近前，就将电脑桌面切换到了屏保状态。

洪百章又照例询问了简一凌几个问题，重申了一些需要注意的事情。

肠胃炎真不是什么大事，只要小姑娘别再乱跑、乱吃东西，问题就不大。

比起给人看肠胃炎，洪百章更想去看那台手术！

洪百章看着简一凌面前的电子设备，忽然想起了之前和程易、罗秀恩之间的对话，于是对简一凌说道："对了简小姐，冒昧地问一句，你和程博士、罗博士他们玩的是什么游戏？"

洪百章对这款游戏还有执念。

那是程易说的。简一凌可没有说过。

简一凌看着洪百章,半响后才给了一个答案:"《虫族入侵》。"

她最近只玩过这款游戏。

虽然她并没有和程易、罗秀恩他们玩过。

她和程易、罗秀恩他们玩的都是各种数据、实验。

"这款游戏我好像听说过,高智商的人也喜欢玩这种射击游戏吗?"洪百章若有所思地说道。

要是他玩这款游戏也认识了那个外科大神,是不是就有机会到大神的手术现场围观了?

说不定还真有这个可能呢。

"简小姐,你什么时候有空教我玩那款游戏呗?"

洪百章想着,简一凌既然能通过那款游戏认识程易他们,就肯定玩得还不错。

洪百章认为,菜鸡玩游戏是没朋友的,只有玩得好的人才能在游戏里面交到朋友。

"不会教。"简一凌如实回答。

"不会教?那你自己怎么玩的?"洪百章追问。

"感觉。"简一凌认真地说道。

洪百章请教无果,心想:看来,回头我得下点儿游戏找找"感觉"了。

由于简一凌生病休养,于希少了凌神带他飞,心情忧伤。

他自己单排又陷入了惨败的郁闷局面。

他现在段位高了,遇到的对手也更厉害了,游戏体验十分差。

就在这个时候,他发现翟昀晟开始玩游戏了。

于是,于希谄媚地给大佬递了茶,问道:"晟爷,要不你带上我?"

"可以。"

出乎于希的意料。翟昀晟今天格外好说话,直接答应了于希的请求。这让于希感动得眼泪都差点儿流下来。

于希连忙登录游戏账号,和翟昀晟组队双排。

然后,一向凶猛的翟昀晟开局就挂了。

于希震惊了。

他自己也没能撑过两分钟。

于希想:这一定是意外,晟爷刚开始玩,手生!一定是这样的!

这种事情发生一次也就够了,肯定不会发生第二次的。

所以，于希又麻利地和翟昀晟开了第二局。

然后，他们又输了。

于希瞪大了眼睛，心中慌得不行。

晟爷今天怎么了？这完全不是他平时的水平！

于希的心中直打鼓。可是他又不敢直接跟翟昀晟说，只能硬着头皮继续和翟昀晟双排。

结果，他们还是输了。

其中好几局是翟昀晟比他先死。

于希纳闷儿了。

于希看着自己不断减少的积分，心都要碎了。

"那……那个，晟爷，我今天就先不玩了。"于希终于顶不住了。

"正好我也玩得差不多了。"翟昀晟说。

他玩得差不多了？

他怎么就玩得差不多了？

于希满心疑惑。就在他退出游戏返回游戏大厅的时候，猛地看到，他们区的排名第一由"ZYS"变成了"J10"。

"J10"平时打得少，一般都是和于希一起打。

就这样她之前还冲到了榜单第二名的位置。

第一是翟昀晟，不可撼动。

而今天，第一与第二的位置变了一下。

于希看着这个排名，愣了半响，接着发出了一句悲戚的咆哮："晟爷，你别告诉我你刚才是在故意掉分！"

"嗯。"

翟昀晟承认了。于希崩溃了。

"你为什么不告诉我啊？"

于希郁闷地想：你要掉分你掉啊！为什么要带上我？我做错了什么？我还没有上"宗师"呢！

"你又没问我。"翟昀晟回答。

于希心想：我心中有一句脏话，但是我不能讲。

于希只能忍住泪水，悄悄地给简一凌发了一条信息过去："凌神，我被晟爷欺负了。"

简一凌正在电脑前，很快就给他回了："嗯。"

一个"嗯"字，表示她知道了。

"凌神,你就不能安慰我一下吗?"

卑微的于希,在线求安慰。

"安慰。"

于希看着屏幕上的"安慰"二字,内心一阵啜泣。

于希继续给简一凌发消息:"凌神,你都不问我晟爷是怎么欺负我的吗?"

简一凌这次只回复了一个问号。

"他带我掉分了。凌神,我离'宗师'又远了好多。"

"下次带你。"简一凌回复。

于希一看到这句话就兴奋了,又给简一凌发去了消息:"凌神,果然还是你最好。哥哥爱你,哥哥记得欠你的满汉全席!"

简一凌住院期间,任由简爸简妈如何追问,简老夫人也没告诉他们简一凌的去向。

直到第三天简一凌出院的时候,简老夫人才通知简允丞,让他来做免费的劳动力,负责接简一凌回老宅。

简允丞在接到简老夫人的通知后才知道原来简一凌又住院了,只是换了病房。

简允丞看着简一凌爬上车,然后安静地坐在后座上,手里拿着手机,白嫩的手指在屏幕上戳着,神情专注。

简一凌的心思在最近遇到的工作问题上。她并未注意到开车的人是谁。

看到简一凌乖巧的模样,不知道为何简允丞心中有一种隐隐的刺痛感。

曾经他还一度为此欣慰过,欣慰她的乖巧,欣慰她的改变。

可如今真相大白,所谓的乖巧也随之变了味。

"小凌。"简允丞开口,喊了一声。

简一凌抬头,对上简允丞的目光。

简一凌看着简允丞,等着简允丞的后话。

简允丞静默地看着简一凌,心中有许多话想要跟她说。但真与她面对面的时候,尤其在看着她这双眼睛的时候,简允丞又不知道从何说起了。

任何言语都显得苍白无力。

"你肠胃炎好了吗?"

"好了。"简一凌如实回答。

同时上车的简老夫人有些无语,瞧他问的什么蠢问题。小乖乖肯定是痊愈了才出院的，不然她能让小乖乖出院吗？

简老夫人还注意到，简允丞今天穿的是简一凌给他织的毛衣，还围了简一凌送给他的围巾。

毛衣是高领毛衣，和围巾不搭。

简一凌回答问题时的态度没有什么变化，就和她拿到证据之前一样。

是啊，对她来说，一切没有变。她一直知道自己没有推允卓。

变的是他们。

到了简家老宅，简宇捷从里面出来迎接简一凌。他也穿着简一凌送给他的毛衣。

今天是周末，简宇捷不用去学校。而他跟他妈妈说自己要来老宅，他妈也二话不说就答应了。

"一凌妹妹，恭喜你康复，终于可以吃好吃的了！"

"嗯。"简一凌冲简宇捷点点头。

"一凌妹妹，我刚才让大厨给你做了各种好吃的哦！"

简宇捷在等简一凌回家的时候，一直在厨房里待着，盯着大厨的进展。

"谢谢，哥哥。"

简一凌还是不习惯叫"哥哥"。但是她正在尝试习惯这个称呼。

"不用说'谢谢'，你喜欢就好。"简宇捷笑得很甜，说道，"走吧，大厨给你卤了牛肉。我们去尝尝。"

简宇捷带着简一凌去吃东西。

简允丞被晾在了一边。

刚才简一凌叫简宇捷"哥哥"的时候，简允丞听得很清楚。

她的声音很甜美，状态很亲昵。

而简一凌已经许久没有叫过他"大哥"了。

这种落差让简允丞有些失落。

之后，简允丞留在老宅里吃午饭。

饭桌上，简宇捷和简一凌之间的气氛很好。简宇捷会帮简一凌夹菜。两个人虽然没说多少话，但举止很亲昵。

简老爷子和简老夫人很安静，自成一派。

简允丞被晾在一边，眼睛时不时地瞄向自己的妹妹和小堂弟。

如果让霍钰看到他这个样子，怕是能偷着乐好几天。

吃完饭，简一凌依旧没注意到简允丞。心思全在工作上的简一凌直接去自己的书房了。

简一凌没觉得有什么。他们以前也是这样的,吃完饭就各忙各的。

简宇捷也跟着去了。他把自己的作业都带过来了。

兄妹两个人一起去书房里忙各自的事情了。

本该存在感很强的简允丞被他们两个无视了。

简老夫人也像没有看到自己的大孙子一般,去找她的老姐妹煲电话粥了。

还好简老爷子最后把简允丞叫去了自己的书房,去谈生意上的事情了。

莫诗韵放学后回到家,看到妈妈浑身颤抖、满面泪痕。

"妈,你怎么了?"

莫诗韵丢下书包跑了过去,抱住妈妈。

在她的记忆中,妈妈上一次这样还是在她小时候,那个烂人还没有从她们的世界里消失。

"诗韵,怎么办?他回来了,他回来了⋯⋯"

莫嫂声音颤抖,心中充满了恐惧。

她对何建军的恐惧,是渗透到骨子里的。

那些年的痛苦,深深地刻在了她的脑海里。

果然!莫诗韵就知道那个男人会来找她的妈妈。那个人在学校里闹还不够,还要来打扰她和妈妈平静的生活!

"妈,你别怕他。他和我们已经没有关系了。我们不用怕他的!"莫诗韵安慰着莫嫂。

"不是的,诗韵,你不知道,我和他还没有离婚⋯⋯"

"你说什么?!"莫诗韵也傻了。

"当年他直接跟小三跑了,我就当没他这个人了。我当时就没想过他还会回来。"

莫嫂没读过多少书,哪里知道这里头的情况?

当时她只顾着怎么赚钱养自己和孩子了,根本没想那么多。

莫诗韵听到这话后,感觉到了一股彻骨的寒意。

"妈,我们现在就去起诉,现在就去!他消失了那么多年,没有管过我们母女半分。他没有资格做我的父亲,也没有资格做你的丈夫。我们起诉,法官会判你们离婚的!"

"可是,我听说打官司要花很多钱。我没有钱。"

"妈,你不是存了一些钱吗?我们先拿出来打官司,我的学费之后再慢慢攒！没有什么比先和那个男人撇清关系更重要的了！"

"不是的，诗韵，妈……妈的钱没有了……"

"怎么回事？你存的钱呢？到哪里去了？"

"我……我赔掉了……现在都还套牢着……"

"套牢？炒股？"莫诗韵一脸震惊地看着她的母亲。

"我……我也不想的，我以为我能赚到钱的。"

"你赔进去了多少钱？"

"全……全部……"莫嫂垂着头，一脸悲戚地说道。

莫嫂这两年存的钱总共有八九万元了。因为她女儿上盛华私立高中的钱是何燕出的。她在简宅工作拿到的优渥工资除了供她们母女的日常开销之外还能有多余。

要不是莫嫂日常在莫诗韵的身上花了不少钱，她存下来的钱还能更多。

而现在，这些钱全部被套牢了！

全部！

莫诗韵如遭晴天霹雳。

没有钱的日子有多难过，她们再清楚不过了。

她们的日子现在好不容易好过了一点儿，竟然……

莫诗韵又生气又难过，说道："妈，你从来没有炒过股，怎么会突然去做这种事情？"

她妈妈根本不懂股票，怎么会突然拿着全部家当去炒股？

"我……我是看安嫂在炒股，还赚了很多钱。她用炒股赚到的钱在市里面买了一套房子，说是以后做不动了就去养老。我看很容易赚到钱，就跟着她买了。刚开始股票涨了，我就想一次性多赚点儿，就全买了！"

莫嫂不懂。但是看到安嫂赚得盆满钵满，想着她们也差不多，安嫂能赚，她应该也能赚的。

"妈！你怎么……股票哪里是那么好炒的！要是什么人都能在股市里赚钱的话，那谁还去工作？"

莫诗韵被气得红了眼。

"我知道错了，我知道错了……"莫嫂哭得浑身发抖。

莫嫂知道错了，可是已经没有办法了。

股票被套牢了，她的钱都拿不出来了。

现在她不光丢了辛辛苦苦为莫诗韵攒下的学费，更是连打官司的钱都拿不出来了。

莫嫂痛苦不堪。

"妈,你先别难过。我们先想想办法,你先和那个男人把婚离了。"

莫诗韵已经从最初的震惊和气愤中缓过神了。

事到如今,再怪母亲也于事无补了,莫诗韵也知道发生了这种事情,母亲一定是最难过的那个人。

"我想不到办法,我不知道该怎么办……"

莫嫂满心恐惧。失去了钱,那个她最怕的男人又找上门来了,她好像一下子回到了十多年前。

她这十多年来的努力和付出都付诸东流了。

"我会找人借钱。我朋友里有认识律师的,我应该能搞定这件事情。"

"真的吗?"莫嫂的心里终于再度燃起了希望之火。

"嗯。"莫诗韵肯定地点了点头。

"那就好,那就好。"莫嫂心生欢喜。

莫嫂心想:果然,将女儿送去贵族学校读书是正确的选择!

莫诗韵能想到的第一个人是邱怡珍。

因为上一次的学校风波,她和好些人的关系变得有些尴尬,其中就包括此前跟她关系很不错的朱莎。

后来,因为她在月考中考到了全校第二名的好成绩,冲淡了那场风波,也让同学们对她的偏见缓和了一些。

邱怡珍非但没有与她疏远,反而因为自己那天帮了倒忙而对她心怀愧疚。

邱怡珍听说莫诗韵有麻烦,二话不说就答应帮忙。

只是借钱,邱怡珍就有点儿为难了。

因为惹了简一凌,她被她爸扣了生活费。她现在全靠敲诈同学过日子,哪里有钱借给莫诗韵?

邱怡珍思索过后,想到了一件事情,于是给莫诗韵出了一个主意:"诗韵,你不是化学成绩很好吗?我听我爸说有一个高中化学竞赛,设立了丰厚的奖金,现在正在报名阶段。"

"高中化学竞赛?奖金能有多少?"

高中化学竞赛莫诗韵参加过,还曾拿过市里面的奖。

"这次的竞赛奖金格外高,据说是由一个很厉害的机构主办的。与一般的竞赛相比,奖金高了不止一星半点儿!我听说第一名有二十万元,第二名有十万元，第三名有六万元，第四到第十名有三万元。"

这个奖金额度真的非常诱人。

此前莫诗韵参加过的竞赛，奖金额度都比这个低。

她也不奢求能拿到前三名，能拿到第四名到第十名，得到三万元奖金，就能缓解她们家的当务之急了。

"邱姐，那你把网址发给我，我去报名。"

莫诗韵觉得这确实是一个好办法，毕竟跟别人借钱要还，赢的奖金就是自己的了。

和莫诗韵通完电话，邱怡珍忽然想到了一件事情。

要不，给简一凌也报个名？

邱怡珍不图别的，就图让简一凌丢人。

据说，到时候成绩会公布在网上，不管简一凌去不去考试，她的成绩都会被挂在网上。

到时候，莫诗韵的名字在靠前的位置，简一凌的名字在最后面，就是看着也爽啊。

邱怡珍现在不敢明着找简一凌的麻烦了，但是只要是能给简一凌找不痛快的机会，她都不会放过。

于是，邱怡珍打开了网页，在报名页面填写了简一凌的信息。

她能从她爸的电脑里查到简一凌的个人信息，用来填写化学竞赛的报名表正好。

给简一凌报完名，邱怡珍看着电脑页面，颇为满意。

不知道简一凌发现名单当中有她的名字时，会是怎么样一副表情。

时隔一个多星期，简一凌回到了学校。

简一凌一进教室，就发现所有人抬头看着她。大家的神情还有些奇怪。

简一凌不是很理解，照常走到了自己的座位上。

胡娇娇立马凑过来，小声问简一凌："一凌，你要参加那个化学竞赛啊？"

"化学竞赛？"

"对啊，那个竞赛我们学校里的老师也很重视，我们学校的参赛者名单都张贴出来了，校方还给每个报了名的学生发放了相关的资料。"

因为参加这种级别的化学竞赛得奖，对学校来说也是一种荣誉，学校当然会重视。

说着,胡娇娇指了指简一凌桌上放着的厚厚一本打印资料,说道:"喏,这是你的那份。"

简一凌低头看着自己桌上的化学竞赛题集。

胡娇娇又小声地补充道:"题集是我们学校高三年级组的组长亲自发的。她过来的时候说高一就两个人报了名。"

这次化学竞赛,盛华高中的学生中报了名的不少,但大多数是高三的。

因为很多知识点高一、高二的学生还没学,参加了也没希望得奖。

尤其高一的学生,这才是他们上高中后的第一个学期,高中三年的化学课程,有一大半还没有学过。

高二的学生中有几个报了名的,都是在高二年级里成绩排名靠前的,妥妥的学霸。

而高一一共就两个人报名了。

一个是他们高一年级里学习成绩最好的,还有一个就是简一凌。

简一凌第一次月考时,化学成绩:43分;第二次月考时,化学成绩:60分。

所以,学校里的人不知道简一凌为什么要报这个名。

虽说报名没有限制,但是这种会公开成绩的考试,无论她考了多少分,后面都会跟上盛华私立高中的名字。

所以,高三年级组的组长给简一凌发题集的时候,才会露出难以置信的表情。

而同学们看简一凌时的表情也怪怪的。他们似乎都在好奇简一凌为何会有如此行为。

简一凌听完胡娇娇的话之后,打开了网上报名的链接。

果然她从官网公布的考生名单里找到了自己的名字。

胡娇娇见简一凌盯着自己的名字发呆,问道:"不会不是你自己报名的吧?"

简一凌的反应不像是她自己报的名,更像是刚听说这件事情。

"不是我。"

"天哪,那是谁这么缺德给你报名了?"胡娇娇觉得这个给简一凌报名的人真是坏透了。这要是谁给她报了名,她得疯了。

胡娇娇想了想,又觉得奇怪,说道:"不对啊,报名需要填写身份证号和学号,谁把你的这两个号码背下来了?"

身份证号一长串就不说了,他们学校的学号也长得过分。

一般人记住自己的就不错了，谁那么闲去记别人的？

胡娇娇发现自己看《名侦探柯南》学到的经验不够用了。

胡娇娇放弃思考这个问题了，转而去安慰简一凌："一凌，你别难过了，报名了就报名了，到时候你去考试的时候，选择题随便填一填，运气好的话说不定能得分。我听说这种考试得分很困难，有些人考的还不如蒙的分数高。说不定你瞎选还能考一个很不错的分数回来呢！"

"嗯。"简一凌的面色很正常。

胡娇娇也不知道怎么安慰她，只能跟她说："那你想开点儿。"

"嗯。"

然后，简一凌就翻开了桌上的化学竞赛题集，想看看竞赛要考什么。

胡娇娇也凑了过来。

胡娇娇看了几眼题目的内容之后，就哀号起来："我发现这题集上面的每个字我都认识，但是它们连在一起后我就不知道是什么意思了！

"还有，这些化学方程式为什么长得这么奇怪？有那么多的'C'那么多的'H'，它没事长得这么复杂做什么？这样的题目真是给人做的吗？老天爷保佑，我这辈子都不想做这种题目，太可怕了！"

刚开始学无机化学的胡娇娇看到竞赛题集上面的有机化学方程式就已经两眼冒金星了，更别说其中的复杂关系了。

胡娇娇安慰了简一凌，但是学校论坛上有人在嘲笑简一凌。

原帖是发帖人把这次化学竞赛参赛者的名单贴出来了，然后祝盛华高中的考生在这次竞赛中取得好成绩，为学校争光。

当有人看到名单里的"简一凌"三个字时，楼就歪了。

"我好像看到有什么奇怪的东西混进去了。"

"楼上的没有看错，我也看到了。"

"我的天哪，为什么一群好学生当中混进去了一个差生？差生怎么想的？我只能说她勇气可嘉了。"

教导主任的办公室里。

教导主任李老师看着化学竞赛参赛者的名单就郁闷。

这个简一凌怎么搞的？没事报名参加这种竞赛做什么？

郁闷的李老师去高一（8）班的教室里找简一凌。

时间还早，早读还没开始，李老师一出现，教室里顿时变得鸦雀无声。

李老师径直走到简一凌的课桌前，问道："简一凌同学，听说这一次化学竞赛你报名了？"

李老师的语气并不友善。

"是。"简一凌回道。她的反应很冷静。

她没有就别人为她报名的事情跟李老师做过多的解释。

"你是怎么想的？你有没有听说过盖房子得一层一层地盖，地基还没打好就想要去盖楼顶是不可能的。你知不知道人得先学会走路，才能开始跑步，然后再做各种高难度的动作？"

"嗯。"

李老师说了一大堆，结果简一凌只有不咸不淡的一个"嗯"字。

李老师有一种一拳打在了棉花上的无力感。

李老师板着一张脸，继续质问简一凌："那简同学应该是做了一些准备了？老师相信你不会无缘无故地在这种高难度的竞赛上报名的。"

"奖金高。"简一凌回答。

她刚才在浏览网页的时候看到了，第一名的奖金很丰厚。

"你是奔着奖金去的？"

"嗯。"

"简同学很有志向嘛。不知道上一次月考中，化学考试考及格了没有？"

"及格了。"简一凌回答得很干脆，丝毫不心虚。

不知道的人还以为她在上一次月考中化学考了满分呢。

"行，行。"李老师觉得心很累，说道，"那你好好加油吧！"

更多的话，李老师已经不方便说出口了。

李老师也不想再在简一凌的身上浪费时间了。

到时候公布成绩后，他自动忽略这个人的成绩就行了。他有这个时间，还是多去关心关心他们学校的种子选手——高三重点班里的那几个尖子生。他们比较有希望在这次化学竞赛当中获奖。

李老师来了又走了，虽然话没说几句，但是摆明了不喜欢简一凌的这种做法。

莫诗韵自从报名参加化学竞赛之后，就一门心思扑在了做题上面。

那本被年级组长发下来的题集，莫诗韵打算在考试前做完。

这对正在念高三的莫诗韵来说，又增加了负担。

她每天都要学习到凌晨一点，看起来整个人都憔悴了。

莫诗韵的辛苦，莫嫂看在眼里疼在心上。

可是，除了给女儿做消夜，她什么忙都帮不上。

莫嫂给莫诗韵拿来消夜之后，又拿了一份过来。

"诗韵，你把这份拿去给三少爷吃吧！"

最近大少爷亲自把三少爷带在身边，加上三少爷的手术日期也确定下来了，这让三少爷和她女儿接触的时间变少了。

莫嫂怕时间久了，两个孩子的关系就淡了，于是特地煮了消夜，让莫诗韵拿给简允卓。

莫诗韵看着妈妈准备好的消夜，有些迟疑。

最近，她和简允卓的关系确实变淡了一些。她给他发的消息他也没有回。

一开始莫诗韵怀疑过有可能是上次送礼物的事情被发现了。

可是，先生、夫人还有大少爷并没有对她妈妈做什么。她也就渐渐地放下心来了。

如果真的被发现了，先生、夫人还有大少爷不可能不表态。

所以，莫诗韵只能理解为最近简允卓比较忙。

莫诗韵犹豫了一下，端起了她妈妈准备的鸡汤小馄饨，往别墅主屋走去。

莫诗韵和她妈妈住的是简家别墅旁边的小屋。虽然是小屋，但是也比她们母女俩之前住的房子要好很多。

莫诗韵来到主屋，试图开门。

主屋大门的门锁是指纹锁。

莫诗韵的指纹本来是录进去了的，今天，门锁却提示她指纹不正确。

莫诗韵愣住了。

难道是最近家里的安保系统更新升级的时候，把指纹记录清空了？

莫诗韵将消夜放到一边，给简允卓发了信息过去。

"看你房间里的灯还亮着，你是还没睡吗？我妈做了消夜，是你喜欢吃的鸡汤小馄饨，我给你送上去好吗？"

她将信息发出去后，时间一分一秒地过去。

大概五分钟后，莫诗韵才收到了简允卓的回信："不用了。"

他用简单的三个字，明确地拒绝了莫诗韵。

莫诗韵看到这三个字的时候，心里有些不舒服。

莫诗韵在门口徘徊了一会儿，最后拿着消夜回到了她和她妈妈住的小屋。

莫嫂看到莫诗韵把消夜原封不动地拿了回来，问道："诗韵，怎么回事？三少爷已经睡了吗？"

"没有，他已经吃过了。安嫂给他做过消夜了。"莫诗韵说了谎，不希望她妈妈乱想。

"这样啊，那下次吧。"莫嫂有些遗憾地说道。

第二天，第二节课下课的时候，教学楼里突然变得热闹起来，很多同学跑到走廊里去围观。

好奇的胡娇娇也跟着他们去走廊里看了一会儿。

很快，胡娇娇回来告诉简一凌："一凌，学校里来了一个大帅哥！"

"嗯。"

简一凌对帅哥不感兴趣。

"不是的，一凌，这回的帅哥不光长得很帅，据说还是恒远大学的高才生！现在还在念大学的他，已经跟自己的同学一起创办了一家互联网公司！"

"嗯。"

简一凌还是没什么兴趣。

"他的名字叫……叫秦川！听说他各方面都超级优秀！"

简一凌抬头。

她想起来了，秦川的公司最近发展得很迅速。

相应地，秦川的名字也就开始为恒远市的人所熟知。

事实上，简一凌知道的要比其他人知道的还要多一点儿。因为秦川公司的财务报表什么的她都看到了。

胡娇娇继续跟简一凌说："听说他当年的高考成绩是我们恒远市最好的。他本来可以去京城念全国顶尖的几所大学的，但是不知道为什么最后选择了恒远大学！当然，恒远大学也非常厉害，反正是我一辈子高攀不起的梦想。"

"他来做什么？"简一凌问。

秦川不是盛华高中毕业的。他是拿着恒远一中的全额奖学金加免除学费的优待条件念完高中的。

他即使要回母校，也应该是回恒远一中，而不是盛华。

"据说是校领导请他来给高三的学生做讲座的，大概类似职业规划、未来发展什么的吧。"

盛华高中的校领导希望自己学校的学生能够有出息、有名望，所以会针对高三的学生开办一些讲座，时而是心灵鸡汤，时而是就业规划，时而是考试指导。

这次他们就请了还在念大学，却已经创业成功的秦川来给学生们做经验分享。

让他给同学们讲讲自己的学习经历、高考经历、创业经历等。

本来这挺正常的，但因为秦川的颜值太高，引起了骚动。

胡娇娇眼冒星星，激动地说道："长得帅，学习好，年纪轻轻就开起了公司，还是一看就很费脑细胞的互联网公司！天哪，简直就是人间理想。为什么同样生而为人，人家是人生赢家，而我每天都在为能不能及格而苦恼呢？"

这时，一个男生走了过来，嘲讽道："那可不是？人家秦川年轻有为，靠着自己的努力大学还没毕业就已经创办了互联网公司。不像有些人，靠着爸妈有钱，过着饭来张口衣来伸手的生活，可以浑浑噩噩地过一辈子。"

男生长得不起眼儿，戴着镜片很厚的眼镜。

男生名叫王向重，成绩在高一（8）班名列前茅。

对简一凌、胡娇娇这样家庭条件优渥，自己却不努力的学困生，王向重一向是瞧不上的。

"王向重，我是学习成绩不好，但那也不关你的事吧？"胡娇娇不高兴地反驳道。

只是，胡娇娇胆子小、声音也小，反驳的时候一点儿气势都没有。

"是不关我的事，我也就是实话实说而已，实话实说又不犯法。你不会只听得进去别人说你好的方面，听不进去别人说你不好的方面吧？"王向重理直气壮地说道。

王向重继续说："还有，我也没说可以浑浑噩噩过一辈子的人是你们两个，你们不要自己对号入座。"

胡娇娇气呼呼地鼓着腮帮子。

她很生气，可是没法反驳。

所以她更生气了。

胡娇娇像被霜打了的茄子，蔫巴巴的。

谁叫她考试确实考不过这个可恶的、阴阳怪气的王向重呢？

简一凌看了胡娇娇一会儿，看她很难过，于是转头对王向重说："下一次考试时，如果你的总分比我的少，你就给胡椒道歉，加写一千遍'对不起'。"

"简一凌,你什么毛病?"王向重有些鄙夷地说道。

"赌不赌?"

"那是不是如果你的总分比我低,你也要给我道歉加写一千遍'对不起'啊?"

"是。"

听到这句话,王向重笑了起来。周围的其他同学也都用奇怪的眼神看着简一凌。

简一凌上一次月考成绩有进步是真的,就连班主任都点名夸奖了她。

但是她的成绩,和王向重这位学霸比起来,差的还是有点儿多。

她这才刚考及格,就开始向班里的学霸发起挑战了。

简一凌果然飘得有点儿厉害。

这下大家有点儿明白她为什么会脑子发热在化学竞赛中报名了。

月考全线及格后,简一凌真的飘了。

"好啊,我有什么不敢赌的?反正大家都听见了,下一次月考,你要是总分比我低,你就乖乖地给我道歉,记住,是道歉加写一千遍'对不起'哦!"

简一凌一向目中无人,让她给别人道歉,这场面可以说十分罕见了。

胡娇娇连忙拉简一凌,焦急又担忧地说道:"一凌,别……别跟他赌这个。"

胡娇娇可不想让简一凌真的给王向重道歉。

简一凌没有听胡娇娇的劝阻,一口答应了:"好。"

胡娇娇比刚才更蔫了。

这可怎么办呀?

及格这个目标,运气好还能撞上。

考赢王向重,这也太难了吧?

王向重离开后胡娇娇跟简一凌说:"一凌,到时候这一千遍'对不起'我帮你写。"

"为什么?"简一凌有些惊讶地说道。

"他刚才说的是咱俩,那我也有一份的嘛!"

胡娇娇觉得这不是简一凌一个人的事情。

"没事。"

"确实没事,不就是写一千遍'对不起'吗?我又不是没写过那么多字。"胡娇娇说。

秦川来盛华高中做讲座,教导主任李老师亲自接待了他。

对于这样的有为青年,李老师是越看越喜欢。

秦川今天穿戴得很正式,穿着藏青色的西装,打了领带,衬衫的扣子扣得严严实实的,配上他严肃、冷峻的脸庞,看起来有几分禁欲的味道。

"秦同学,你当真是我们恒远市青年的骄傲。我们学校的学生要是能学到你的一两成,我这个教导主任也就很欣慰了。"

"李老师过誉了,盛华高中是恒远市数一数二的重点中学,从盛华高中毕业的能人不在少数。"

"对了,听说秦同学最近认识了互联网圈的不少大佬,国外互联网圈子里的很多人跟你有联系,是吗?"

"没有的事,老师大概是弄错了,和国外互联网圈子里的人有较多联系的人应该是从贵校毕业的简允丞。"秦川淡然地回答道。

"哦,是。"教导主任笑了笑。

简允丞也是从盛华高中毕业的,不过已经毕业好多年了。简允丞在盛华念高中的时候,他还不是教导主任。

还有一个简允陌,据说是个天才,如今在国外的知名大学念研究生,跟随的导师是国际上顶尖的生物学家。

说到这里,教导主任忍不住想到了简一凌。

都是简家的孩子,这哥哥和妹妹的差距怎么就这么大呢?

而他任职期间,没赶上简允丞、简允陌这样的天才,就摊上简家最不争气的简一凌了。

他这是造了什么孽啊?

教导主任陪着秦川去了学校的大礼堂。

教导主任一路上笑盈盈的,任谁看了都知道他心情不错。

秦川到大礼堂的时候,大礼堂里已经坐满了高三的学生。

莫诗韵也在其中。她本来是打算留在教室里做化学题的。

但是到点儿的时候,朱莎又拉着她过来了。

上一次朱莎和莫诗韵吵了一架,没过多久朱莎就主动跟莫诗韵道歉了。

莫诗韵没跟她计较,原谅了她。

莫诗韵觉得自己没必要跟朱莎交恶。她不想在班级里树敌,更不想像简一凌那样,遭到大家的厌恶。

莫诗韵虽然来了，但是依旧打算利用这个时间来学习，所以把化学竞赛的题集带过来了。

听说今天的主讲人是一个大学生，并且很优秀，同学们对他的评价非常高，莫诗韵一开始以为是传言有过。

但是当她看到秦川本人的时候，发现原来此前大家对他的评价并没有夸大其词。

秦川讲述的内容也很接地气。

尤其他能有今天的成就靠的不是显赫的出身，而是自己的努力。

这是莫诗韵最敬佩他的地方，也是她希望自己能够做到的事。

莫诗韵不自觉地被秦川吸引了注意力，带过来的化学竞赛题集没再被翻开。

演讲结束时，莫诗韵激动地鼓掌，然后目送秦川离开。

演讲结束的时候刚好是吃午饭的时间。

教导主任邀请秦川在学校的食堂里用餐。

秦川在食堂里看到了简一凌。

她好像很不喜欢搭配衣服。从他第一次见她起，她就是这么一副打扮，白色的上衣、黑色的裤子，及腰的长发被扎成马尾辫。

她那张白净的小脸很娇嫩，脸上的表情又很冷漠。

她的眼睛明亮、清澈，最引人注目。

教导主任发现秦川在看简一凌后，好奇地问："秦先生认识简一凌同学？"

"嗯。"秦川没否认。

"哦？秦先生是怎么和简一凌同学认识的？"

"之前给她补过课，不过我觉得其实她不需要补课。"秦川回答道。

秦川觉得简一凌是足够聪明的，之前学习成绩不好可能因为她不想学。但凡她愿意学的内容，很快就能掌握。

这是秦川在给简一凌补课时的感受。

"她确实不需要补课，补课也是要看人的，有些人补了有用，有些人补课只是浪费时间。"教导主任显然误解秦川的意思了。

秦川皱了一下眉头，看着不远处那个安静的女生，犹豫了一下，还是为她解释了两句："李老师理解错了，我是觉得她挺有才华的。"

平时秦川不是一个爱多辩解的人，对他自己的事情也是如此。

今天额外解释了一句，已经算是很难得了。

教导主任听着秦川这话，表情很尴尬。

但因为对方是他看好的有为青年，有些话他也就忍住了没说。

再者，对一个外人说自己的学生有多差劲，也是一件不好的事情。

教导主任也没这么傻。

此刻食堂里有很多人，大家注意到了秦川。他生得高挑又耀眼，想不被人注意都难。

要不是秦川的身边还有一个"鬼见愁"教导主任，很多学生就凑上前去跟秦川套近乎了。

莫诗韵也在食堂里，又一次看到秦川，她的目光忍不住又被他吸引了。

然而，此时的秦川是没法在一众学生当中注意到莫诗韵的。

化学竞赛在本周四举行，报了名的学生当天不用去学校。

简一凌作为报了名的学生，当天理所当然地没有去学校。

竞赛下午开始，同学们打算利用上午这最后半天的时间多看一些题目，多复习复习。

而简一凌早上去了慧灵医学研究所，吃过午饭后才踩着点儿到了考场。

考场设在恒远大学，主办方向恒远大学的相关负责人借了教学楼做考场。

门口的监考老师看看简一凌手里的准考证，再看看简一凌本人，反复确认，单纯因为简一凌看起来不像高中生。

监考老师确定信息无误后，才放简一凌进考场。

简一凌是最后到考场的人。

考试时间是两个小时。不到一个小时，简一凌就提前交卷离场了。

其他考生基本上是满了两个小时才出来的，也有几个实在写不出来放弃的，提前出来了。

很多人出来时表情很难看。

参加了考试的学生在学校的论坛上发表了感想。

"这次化学竞赛上的题目根本就不是给人做的！太难了！大部分题目我读都读不懂！"

其他参加了考试的同学纷纷发表自己的看法。

"一道选择题都没有，连蒙都没法蒙。"

"这真是高中化学竞赛吗？我怀疑人生了。"

"实话实说，我没有一道题是有把握的。"

"我就前几题还会一点儿,后面的大题连蒙都不知道该怎么蒙,最后只能随便写几个化学公式上去。"

"我觉得这次能考高分的人都是大神中的大神,我等凡人只能仰望了!"

"我真怀疑这次的题目没有人能考高分。"

考生一片哀号。题目太难,比普通的竞赛难了不止一星半点儿。

难怪这次竞赛的奖金这么高,真不是随便什么人都能拿到的。

"突然好奇简一凌考得怎么样。"

"别提了,她开考不到一个小时就从考场里出来了。"

"这次题目很难,大家的情况都差不多。所以我估计成绩出来后,她的成绩也不会特别难看。"

如果大家都考八九十分,简一凌考二三十分,那她的成绩肯定难看。

如果大家都考二三十分,简一凌考个十来分,那她的成绩也就不难看了。

莫诗韵考完试后脸色苍白,神情看起来有些恍惚。

她对这次竞赛成绩没有一点儿把握……她的心很慌。

竞赛开始前她做了很多题目,本以为自己可以应付这场竞赛。

她没想到这次题目会这么难,有好多题目从来没见过。

前面的题目虽然有点儿难,但还在她的复习范围之内,是她遇到过的题目类型。

但是后面的大题,她连题目都没看懂。

现在莫诗韵只能祈祷其他考生面对超纲的题目和她一样,也没有办法答对了。

不然,这一次竞赛奖金很可能和她失之交臂。

而后果,将是现在的她不想承受的。

第二天,莫诗韵心情低落地来到学校,一进教室就听说化学竞赛的成绩公布出来了。

这次参加化学竞赛的总人数并不多,所以竞赛结束后的那天晚上,主办机构就可以将试卷批改出来。

化学竞赛的成绩一公布出来,所有人就不淡定了。

莫诗韵连忙打开手机上网,打开竞赛的官网后,果真看到了成绩单。

"简一凌"三个大字赫然映入她的眼帘,就排在名单最靠前的位置——第一名。

简一凌居然获得了这次竞赛的第一名!

这个事实让人难以置信。

别说和简一凌有过接触的莫诗韵接受不了,其他人同样接受不了。

震惊之余,莫诗韵又连忙在名单上寻找自己的名字。

她看见自己的名字时,又连忙看向前面的排序——第十一名。

莫诗韵的排名是全市第十一名。

只差一名,她就可以拿到奖金。

莫诗韵脸色苍白,望着手机屏幕。

她对这件事情有太多的期望,期望越大,失望也就越大。

巨大的心理落差,导致痛苦如潮水一般涌上心头,将她淹没。

这时候,朱莎走了过来,看着莫诗韵难过的模样,劝道:"我觉得你现在还不用难过。你看第一名是简一凌,这也太奇怪了吧?谁不知道简一凌是块什么料子,普通的化学考试她都考不好,竞赛还第一名,这也太假了吧?我觉得系统弄错的可能性还是蛮大的。如果她的成绩出错了,那你不就是第十名了吗?"

朱莎的话提醒了莫诗韵。

没错,如果简一凌的成绩出错了,那她就刚好是第十名了。

"可是,这是主办方公布的成绩……"莫诗韵也不知道该怎么向主办方核实成绩。

"你别急,不用你来,我听说已经有人去申请了,对简一凌的成绩持怀疑态度的又不止你一个人。"朱莎说。

莫诗韵听朱莎这么一说,心态便平和了一些。

但莫诗韵的心态也只是缓和了一点点,毕竟事情还没有确定下来。

对简一凌的成绩感到震惊的不止高三重点班里的人,简一凌的同班同学反应更大。

此时,简一凌还没到学校,班级里的人已经到了一大半。

胡娇娇看着屏幕,一遍一遍地确认。

"我真的没有眼花啊,第一名真是一凌呢,我又见鬼了!"

刘雯也纳闷儿了,连连发问:"你同桌最近到底经历了什么?你上次说她请的那个家教没什么用,我现在怎么这么不信呢?"

"我现在也不信了!等她来了,我一定要好好地盘问盘问她,问问她请的家教是何方神圣!"

胡娇娇和刘雯都怀疑简一凌在短时间内进步神速跟她的某种学习方法有关。目前最大的怀疑对象就是简一凌在这段时间里请的神秘家教了。

过了一会儿，简一凌来了。

她一进教室，就受到了全班同学的关注。

简一凌没多留意，而是径直走向了自己的座位。

她一坐下，胡娇娇和刘雯就前后夹击了她。

胡娇娇也就算了，一向只关心学习的刘雯今天竟然也来凑热闹了。

简一凌疑惑地看着两个人。

"简一凌，坦白从宽抗拒从严。"刘雯"逼问"简一凌，"你最近成绩突飞猛进，是用了什么独门秘法吗？"

"对对对，坦白从宽抗拒从严。"胡娇娇附议。

面对两个"气势汹汹"的逼问者，简一凌沉思两秒钟后答道："没有，就是记住了、能懂。"

简一凌实话实说。

这个回答让胡娇娇着实悲伤了一把。为什么她看到了就记不住，就是不能懂呢？

"那你前段时间请的那个家教呢？是不是很厉害？是不是教了你很多方法？"刘雯又问。

"厉害。"简一凌认可秦川的能力。

虽然她没有认真听过他讲课的内容，但是不能否认他本人的水平。

"还真是补习的功劳啊！"胡娇娇只能这么认为了。

刘雯连忙问简一凌补习老师的信息："简一凌，你的补习老师叫什么名字？做什么的？在哪儿可以找到他？"

简一凌很诚实地把秦川的信息告诉了刘雯："秦川，大学生，恒远大学。"

简一凌说完，刘雯和胡娇娇同时诧异地看着她。

秦川不就是前几天来她们学校演讲的大帅哥吗？

"难怪你进步得这么快，原来你的补习老师这么厉害。"刘雯感慨道。

胡娇娇又冒出了星星眼，说道："一凌，你的补习老师居然是秦川大帅哥！啊，我好羡慕啊！难怪那天他来我们学校的时候，你对他一点儿兴趣都没有。原来你平时已经看够了！"

胡娇娇、刘雯正在羡慕简一凌的补习老师呢，王向重就走了过来，并说道："你们真当她是补习后成绩变好了？刚才已经有人向化学竞赛的主办方提出异议了,要求对方复查简一凌的成绩。"

王向重虽然没有参加这次化学竞赛,但也听说了这次化学竞赛的难度。

连他们高一年级的超级大学霸也只获得了第十名,简一凌凭什么能够获得第一名?

"王向重,你这么说不太好吧?简一凌是我们班的同学。她在竞赛中获了奖也是我们班的荣誉。"刘雯严肃地跟王向重解释这个问题。

"假的或者靠不正当的手段获得的荣誉不是荣誉,而是耻辱。"王向重声音洪亮,底气十足。

"王向重,没凭没据的,你不要乱说啊。"胡娇娇又一次被王向重气得腮帮子鼓鼓的。

"有没有凭据,等调查结果出来了不就知道了?还有,会不会有问题,某些人的心里不是应该最清楚吗?哦,我也只是这么一说,有些人不要又对号入座。"王向重说完就走了。

看他这个样子,胡娇娇很不开心,小声说道:"干吗这么看不起人?成绩差的就不能进步了吗?我们这叫潜力股!"

恒远大学,化学组办公楼。

这次化学竞赛主办机构的负责人正在他们借来的办公室里。

负责人是一个四十岁出头的中年男人,穿着西装,衣着整齐。

中年男人的面前摆放着一张此次化学竞赛的试卷,试卷的姓名栏里写着:简一凌。

这一次他们举办的化学竞赛题目是超纲的,一般的高中生很难考出高分。

令他们没有想到的是,眼前这张试卷,分数却出奇的高。

满分一百分,这张试卷的分数是九十八分,扣掉的两分是因为一处符号出了错。

而这个符号的错误也不是因为考生粗心写错的。这种写法是以前的写法,前两年国际上改过规则。

也就是说,这张竞赛卷子上的题,这个考生都会做。

这就稀奇了。

"老板,现在有考生提出异议,说他们觉得这次竞赛中这名考生的成绩可能有误。"助理在旁边汇报。

因为有人申请复查,机构的人也不能不理会,按照规则还是要查一查的。

"还有什么好查的？卷子不就在这里吗？从昨天晚上到现在，这张卷子我都看了好几遍了。"

成绩公布出来之前，负责人就一直在审视这张卷子。

出题人是他和机构里的几个老学者。谁都不可能提前泄露题目。

而且他们的考场是经过十分严密的检测的。考场里有全方位的监控设备，也是他们机构的人监考的。

竞赛不可能存在作弊行为。

这名考生能答对，只能是她自己的本事。

所以，他现在也很想知道这个拿到竞赛第一名的人到底是何方神圣！

"那我就去回应他们，说成绩没有任何问题？"助理问。

"等等，我想去一趟盛华高中，亲自见一见那位同学。我对她挺好奇的。"

颁奖还得过两天，但是现在负责人已经迫不及待地想要见到这名考生本人了。

负责人说走就走，带着他一些手下直接去了盛华高中。

盛华高中教导主任的办公室里。

教导主任此刻正盯着电脑屏幕反复观看。

他真的没有看错，第一名真是简一凌！

第一名怎么会是简一凌呢？

无论怎样，第一名都不可能是简一凌啊。

教导主任想不明白。

难不成是主办方登记成绩的时候登记错了？

这个可能性也不是没有。

正在这个时候，他接到了化学竞赛主办方负责人打来的电话。对方说要来他们学校一趟，不知道他方不方便。

教导主任连忙说方便，随时欢迎他们过来。

挂断电话后，教导主任的脸色立马变得阴沉起来。

好端端的，化学竞赛主办方的负责人怎么会突然跑来他们盛华高中？

难道是……

教导主任立刻想到了不合常理的简一凌的竞赛名单。

难道是简一凌作弊了？

一想到这种可能性，教导主任就火大。

他没指望简一凌给他们学校争光,想着成绩出来后忽略掉她的成绩就行了。

要是她作弊了,闹成了他们学校的一大丑闻,那他这个教导主任的脸还往哪儿放?

教导主任深吸一口气。

半个小时后,化学竞赛主办方的一行人就到了。

教导主任笑盈盈地迎接了约利化学材料研究机构的负责人秦世轩先生。

"秦先生,您能莅临我们学校,真是我们的荣幸。我谨代表我们学校的各位领导、老师向您表示热烈的欢迎。"

"主任不必客气,我今天来也没有什么重要的事情,就是想见一见你们学校的简一凌同学,不知道方不方便?"

一听这话,教导主任脸色骤变。

真的被他猜中了吗?

他们今天过来,真的因为简一凌作弊的事吗?

教导主任顿时怒火中烧,对简一凌恨得咬牙切齿。

教导主任表面上还要保持微笑。

"我知道这次的事情确实不好。我谨代表这位同学向你们表示诚挚的歉意,希望这次的事情你们看在她还是未成年人的分儿上,大事化小小事化了。"教导主任笑着说道。

听了教导主任的这些话,秦世轩都糊涂了。

"主任这话是什么意思?我们是来见简一凌同学的,你是不是误会什么了?"

"简一凌不是作弊了吗?你们来不是……"教导主任一脸疑惑地说道。

秦世轩被逗笑了,说道:"我这还是头一回遇到这种情况呢,自己学校里的学生取得了好成绩,校领导没高兴,反而先怀疑她作弊。"

教导主任如梦初醒,说道:"那秦先生这次过来找简一凌,是有别的事情?"

秦世轩态度温和地说道:"自然。简一凌同学在这次竞赛中的成绩十分优异。我出于爱才之心,想要提前与她见上一面,希望不会耽误她太多时间。"

教导主任听了既惊讶又觉得不可思议,说道:"那我去把她叫过来。"

秦世轩微笑着说:"主任还是先问问这位同学的意见吧。如果这位同学没有空,我们也不勉强。"

他们约利化学材料研究机构也不是学校的直属机构。他们是没有权利直接来学校约见学生的。

简一凌在上课，如果不想见他们，就可以不见。

教导主任可没有这样的概念，说道："没事的，她肯定有空。"

教导主任想让学生来，哪儿还管学生是否有空？

五分钟后，简一凌被叫到了教导主任的办公室里。

秦世轩终于见到了这个让他期待了一整晚的学生。

因为已经在考场的监控录像里看到过简一凌了，所以他在与简一凌见面的时候没有太意外。

虽然第一次看清她的模样的时候，秦世轩确实觉得这个小女生看起来过分"小"了。

简一凌望着眼前穿着得体，面容慈祥的中年男人，不知道他是谁，也不知道他找她有什么事情。

叫她过来的时候，教导主任并未说明有什么事，只说要她有礼貌点儿。

"简一凌同学，你的化学竞赛试卷答得很好，能告诉我，你是从哪里学到这些知识的吗？"

秦世轩很好奇，声音温和，没有一点儿架子。

"书本、论文、视频、实验。"

但凡能自主学习、获取知识的渠道，简一凌基本都说了。

"你这个回答很实在。"秦世轩微笑着评价道。

教导主任在一旁听着，眉头越皱越紧，出声打断简一凌和秦世轩的对话："简一凌，你自己做过什么就坦白一点儿，等调查出来了再说就来不及了。"

教导主任很怕简一凌作弊的事情事后被揭发出来，弄得大家都难看。

与其等事情闹大被人发觉，不如自己主动招供，提前压下事情，保住学校的声誉。

秦世轩看向教导主任，脸上的笑容由温和、慈祥逐渐变为讥讽。

简一凌淡定、从容地看向教导主任，平静地说道："不知道李老师在说什么。"

"简一凌，你这是什么态度？你赶紧坦白认错。以你的水平，拿这个第一名，你不心虚吗？"

"不心虚。你有证据再说话，没证据就是诽谤。"简一凌的反应果断又冷漠。

"我怎么诽谤了?我……"

秦世轩坚定地为简一凌证明:"主任,这位同学没有说错。她没有作弊,我们机构可以给她做证。主任如果要质疑,可以来质疑我们机构。毕竟如果这位同学是靠作弊取得好成绩的,那我们机构就要负很大的责任。我这个负责人更是难辞其咎。"

教导主任诧异地望着秦世轩,双目瞪大,还是不相信简一凌能得第一名。

秦世轩继续微笑着说:"我遇到过不少奇才,平时考试成绩一般,但是在某方面会有特别突出的能力。又比如有些人语文考试成绩不怎么样,之后却能当作家。"

教导主任被秦世轩说得哑口无言,同时因为自己被人当场驳了面子而脸色难看。

秦世轩继续和简一凌对话,选择了无视教导主任。

简一凌也很配合地回答了秦世轩提出的问题。都是专业方面的问题,二人一问一答,说了一堆专业术语。

教导主任根本听不懂,只觉得这两个人聊得很投机。

他被当成了空气。

过了好半晌,秦世轩要到简一凌的微信后,微笑着送简一凌回去了。

教导主任的表情十分难看。

面对秦世轩时他无法发作,只能维持着笑容送秦世轩和他团队的人离开。

约利化学材料研究机构的人从盛华高中离开后,就在网上发表了公开声明。

他们称本次化学竞赛公平、公正,不存在任何作弊行为。如果有人妄加揣测,就是对他们机构的诽谤,他们将会依法对诽谤者提起诉讼。

声明一出,盛华高中内部对简一凌获奖的质疑声也就消失了。

一般的同学虽然对简一凌这个脾气差的大小姐有偏见,但也不至于为了骂她两句而惹上官司。

"主办方都发声明了,看来这次竞赛排名是真的了,简一凌这是什么情况?受刺激以后发生质变了吗?"

"这算受刺激吗?不是她让别人受刺激吗?"

"甭管她是自己受刺激,还是让别人受刺激,都算生逢巨变了吧?"

"我说，别歪楼啊，你们不好奇简一凌是受了什么刺激激发了学习动力吗？"

"我倒没觉得奇怪，不是说简家的几个孩子都很厉害吗？简允卓的学习成绩就一直很好。听说她有一个哥哥还是天才生物学家呢，基因没问题，只是以前没把心思用在学习上面吧？"

"那简一凌这次算咸鱼大翻身吗？听说她的成绩，以前在他们班一直是倒数的。"

"她别的科目的成绩翻没翻身我不知道，化学是真的翻身了，这么难的竞赛都能得第一名了。"

"我的天哪，简一凌居然真是第一名！成绩没有登记错误！我的天哪，这个世界怎么了？学渣逆袭了！"

"本学渣表示，从今天起，简一凌就是我的偶像！我有动力了！我有目标了！"

"我就想问一句，那些没有证据就说简一凌作弊的同学，脸疼吗？"

他们的脸肯定是疼的，疼得他们这个时候都不出来发表言论了。

大部分学生讨论的问题是简一凌进步神速。

但是有些同学的心里就不舒服了。

胡娇娇难得胆大了一回，拿着手机走到王向重的座位前，说道："你看，连约利化学材料研究机构的人都发声明了，竞赛的结果没有问题，一凌的成绩是真实的，你还有什么话好说？"

被王向重气了两次的胡娇娇终于扬眉吐气一次了。

王向重依旧不服气，说道："发了声明又怎么样？有些官方声明就是为了哄那些没有思考能力的人。"

"你说谁没有思考能力呢？"胡娇娇气呼呼地跺了一下脚。

"反正我没指名道姓，你自己理解。"

"你就是错了还不承认！"胡娇娇瞪着眼睛，奈何声音小气势弱，没有什么威慑力。

"那也总比有些人仗着自己有背景，强压下某些负面消息好吧？"王向重指桑骂槐。

"你又在胡说什么？"

"我怎么胡说了？我又没说是谁，是什么事情。"王向重露出一副"你奈我何"的表情说道。

胡娇娇说不过他，又气呼呼地走了回来。

每次王向重都说这句话，气得她都不知道该怎么开口了。

王向重真是讨厌死了。

莫诗韵看到主办方发表的公开声明后，最后一丝希望也破灭了。

主办方说简一凌没有作弊，也就是说成绩单不会有改动，她还是第十一名，距离能够拿到奖金的第十名只有一步之遥！

看到莫诗韵难过的样子，朱莎在旁边安慰道："你别难过了，谁知道简一凌的成绩是怎么来的呢。"

朱莎表情无奈，这事不用说，多半是简一凌作弊了。

莫诗韵哽咽着说道："对他们来说，二十万元只是小钱，可是对我和我妈妈来说，三万块钱的奖金是救命的钱。"

他们护着简一凌稳坐在化学竞赛第一名的位置上，却毁掉了她想救妈妈的唯一途径。

"救命的钱？你怎么了？"朱莎追问。

"没事。"莫诗韵忍住了。她不想跟朱莎说自己的私事。

莫诗韵当天回家后，心情依旧十分低落。

看着她这样，莫嫂心如刀割。

这是她骄傲又自信的女儿吗？从前诗韵是那么自信，那么开朗。

可是她的失误让诗韵这么难过。

是她这个做妈的失职。

越想越难过的莫嫂犹豫再三后，又一次拨打了何燕的电话。

过了好久何燕才接电话："什么事？"

"我……我想跟你借点儿钱。"莫嫂的声音听着有些虚。

"你怎么回事？你女儿的学费都是我出的。我又给你介绍了薪水这么高的工作，每个月的工资还不够你们母女俩花吗？"

"够……够的，只是，我出了点儿意外。"莫嫂也知道自己这样借钱不好，心里虚得很。

"我又不是做慈善的。你之前将事情办得乱七八糟的，现在还想来找我借钱，你怎么开得了这个口？"何燕不耐烦地说道。

她让莫嫂办事的时候莫嫂磨磨蹭蹭的，现在莫嫂反过来找她借钱了。

何燕的话让莫嫂的心里越发难受了。

莫嫂心里紧张，犹豫了好久，声音颤抖着继续说道："何建军回来了。

他现在缠上我了。如果你不借给我钱让我跟他打离婚官司，我就让他去找你！"

说到最后，莫嫂拔高了嗓音，增加了气势，试图让何燕害怕。

何燕和何建军是异父异母的姐弟。何燕的生父死后，母亲带着她改嫁给了何建军的父亲。

何燕和何建军没有血缘关系，加上何建军在父母离婚后跟着母亲。他与父亲多年没有往来，所以何燕和何建军的关系一直没什么人知道。

而莫慧琴又早就和何建军分开了，所以何燕和何建军之间的关系就更没什么人知道了。

作为何建军的妻子，莫慧琴是知道何燕和何建军的关系的。

何燕也不希望跟何建军那个烂人扯上关系。

"你现在居然学会威胁我了？"何燕咬牙切齿地说道。

"我没有这个意思，我也是没办法了。"莫嫂心虚，但是想到女儿的辛苦，便又硬着头皮跟何燕说了。

"好，好，你要借多少？"

"三万元！"

"行，还是老规矩，我会把现金放到之前的储物柜里，你自己去取。"

何燕是不会直接给莫嫂转账的。她不希望任何人知道她与莫慧琴之间的关系，更不想让人知道她们之间的资金往来。

所以，她每次给莫慧琴钱，给的都是现金。

"好，谢谢二夫人，谢谢二夫人。"何燕答应给钱了。莫嫂也谨守她们之间的约定。

"别说得那么好听了，好好办事，别事情没办好却总想着怎么要钱！"

"二夫人，不是我不想办好，是我最近真的没有接近三少爷的机会。大少爷整天把三少爷带在身边，加上明天三少爷就要前往慧灵医学研究所了，机会就更少了。"

"那你不会主动请缨去慧灵医学研究所照顾他吗？"

"不是的二夫人，我没机会开口。大少爷说了，谁都不用陪着去，研究所里有专人照顾三少爷。"

研究所和医院不同。研究所里的人对病人的照顾是十分全面的，连病人的日常起居都有专人负责。

"行吧，到时候若有什么情况你再给我汇报。尤其简允卓治疗的进度，我要第一时间知道。"

何燕给了莫嫂那么多钱，可不是做慈善的。她要得到相应的回报。

"我知道的，我会的。"莫嫂连声答应。

挂断电话后，莫嫂连忙将这个好消息告诉了莫诗韵。

"诗韵，你不用担心了，妈妈借到钱了！"莫嫂兴奋地说道。

"妈，你从哪儿借来的钱？"莫诗韵既兴奋又担忧。

"你别担心，不是借的高利贷，是妈妈……妈妈的一个朋友借给妈妈的。"

"真的吗？"

"真的，我们先拿这笔钱跟那个浑蛋打官司去！听说要是赢了，钱还会退给我们的。这样，这笔钱就可以留给你念大学的时候用了。你就不用这么辛苦了！"

"嗯！"莫诗韵高兴地说道，"这笔钱等我以后工作了，我就还给她！"

知道问题解决了，莫诗韵便立刻联系了邱怡珍。

有了钱，她需要的就是一个靠谱儿的律师来确保离婚官司能够顺利进行。

这场官司她们获胜的概率还是很大的。只要能够提供何建军和莫慧琴分居多年，以及何建军从未尽过抚养莫诗韵的义务的证据，法官就会判他们离婚的。

何建军应该没有钱请好的律师。

和邱怡珍联络完，莫诗韵看着自己联系人列表里面的"简允卓"三个字，迟疑了一下。

她还是点开了对话框，编辑了一条信息给简允卓发送了过去。

"化学竞赛的成绩出来了，一凌获得了第一名。允卓，我觉得宠溺到了好坏不分的地步不是好事。当然，我是个外人，也不好多说什么。"

简一凌的化学成绩怎么样，莫诗韵和简允卓都很清楚。

莫诗韵等了许久，始终没有等来简允卓的回复。

简允卓确实收到了莫诗韵发来的消息。

他看着这条消息，想着如果是原来的他，肯定会相信莫诗韵在信息中提到的事情。

但上次的教训还在眼前，这让他无法马上相信莫诗韵的话。

此刻，简允卓在简允丞的书房里。简允丞的书房很大，足够放置两张办公桌。

简允丞穿着一身黑色的西装。

简允卓把手机短信拿到正埋头工作的简允丞眼前。

简允丞看了一眼短信的内容,嗤笑一声,反问简允卓:"你觉得她要表达的是什么意思呢?"

"宠溺到了好坏不分的地步",这句话里藏着的信息可不少。

简允卓垂着头。他能品出其中的味道,但品出来的事实是戳心的。

沉默了半响后,简允卓如实说出了自己的想法:"她是在说,小凌没有拿到化学竞赛第一名的实力。但是小凌拿到了第一名,可能是大哥和爸妈在背后帮小凌做了什么。"

他的心里有些苦涩。可他终究还是说出来了。

"那现在大哥很明确地告诉你,小凌参加化学竞赛的事情,大哥没有插手,爸妈没有插手,爷爷奶奶也没有插手。你是信大哥的话,还是信她的话?"

"信大哥的。"

在已经失信的莫诗韵和大哥之间,简允卓的选择还是很明智的。

虽然在做出选择的一刹那,他的心是痛的。

因为那个选择意味着,曾经信任的,在他心目中拥有无比美好形象的莫诗韵又一次幻灭了。

听到简允卓的回答后,简允丞拿着简允卓的手机给莫诗韵回了消息:"什么宠溺到了好坏不分的地步?出什么事情了?"

莫诗韵还不知道给她回消息的人是简允丞。

莫诗韵看着回信,有些困惑。

这样的消息,简允卓一般是能看懂其中的含义的。可今天他为什么会追问她?

莫诗韵犹豫了一下,回道:"没什么,你最近身体好点儿了没?"

简允丞看到这条消息后,脸上露出了讥讽的笑容。

话只敢说一半,真让她说明白又不说了。

简允丞让简允卓自己回这条消息。

简允卓脸上的表情略显苦涩。

不管怎么样,这个正在给他发消息的人,曾是他信任、爱慕的女孩子。

简允卓回道:"很好。"

看到简允卓言简意赅的回复,莫诗韵顿时不知道该怎么继续询问了。

望着简允卓发来的信息,莫诗韵的心情不自觉地变得郁闷了。

简家人都知道简一凌在化学竞赛中获得第一名的事了。

对此，简家人也没有太意外。

因为简一凌一直都很聪明。她的聪慧从小就表现出来了。

她以前很喜欢窝在她二哥的实验室里看她二哥做实验，还总是追着她二哥问问题。

兄妹俩在实验室里一待就是一整天。

只是后来简一凌变得不爱学习了。

简一凌不肯好好学习，简家人也没有强迫她。他们想着她要是不喜欢学习的话，不学也没有关系。

他们不知道，其实那个时候简一凌是听了何燕的话，才开始不把心思放在学习上的。

在很长一段时间里，简一凌都是信任何燕的，对何燕说的话深信不疑。

这些天，简爸简妈一直都想去老宅见一见简一凌，却不知道该以什么理由去，见了面也不知道该跟她说些什么。

现在，他们可以拿为她庆祝化学竞赛获奖当借口了。

于是，简书沂、温暖和简允丞直接开车去了简家老宅。

此时是晚上七点，简一凌已经吃完晚餐回自己的房间去了。

简书沂好声好气地问简老夫人："妈，小凌是不是在书房里？"

"怎么了？"简老夫人看到三人来了，虽然不惊讶，但是假装什么都不知道。

"听说小凌在化学竞赛中获奖了，我们买了东西过来祝贺。"

"哦，但是小乖乖很忙，可能没空。"简老夫人故意这样说。

"妈……"简书沂拉长了声音，语气里明显有求饶的意思。

他们虽然知道简老夫人是故意为难他们，但一点儿办法都没有，只能乖乖地听简老夫人的。

"自己敲门去，我年纪大了，腿脚不好，楼上楼下的走不动。"简老夫人说道。

简允丞闻言，赶快上了楼，来到简一凌的书房门口，敲了敲房门。

"进。"

门内传出简一凌熟悉的声音。

简允丞缓缓开门，看到俯身在书案前的娇小身影时，心弦被轻轻地触动了。

简一凌见开门的人是简允丞，有些疑惑地看着他。

门口的简允丞依旧穿着深色的衣裤，俊逸的脸庞上有些阴郁之色。他的眉头微微蹙起。

他看起来心事重重的。

"小凌。"简允丞开口，唤了简一凌的小名。

"嗯。"简一凌答应了一声后，低下头继续工作了。

"恭喜你获得化学竞赛第一名。"简允丞继续说道。

"谢谢。"简一凌回答道。

简允丞这个时候来是为什么，简一凌不是很清楚。更不知道如果他提起监控视频的事情，她要如何回应。她只能按照一直以来和简允丞的相处方式相处。

简允丞能够明显地感知自己和简一凌之间的距离。

她没有无视他，没有不理他，只是单纯地变得客套、疏离了。

"爸爸妈妈想给你庆祝一下。你想要什么礼物？"

"不用，谢谢。"简一凌从不觉得取得好成绩需要额外的奖励或者庆祝。对她来说，她若有价值，才有资格活下去。

简允丞看出来了。简一凌没有不耐烦，就是很疏离。

简允丞继续说："爸妈已经在楼下了，妈给你带了东西。"

简一凌停下手上的动作，顿了好一会儿才起身跟着他下楼。

楼下的客厅里，简书洢和温暖正目光灼灼地望着楼梯的位置。

看到简一凌后，夫妻二人的目光变得柔和，脸上又露出了愧疚的表情。

这是他们最爱的女儿，这段日子却因为他们的失误受了很多委屈。

看着简书洢和温暖的目光，简一凌不由得停下了脚步。

这样的目光对她来说陌生又遥远，让简一凌有些不知道该怎么应对，只得停下脚步，略显呆滞地望着他们。

"小乖乖过来，来奶奶这里。"

简老夫人的声音打断了简一凌的思绪，也给简一凌解了围。

简一凌快步走向简老夫人，然后挨着简老夫人坐了下来。

简一凌的这一系列动作在简书洢、温暖和简允丞三人看来，就是毫无疑问的疏远他们。

她的这一系列动作给了他们沉重的一击。

"小凌，这次爸爸、你妈妈和大哥过来，是想跟你说，你三哥的手术过两天就能做了，等他做完手术我们就告诉他全部真相。我们会让他跟你道歉，一定好好补偿你。"

简书沆是含着泪说出这些话的。

看着女儿这张稚嫩的脸，他心疼得厉害。

简一凌不知道该怎么回复这段话，斟酌了一会儿，语气平和地说道："不用补偿，他的手好了就行。"

温暖强行忍住就要夺眶而出的眼泪，说道："小凌，爸爸妈妈接你回家好不好？"

温暖问完，一脸期待地凝望着简一凌，等待着她的回答。

简书沆和简允丞同样期待着简一凌的回答。

简老夫人当然不想让她的小乖乖离开了，但是这会儿她没说话。

要是孙女想回家，她也不能硬拦着。

说到底还是孙女自己高兴最重要。

简一凌沉默了一会儿，如实地说出了自己的想法："想住这里，可以吗？"

简一凌说罢，抬头望向简老夫人。

"当然可以，只要小乖乖高兴，你在这里住多久都没有关系。以后奶奶把老宅留给你，你一辈子都可以住在这里。"简老夫人一阵心疼，连忙回答道。

简老夫人没有忘记，那个时候简一凌是被她的爸爸妈妈送到这里来的。

简一凌已经被一个地方抛弃了，害怕又被这里抛弃。

她的小乖乖一辈子都有家，不会没地方去。

简老夫人突然有些担心。她年纪大了，真怕哪一天突然就走了，留下她的小乖乖没有人护着、陪着。

第二天一早，简允卓正式住进慧灵医学研究所。简允丞和温暖送他到研究所的病房里。

负责接待的人是程易。本来这事不需要程易出马，但他自己要求过来。

十七岁的简允卓，在消沉了一个多月后脸上终于有了一些光泽。

但此刻的他看起来依旧比曾经那个意气风发的少年差了很多。

年轻、俊逸的脸上不再有灿烂的笑容，可见他这段时间真的很难过。

"简允卓先生你好，我们已经见过面了，相信不需要我做自我介绍了。"程易向简允卓简单地介绍了一下手术的流程，以及他们研究所的规矩。

"现在先做一些基础的检查。"

说着，程易喊来助手，说要给简允卓打针。

然后，他就让简允卓脱裤子。

"脱裤子？"简允卓不解地问道，"为什么要脱裤子？"

"因为这一针要打在简允卓先生的屁股上，肌肉注射。"

程易的手里拿着注射器，脸上挂着十分标准的微笑。

"可是我伤的是手。"简允卓皱着眉说道。

"我当然知道你伤的是手，但不是说你伤的是手我们就要在你的手上打针，你说对吗？还请简允卓先生相信我们的专业性。"

简允卓除了选择相信程易，也没有别的办法。

于是，简允卓转头看向他的妈妈，尴尬地说道："妈，你……你先出去一下。"

十七岁的少年即将被打屁股针，不想被自己的妈妈看到。

温暖尊重儿子的隐私，离开了病房。

接着，简允卓又看向简允丞。

"我是你大哥。"简允丞面无表情地说道。

很显然，简允丞并不打算回避。

简允卓没办法，只能当着他大哥的面脱下裤子。

程易拿着硕大的针筒，在简允卓的屁股上打了一针。

这一针打下去，简允卓疼得面部都扭曲了。

他以前也不是没有被打过屁股针，但不知道为什么这一次特别疼，而且疼的时间并不短。

疼得他都不能翻过身来，只能这么趴着。

程易看了一会儿简允卓因为疼痛而变得扭曲的表情，一本正经地给其他工作人员交代了一些事情后离开了简允卓的病房。

走出病房没多久，程易脸上的笑容就藏不住了。

这一幕刚好被过来看热闹的罗秀恩看见了。

"你干吗笑成这样？"

"恩姐，我没有，我就是正常地笑了笑。"

"还说没有？就你的那点儿习惯，还想骗我？"

见瞒不过，程易就把刚才在简允卓的屁股上打针的事情小声地告诉了罗秀恩。

"不早说！打一针怎么够？多备几针！"

罗秀恩说着，也要往病房去。

程易连忙拉住罗秀恩，说道："恩姐息怒，这种事情来一次两次也就差不多了，太多了不好。人家也不傻，他大哥和妈妈还在呢！再说了，这人现在挺有价值的，留着被一凌妹子做手术。手术成功了，一凌妹子功成名就。"

罗秀恩想了想，觉得也有点儿道理。

"行吧，暂时放过他。"罗秀恩说，"不过，他既然来了，不伤手、不让他抓住把柄，小苦头还是可以让他吃的吧？"

"恩姐，你想干吗？"

程易有了一种不好的预感。

"没什么，就是想起来我们研究所的老刘以前还研究过中药。"

"恩姐，你该不会是……"程易好像知道了什么。

"中西医结合好得快嘛！"罗秀恩已经有了主意。

闻言，程易眼里露出了狡黠的光芒，说道："我听说党参、当归、黄芪之类的药材有滋补的作用，平时用来煲汤还挺好的。"

"真是没见识，黄连什么的才最有效！还有，我听说蜈蚣能补身体，中药里常用这种药。"

什么疗效程易说不上来，但是黄连之苦，程易是知道的。

"恩姐说得对，恩姐说得极对！"程易果断地拍起了罗秀恩的马屁。

"可千万别告诉一凌大宝贝啊！"罗秀恩叮嘱。

"放心放心。"两个人在这种事情上十分有默契。

"那还等什么，找老刘开药方去！"

罗秀恩拽起程易就走。

"恩姐，慢点儿，慢点儿……"

程易被罗秀恩拽着，只能被动地跟着她跑。

简允卓的入院手续办完了。

"你的手机和电脑我先收走了。"简允丞不是在征求简允卓的意见，而是在向他宣布自己的决定。

因为说这话的时候，简允丞已经拿走了简允卓身边的所有电子设备。

"大哥，为什么要收走我的手机和电脑？"简允卓的屁股还疼着，他只能趴在床上跟简允丞说话。

"专心休养，我给你买了书，无聊的话就看书。"简允丞说。

简允卓病床旁的床头柜上已经被人放了一摞书籍。

"好吧。"

虽然简允卓还是想要手机和电脑，但不太敢违背他大哥的意思。

加上他即将接受手术,心里有了希望,有没有手机和电脑也就没那么重要了。

简允丞跟简允卓交代完就离开了研究所。一上车,他就给霍钰打了电话。

霍钰的声音含混不清。他说:"大哥,我这边是半夜好不好?"

简允丞这边是中午。霍钰所在的国家此刻却是后半夜。

"我之前给你的资料,发出去。"

"大哥、老大、祖宗,那件事情不是搁了两天了吗,也不差这几个小时吧?你就不能等我起床后再让我发吗?"电话那端的霍钰叫苦连天。

"就现在。"简允丞说一不二。

"我的老天爷呀!简允丞,我上辈子是不是欠了你的啊!"

电话里,霍钰在哀号。

他磨磨叽叽的,在电话里说了七八分钟。

"好了,给你弄好了,都是按照你之前要求的发的。你自己上线验收一下。没什么事情的话我就继续睡了,明天中午十二点之前不要叫醒我。"霍钰说着,打了一个很大的哈欠。

接着,他嘀咕了一句:"老子白天给你的公司卖力,大半夜还要为你的私事劳心劳力。老子早晚死于操劳过度。"

说完,霍钰挂了电话。

简允丞打开了盛华高中的校园论坛,看到了霍钰用自己的账号发的帖子。

帖子的标题是"被冤枉的简一凌——简允卓受伤真相,事发现场监控视频公开"。

帖子的正文内容正是那段简允卓摔下楼梯的完整视频。

霍钰发这篇帖子的时候,对帖子进行了特殊处理。就算这篇帖子下面一直没有人跟帖,也会显示在整个列表的最顶端,以确保点进论坛的人一眼就可以看到这篇帖子。

另外,霍钰又编辑了一篇帖子。帖子里揭露了诬蔑简一凌推人的那个人的信息。

那个绘声绘色地描述了简一凌推简允卓的发帖人的信息霍钰已经查到了。

盛华高中校园论坛的安全级别不是很高。他侵入进去用不了多少时间。

可是,这个发帖人几年前从盛华高中毕业了,并且在去年由于意外已经过世了。

一个已经过世的人的账号还在发帖，不是很奇怪吗？

第二篇揭露发帖人信息的帖子霍钰没有直接发出去，而是在自己的电脑上设置了定时发送。他要在视频帖有一定的热度之后再将这篇曝光帖发送出去。

很快，霍钰发出去的第一篇帖子陆陆续续地被盛华高中的学生看到。

之前的帖子虽然被删了，但大家对那篇帖子里的内容还记忆犹新。

如今视频被公开，证实简一凌不是把她哥哥推下楼梯的人。那些关于她推人的消息纯属捏造。

被打了脸的众人自然不敢在帖子下面留言。

也有上一次没有发表意见的学生开始留言。

"真相来了，也不知道上次的帖子是谁发的？说得有模有样，好像他在现场似的。现在反转来了吧？"

"之前那些骂简一凌的人呢？怎么都没有声音了？现在来给我们说说，她是怎么个恶毒法好不好啊？"

"我现在就想知道之前的帖子是谁发的，说得那么信誓旦旦的。"

"那现在是不是可以证明有人在故意陷害简一凌？"

"这两天是怎么了？昨天才爆出来简一凌拿到化学竞赛第一名的成绩是货真价实的，今天又爆出来简一凌把自己哥哥推下楼梯的事情是造谣。"

这篇真相帖就如同一枚炸弹，在盛华高中的校园论坛里炸得水花四溅。众人也被炸得头晕目眩。

胡娇娇看到帖子后很激动，赶忙去找简一凌。

"一凌，你快看，不知道哪位大神把你的视频发出来了！这下好了，那些诬蔑你的人不能再乱说了！"

"嗯。"简一凌的反应很平静。

胡娇娇好奇地说道："一凌，你怎么不激动啊？"

胡娇娇在心里惊叹：一凌也太厉害了，遇到坏事不紧张，遇到好事也不激动。

"之前看见过了。"简一凌对于视频被放到学校论坛的事情并不感到意外。

这是迟早的事。

就算其他人不放，在简允卓的手术做完之后她也会放的。

"啊？你看过了呀？"胡娇娇略一沉思，又说道，"也对，你肯定知道的呀，不明真相的其他人才不知道嘛。"

胡娇娇又嘟囔："不行，我得上去留言。"

胡娇娇点开对话框，默默地写了起来："我觉得，之前不明真相的时候骂了简一凌的人，现在应该给她道歉。你们之前那样做很伤人，不能因为论坛上不显示真实姓名，就算了。"

胡娇娇发完，连忙把论坛关了。

虽然这么写了，但她还是很怕被别人骂。

她可没有那个胆子跟人吵架。哪怕是在网上，哪怕对方不知道她的真实姓名。

邱怡珍看到了论坛里的内容，表情有点儿难看。

真相居然是这样的？

简一凌真的没推简允卓？

那不是说明，她之前一直追着简一凌不放，根本就是找错人了吗？

"邱姐，简一凌好像真的没有推简允卓呢。那我们之前找她的麻烦不是找错了吗？"邱怡珍的一个跟班小心翼翼地对邱怡珍说道。

"就算不是简一凌推的，那视频里面明显是简一凌拉着简允卓在楼梯口吵架的啊！还拉拉扯扯的！她不拉着简允卓吵架，不就没有这回事了吗？所以简一凌还是有错，要对简允卓受伤一事负责任！"

邱怡珍虽然知道自己犯了错，但她不想承认。

"对对对，邱姐说得对！就是简一凌的错！"两个跟班连忙附和。

邱怡珍虽然对自己的跟班这么说，但心里还是有点儿别扭。

简一凌就这么被洗白了。那她岂不是要被人当作笑话了？

邱怡珍的心里真是不痛快。

高三重点班的教室里，莫诗韵和朱莎也看到了这篇帖子。

昨天简一凌被约利化学材料研究机构的负责人证明没有作弊，成绩有效。

大家都在说简一凌学渣逆袭了。她唯一被质疑的点是人品。

而今天，她把简允卓推下楼梯的事情也被证明纯属子虚乌有。

她没有推简允卓，甚至还想要救简允卓。

她唯一的污点也不存在了。

虽然有些曾经诋毁过简一凌的人还在死鸭子嘴硬，但是维护简一凌成了舆论导向。

一时，简一凌这个名字不再是恶人的代名词。

甚至有人夸她，说她之前在谣言面前没有反驳表现得冷静、有智慧。

真是好的、坏的都让这些人说了。

朱莎不屑地说："什么嘛，说得简一凌这么好。明明他们之前还在骂简一凌恶毒，真是墙头草！"

朱莎本来就看不惯简一凌。简一凌成为众矢之的的时候她没少看好戏。

现在大家都开始维护、吹捧简一凌了，她当然不高兴。

莫诗韵没有注意听朱莎的话，而是怔怔地望着手机屏幕。

看到这个视频里的内容时，莫诗韵比其他人更震惊。

莫诗韵曾经听她妈妈亲口说过，就是简一凌把简允卓推下楼梯的。

她妈妈说的，不应该有错。

可是监控视频又明明白白地摆在眼前。

怎么会这样？

妈妈和监控视频，究竟哪个对哪个错？

不可能的，妈妈不会在这种事情上说谎，这对她又没有好处。她不会做这种事情的。

"诗韵，你怎么了？"朱莎见莫诗韵不说话看着屏幕出神，好奇地追问。

"没事。"朱莎的声音让莫诗韵回过神。莫诗韵收敛了神情，不让自己的真实想法暴露出来。

那些疑惑，她不能让朱莎知道。

一到放学时间，莫诗韵就迫不及待地收拾东西回了家。

她急着想要问她母亲事情。

见到母亲后，莫诗韵直接说出了自己的疑惑。

看到莫诗韵手机里的视频后，莫嫂瞪大了眼睛，露出惊恐的表情。

"怎么会……怎么会这样啊？"

"妈，这到底是怎么回事啊？"

该不会她妈妈真的说谎了吧？

"我……"

莫嫂沉浸在震惊当中。直到看到女儿的脸，她才回过神。

她不能让女儿知道这些事情，她必须确保女儿生活在干净无瑕的世界里。

"我不知道这视频是怎么回事，我的确亲眼看到小姐把三少爷推下楼梯了。"莫嫂坚持了自己之前的说法。

她不是不想改说法，而是不能改。

莫诗韵说："所以，这视频是假的，有人伪造的？"

莫诗韵不是很了解视频技术方面的问题。她想着既然照片能伪造，视频能做特效，那把视频进行修改也是可以的。

至于能够伪造到什么程度，她也不是很清楚。

"应该是……"莫嫂心虚地回答道。

莫嫂想了想，又跟莫诗韵说："诗韵，这件事情你就别想了，既然外面传了这样的视频，你就让它传。先生、夫人对我们有恩，我们就不要拆他们的台了。这件事情你就当不知道，以后外面的人问起来，你照着视频上的说就行了。"

"好，我知道了。"莫诗韵答应了。

这件事情对她没有什么影响。

相比之下，她更在意化学竞赛的成绩。

和莫诗韵谈完，莫嫂便连忙去给何燕打电话，慌张地告诉她盛华高中校园论坛上的这件事情。

"二夫人，怎么会这样？你不是说视频你已经处理掉了吗？"

何燕当然知道视频是怎么流出去的。

简一凌只答应不将她说出来，没说不把视频发出去。

"视频流出来就流出来了，你着什么急？"

"不是啊二夫人，视频流出来了，那我的事情就可能会被大少爷他们知道啊！"

"你又没当着简允丞和其他人的面说，你只是跟简允卓说了。"

在关键时候，何燕先顾自己的死活。莫嫂的死活她能管就管，管不了也没办法。

"那三少爷知道之后也会告诉大少爷、先生和夫人的！"

"简允卓选择相信你的话是他自己的事情，追问起来你就自己找理由撇清关系。你就不会自己想办法补救吗？我给你那么多钱不是白给的！还有，你那个漂亮女儿不是已经把简允卓迷得神魂颠倒了吗？你想不出办法就让你女儿上。"

"不行，我不会让我女儿掺和这件事情的！你让我做什么都可以！就是不能拉我女儿下水！"

"那随便你，不管你自己搞不搞得定，到时候别牵连我，不然我会将你女儿的前途毁得彻彻底底。"

何燕不怕莫慧琴在出事后供出她。有莫诗韵做要挟，莫慧琴打碎牙齿也会和血吞。

"那二夫人，你至少帮忙把学校论坛里的视频删了吧！"莫嫂最后请求道。

这种事情她不是很懂。

她只知道这个视频放在学校的那个论坛上面，她们暴露的危险就会增加。

何燕犹豫了一下。

任何网络上的事情，她都处理得很谨慎。因为她知道，但凡联网的东西，都有可能被人找到。

何燕还知道简允丞的身边有一个叫霍钰的计算机天才。

所以，她当初找人在盛华高中的校园论坛上发帖造谣简一凌把简允卓推下楼梯制造舆论压力的时候，特地找人盗了一个已经去世的盛华高中的毕业生的账号，为的就是避免暴露自己。

"我知道了。我会看着办的。"何燕敷衍地说道。

其实她不太敢找人做这件事情。

简一凌的那件事情她暂时做不了什么，她便将心思转到了别的事情上。

她刚听说了秦世轩来恒远市的消息。

秦世轩不仅是约利化学材料研究机构的负责人，还是京城秦家的旁系族人。

论身份，他虽然比不上翟昀晟，但也是京城秦家的人，若能和他搭上线，绝对是有百利而无一害的。

翟昀晟那边，何燕是不想放弃也必须放弃了。

何燕已经准备好了礼品，打算去拜访秦世轩，还试图说服她的丈夫一起去。

因为她的丈夫一直觉得既然此前他们与秦世轩没有交集，就没必要非要去拜访。

现在，何燕正在琢磨别的法子和京城秦家的人搭上关系。

她听说秦世轩的夫人也来了恒远市，并且要在周末举办一场慈善晚宴。

她觉得这是一个不错的机会。就是现在她不知道要怎么弄到晚宴的邀请函。

秦世轩自从那次见过简一凌之后，就吩咐助理去调查了简一凌的信息。

得到的信息在秦世轩看来没什么特别的。

她是简家最小的女儿，从小娇生惯养，小时候成绩很好，中间有一段时间很顽劣，而现在在化学竞赛中又取得了很好的成绩。

"小秦先生，您这次来恒远市不是为大秦先生找他的初恋情人和她的孩子的吗？那个简一凌一看就不是大秦先生的孩子。"助理小声说道。

秦世轩是京城秦家的旁系族人，和秦家现任的当家人是堂兄弟。

他虽然不是秦家的嫡系子弟，但他的身份在恒远市大部分人看来已经很不得了了。

这次秦世轩来恒远市，举办化学竞赛是次要的，帮他的堂兄寻找初恋情人和私生子才是主要的目的。

因为不是什么光彩的事情，所以寻找这母子二人的事情就由他自己秘密地进行。

秦世轩说："但这个简一凌确实是一个不可多得的人才。反正我们暂时还没有那个人的消息，也要在恒远市再停留一段时间。在这期间要是能找到对我们集团有用的人才，也算是意外的收获。"

"小秦先生说得对。"

"大秦先生说的那个地址，派去的人回来了没有？"

"回来了，可惜那里早就换了主人，都过去二十年了，周围也没什么人记得那名女子了。只有一个老太太说她确实见过那个女人大着肚子，怀孕的事情应该是真的。"

秦世轩点点头，说道："对了，我听说，翟家的那位爷如今也在恒远市？"

"可不是吗，这恒远市最近也算是热闹之地，秦家和翟家都有人在这里。小秦先生，我还听说，这位爷来恒远市是来找东西的。"

"找东西？"

"好像是找和他爸的死有关系的东西。"

"那我们还是不要插手了，那件事情可不是外人能插手的。"秦世轩吩咐道。

谁都知道那件事情对翟家人来说有多严重。

晚上放学的时候，简一凌从校门口出来，没有和往常一样看到自家的车子,也没有看到简老夫人的身影。

她看到的是一辆明黄色的跑车,其炫酷的颜色和亮眼的车型,吸引了无数学生的目光。

就连从学校里出来的老师也被吸引了。

简一凌一眼就认出了开车的人。

他此刻戴着墨镜,坐在驾驶座上。

简一凌走到车边的时候,翟昀晟直接说:"上车。"

简一凌看着他,眼神中满是疑惑。

"你奶奶没事,于希欠你一顿满汉全席。"翟昀晟像是看出了简一凌的疑惑。

不是简老夫人今天有事没来接简一凌,而是于希在简一凌肠胃炎住院的时候欠了简一凌一顿满汉全席。

作为说话算话的邻家好哥哥,于希当然要兑现承诺。

因为简一凌一直很忙。于希问了简一凌的时间,结果她连周末都没有空。

于希只好将大餐安排在工作日的晚上了。

于希跟简老夫人说明情况后,简老夫人就同意了。

这还得归功于于希一直以来在简老夫人面前的良好表现。

接简一凌放学的任务不知道为什么落到了翟昀晟的身上。

知道原因后,简一凌上了翟昀晟的车。

翟昀晟很快将车掉转了方向,一阵引擎声后,车子绝尘而去。

留给校门口众多师生的就是无限的遐想了。

这个男人是谁?莫非他是简一凌的哥哥?他也太帅了吧?

一众女生顿时羡慕不已。

翟昀晟、于希和简一凌来到了于家名下的一家高级餐厅。

于希提前让餐厅的经理给他们留了一个超级豪华大包间。

虽然他们只有三个人,但是他们点了一整桌的菜。

秦世轩和他的助理也来这家餐厅用餐了。得知翟昀晟也在此处,秦世轩便到翟昀晟他们的包间里来跟翟昀晟打招呼了。

秦家人和翟家人的关系说不上好也说不上不好,两家都是京城里的顶级名门世家,家底雄厚。

秦世轩既然知道翟昀晟也在这里,便不能装作不知道。

秦世轩只是秦家的旁系族人,身份上比这位翟家太子爷差了一大截。

所以他来跟翟昀晟打招呼很合乎情理。

秦世轩进包间的时候,包间里面只有翟昀晟和于希两个人。

简一凌在厨房里给翟昀晟烤蘑菇。因为这是于家的餐厅,于希发话了,厨房里的员工便都给简一凌打起了下手。

"晟爷,没想到能在这个地方见到您。"秦世轩虽比翟昀晟年长,但在翟昀晟的面前却表现得很恭敬。

秦世轩明白自己与翟昀晟在身份、地位上的差距。

"小秦先生来恒远市图什么?举办化学竞赛招募人才?那年龄段选得有点儿小吧?"翟昀晟姿态随意,语气漫不经心,但是看向秦世轩的眼神格外锐利。

翟昀晟看着是不务正业的纨绔子弟,可实际上没什么事情逃得过他的眼睛。

"我本就是约利化学材料研究机构的负责人,发掘化学人才是我的本职工作。"秦世轩从容地说道。

"那小秦先生挖到什么人才没有?"

"这倒还真有意外收获,是一名小姑娘,看起来柔柔弱弱、胆子还很小,但是学识超过同龄人太多。不管是考试,还是我后来与她面对面的交谈,都给了我很大的震撼。"

秦世轩说话的时候,简一凌端着盘子进了包间,出现在了秦世轩的身后。

秦世轩一转头,看到了他正在评价的人。

这是什么情况?

秦世轩很意外。

他怎么也想不到,自己看好的化学小天才,竟然和翟昀晟出现在了同一个包间里!

翟昀晟的脾气可是十分古怪的。能让翟昀晟看着顺眼的人少之又少。

而且据说翟昀晟尤其不喜欢女人。任由翟家人怎么做,他就是不肯交女朋友,甚至连女性朋友都没有。

现在,简一凌同学竟然和他走得这么近,真是太阳打西边出来了。

"简一凌同学,没想到能在这里见到你。"秦世轩从震惊中回过神后,便微笑着跟简一凌打招呼。

他并没有因为简一凌年纪小,就对她有任何态度上的不尊重。

简一凌有礼貌地冲秦世轩点了一下头,然后径直走到了翟昀晟的跟前,把手里装着热腾腾的食物的盘子放到了他的面前。

盘子里放着各种食物，每一种食物的分量都不多。

盘子里的食物也不全是蘑菇，还有一些其他食物。

盘子里的食物色香味俱全，看得人食欲大增。

"慢慢吃。"简一凌叮嘱翟昀晟。

"好。"翟昀晟的嘴角微微扬起。

秦世轩看着这一幕，心中的感受不仅仅是诧异了。

这一幕看起来虽然很普通，但若是让京城里的那些人看到了，估计都得惊掉下巴。

这位出了名难伺候的晟爷竟然这么好说话？

之前，秦世轩对简一凌最大的兴趣是她的学识。

这一刻之后，他对她最大的兴趣已经变成她和翟昀晟之间的奇妙关系了。

京城里脾气最差、最难伺候的晟爷，和恒远市的一个天才小姑娘？

于希看着翟昀晟面前的美食，不由得咽了咽口水。

"凌神，要不你给我也来一盘？"他看馋了。

"吃你的满汉全席。"

简一凌还没说话。翟昀晟便给了于希一记冷眼。于希生生将他的口水吓回了肚子里。

"对对对，我吃满汉全席。"于希认命地把视线移到自己面前一桌由餐厅里的大厨做的大鱼大肉上。

命里有时终须有，命里无时莫强求。

凌神的烤蘑菇，怕是他命中注定吃不上了。

简一凌也坐了下来，专心地吃她的肉。

秦世轩觉得又新奇又好笑，问翟昀晟："晟爷什么时候开始喜欢吃蘑菇的？"

"最近。"翟昀晟一边不紧不慢地品尝着简一凌做的这盘美食，一边回答道。

秦世轩饶有兴致地看了一会儿后，注意力又落到了简一凌的身上。

他来跟翟昀晟打招呼是因为身份需要，但是对简一凌的兴趣是真真实实地发自内心的。

"简一凌同学，你以后想学什么专业？"秦世轩语气温和地询问。

"医学。"

"不考虑化学材料学吗?"

"不考虑。"她果断地拒绝了。

"其实,化学材料学同样是很有前途的学科。"秦世轩还想再劝说简一凌一番。

于希在旁边听着,不由得开始惊讶。

秦世轩好像是看中凌神的才能了呀!

秦世轩还想着说服凌神以后主攻化学材料学,好在毕业后为他的研究机构效力?

这约利化学材料研究机构也不是什么随随便便的机构,能被秦世轩这个负责人看上的人,那必然不是一般的人才呀。

于希发现,他好像知道了凌神除了玩游戏之外的另外一项厉害的技能了!

"不想。"简一凌再一次拒绝。

她拒绝得没有一点儿犹豫。

秦世轩没想到自己会被这么果断地拒绝。

一般来说,就算对方拒绝,也会拒绝得委婉一些。

秦世轩并未生气,甚至还有越挫越勇的意思。

他又与简一凌讲了好一番话,依旧遭到了简一凌的拒绝。他只能暂时作罢。

但他没有真的放弃。简一凌现在刚念高一,距离她参加高考还有一段时间。

接着,秦世轩又邀请翟昀晟、简一凌和于希参加周末晚上的慈善晚宴。

"小秦先生来恒远市这一趟倒是一点儿都不得闲,既要办化学竞赛,又要办慈善晚宴。"翟昀晟调侃。

"哪里哪里。"秦世轩笑着回答道,"慈善募捐活动是我夫人组织的。她热衷于慈善事业。我这个做丈夫的,当然要支持她了。若是三位能够光临这场小小的慈善晚宴,那便是我们的荣幸。当然,若是三位不得闲,那也不打紧的。"

翟昀晟没有马上答应也没有马上拒绝,而是转头看向简一凌。

简一凌小声回答:"不想去。"

她的声音虽然有点儿小,但其中的拒绝之意很明确。

简一凌只是不太好意思拒绝别人的好意。

在简一凌看来,秦世轩劝她更改职业规划,那是她的私事,她可以毫不留情地拒绝。

但他邀请她参加晚宴，属于好意，她拒绝的时候就会不好意思。

但周末简一凌是真的没有时间。她这几天除了吃饭、睡觉，都在加班加点地工作。

"那就不去。"翟昀晟很直接地说道。

没有什么好意思还是不好意思一说，他向来是想拒绝就拒绝。

"没关系，没关系。"秦世轩也没有觉得失了面子。小姑娘回答的时候看起来有些为难，人家确实有事，也不能硬要人家来凑这个热闹。

秦世轩说完要说的话后，便向翟昀晟告辞，离开了他们的包间。

秦世轩走后，于希忍不住对简一凌说："凌神，我真是越来越崇拜你了！"

这种感觉挺微妙的，明明她是需要他们护着的邻家小妹妹，却那么让人敬佩。

打游戏的时候是这样，现在又是这样。

面对于希的崇拜，简一凌反应平静。

她现在更多的注意力在吃上，说好的吃肉，就必须多吃一点儿。

于希又瞥了翟昀晟一眼，发现翟昀晟也在专注地吃东西。

于希愣了五秒钟后，认命般给他们俩一人倒上一杯健康又有营养的五谷杂粮热豆浆。

他还是不想别的了，伺候这两位吃好喝好吧。

不然，以后谁带他上分呢？